EN TIERRA
DE NADIE

LA TRAMA

EN TIERRA DE NADIE

David Baldacci

Traducción de Borja Folch

Papel certificado por el Forest Stewardship Council®

MIXTO
Papel procedente de
fuentes responsables
FSC® C117695
FSC
www.fsc.org

Título original: *No Man's Land*
Publicado por acuerdo con The Aaron Priest Lit. Ag., Nueva York
y representado por Casanovas & Lynch, Literary Agency, S. L., Barcelona

Primera edición: abril de 2019

© 2016, Columbus Rose Ltd.
© 2019, Penguin Random House Grupo Editorial, S. A.
Travessera de Gràcia, 47-49. 08021 Barcelona
© 2019, Borja Folch, por la traducción

Printed in Spain – Impreso en España

ISBN: 978-84-666-6568-1
Depósito legal: B-2.357-2019

Impreso en Black Print CPI Ibérica
Sant Andreu de la Barca (Barcelona)

BS 6 5 6 8 1

Penguin
Random House
Grupo Editorial

A la memoria de Lynette Collin,
un ángel para todos nosotros

1

Paul Rogers estaba aguardando a que lo mataran.

Llevaba diez años haciéndolo.

Ahora le quedaban veinticuatro horas más antes de morir.

O de vivir.

Rogers medía metro ochenta y cinco e inclinaba la balanza hasta los ochenta y dos kilos, casi ninguno de grasa. A la mayoría de la gente que solo miraba su cuerpo esculpido le sorprendería enterarse de que tenía más de cincuenta años de edad. Del cuello hacia abajo parecía un mapa anatómico, cada músculo duro y bien definido al juntarse con su vecino.

Sin embargo, del cuello hacia arriba los años habían dejado claras huellas en sus rasgos, y suponerle cincuenta años habría sido un gesto amable. Tenía el pelo abundante pero casi todo gris, y el rostro, aunque había estado tras los barrotes y apartado del sol durante una década, áspero y curtido, con profundas grietas en torno a los ojos y la boca, y la frente ancha surcada de arrugas.

Llevaba una barba rebelde a juego con el color del pelo. En realidad, el vello facial allí no estaba permitido, pero le constaba que nadie tenía agallas para obligarlo a afeitarse.

Era como una serpiente de cascabel, sin la ventaja de un sonido de advertencia, que probablemente te mordería si te acercabas demasiado.

Los ojos acechantes bajo las cejas hirsutas tal vez fueran su rasgo más distintivo: un pálido azul acuoso que transmitía una sensación de profundidad insondable y, al mismo tiempo, ausencia de vida.

Faltaban veinticuatro horas. No era buena señal.

Se oyeron dos pares de tacones caminando al unísono.

La puerta deslizante se abrió y apareció la pareja de celadores.

—Muy bien, Rogers —dijo el celador veterano—. Andando.

Rogers se levantó y miró a ambos hombres; su rostro reflejaba confusión.

—Sé que tenía que ser mañana pero, según parece, el secretario judicial se equivocó al poner la fecha en la orden y era demasiado complicado intentar cambiarla —aclaró el funcionario—. De modo que *voilà*, hoy es tu gran día.

Rogers dio un paso al frente y alargó las manos para que pudieran esposarlo.

El celador veterano negó con la cabeza.

—Te han concedido la libertad condicional, Rogers. Te marchas como un hombre libre. No más cadenas.

No obstante, mientras decía esto, agarró con un poco más de fuerza la empuñadura de su porra y una vena le palpitó en la sien.

Los dos celadores condujeron a Rogers por un largo pasillo. En ambos lados había puertas de celdas con rejas. Los hombres de detrás de los barrotes habían estado hablando pero cuando apareció Rogers se callaron de golpe. Los presos lo observaron pasar enmudecidos, después los murmullos se reanudaron.

Tras entrar en un cuarto pequeño le dieron una muda completa, relucientes zapatos de cordones, su anillo, su reloj y trescientos dólares en efectivo. Treinta pavos por cada año que había estado interno; tal era la magnánima política del estado.

Y, quizá más importante que cualquier otra cosa, un billete de autobús que lo llevaría hasta la ciudad más cercana.

Se quitó el mono de recluso y se puso los calzoncillos y la ropa nueva. Tuvo que apretar el cinturón en torno a su estrecha cintura para sujetarse los pantalones, pero en cambio la chaqueta le tiraba en los anchos hombros. Se calzó los zapatos nuevos. Eran un un número más pequeños de la cuenta y le apretaban en los dedos de los largos pies. Después se abrochó el reloj, ajustó la hora sirviéndose del que había colgado en la pared, metió el dinero en la chaqueta y se puso el anillo, presionándolo sobre el nudoso nudillo.

Lo condujeron a la entrada principal de la prisión y le entregaron un paquete de documentos que resumía sus obligaciones y responsabilidades como persona en libertad bajo palabra. Estas incluían reuniones periódicas con su agente de la condicional y rigurosas restricciones en sus movimientos y relaciones con otras personas durante el tiempo que durase la observancia de buena conducta. No estaba autorizado a abandonar la zona ni podía acercarse a sabiendas a menos de treinta metros de alguien que tuviera antecedentes penales. No podía tomar drogas y tampoco poseer o portar un arma.

Los pistones hidráulicos cobraron vida y la puerta metálica se abrió, revelando el mundo exterior a Rogers por primera vez en una década.

Cruzó el umbral mientras el otro celador decía:

—Buena suerte, y no dejes que vuelva a verte por aquí.

Acto seguido los pistones se accionaron de nuevo y la maciza puerta se cerró a su espalda con el susurro que emitió la maquinaria hidráulica al detenerse.

El celador veterano negó con la cabeza mientras el joven miraba fijamente la hoja de la puerta.

—Si tuviera que apostar, diría que no tardará en volver a estar preso —comentó el celador veterano.

—¿Y eso por qué?

—Paul Rogers ha dicho apenas unas cinco palabras desde que llegó aquí. Pero a veces la expresión de su cara... —El celador se estremeció—. Como bien sabes, tenemos a unos cuantos tipos duros en este lugar. Pero ninguno me ha dado tanto miedo como Rogers. Su mirada era tan vacía que parecía un auténtico zombie. Fue propuesto para obtener la libertad condicional dos veces pero no se la concedieron. Me dijeron que los de la junta de la condicional se cagaron de miedo por la forma en que los miraba. Digo yo que a la tercera va la vencida.

—¿Por qué lo encarcelaron?

—Por asesinato.

—¿Y solo le cayeron diez años?

—Circunstancias atenuantes, supongo.

—¿Los demás reclusos trataron de intimidarlo? —preguntó el celador más joven.

—¡Intimidarlo! ¿Alguna vez has visto a ese tío entrenando en el patio? Es más viejo que yo y más fuerte que el más hijoputa que tenemos aquí. Y creo que solo dormía una hora por noche. Si hacía la ronda a las dos de la madrugada, lo encontraba en su celda con la mirada perdida o hablando para sí y frotándose el cogote. Es un tipo muy raro. —Hizo una pausa—. Aunque cuando llegó, dos de los reclusos más duros se pusieron en plan macho alfa con él.

—¿Qué ocurrió?

—Digamos que ya no son machos alfa. Uno terminó lisiado y el otro va en silla de ruedas sin parar de babear porque Rogers le produjo daños cerebrales permanentes. Le agrietó el cráneo de un golpe. Lo vi con mis propios ojos.

—¿Cómo se las apañó para conseguir un arma aquí dentro?

—¿Un arma? ¡Lo hizo con las manos!

—¡Joder!

El celador veterano asintió con la cabeza pensativamente.

—Así se forjó una reputación. Nadie volvió a molestarlo después de eso. Los presos respetan a los machos alfa. Ya has visto cómo se han callado todos cuando hemos pasado por el pasillo. Aquí dentro era una leyenda cada vez más grande y maligna sin que levantara un dedo. Aunque debo decir a su favor que Rogers era un macho alfa como nunca he visto otro igual. Y hay más.

—¿Qué quieres decir?

El celador reflexionó un momento.

—Cuando lo trajeron por primera vez le hicimos el registro integral de costumbre, sin olvidar ningún orificio.

—Claro.

—Pues bien, Rogers tenía cicatrices.

—Demonios, muchos convictos tienen cicatrices. ¡Y tatus!

—No como estas. Le van de arriba abajo de los dos brazos y las dos piernas, y también tiene en la cabeza y en el torso. Y a lo largo de los dedos. Un espanto. Además, no pudimos tomarle las huellas dactilares; ¡no tenía! Nunca había visto algo semejante. Y espero no volver a verlo nunca más.

—¿Cómo se hizo las cicatrices?

—Como he dicho, el tío no pronunció más de cinco palabras desde que llegó. Y tampoco era que pudiésemos obligarlo a contarnos cómo se las había hecho. Siempre he supuesto que Rogers pertenecía a alguna secta de pirados o que lo habían torturado. Caray, habría sido necesario un batallón del ejército para hacerle algo así. Pero lo cierto es que no lo quise saber. Rogers es un bicho raro. Un loco de remate que me alegra haber perdido de vista.

—Me sorprende que lo hayan soltado.

Mientras los celadores regresaban al módulo, el veterano murmuró:

—Dios asista a quien se tropiece con ese malnacido.

2

En el exterior, Rogers inhaló despacio una bocanada de aire y después la soltó, observando el vapor helado materializarse un instante para desaparecer acto seguido. Permaneció allí unos segundos, tratando de orientarse. En cierto sentido era como volver a nacer, salir del útero y ver un mundo que momentos antes no sabías que existía.

Dirigió la mirada a la izquierda, a la derecha y de nuevo a la izquierda. Después la levantó al cielo. Los helicópteros no estaban descartados, pensó. No en aquel caso.

No para él.

Mas no había nadie aguardándolo.

Podría deberse al paso del tiempo. Tres décadas. La gente moría, los recuerdos se desvanecían.

O podría ser que en realidad pensaran que había muerto.

«Peor para ellos.»

Entonces se decantó por la fecha de puesta en libertad equivocada.

Si iban a venir, lo harían al día siguiente.

Dios bendijera a los secretarios judiciales incompetentes.

Siguiendo las indicaciones de sus papeles de alta, se dirigió a la parada del autobús. Consistía en cuatro postes oxidados con un tejadillo embaldosado y un banco de madera desgastado por décadas de personas aguardando un viaje a cualquier otra parte. Mientras esperaba sacó el paquete de documentos de su condicional y los tiró a una papelera que estaba junto al recinto cubierto. No tenía intención de asistir a las audiencias de la condicional. Tenía que ir a lugares que se hallaban muy lejos de allí.

Se palpó la cicatriz del lado izquierdo de la cabeza, a medio camino entre el hueso occipital y la sutura lambdoidea. Después recorrió con el dedo las suturas hasta los huesos parietales y finalmente hasta la sutura sagital. Eran partes importantes del cráneo que protegían elementos significativos del cerebro.

Alguna vez pensó que lo que le habían añadido allí era una bomba de relojería.

Ahora simplemente pensaba en ello como en él mismo.

Dejó caer la mano a un costado y miró el autobús que se detenía junto al arcén. Las puertas se abrieron y subió a bordo, entregó su billete al conductor y se dirigió hacia la parte trasera.

Una cascada de olores lo envolvió, principalmente de la variedad de fritanga y cuerpos desaseados. Todos los pasajeros del autobús lo observaron a su paso. Las mujeres apretaban las asas de sus bolsos. Los hombres lo examinaban a la defensiva y con los puños cerrados. Los niños se limitaban a mirarlo con los ojos como platos.

Causaba ese efecto en la gente, supuso.

Se sentó en el fondo, donde la peste del único retrete abrumaría a quien no hubiese olido cosas mucho peores.

Rogers había olido cosas mucho peores.

En los asientos en diagonal al otro lado del pasillo había un veinteañero y una muchacha de la misma edad. La chica ocupaba el asiento del pasillo. Su novio era enorme, de unos dos metros y todo músculo. No habían reparado en Rogers mientras se dirigía allí, sobre todo porque estaban demasiado ocupados explorando sus respectivas bocas con la lengua.

Cuando el autobús arrancó, separaron los labios y el hombre echó un vistazo al asiento de Rogers con expresión hostil. Rogers le sostuvo la mirada hasta que el joven la apartó. La mujer también lo miró y le sonrió.

—¿Acabas de salir? —preguntó.

Rogers bajó la vista a la ropa que llevaba. Se le ocurrió que debía ser la vestimenta habitual de quienes salían de la cárcel. Tal vez el sistema penitenciario encargaba las prendas al por mayor, incluidos zapatos demasiado pequeños para que los exconvictos no pudieran correr demasiado rápido. Y quizá la parada de autobús era conocida por las gentes de la zona como «la parada de los presos». Eso explicaría las miradas que le habían dedicado.

Rogers en ningún momento tuvo intención de corresponder a la sonrisa de la muchacha, pero asintió con la cabeza para contestar a su pregunta.

—¿Cuánto tiempo has estado dentro?

A modo de respuesta, Rogers levantó los diez dedos.

La chica lo miró compadecida.

—Eso es mucho tiempo.

Cruzó las piernas de tal manera que una le quedó descubierta en medio del pasillo, dando a Rogers una admirable visión de su pálida piel.

Viajaron durante casi una hora, recorriendo la distancia que mediaba hasta la ciudad más cercana. El zapato de tacón alto de la muchacha estuvo todo el rato colgando seductoramente de su pie.

Rogers no apartó la vista ni una sola vez.

Cuando se detuvieron en la terminal de autobuses era de noche. Casi todo el mundo se apeó. Rogers fue el último porque lo prefirió así.

Sus pies tocaron la acera y miró en derredor. A algunos pasajeros los recibían familiares o amigos. Otros sacaban su equipaje del compartimento situado en la parte trasera del autobús. Rogers se quedó allí plantado y miró a su alrededor, tal como había hecho al salir de la cárcel. No tenía familiares ni amigos que fuesen a recibirlo ni equipaje alguno que recoger.

Pero aguardaba a que sucediera algo.

El joven que lo había fulminado con la mirada fue en busca de su maleta y la de la muchacha. Entretanto ella se acercó a Rogers.

—Creo que te vendría bien un poco de diversión.

Él no contestó.

Ella miró en dirección a su novio.

—Dentro de poco cada cual se va por su lado. Una vez que nos separemos, ¿por qué no vamos a pasar un buen rato, solos tú y yo? Sé de un lugar cercano.

Cuando el novio reapareció al lado del autobús, cargando con una bolsa de viaje y una maleta pequeña, la muchacha lo agarró del brazo y se marcharon. Pero se volvió hacia Rogers y le guiñó el ojo.

La mirada de Rogers siguió a la joven pareja que iba calle abajo, giraba a la izquierda y se perdía de vista.

Rogers se puso a caminar. Torció por el mismo callejón y vio a la pareja más adelante. Casi habían desaparecido de su campo de visión, pero no del todo.

Rogers se palpó la cabeza otra vez en el mismo punto y deslizó el dedo hacia atrás, igual que antes, como si resiguiera el serpenteante curso de un río.

Los jóvenes continuaron avanzando un buen rato, manzana tras manzana, apenas a la vista. Siempre apenas a la vista.

Ya era bastante oscuro. La pareja dobló una esquina y desapareció.

Rogers avivó el paso y dobló la misma esquina.

Su brazo recibió el golpe del bate. La madera se rompió en pedazos y la mitad superior salió despedida y chocó contra la pared.

—¡Mierda! —rugió el joven que lo empuñaba.

La bolsa de viaje estaba abierta en el suelo. La muchacha aguardaba a pocos metros de su novio. Se había agachado cuando el bate se había partido por la mitad y había volado hacia ella, haciendo que se le cayera el bolso.

El joven soltó la otra mitad del bate, sacó de un bolsillo una navaja de resorte y la abrió.

—Dame los trescientos dólares, señor Exconvicto, y el anillo y el reloj, y no te destripo.

¿Los trescientos dólares? O sea que sabían la cantidad basándose en su década en prisión.

Rogers torció el cuello hacia la derecha y notó el crujido.

Miró en derredor. Las paredes eran de ladrillo, altas y sin ventanas, lo que significaba que no había testigos. El callejón era oscuro. No había nadie más. Se había fijado en todo esto mientras caminaba.

—¿Me has oído? —dijo el joven, descollando sobre Rogers.

Rogers asintió con la cabeza, porque en efecto le había oído.

—Pues venga, dame la pasta y lo demás. ¿Eres retrasado o qué?

Rogers negó con la cabeza. No, no era retrasado. Y además no iba a dar nada.

—¡Como quieras! —vociferó el joven. Se abalanzó sobre Rogers intentando acuchillarlo.

Rogers paró parcialmente la puñalada, pero aun así la hoja le alcanzó en el brazo. Eso no lo retrasó siquiera un poco porque no sintió nada. Mientras la sangre le empapaba la ropa agarró la mano que sostenía la navaja y la estrujó.

El joven dejó caer la navaja.

—¡Mierda, mierda! —gritó—. ¡Suelta, suelta de una puta vez!

Rogers no lo soltó. El joven cayó de rodillas, intentando en vano abrir los dedos de Rogers.

La muchacha contemplaba todo esto anonadada, sin dar crédito a sus ojos.

Rogers extendió la mano libre hacia abajo, asió la empuñadura del bate roto y la levantó.

El joven levantó la vista hacia él.

—No, tío, por favor.

Rogers blandió el bate. La fuerza del golpe machacó un lado del cráneo del hombre. Trocitos de hueso mezclados con meninge gris se desparramaron por un lado de la cabeza.

Rogers soltó la mano del joven muerto, que se desplomó de costado en el suelo.

Ahora la muchacha chillaba y retrocedía. Lanzó una ojeada al bolso pero no intentó recogerlo.

—¡Socorro! ¡Socorro!

Rogers dejó caer el bate y la miró.

Esa parte de la ciudad estaba desierta a aquellas horas, motivo por el que habían elegido aquel lugar para tenderle la emboscada.

No había un alma para ayudar a nadie. Habían pensado que esto iría a favor de ellos. Cuando Rogers entró en el callejón tuvo claro que sería a favor de él.

Se había dado cuenta de que aquello era un montaje desde el

instante en que la chica lo había mirado en el autobús. Su novio muerto era de su edad y bien parecido. Rogers no era ni lo uno ni lo otro. Las únicas cosas que ella quería estaban en su bolsillo, su muñeca y su dedo anular.

Debían de aprovecharse de los hombres que salían de prisión.

Bien, pues aquella noche habían escogido mal a su presa.

La muchacha retrocedió hasta la pared de ladrillo. Las lágrimas le resbalaban por las mejillas.

—Por favor, no me hagas daño —gimió—. Juro que no diré a nadie lo que has hecho. Lo juro por Dios. Por favor.

Rogers se agachó y recogió la navaja de resorte.

Ella se puso a sollozar.

—Por favor, no. Por favor. Me obligó a hacerlo. Dijo que si no me haría daño.

Rogers caminó hasta la mujer y estudió sus temblorosas facciones. Nada de aquello ejerció efecto en él, igual que la navaja al clavarse en su brazo.

Nada porque él no era nada.

No sentía nada.

Resultaba evidente que ella quería que Rogers se apiadara. Él lo sabía. Lo entendía. Pero había una diferencia entre entender y sentir algo de verdad.

En cierto modo, era la mayor diferencia que existía.

No sentía nada. Ni por ella ni por él. Se frotó la cabeza, palpando el mismo punto, como si sus dedos pudieran atravesar el hueso, los tejidos y la materia gris para arrancar lo que había allí dentro. Le quemaba, pero lo cierto era que siempre le quemaba cuando hacía aquello.

Rogers no siempre había sido así. A veces, cuando pensaba largo y tendido al respecto, recordaba vagamente a una persona distinta.

Bajó la vista a la navaja, convertida en una prolongación del brazo. Distendió la mano.

—¿Vas a dejar que me vaya? —preguntó ella, jadeante—. De verdad... que me gustas.

Rogers dio un paso atrás.

Ella forzó una sonrisa.

—Prometo no decir nada.

Rogers dio otro paso atrás. Podría marcharse sin más, pensó.

La muchacha miró detrás de Rogers.

—Creo que acaba de moverse —dijo, casi sin aliento—. ¿Seguro que está muerto?

Rogers se volvió para echarle un vistazo.

El destello de un movimiento llamó su atención. La chica había agarrado su bolso y sacado el arma que contenía. Rogers vio que el cañón del revólver chapado en níquel ascendía para apuntarle al pecho.

Golpeó con asombrosa rapidez y dio un paso hacia un lado mientras del cuello de la muchacha salía despedido un chorro de sangre arterial, que a punto estuvo de salpicarle.

Ella se derrumbó hacia delante y cayó de bruces al suelo, destrozándose sus bonitos rasgos, aunque ahora ya poco importaba. El revólver que había sacado del bolso golpeó la superficie dura del suelo y se alejó repiqueteando.

Rogers, escaso de tiempo, se embolsó el efectivo que encontró en la billetera del joven y en el bolso de la chica. Dobló con esmero los billetes y los guardó en un bolsillo.

Situó el bate roto en la mano de la muchacha y volvió a meter el revólver en el bolso. Puso de nuevo la navaja en la mano del joven muerto.

Dejaría que la policía local intentara imaginar qué había ocurrido.

Se hizo un torniquete en el brazo tan bien como pudo y la sangre dejó de manar.

Se tomó un momento para contar el dinero doblado. Había duplicado sus reservas de efectivo.

Le aguardaba un largo y complicado viaje.

Y después de todos aquellos años, había llegado la hora de ponerse en marcha.

3

John Puller miraba fijamente a su padre, que dormía en su cama en la habitación que se había convertido en su hogar.

Se preguntaba por cuánto tiempo más.

Recientemente, Puller sénior había pasado por un punto de inflexión. Y no todo guardaba relación con el deterioro progresivo de su salud.

Su hijo mayor, Robert Puller, a quien habían encarcelado en una prisión militar en Leavenworth, Kansas, había sido formalmente absuelto de todos los cargos de traición, que habían desaparecido de su historial. Después lo habían readmitido como oficial de las Fuerzas Aéreas de Estados Unidos. Puller sénior y su hijo mayor habían celebrado una reunión en la que, cosa rara, a John Puller se le saltaron las lágrimas.

Pero la euforia de la liberación de su hijo se había visto seguida por un período de rápido declive, al menos mental. Físicamente, el antiguo general tres estrellas estaba mucho más en forma que los demás hombres de su edad. Quizá el viejo había estado aguantando el tipo hasta que concedieron la libertad a su hijo. Logrado ese objetivo, tal vez simplemente se había dado por vencido, rindiendo sus energías junto con la voluntad de vivir.

De modo que Puller hijo estaba sentado y observaba a su padre, mientras se preguntaba qué encontraría tras los rasgos de granito cincelado cuando el viejo despertase. Su padre había nacido para dirigir hombres en el campo de batalla. Y lo había hecho con éxito considerable a lo largo de varias décadas, obteniendo prácticamente cada medalla, banda, mención y ascenso que ofrecía el servicio. Sin embargo, una vez que terminaron sus días de combate, fue como si alguien hubiese accionado un interruptor y su padre hubiese involucionado hasta... aquello.

Los médicos lo describían como demencia en transición hacia otra cosa. Y para peor.

Puller lo describía como perder a su padre.

Su hermano estaba en una nueva misión en el extranjero que lo mantendría lejos durante varios meses. John Puller acababa de regresar de una investigación en Alemania, y en cuanto las ruedas del avión golpearon la pista, fue en coche a ver a su padre.

Era tarde, pero hacía bastante tiempo que no lo veía.

De modo que ahí estaba sentado, preguntándose qué versión de su padre se despertaría y lo saludaría.

¿Puller sénior, el déspota gruñón?

¿Puller sénior, el estoico?

¿Puller sénior, con la mirada completamente vacía?

Preferiría cualquiera de las dos primeras posibilidades a la tercera.

Llamaron a la puerta. Puller se levantó y la abrió.

Dos hombres lo miraron sin pestañear. Uno llevaba uniforme de coronel. El otro iba de paisano.

—¿Sí? —dijo Puller.

—¿Es usted John Puller júnior? —preguntó el de paisano.

—En efecto. ¿Y ustedes quiénes son?

—Ted Hull. —Sacó su placa de identificación y se la mostró—. CID. De la 12.ª Compañía de Policía Militar de Fort Lee.

—Y yo soy el coronel David Shorr —dijo el que iba de uniforme.

Puller no lo conocía. Pero había un montón de coroneles en el ejército.

Puller salió y cerró la puerta a su espalda.

—Mi padre está durmiendo. ¿Qué puedo hacer por ustedes? ¿Se trata de otra misión? Se suponía que iba a tener dos días de permiso. Hablen con mi comandante, Don White.

—Ya hemos hablado con su comandante —respondió Shorr—. Nos ha dicho dónde encontrarle.

—Bien, ¿pues cuál es el problema?

—En realidad tiene que ver con su padre, jefe. Y supongo que también con usted.

Dado que Puller era técnicamente suboficial mayor de la CID, o División de Investigación Criminal, del ejército estadounidense, quienes iban de uniforme se referían a él como «jefe». No era un oficial como los que se habían licenciado en West Point. Había comenzado su carrera militar de recluta y, por consiguiente, su rango era inferior al de Shorr.

—No lo entiendo, señor —aseveró.

Con su metro noventa y dos descollaba sobre los dos hombres. Su estatura era herencia de su padre. Su actitud serena procedía de su madre. Su padre tenía dos estados emocionales: gritón y Situación de Alerta Uno.

—Hay una sala para las visitas al final del pasillo —dijo Shorr—. Vayamos a hablar allí.

Entró el primero en la habitación, la encontró vacía y cerró la puerta. Los tres tomaron asiento, Puller de cara a los otros dos hombres.

Shorr miró a Hull y asintió con la cabeza. Hull sacó un sobre del bolsillo de su chaqueta y empezó a darse golpecitos en la palma de la mano.

—Fort Eustis recibió esta comunicación. La reenviaron a mi oficina. Hemos estado escarbando un poco. Después supimos que usted tenía previsto regresar hoy, de modo que hemos venido a verle.

—Estoy destinado en la JBLE —agregó Shorr—. Esa es la conexión.

Puller asintió. Sabía que eso estaba en la zona de Tidewater, que comprendía Norfolk, Hampton y Newport News, Virginia. En 2010 Fort Eustis, que dependía del ejército y se emplazaba en Newport News, y la base Langley de las Fuerzas Aéreas en la cercana Hampton, se habían unido para configurar la nueva base conjunta Langley-Eustis que en el servicio se conocía como JBLE.

—Transporte y logística —señaló Puller.

—Exacto.

—Y si bien la 12.ª Compañía de Policía Militar está acuartelada en Fort Lee, también operamos tanto desde la JBLE como desde Fort Lee y constituimos la oficina de la CID para la JBLE —explicó Hull—. Reparto mi tiempo entre ambos. Prince George's County no queda muy lejos de Tidewater.

Puller asintió de nuevo. Todo aquello también lo sabía.

—¿Qué dice la carta?

Lo preguntó con recelo porque una vez su padre había recibido una carta de su hermana desde Florida. La misiva había llevado a Puller de viaje al estado del sol, y faltó muy poco para que le costara la vida.

—Iba dirigida a la oficina de la CID en la JBLE. La mujer que la escribió se llama Lynda Demirjian. —Hull dijo esto último en un tono inquisitivo, como si el nombre tuviera que significar algo para Puller—. ¿Se acuerda de ella?

—Sí. De Fort Monroe. Cuando era niño.

—Vivía cerca de ustedes cuando su padre estuvo destinado allí, antes de que lo cerraran y transfirieran las operaciones a Fort Eustis. Era amiga de la familia. Más en concreto, era amiga de su madre.

Puller retrocedió unos treinta años y su memoria por fin llegó a una mujer bajita, regordeta y simpática que siempre sonreía y que horneaba los mejores pasteles que Puller recordaba haber comido jamás.

—¿Por qué escribe a la CID?

—Está muy enferma, lamentablemente. Cáncer terminal de páncreas.

—Siento mucho enterarme.

Puller echó un vistazo a la carta.

—Escribió a la CID porque estaba agonizando y quería airear algo que la había estado reconcomiendo durante mucho tiempo —aclaró Hull—. Una especie de declaración en el lecho de muerte.

—Muy bien —dijo Puller, que se estaba impacientando—. Pero

¿qué tiene que ver conmigo? En ese tiempo yo no era más que un chaval.

—Igual que su hermano —replicó Shorr.

—Usted no es policía militar —dijo Puller.

Shorr negó con la cabeza.

—Pero se decidió que se requería el peso de un oficial para esta... reunión.

—¿Y eso por qué? —preguntó Puller.

—El marido de la señora Demirjian, Stan, sirvió en Fort Monroe con su padre. En aquel entonces era sargento de primera clase. Ahora está jubilado, como es lógico. ¿Se acuerda de él?

—Sí. Sirvió con mi padre en Vietnam. Se conocían de toda la vida. Pero ¿puede decirme lo que pone en esa carta?

—Me parece que será mejor que la lea usted mismo, jefe —dijo Hull.

Se la pasó a Puller. Tenía tres páginas de longitud y la letra parecía de hombre.

—¿No la escribió ella misma? —inquirió Puller.

—No, está demasiado débil. Se la dictó a su marido.

Puller dispuso las hojas sobre la mesita que tenía al lado de su asiento y comenzó a leer. Ambos hombres lo observaban expectantes mientras lo hacía.

Las frases eran largas e inconexas, y Puller se imaginó a la enferma terminal tratando de poner en orden sus ideas para comunicárselas a su marido. Sin embargo, seguía siendo más un torrente de monólogo interior que otra cosa. Seguramente estaba medicada cuando la había dictado. Puller no pudo por menos de admirar su determinación por conseguir hacerlo teniendo tan cerca la muerte.

Entonces, después de los preámbulos introductorios, se metió en la esencia de la carta.

Se quedó boquiabierto.

Y le tembló la mano.

Y sintió como si alguien le hubiese dado un puñetazo por sorpresa en el estómago.

Siguió leyendo, cada vez más deprisa, probablemente encajando su ritmo al del jadeante dictado de la mujer agonizante.

Cuando hubo terminado levantó la vista y vio que los dos hombres lo estaban mirando fijamente.

—Acusa a mi padre de asesinar a mi madre.

—En efecto —confirmó Hull—. Ni más ni menos.

4

—Esto es absurdo —protestó Puller—. Cuando mi madre desapareció, mi padre ni siquiera estaba en el país.

Ted Hull miró de soslayo a Shorr, carraspeó y dijo:

—Tal como he dicho, hemos llevado a cabo una investigación preliminar.

—Un momento —dijo Puller—, ¿cuándo recibieron esta carta?

—Hace una semana.

—¿Y no me han dicho nada al respecto hasta ahora?

—Jefe Puller —intervino Shorr—, sé lo desagradable que esto debe ser para usted.

—Tiene toda la maldita razón. —Puller se contuvo al recordar que el hombre con el que hablaba estaba muy por encima de él en rango—. Es desagradable, señor —agregó con más calma.

—Y debido a la gravedad de la acusación quisimos investigar un poco antes de someterlo a su consideración.

—¿Y qué reveló su investigación? —preguntó Puller secamente.

—Que mientras su padre estaba fuera del país, regresó un día antes de lo previsto. Se hallaba en Virginia y en las inmediaciones de Fort Monroe cinco o seis horas antes de que su madre desapareciera.

A Puller le dio un vuelco el corazón.

—Eso no demuestra que estuviera implicado.

—En absoluto. Pero comprobamos el sumario de la investigación anterior. Su padre dijo que estaba fuera del país, y el registro de viajes lo respaldaba. Por eso la investigación que se efectuó entonces lo absolvió de toda implicación posible.

—Siendo así, ¿por qué ahora sostienen lo contrario?

—Porque descubrimos registros de viaje y bonos que señalan que su padre, que estaba previsto que regresara a Estados Unidos en transporte militar, en realidad voló de vuelta en un jet privado.

—¿Un jet privado? ¿De quién?

—Todavía no estamos seguros de ese extremo. Tenga presente que los hechos son de hace treinta años.

Puller se frotó los ojos, verdaderamente incrédulo de que aquello estuviera ocurriendo.

—Sé cuánto tiempo hace que sucedió. Pasé por ello. Mi hermano y yo. Y mi padre. Fue un infierno para todos nosotros. Nuestra familia quedó destrozada.

—Lo entiendo —dijo Hull—, pero la cuestión es que si su padre declaró que estaba fuera del país y los registros indican otra cosa...

Dejó en el aire las obvias implicaciones de aquella contradicción.

Puller decidió verbalizarlo sin más.

—¿Están diciendo que mintió? Bueno, los registros que han descubierto podrían ser erróneos. Que su nombre figurase en una lista de embarque no basta para demostrar que iba a bordo del avión.

—Tenemos que investigar más a fondo, desde luego.

Puller miró a los dos hombres.

—Pero si solo tuvieran eso no estarían aquí hablando conmigo.

—Por poco olvido cómo se gana la vida —dijo Shorr—. Está bien versado en el funcionamiento de una investigación.

—¿Qué más tienen, coronel?

Hull levantó la voz.

—Eso no podemos abordarlo, jefe. Se trata de una investigación en curso.

—¿De modo que han abierto una investigación fundamentada en la carta de una enferma terminal sobre acontecimientos de hace treinta años?

—Y en el hecho de que su padre no estaba fuera del país como dijo en su momento —contestó Hull a la defensiva—. Mire, si no hubiésemos descubierto eso dudo que estuviéramos manteniendo esta conversación. No es que una mañana me haya levantado con ganas de destrozar a una leyenda del ejército, jefe. Pero estamos en otra época. Es posible que entonces se enterraran cosas que no debieron ser enterradas. El ejército se ha llevado varias collejas desde hace unos años por no ser transparente.

Se calló y miró a Shorr.

—Se ha abierto un expediente de investigación, jefe Puller —dijo Shorr—, y debe llevarse a cabo. Pero si no aparecen pruebas nuevas, no veo que esto vaya a llegar a parte alguna. El ejército no pretende arruinar la reputación de su padre fundamentándose tan solo en una carta de una mujer agonizante.

—¿Qué clase de pruebas nuevas? —preguntó Puller.

—Esto ha sido una visita de cortesía, jefe Puller —dijo Shorr con firmeza—. Eso es todo. Ahora llevará el caso la CID, pero queríamos que supiera cómo están las cosas y, desde luego, lo de la carta. Siendo su padre quien es, consideramos apropiado hacerle saber en qué situación se encuentra.

Puller no supo qué decir ante esto.

—Querremos interrogarlo formalmente, jefe —dijo Hull—. Y a su hermano. Y a su padre, por supuesto.

—Mi padre padece demencia.

—Estamos enterados. También tenemos entendido que a ratos está lúcido.

—¿Y quién se lo ha dado a entender?

Shorr se levantó y lo mismo hizo Hull.

—Gracias por su tiempo, jefe. El agente Hull se pondrá en contacto con usted.

—¿Han hablado con Lynda Demirjian? —preguntó Puller—. ¿Y con su marido?

—Se lo repito, la CID se pondrá en contacto con usted —dijo Hull—. Gracias por su tiempo. Y crea que lamento haber sido quien le ha comunicado algo tan desagradable.

Ambos hombres se marcharon, dejando a Puller sentado con la mirada fija en el suelo.

Poco después sacó su teléfono y tecleó el número.

Dos zumbidos más tarde su hermano contestó.

—Hola, hermanito, estoy muy liado ahora mismo. Y si has vuelto a Virginia, estoy ocho horas por delante de ti. Te podré llamar...

—Bobby, tenemos un problema grave. Es sobre papá.

—¿Qué sucede? —inquirió Robert Puller al instante.

Puller refirió a su hermano todo lo que acababa de ocurrir.

Robert Puller se quedó callado unos treinta segundos. Lo único que Puller oía era la respiración de su hermano.

—¿Qué recuerdas de aquel día? —preguntó finalmente Robert.

John se recostó en el asiento y se pasó una mano por la frente.

—Estaba jugando fuera. Me volví hacia la ventana y vi a mamá. Iba en albornoz y con una toalla en la cabeza. Sin duda acababa de salir de la ducha.

—No, me refiero a después.

—¿Después? Esa fue la última vez que la vi.

—No, te equivocas. Esa noche cenamos juntos y luego ella salió.

Puller se irguió.

—Eso no lo recuerdo.

—Bueno, la verdad es que nunca hablamos de ello, John.

—¿Adónde fue aquella noche?

—No lo sé. A casa de una amiga, supongo.

—¿Y ya no volvió?

—Obviamente, no —respondió Robert en tono seco—. Y resulta que papá había regresado del extranjero. Pero dijo a la policía que no estaba aquí.

—¿Cómo sabes que les dijo que no estaba?

—Vinieron a casa unos agentes de la CID, John. El día siguiente. Papá estaba allí. Hablaron con él. Nosotros estábamos arriba pero aun así los oí.

—¿Por qué no recuerdo nada de esto, Bobby?

—Tenías ocho años. No entendías nada.

—Tú ni siquiera habías cumplido los diez.

—En realidad nunca fui niño, John, lo sabes de sobra —replicó, y agregó—: Y fue una época traumática para todos nosotros. Seguramente bloqueaste muchos recuerdos. Puro mecanismo de defensa.

—Van a querer entrevistarnos. Y a papá también.

—Bueno, que nos entrevisten. Aunque no me los imagino haciendo muchos progresos con el viejo.

—Pero quizá entienda lo que le digan. Que piensan que mató a mamá.

—No creo que podamos evitarlo, John. Es una investigación. Sabes mejor que nadie cómo funcionan. No puedes interferir.

—Me parece que voy a necesitar un abogado para papá.

—¿Conoces a alguno bueno?

—Shireen Kirk. Acaba de dejar la JAG para dedicarse al sector privado.

—Pues deberías llamarla.

—¿Recuerdas a Lynda Demirjian?

—Sí. Una buena mujer. Hacía pasteles. Ella y mamá eran íntimas.

—¿Es posible que fuese a verla aquella noche? —preguntó Puller.

—No lo sé. No me dijo a dónde iba.

—Demirjian está convencida de que papá mató a nuestra madre.

—Me pregunto por qué. Es decir, puede que la CID haya descubierto que ya había regresado al país cuando dijo que aún no había vuelto, pero eso fue después de que recibieran su carta y lo investigaran. La señora Demirjian sin duda tiene otras razones.

—Y voy a averiguar cuáles son.

—¿Crees que te van a permitir investigarlo? Estamos hablando de papá. ¡Demonios!, si ni siquiera querían que te acercaras a mi caso, ¿recuerdas?

—Y tú recordarás que me acerqué a tu caso. Y mucho.

—Y faltó poco para que te costara la carrera. Así que mi consejo es que te mantengas al margen de todo esto.

—No podemos quedarnos cruzados de brazos, Bobby.

—Deja que compruebe unas cosas aquí y te vuelvo a llamar.

—Tú no... no piensas que él... —Puller no consiguió pronunciar las palabras.

—La verdad es que no lo sé con certeza, y tú tampoco.

5

Era el tercer día de libertad de Paul Rogers. Y no se había dormido en los laureles. Ya había puesto mil quinientos kilómetros de tierra entre él y la prisión.

Había buscado y encontrado noticias sobre el doble homicidio en el callejón. El periódico decía que la policía se decantaba por una pelea de la joven pareja con consecuencias fatales. Era obvio que habían reñido, pues horas antes los habían visto besándose en un autobús.

Pues sí, pensó Rogers, realmente había habido una buena riña.

El segundo día de libertad había robado un Chevy destartalado en un taller de reparación de automóviles, al que le cambió las placas de matrícula por unas que se había llevado de un desguace. Ese día condujo novecientos kilómetros, y en lo que llevaba del siguiente ya había recorrido más de cuatrocientos cincuenta.

Había gastado una cantidad considerable de su dinero en gasolina y prácticamente la misma en comida. Durmió en el coche tras buscar un buen sitio donde aparcar para pernoctar. Había comprado zapatos de su número y un par de pantalones, una camisa, una chaqueta nueva, ropa interior, calcetines y una gorra de béisbol. También adquirió vendas y medicinas para su brazo herido, así como un par de gafas de lectura pese a tener la vista perfecta y casi felina por su capacidad de ver en la oscuridad.

Además, había comprado una maquinilla de cortar cabello y otra de afeitar. Su barba había desaparecido, igual que el resto de su pelo. Incluso se había quitado el vello del cráneo y las cejas.

Cuando se miraba en el espejo, Rogers apenas reconocía la imagen que veía. Esperaba que el efecto sobre los demás, en particular los agentes de la ley, fuese aún más acusado.

La cicatriz en la parte posterior izquierda del cráneo ahora era visible. Era más fácil sentirla cada vez que se la tocaba.

Le quedaban un par de cientos de dólares y todavía un largo camino por recorrer. Se detuvo a cenar en una cafetería y comió en la barra, manteniendo todas las idas y venidas a su espalda a plena vista gracias al gran espejo colgado en la pared de enfrente.

Dos agentes de policía entraron y se sentaron en un reservado no lejos de donde estaba él. Se caló más la gorra y se concentró en la comida y el periódico que tenía delante.

El mundo había cambiado un poco en diez años. Pero en muchos aspectos no había cambiado nada.

Había países en guerra.

Los terroristas masacraban a inocentes.

La política estadounidense estaba estancada.

Los ricos eran más ricos; los pobres, más pobres.

La clase media estaba desapareciendo muy deprisa.

La gente parecía enojada y vociferante y en general molesta con todo y con todos.

«El principio del fin», conjeturó Rogers, a quien le importaba un bledo que el país y aparentemente el resto del mundo estuvieran en pleno declive. Solo necesitaba llegar al lugar al que se dirigía. Tenía que resolver unas cuantas cosas por el camino pero una vez que llegara allí, su plan estaba bastante bien trazado.

El único problema era que había transcurrido mucho tiempo. No solo diez años. Eso resultaba manejable. Pero en total habían sido tres décadas. La gente se mudaba. La gente moría. Las empresas cerraban. El tiempo avanzaba, las cosas cambiaban, la situación sobre el terreno podía ser completamente diferente. Pero también se había dicho a sí mismo que no titubearía; no podía. No había ninguna razón en el mundo para que no pudiera llevar a cabo lo que durante los últimos diez años se había dicho a sí mismo que iba a hacer.

Ninguna razón en absoluto.

Terminó de comer, dejó unos dólares sobre el mostrador y pasó junto a los policías sin mirarlos. Cerró la puerta a su espalda y fue hasta su coche. Se marchó mientras la noche lo envolvía todo a su alrededor.

El brazo herido se le estaba curando muy bien. La infección había sido mínima. La chaqueta nueva tapaba el vendaje.

Condujo hacia el este.

No necesitaba dormir mucho. Si ahora se detenía y descansaba era solo porque pretendía adquirir el hábito de hacerlo, tal como hacían las demás personas. Rogers no quería destacar. No quería hacer algo que hiciera que los demás se fijaran en él. Era capaz de hacer todo tipo de cosas para que los demás se fijaran. Pero si personas con placa y arma lo hiciesen, estaría jodido. Y no quería que le jodieran.

Nunca más.

Levantó la mano y se acarició el cogote. Aún se acordaba de cuando se lo hicieron. Hacía más de treinta años. Le habían hecho muchas cosas en aquella época.

Lo que no soportaba eran los pensamientos que tenía, como tampoco los pensamientos que había dejado de tener. Como cuando en el callejón la muchacha le había suplicado por su vida y Rogers había recordado algo. Solo era un retazo de un retazo y no pudo ahondar demasiado porque había una barrera mental que le impedía hacerlo. Podía escalar muchos muros, pero no aquel. Sin embargo, allí había algo. Algo que habría hecho de otra manera si todavía fuese quien había sido una vez.

Pero ya no era aquel hombre. Ni de lejos. Y el retazo nunca sería más que eso. Por descontado, no le habían contado esa parte. ¿Por qué iban a hacerlo? Al parecer no tenía motivo para saberlo en el estricto mundo de «lo que hay que saber».

Apartó la mano y con ella cualquier esperanza de que algún día las cosas fuesen distintas para él.

Durmió dentro del coche en una bocacalle de una ciudad que estaba atravesando.

Dos días después se hallaba mil doscientos kilómetros más cerca de su destino. Para entonces seguro que habían emitido una orden de arresto contra él por no haberse presentado a la reunión con su agente de la condicional. Tal vez habrían encontrado los documentos que había tirado a la papelera de la parada del autobús. Eso demostraba su clara intención de no cumplir nunca más las obligaciones que le habían impuesto para ponerlo en libertad antes de tiempo.

De hecho, consideraba que diez años de su vida encerrado en una jaula era pago suficiente.

Solo le quedaban cincuenta dólares.

La mañana siguiente se detuvo en una obra y ofreció sus servicios por cien dólares a cambio de diez horas seguidas de trabajo.

Su tarea consistía en acarrear sacos de cemento desde un camión a un montacargas instalado en una esquina a la que los camiones grandes no podían llegar. Había otros tres hombres asignados a la misma labor. Los tres eran veinteañeros. Rogers trasladó más sacos de veintidós kilos que ellos tres juntos. No dijo palabra, no miró a los demás hombres. Solo cargaba sacos, los transportaba unos treinta metros hasta el ascensor, los descargaba y regresaba a por más. Diez horas con una pausa de veinte minutos para comer un bocadillo de una camioneta ambulante y tomar una taza de café.

—Gracias por hacernos quedar bien, abuelo —dijo uno de ellos cuando terminaron la jornada.

Rogers se volvió hacia él. Le observó el cuello, donde la yugular palpitaba debajo de la grasa. Podría haber estrujado la vena entre sus dedos y ver cómo el hombre se desangraba en menos de un minuto. Pero ¿con qué fin?

—No hay de qué —dijo.

Cuando el joven rufián le dirigió un resoplido burlón, Rogers clavó sus ojos en él. No lo miraba tanto a él como a través de él, hacia un lugar situado en el otro lado de su cráneo.

El rufián pestañeó; toda su mofa se esfumó, echó un vistazo a sus compañeros y los tres dieron media vuelta y se largaron de inmediato.

Entonces fue cuando Rogers hizo algo que casi nunca hacía.

Sonrió. No fue porque hubiese intimidado al rufián. Había intimidado a muchos hombres. Y en ninguna de esas ocasiones había sonreído.

Regresó a su coche, subió, guardó el dinero y consultó el mapa que había comprado.

Todavía quedaban trescientos kilómetros hasta la frontera de Virginia. Y el lugar de Virginia al que se dirigía añadiría unos cuatrocientos kilómetros más.

Debería estar cansado, agotado, en realidad, pero no lo estaba. Debería estar un montón de cosas, pero no.

Ahora solo era quien era.

Condujo hasta una cafetería, aparcó junto a la acera y entró. Pidió comida, bebió café y dos vasos de agua y dejó que su mente divagara hasta el momento en que todo comenzó.

Cerró un puño y lo miró. La piel del dorso de la mano era auténtica, pero no suya. El hueso de debajo era auténtico, pero suyo. Las demás cosas, las añadiduras, como había dado en llamarlas, no eran auténticas y ciertamente no eran suyas. Pero no podía quitarlas. Por tanto, suponía, eran auténticas y eran suyas.

«O mejor dicho soy él. Paul Rogers. La cosa.»

Las cicatrices se habían desvanecido con los años, en particular las de los dedos, pero siempre las vería como si se las acabaran de hacer.

«Incorporado en aquella cama, envuelto en vendajes sanguinolentos, sintiéndome... diferente.»

Su viejo yo, su yo verdadero, desaparecido para siempre.

Acto seguido acarició el anillo. Era una alianza de platino que le había regalado alguien que antaño había sido importante en su vida.

Había una inscripción grabada en el interior del anillo. Las palabras estaban grabadas a fuego en su mente.

«Por el bien común.»

Una vez había creído en aquellas palabras más que en cualquier otra cosa de este mundo. Pero entonces era entonces y ahora era ahora.

Ahora no creía en nada.

Comía con la cabeza gacha. Tenía apetito, pero podía sobrevivir sin comer durante mucho tiempo. También podía sobrevivir sin líquidos durante mucho tiempo, mientras las personas normales se deshidrataban y morían bastante deprisa. Lo mismo ocurría con la falta de sueño. Si no duermes durante dos semanas, padeces alucinaciones y después mueres; tu cerebro y otros órganos se trastocan antes de bajar la persiana y apagar las luces para siempre.

Sin embargo, todo era fisiológico. Se trataba de ralentizar las cosas, disminuyendo el consumo interior. Igual que en los animales que hibernan, todo pasaba de ir a toda máquina a una lentitud pasmosa. Los humanos podían aprender mucho de los animales sobre supervivencia, pues estos sabían sobrevivir mucho mejor que los humanos.

«Y yo ya no soy humano. Soy un puto animal salvaje. Quizá el más peligroso de todos porque tengo un cerebro humano junto con la parte "salvaje".»

Terminó de comer, se recostó y se acarició el punto de la cabeza.

Bebió un sorbo de café y de pronto hizo una mueca. El dolor llegaba y se iba sin previo aviso.

Soltó un jadeo atormentado. Era el único dolor que no podía ignorar. La herida del brazo le traía sin cuidado. Ni siquiera había sentido el tajo de la navaja.

Pero el dolor de la cabeza era diferente. Era especial, al parecer. Nunca se lo habían explicado del todo. Se trataba de su cerebro, al fin y al cabo. El órgano más importante que poseía. Era lo que le hacía ser él. O no ser él, en el caso de Rogers.

Pagó la cuenta y regresó al coche. Condujo hasta otra zona de la pequeña ciudad, aparcó y se dispuso a pasar la noche allí.

Mientras transcurrían las horas y la oscuridad se volvía más densa, Rogers permaneció tumbado con la mirada fija en el techo del coche. Estaba manchado y descolorido y en general desgastado.

Como el techo del vehículo, él también estaba manchado, descolorido, y debería haberse desgastado. Pero el nivel de energía de Rogers nunca había sido más alto.

No había sido hasta el último año de cárcel que ciertas partes de su mente se le habían vuelto completamente accesibles. Por eso había hecho acopio de sus fuerzas y determinación para sentarse ante la junta de la condicional y decir todo lo que debía decir. Que estaba arrepentido. Que había aprendido de sus errores. Que en adelante deseaba llevar una vida honrada y provechosa. Estaba siendo sincero; bueno, al menos en gran parte. En efecto había aprendido de sus errores. En efecto quería llevar una vida provechosa en adelante. Incluso había logrado derramar unas lágrimas.

Pero no estaba arrepentido porque era incapaz de sentir emociones.

Ahora solo tenía una meta. Y esta se encontraba, o eso esperaba, a unos setecientos cincuenta kilómetros de allí.

Iba a volver al principio para llegar al final.

Ahora bien, ¿y los remanentes dentro de su cabeza? ¿Aquel rincón antes inaccesible? Se centró en eso.

El hombre era joven, aún no había cumplido los veinte. De buen carácter. Confiado.

Ese había sido su error. Ser confiado.

Era la historia de siempre: un hombre extranjero en tierra extranjera. Sin amigos, sin aliados, nadie a quien pedir ayuda.

Había llegado allí en busca de una vida mejor, igual que miles de personas.

No había encontrado una vida mejor. En última instancia había encontrado a un hombre muy diferente viviendo dentro de su cuerpo. Lo sabía, y sin embargo no podía controlarlo del todo. Cambiar para volver a ser quien era. Lo había intentado. A lo largo del último año, cuando finalmente había perforado aquel muro, había intentado abrir el puño a la desesperada. Apartar de su mente el deseo de lisiar, herir o, más a menudo, matar.

Pero había hecho pocos progresos.

El rufián de la obra había tenido suerte de que Rogers se las hubiese arreglado para marcharse soltando un sarcasmo en lugar de un golpe letal.

Había sido poca cosa, ciertamente.

Pero aun así se había sentido poderoso.

Por eso había sonreído.

«Puedo ejercer cierto control. No tengo que golpear cada vez. Puedo marcharme sin más.»

En prisión, tras su enfrentamiento con los hombres que quisieron imponerle su voluntad, habían metido a Rogers en una celda de aislamiento. Mejor que estuviera completamente solo, pues ningún celador quería tener que intervenir en otra pelea en la que se viera envuelto Paul Rogers.

Por tanto no hubo nadie que le contrariase. Nadie que despertase al monstruo que acechaba dentro de su piel.

Pero mientras Rogers cerraba los ojos para dormir, sus pensamientos se aferraron a aquel muchacho recién llegado a aquel país con otro nombre y una ambición muy distinta para su vida. Un buen muchacho, podría decirse.

Ahora ese hombre hacía tiempo que había desaparecido.

El monstruo era lo único que quedaba.

Y el monstruo tenía una cosa más que hacer.

6

Puller estaba sentado en la silla y miraba fijamente a su padre, que todavía dormía.

El coronel Shorr y el agente Hull hacía un buen rato que se habían ido.

En el hospital de veteranos en el que estaban reinaba el silencio, toda la actividad se reducía a medida que los enfermos se acostaban para pasar la noche. Puller había regresado a la habitación y permanecía sentado observando a su padre porque no se le ocurría qué otra cosa hacer.

Cuando ingresaron a su padre en el hospital, sus momentos de lucidez eran bastante frecuentes. Aunque no lo suficiente para dejar que viviera solo. Podría haber prendido fuego a la casa al meter una lata metálica de sopa en el microondas o al usar los fogones para caldear la cocina.

Puller había representado una farsa con su padre en aquellos primeros días. Había sido el oficial ejecutivo de su progenitor, o segundo en el mando. Se presentaba en su puesto y dejaba que su padre le diera órdenes. Se sentía como un idiota al hacerlo, pero los médicos pensaban que, si no intervenían otros factores, la pantomima quizá ofreciera a su padre una transición más relajada hasta el siguiente estadio de la enfermedad.

De modo que Puller le seguía la corriente. Ahora no era necesario hacerlo. Su padre ya había alcanzado el estadio siguiente de la enfermedad. Los médicos decían que no había vuelta atrás.

El futuro se presentaba humilde para un tres estrellas al que deberían haber galardonado con una estrella más, junto con la Medalla de Honor. Pero la política, que en las fuerzas armadas existía igual que en los pasillos del poder civil, había impedido que le concedieran la estrella adicional y el más alto honor militar de la nación.

Aun así, Puller sénior era una leyenda en el ejército. El «combatiente John Puller», capitán del equipo de baloncesto en West Point, donde se había acuñado y popularizado el término «pullerizado». No ganaron ni un solo campeonato mientras su padre jugó, pero todo equipo que los derrotó probablemente regresó a casa sintiendo que en realidad había perdido la competición. En eso consistía cualquier conflicto para Puller sénior, tanto si ocurría en el campo de batalla como en una cancha de baloncesto. Sabías que habías participado en una guerra cuando te enfrentabas a aquel hombre.

Se había matriculado en West Point después del final de la guerra de Corea y lamentó que hubiese terminado antes de que pudiera ir a combatir allí.

Como líder de combate en Vietnam, casi nunca había perdido un enfrentamiento.

Su división, la 101.ª Aerotransportada, conocida como las Águilas Chillonas, constaba de diez batallones de infantería ligera aerotransportados más media docena de batallones de artillería, apoyados por tres escuadras de aviación con helicópteros y transportes de tropa. Había llegado a Vietnam en 1967 y luchó abriéndose camino a través del Altiplano Central. Uno de sus combates más famosos fue la batalla por la Colina 937, más conocida como Colina de la Hamburguesa. Puller sénior había estado en medio de la lucha, mandando a su regimiento en uno de los terrenos más difíciles de imaginar contra un enemigo atrincherado. Lo habían herido dos veces, pero en ninguna de ellas abandonó el campo de batalla. Después, mientras le cosían la herida, gritaba órdenes por radio, detallando cómo debía efectuarse el ataque siguiente.

Durante sus idas y venidas en Vietnam, Puller sénior había cumplido con creces lo que sus superiores le habían exigido. Una vez que ganaba terreno, nunca lo volvía a ceder. En múltiples ocasiones casi lo había aventajado un enemigo que valoraba la muerte en combate como un gran honor. Había matado y casi lo habían matado a él, a veces por fuego amigo cuando bombas errantes explotaban peligrosamente cerca de su posición. No daba tregua, tampoco la pedía, y esperaba que sus hombres rindieran a niveles cada vez más altos.

La 101.ª Aerotransportada fue la última división que se marchó de Vietnam, y lo hizo con más de veinte mil hombres muertos o heridos en el transcurso de la guerra. Esto suponía más del doble de bajas de la división en la Segunda Guerra Mundial.

Diecisiete hombres de la 101.ª ganaron la Medalla de Honor en Vietnam. Muchos pensaron que Puller sénior debería haber logrado la decimoctava, incluidos todos los que habían servido a sus órdenes.

Pero no la obtuvo.

A pesar de esto, había ascendido deprisa en el escalafón. Como dos estrellas había pasado a ostentar el mando de la 101.ª. Había dejado una profunda huella en esa división de combate, que resistió el paso del tiempo. Ganó su tercera y última estrella y el rango de teniente general antes de cumplir los sesenta.

Era recordado como un general de soldados. Cuidaba de sus hombres, pero los dirigía tan implacablemente como lo hacía consigo mismo.

«Tan implacablemente como lo hacía con sus hijos», pensó Puller.

Sus hombres le amaban y le temían. Quizá sintieran más miedo que amor, ahora que Puller reflexionaba sobre ello.

Quizá lo mismo fuese tan cierto para sus hijos como para los hombres que estaban a las órdenes de su padre.

Ahora dormía en su cama del hospital de veteranos. Su mundo de autoridad había desaparecido, su esfera de influencia era inexistente, su tiempo asignado en la tierra llegaba a su término.

Puller meditó sobre otra cuestión que lo incomodaba.

Lo que le había dicho su hermano era casi tan asombroso como lo que le habían explicado Hull y Shorr.

¿Cómo era posible que recordara tan mal el último día en que había visto a su madre?

Su madre estaba en la ventana. Llevaba la cabeza envuelta con una toalla. Después, desapareció.

Pero ahora Bobby le había contado que cenaron juntos y que luego su madre había salido. Que la hija de los vecinos había ido a vigilar a los chicos. Puller no recordaba nada de eso.

Recordaba que a la mañana siguiente se había despertado y que su madre no estaba. Recordaba a los policías militares, los PM, entrando en la casa. Después a su padre irrumpiendo hecho una furia en el cuartel de oficiales de Fort Monroe, donde vivían, bramando y acosando a cuantos se le pusieran a tiro.

¿De verdad su padre había mentido a la policía?

Se volvió de nuevo hacia el durmiente.

¿Por qué iba a hacerlo?

¿Porque realmente había asesinado a su esposa y madre de Puller?

Aquello resultaba inconcebible.

Sin embargo, Puller había visto lo suficiente a lo largo de su carrera en la CID para saber que las personas eran capaces de hacer casi cualquier cosa.

Rememoró los primeros tiempos con sus padres. En ocasiones discutían pero no en un grado excesivo. El viejo era más duro con sus hijos que con su esposa.

Y Jacqueline Puller, Jackie para todos, no era una mujer sumisa. En todo caso, estaba a la altura de su marido. El viejo solía estar lejos y cuando llegaba a casa intentaba cambiar las normas que Jackie Puller había instaurado con tanto esmero. Como jefe de hombres que entraban en combate, evidentemente Puller sénior pensaba que estaba capacitado y que tenía derecho para imponer su criterio. Su esposa no había estado de acuerdo en ese punto. De modo que había habido discusiones, palabras dichas con enojo. Pero ¿acaso no les ocurría lo mismo a los demás matrimonios?

Puller no lo sabía con certeza porque no se había casado. Pero había efectuado muchas investigaciones en las que estaban implicadas parejas casadas. Recordó con tristeza que más de una vez resultaba que un cónyuge había asesinado al otro.

Salió de la habitación y fue hasta su coche. Entró y marcó el número.

—¿Shireen?

—¿Puller? ¿Cómo te va?

Shireen Kirk había sido abogada en la JAG, la Auditoría Militar General, donde representaba a los miembros del cuerpo. Recientemente había dejado las fuerzas armadas para abrir un bufete particular en el norte de Virginia. Tenía fama de arrasar con todo. Y eso era justo lo que Puller precisaba.

—Necesito un abogado.

—Vale; así pues, deduzco que no te está yendo muy bien.

—Bueno, en realidad lo necesita mi padre.

—Creía que estaba ingresado con alzhéimer.

—Es demencia, pero sí.

—Si ha hecho algo que alguien considera inapropiado, creo que sus facultades mentales le proporcionarán una defensa bastante sólida.

—No es eso. Esto se remonta unos treinta años, a cuando todavía estaba en las fuerzas armadas.

—De acuerdo, ¿qué ocurrió?

Puller le refirió la situación, sin olvidar la carta que Demirjian había enviado a la CID.

—Esto realmente apesta. ¿Dices que quieren interrogar a tu padre?

—Sí.

—Si le han diagnosticado demencia, debería haber un abogado presente. Incluso podría argumentar que no pueden interrogarlo a causa de su estado. Corre el riesgo de decir cualquier cosa y lo último que queremos es que se inculpe sin darse cuenta.

—No, sería desastroso.

—Puedo llevar el caso.

—Fantástico, Shireen. Pero ¿pueden acusarlo si no está capacitado?

—Pueden acusar a quien quieran, Puller. Determinar su capacidad mental corresponde a un tribunal. Y aunque ahora no esté capacitado para ser juzgado, pueden mantener la acusación en suspenso hasta que vuelva a estarlo, si alguna vez eso llega a suceder. Aunque eso puede ser peor a que lo juzguen por un delito.

—¿Qué quieres decir?

—Si lo juzgan, al menos podrá defenderse y es posible que lo absuelvan.

Puller asintió con la cabeza lentamente.

—Pero si no lo juzgan porque está incapacitado, la gente supondrá que es culpable y que solo se libra debido a su demencia.

—Exacto. Ser juzgado por la opinión pública a menudo es mucho peor que pasar por los tribunales. En el segundo caso, al menos se dicta sentencia en un sentido o en otro. ¿Cómo se llama el agente de la CID que se ocupa del caso?

—Ted Hull, de la Policía Militar, 12.ª Compañía, JBLE.

Puller la oyó anotarlo.

—Me pondré en contacto con él y le informaré de que soy la representante legal de tu padre. Tendrás que firmar un acuerdo de representación si tu padre no puede hacerlo. Y en algún momento tendré que reunirme con él.

—No sé si te será muy útil.

—Aun así tengo que hacerlo. No puedo representar a un cliente sin reunirme con él.

—De acuerdo, lo organizaré.

—¿Eres tú su tutor, Puller? ¿Tienes un poder notarial?

—Sí. Lo hicimos cuando mi padre ingresó en el hospital de veteranos.

—Bien, eso simplifica las cosas. Tendré que solicitar a la CID el expediente de la investigación que hicieron treinta años atrás. Tienen que haber hablado con gente y puedo conseguir esas declaraciones, además de información sobre cualquier teoría o pista que intentaran seguir entonces.

—Quiero una copia de todo, cuando lo tengas.

—¿Por qué?

—¿A ti qué te parece?

—No deberías meterte en esto.

—Sí, ya me lo han dicho otras veces.

Lo que dijo a continuación lo sorprendió.

—¿Acaso viste el expediente de algún caso cuando fuiste a la CID? —preguntó Shireen.

—Lo intenté, pero me denegaron el acceso debido a mi vinculación personal con el caso.

Puller acababa de decirle una mentira. Nunca había intentado acceder a los expedientes del caso. Y la verdad era que ahora mismo no sabía por qué.

Shireen interrumpió estos pensamientos.

—¿Qué piensa tu hermano de todo esto?

—Es más analítico que yo en estas cosas.

—¿Significa que no forzosamente cree en la inocencia de tu padre?

Puller no tenía respuesta a eso.

—Hay varios formularios que tienes que rellenar para que pueda seguir adelante con el caso —prosiguió Shireen—. Te los envío por correo electrónico para que me los devuelvas firmados, por email o por fax, ¿de acuerdo?

—Entendido.

Puller se conectó a internet y accedió a una base de datos militares segura. Entró el nombre de Stan Demirjian. Solo había uno puesto que el apellido no era común. Demirjian se había retirado siendo sargento de primera clase. Cobraba su pensión de militar, que se le enviaban a su casa puntualmente. Su dirección figuraba en el expediente. Él y su esposa vivían en las afueras de Richmond, Virginia.

En su imaginación, Puller vio a un hombre calvo y barrigudo de modales bruscos. Claro que, ¿qué sargento de primera clase no tenía modales bruscos? Su trabajo consistía en convertir a hombres y mujeres en máquinas de combate. No se dedicaban a hacer amigos.

Puller no había tenido demasiado trato con Demirjian cuando su padre vestía uniforme. Ahora que lo pensaba, había tenido mucho más contacto con la señora Demirjian que con su marido.

Mediaba un trayecto de dos horas de coche desde el hospital hasta el lugar donde vivían los Demirjian. ¿Debía ir y hablar con ellos?

Nadie le había ordenado que se mantuviera al margen del caso. Bien podía ir a hablar con ellos en calidad de civil, no como agente de la CID. No era la mejor opción, pero menos daba una piedra.

Y quizá debería hacerlo antes de que alguien le dijera que no.

El correo electrónico con los formularios para rellenar apareció en su bandeja de entrada.

Fue en coche a las oficinas de la CID en Quantico, los imprimió todos, los firmó y se los devolvió firmados a Shireen vía fax. La bola legal podía empezar a rodar.

Regresó a su casa, metió unas cuantas cosas en una bolsa de lona, se armó con sus M11 idénticas, agarró el macuto con los útiles de investigación que guardaba en su apartamento, cambió la arena del arenero y llenó los cuencos de comida y agua de su gata, AWOL, cuyo nombre significaba en jerga militar «ausente sin permiso». Luego se puso en camino.

Cuando trabajaba en un caso, Puller siempre tenía un plan de batalla para saber cómo enfocar las cosas. Ahora no tenía ni idea de qué demonios iba a hacer.

¿Y si su padre era culpable?

Negó con la cabeza.

«Ahora no puedo lidiar con esa idea. Nunca podré lidiar con ella.»

Y, sin embargo, llegado el caso tendría que hacerlo.

7

Paul Rogers se había levantado temprano y cruzado la frontera de Virginia Occidental. Había parado a cenar en un Cracker Barrel. En el estacionamiento había varios autocares grandes aparcados, y cuando entró vio que la cafetería la llenaban en su mayoría personas de edad avanzada, que tal vez estuvieran de excursión o peregrinación.

Peregrinación. Se sintió identificado.

Comió solo en una mesa casi en el fondo del local de inspiración rústica.

Hacía buen tiempo, pero había oído en la radio que se aproximaba un frente tormentoso que traería lluvia y fuertes vientos entrada la noche.

Consultó su mapa y calculó que llegaría a su destino por la tarde, antes o después en función de la hora en que saliera a la carretera y del tráfico que encontrase.

Tomó un desayuno a modo de cena, cortando la empanada de salchichas en cuatro partes iguales y untándolas de polenta antes de llevársela a la boca.

Mentalmente también estaba repartiendo su plan en cuadrantes y dándoles su prioridad correspondiente. Precisión militar. Si alguna vez había necesitado su entrenamiento, aquella era una de ellas.

Se palpó la cabeza. Se había convertido en un hábito tan arraigado que a veces ni siquiera se daba cuenta de que lo hacía.

Echó un vistazo al amplio comedor una vez más y se fijó en que muchos de aquellos hombres llevaban gorras de la Segunda Guerra Mundial con letras bordadas que indicaban la rama militar en la que habían servido durante la guerra. Algunos portaban insignias que representaban unidades concretas. Todos eran muy mayores, el más joven tendría ochenta y tantos. Casi todos iban en silla de ruedas o usaban andadores o bastones para desplazarse. Pese a sus canas y sus espaldas encorvadas, sus facciones eran orgullosas, vivaces. Habían combatido por el bien y sobrevivido para tener familia y jubilación y viajes en autocar con el plus de banquetes en cafeterías Cracker Barrel.

«Yo también luché por el bien, y no tengo nada», pensó Rogers.

Excepto que tenía una posibilidad de enmendarlo todo. Y la intención de emplearse tan a fondo como pudiera para lograrlo.

Terminó de cenar y salió a la carretera, conduciendo derecho hacia la tormenta en ciernes.

Necesitaba una cosa, y también necesitaba un lugar especial para conseguirla. Tuvo la suerte de ver una valla publicitaria que contenía la respuesta, aunque eso retrasaría la llegada a su destino. Pero no pasaba nada. Disponía de tiempo.

Durmió dentro del coche en el estacionamiento de un Walmart clausurado. Las cosas debían de estar poniéndose feas, pensó, si Walmart tenía que cerrar sus tiendas.

La noche era fría y lluviosa, y el agua se filtraba por la ventanilla del lado del pasajero del Chevy. Estuvo unos minutos observando el goteo y luego se durmió.

A la mañana siguiente se despertó, se puso en marcha y buscó un sitio donde comer algo. A mediodía se dirigió hacia la feria de armas que había visto anunciada en la valla.

En algunos estados, las ferias de armas se beneficiaban de un gran vacío legal. Los vendedores particulares no tenían que comprobar los antecedentes penales de sus clientes. Solo lo hacían los que tenían licencia. Pese a los movimientos políticos encaminados a cerrar esa brecha, había vendedores que no respetaban las normas. Una situación que a Rogers le venía muy bien.

Aunque las cosas estaban cambiando, seguramente podría comprar un arma en internet sin que comprobaran sus antecedentes, solo que no disponía de ordenador, dirección de correo electrónico, tarjeta de crédito ni de una dirección postal a la que pudieran enviarle el arma.

Entró en la carpa que albergaba le feria y vio que decenas de vendedores habían montado pequeños puestos en el interior. El lugar ya se hallaba abarrotado, y dedicó una hora a recorrerlo y observar. La mayor parte de los visitantes no observaba. Estaban demasiado absortos en sí mismos. Por tanto, se perdían casi todo lo que era realmente instructivo.

Se fijó en que la mayoría de los vendedores estaban autorizados. Los compradores mostraban documentos de identidad y rellenaban formularios de comprobación de antecedentes que pasaban por la base de datos NCIC del FBI. La operación duraba unos diez minutos. Había unos cuantos vendedores particulares, pero solo vendían escopetas y rifles y banderas confederadas y galletas. Algunos de estos ni siquiera tenían un puesto. Simplemente deambulaban portando anuncios de lo que tenían en venta.

Cuando por fin se despejó el puesto de un vendedor en concreto, Rogers se acercó y examinó una pistola en su estuche original. El vendedor era un hombre alto y gordo de cuarenta y tantos que llevaba una camiseta de camuflaje, vaqueros y botas de combate. Miró a Rogers.

—Bonita, ¿verdad?

Rogers revisó la pistola.

—Es una M11 —dijo—. Solo para uso militar.

El vendedor sonrió y le tendió la mano.

—Me llamo Mike Donohue y deduzco que en algún momento ha llevado uniforme, si conoce la aclamada M11.

Rogers le estrechó la mano, poniendo cuidado en no estrujársela con demasiada fuerza.

Donohue sacó la pistola de la caja.

—Es una pieza de coleccionista. Eso explica el precio.

—¿Por qué es de coleccionista?

—Hace algún tiempo las Fuerzas Aéreas hicieron un pedido de

M11 pero terminaron por no quedarse cincuenta. Por contrato, no podían vender la M11 a civiles, como bien dice usted. Pero SIG Sauer podía sacar mil dólares por cada una, y eso eran cincuenta mil que se iban por el retrete, así que estaban motivados para sortear ese obstáculo. Entonces, alguien tuvo la idea genial de que si se añadía otra letra al número del modelo, en sentido estricto ya no sería una M11, ¿no? La A ya la habían usado para otro modelo de M11, así que esta se convirtió en la M11-B.

Pasó el arma a Rogers y señaló la letra.

—SIG la hizo regrabar. Aquí se ve la B. Y *voilà*, un civil puede tener una M11. El manual que viene incluido también es militar. Todos los contenidos de la caja son los originales. Incluso hay una advertencia sobre fugas de radiación de los visores de tritio, pero eso solo es para las versiones destinadas al ejército y la Armada, no para la de las Fuerzas Aéreas. Así que tendrá que buscar otra cosa que le mate.

Donohue se rio y dio una palmada a Rogers en el hombro.

Rogers refrenó un impulso casi incontenible de machacar el rostro de Donohue como represalia.

Donohue prosiguió con su perorata.

—Verá, está basada en el armazón original de la P228, de manera que solo admite cargadores de trece balas. Viene con tres. Con cargadores de quince disparos no funciona.

Rogers sopesó el arma, miró a través de ella, comprobó que estuviera equilibrada, deslizó los dedos a lo largo de la empuñadura e hizo retroceder dos veces la corredera para probar el mecanismo.

—Tiene la corredera de acero al carbono en vez de la versión pulida de la P229. Pero solo hay poco más de cincuenta gramos de diferencia entre las dos.

—¿Le importa que la abra?

—Adelante. No tengo nada que ocultar. Solo le pido que lo haga con cuidado. —Donohue volvió a dar una palmada en el hombro a Rogers—. Caray, tío, seguro que tiene más edad que yo, pero creo que ni un gramo de grasa. Todo músculo y cartílago. —Se dio una palmadita en la prominente barriga—. ¡Yo soy todo grasa!

Y se rio otra vez.

Rogers desmontó ágilmente la pistola y la volvió a montar.

—Solo cuatro mil —dijo Donohue—. Es una ganga, en realidad. Solo existen cincuenta bellezas como esta. Piénselo bien.

—Tendría que robarla —replicó Rogers—, porque no dispongo de cuatro mil dólares.

—Tengo otras mucho más económicas.

Rogers echó un vistazo a unas cuantas y finalmente se fue, aprovechando que otros compradores en potencia se acercaron al puesto de Donohue.

Se apartó unos seis metros y observó a Donohue. A cada tanto le veía salir por una puerta de la carpa y regresar con más mercancía.

Rogers se dirigió a otro puesto y compró un cuchillo Ka-Bar. Para adquirirlo no era preciso comprobar los antecedentes, aunque un cuchillo también podía matar. Recorrió el borde dentado de la hoja con la punta del dedo y quedó satisfecho. Metió de nuevo el cuchillo en su funda de cuero y se lo ató al cinturón. También compró una linterna barata de plástico.

Poco después salió de la carpa y la rodeó hasta la zona de donde Donohue había sacado más mercancía. Se subió la cremallera de la chaqueta para protegerse del viento gélido. Allí encontró una enorme Dodge Ram aparcada. Enganchada a ella había un pequeño remolque. La camioneta estaba cerrada; el remolque, con candado. Mientras Rogers vigilaba desde una distancia prudencial, Donohue salió, abrió la camioneta, sacó unas cuantas cajas más, la cerró de nuevo y volvió a entrar en la carpa. Rogers avanzó, contento de haber confirmado qué vehículo era el de Donohue.

En la plataforma de una Ford F-150 aparcada junto al vehículo de Donohue, Rogers vio unas cajas de cartón y herramientas viejas y oxidadas. Nada de aquello le servía. Lo que quería seguía estando en el interior de la carpa. Se retiró a su coche, lo estacionó en aquel lado de la carpa y aguardó.

El día daba paso a la noche. Y la temperatura seguía bajando.

Pero el tiempo y el frío nada significaban para él.

Su estómago había protestado una vez, y entonces se frotó la cabeza, concentrado, y la sensación de hambre se desvaneció.

La gente salió y entró de la carpa en tropel durante horas, hasta que finalmente el número de compradores y curiosos menguó. Después se vació el aparcamiento. Y entonces los vendedores empezaron a desmontar sus puestos y a guardar lo que no habían vendido.

Rogers observó mientras Donohue salía con varias cajas. Una de ellas, se fijó, era el estuche distintivo de la M11-B. No le sorprendió que nadie la hubiese comprado. La mayoría de los compradores potenciales que había visto dentro eran simples currantes. Dudaba mucho que alguno de ellos tuviera cuatro mil dólares que desperdiciar en una extravagante pistola de coleccionista.

Se frotó el hombro donde Donohue le había dado un par de palmadas. No le gustaba que la gente lo zarandeara de esa manera, resultaba ofensivo.

Donohue terminó de guardar sus artículos y se marchó. Rogers lo siguió.

El vendedor de armas se detuvo junto a la ventanilla de un McDonald's y compró comida sin bajar del coche.

Rogers se había fijado en que llevaba matrícula de Pennsylvania. Quizá iba de regreso a casa.

Entonces Donohue se lo puso fácil. En lugar de aparcar y comer en el estacionamiento del Mickey D's, enfiló de nuevo la carretera. Un par de kilómetros más adelante tomó una pista de tierra hacia lo que parecía una zona de pícnic abandonada.

Rogers apagó los faros del coche y siguió lentamente la camioneta. Esta giró en otro camino de tierra y se detuvo.

Rogers no tomó aquel desvío. Terminaría el recorrido a pie.

Donohue apagó los faros y después sin duda bajó un poco la ventanilla, pues Rogers oyó música procedente de la radio de la camioneta.

Apagó el motor y bajó del coche sin hacer el menor ruido. Se acercó justo al centro del remolque para que Donohue no pudiera verle por los retrovisores laterales.

Llegó a la portezuela del remolque. El candado era un Yale de aspecto macizo con cerradura en vez de combinación. El cierre metálico en el que estaba insertado era de acero inoxidable y de un centímetro y medio de grosor. Estaba diseñado, por supuesto, para que todos los tornillos de las dos placas quedaran tapados cuando la portezuela permanecía cerrada y con el candado puesto. Pero los diseñadores no habían contado con alguien que tuviera la fuerza de Rogers. Agarró la cerradura y poco a poco tiró de ella hasta que arrancó los tornillos de la madera.

Entró silenciosamente en el remolque y barrió el interior con la linterna. Vio la caja y la sopesó con una mano.

Salió del remolque de un salto.

—¿Qué crees que estás haciendo?

Rogers se detuvo. Acto seguido oyó el ruido de un percutor al retroceder.

Con el rabillo del ojo, vio a Donohue de pie a un lado de la camioneta, arma en mano, con una servilleta de papel pegada en la entrepierna del pantalón.

—Deja eso en el suelo ahora mismo, capullo.

Rogers dejó la caja. Sin que Donohue lo viera, sacó el puñal de su funda.

—Bien, ahora puedo pegarte un tiro sin que se te caiga la caja y estropees la pistola, cretino.

Rogers pivotó sobre un pie, blandió el brazo hacia atrás y asestó una cuchillada a Donohue. La hoja dio en medio del pecho de aquel gigantón y se hundió en la pared de madera del remolque, dejándolo clavado como una polilla en un corcho.

Tras un prolongado alarido, Donohue murió.

Sin embargo, los gritos no cesaron.

Por un instante Rogers no logró comprender cómo era posible que un muerto pudiera seguir haciendo tanto ruido, hasta que miró al otro lado del cadáver y vio a un niño asomado a la ventanilla del conductor, con una Happy Meal entre las manos y una mancha de kétchup en torno a la boca.

El crío debía de estar durmiendo en el asiento delantero cuando Rogers había echado un vistazo a la camioneta y al remolque.

El niño le miraba a los ojos. Pero estaban a oscuras. Era imposible...

El cerebro de Rogers sufrió una descarga, dio una sacudida y falló dentro de su cráneo. Había contemplado todas las posibilidades menos aquella.

No tenía elección.

Se abalanzó, agarró al niño del brazo y lo sacó de la camioneta de un tirón. El crío soltó la Happy Meal y siguió chillando hasta que Rogers le tapó la boca con la mano. Se retorcía y forcejeaba, pero a medida que sus pulmones y su cerebro se veían privados de aire, fue perdiendo ímpetu.

Rogers contó mentalmente, con la mirada puesta no en el niño sino en Donohue muerto, probablemente el padre del chico.

Ocho... nueve... diez.

En cuanto el niño se relajó, Rogers apartó la mano. Comprobó el pulso. Lo encontró. Era débil, pero los pulmones se hinchaban, el menudo pecho subía y bajaba.

Estaba vivo.

Rogers bajó la vista hacia el niño. Tenía el pelo rubio; brazos y piernas, flacos como palillos. La nuca llena de pecas.

El cerebro de Rogers volvió a fallar.

¿Qué estaba haciendo?

Nunca dejabas testigos vivos.

Nunca dejabas nada vivo.

Solo tenía que acabar. Apenas le llevaría unos segundos.

En cambio, dejó de nuevo al niño en el asiento delantero de la camioneta y cerró la portezuela. Arrancó el puñal clavado en el cadáver y Donohue se desmoronó sobre el suelo de tierra. Lo limpió en la hierba y lo volvió a meter en la funda.

Agarró la caja que contenía el arma y corrió de vuelta a su coche, subió y se marchó. Entró en la carretera principal y pisó a fondo el acelerador.

Mientras conducía a toda mecha por la carretera acarició con la mano la caja que contenía la M11-B.

Un artículo de coleccionista.

La aclamada M11.

Más de treinta años atrás alguien le había puesto un revólver contra la cabeza durante cinco minutos. Solo que la M11 no era un revólver; era una semiautomática con un cargador para almacenar sus balas.

Por eso Rogers no se había llevado el revólver de la mujer que había matado en el callejón.

A diferencia de un revólver, que solo podía disparar una vez que el cilindro con una bala dentro estaba alineado con el percutor, una semiautomática disparaba tanto si solo había una bala en el cargador como si había trece. No podías jugar a la ruleta rusa con una pistola de cargador, a menos que no quisieras tener una oportunidad de sobrevivir.

Y Rogers no quería que la persona que tenía en mente viviera.

Ya estaba a setenta y cinco kilómetros y aún no sabía por qué no había matado al niño.

Había ocurrido algo en su cabeza que se lo había impedido. Creía que sabía todo lo que se podía saber acerca de lo que le sucedía ahí arriba.

Obviamente, estaba equivocado a ese respecto.

Mientras huía hacia el este con el botín de la victoria, Paul Rogers se preguntó en qué más andaba equivocado.

8

Puller atravesó Richmond, donde Lynda Demirjian pasaba sus últimos días en un hospital de cuidados paliativos, y prosiguió hacia el sudeste. Viajaba en su Malibu negro del ejército, que le gustaba porque no tenía accesorios, solo un motor, cuatro ruedas y un volante para conducirlo.

Circuló deprisa por la interestatal 64 y llegó a Hampton a tiempo para registrarse en un motel y dormir unas pocas horas.

Se levantó al amanecer. Cogió un vaso de café y un bollo en la sala de desayunos del vestíbulo del motel, subió a su Malibu y siguió camino hacia Fort Monroe.

La instalación militar se había desmantelado en 2011. El presidente Obama había declarado monumento nacional una parte de ella. Llevaba el nombre del quinto presidente, James Monroe. Sorprendentemente, el fuerte había permanecido en manos del Norte durante toda la guerra de Secesión y fue la plataforma de lanzamiento del general Grant para sus exitosos asaltos a Petersburg y la capital confederada, Richmond, que en esencia pusieron fin al conflicto. El antiguo general confederado Robert E. Lee había estado acuartelado allí cuando todavía era miembro del ejército de Estados Unidos. Y el presidente confederado Jefferson Davis fue encarcelado en Fort Monroe al finalizar la guerra. En la década de 1950 se creó un parque conmemorativo que llevaba su nombre.

Puller pensó que sin duda había sido una de las primeras veces en que se rendían honores a un presidiario en su propio parque.

El fuerte, en la punta meridional de la península de Virginia, había vigilado el canal navegable entre Hampton Roads y la bahía de Chesapeake desde principios del siglo XVII. El fuerte de siete lados era el mayor que se hubiese construido alguna vez en Estados Unidos. Se había abierto oficialmente con el nombre de Fort Monroe en 1819. Estaba concebido para impedir que un enemigo extranjero desembarcase allí, marchara sobre Washington e incendiara la ciudad, tal como habían hecho los británicos durante la guerra de 1812.

Fort Wool se emplazaba al otro lado del canal y se había erigido para poder desplegar campos de fuego cruzado sobre las aguas. Eso significaba que un barco que intentase pasar por allí no podría arrimarse a una orilla a fin de escapar de las descargas de la artillería desde tierra.

Ahora todo aquello era solo una cuestión de interés académico. Nadie había disparado contra Fort Monroe en casi doscientos años, y la fortaleza nunca había caído en manos de un enemigo. Cosa que nunca sucedería salvo si se producía un hecho inconcebible y un enemigo extranjero lo hacía.

O, recapacitó Puller, si Estados Unidos sufría otra guerra civil.

Con el clima político actual, pensó que este era un pronóstico más probable que el de los norcoreanos desembarcando en suelo de Virginia.

Tras el cierre de la base se había devuelto a la Mancomunidad de Virginia buena parte de la tierra que ocupaba el fuerte. Casi todas las propiedades residenciales se habían vendido o arrendado, aunque los inmuebles comerciales habían tardado más en encontrar nuevos usos.

Puller conducía por la carretera elevada que llevaba a la entrada del fuerte, pasando ante barcos rojos de óxido que flotaban en el canal, con nombres como *Sassy Sarah*. Encontró una plaza de aparcamiento cerca del enorme hotel Chamberlin, que ahora era una residencia de jubilados, y continuó a pie. Había cogido de su bolsa de viaje la cámara que usaba en los escenarios de crímenes y la llevaba colgada del cuello.

El sol había salido y el aire salado le llenaba los pulmones mientras caminaba raudo a grandes zancadas. Pasó por delante de las casas de la ribera. La residencia más majestuosa de todas la habían reservado para los cuatro estrellas que habían vivido en Fort Monroe. Junto a ella había domicilios ligeramente más reducidos en los que habían morado generales de tres y dos estrellas.

La calle era tranquila, bordeada de árboles y llena en ambos lados de casas de ladrillo de dos plantas, grandes teniendo en cuenta que aquello era un cuartel, con porches que cubrían la fachada entera.

Encontró la que andaba buscando en una esquina. Tenía un espacioso patio trasero y el césped estaba perfectamente cortado. La casa se veía bien mantenida, aunque no parecía estar ocupada.

Puller recorrió el perímetro de la parcela hasta que llegó al patio trasero. Se detuvo en un punto situado casi en medio del patio y rememoró aquel día.

Había estado fuera, jugando.

Su hermano estaba en alguna otra parte, seguramente en la biblioteca, leyendo un libro.

Su padre, como de costumbre, ausente.

De modo que había estado jugando a béisbol consigo mismo. Su hermano tenía un intelecto muy avanzado para su edad. Le gustaba pensar, no lanzar pelotas.

Dio media vuelta y miró la ventana que quedaba en medio de la fachada posterior. Era la del cuarto de baño de sus padres.

Allí fue donde recordaba haber visto el rostro de su madre.

Entrecerró los ojos porque se hallaba de cara al este y el sol estaba subiendo.

A través de la rendija de sus ojos pudo atisbarla sonriéndole. La cabeza envuelta con la toalla. La expresión contenta de su rostro.

Pero ¿estaba contenta?

¿Dónde había ido aquella noche, cuando creía que su marido no estaría en casa?

La respuesta le golpeó como un Ka-Bar en el vientre. ¿Otro hombre?

Sacó fotografías de cuanto iba mirando.

Oyó la voz nada más disparar la última instantánea.

—¿Hola?

Puller se volvió y vio que un hombre lo escrutaba desde un rincón del patio. No le gustó que alguien hubiese podido acercársele tanto sin que se diera cuenta.

El hombre mediría un metro ochenta. Aparentaba tener setenta y tantos años y el torso se le había engrosado, pero aún estaba en bastante buena forma. Tenía el pelo blanco, que le raleaba en lo alto, y un bigote más entrecano. Vestía pantalones caquis, mocasines y un cortavientos verde del ejército.

Puller se acercó a él y comenzó a ver más definido su rostro. Entonces cayó en la cuenta.

—¿Señor Demirjian?

Stan Demirjian fue a su encuentro, pero sus facciones no reflejaban que le hubiese reconocido.

—Dios mío. —El hombre por fin cayó en la cuenta—. ¿Eres uno de los hijos de Puller?

—John.

Se estrecharon la mano.

—Te pareces a tu padre —dijo Demirjian—. Pero eres aún más alto que él.

—Usted sigue listo para el combate.

Demirjian se rio.

—¡Sí, cómo no! —Dejó de reír y sus rasgos se ensombrecieron—. Me figuro que te lo han contado.

—Por eso estoy aquí.

—Lo comprendo. Esta mañana he venido tan solo para echar un vistazo a la vieja casa. Nunca imaginé que un día cerrarían Fort Monroe. Con toda la historia que encierra y demás. El capitán John Smith descubrió el lugar. Point Comfort. Los primeros esclavos llegaron por aquí, ya sabes, a cambio de los malditos suministros que necesitaban los navegantes holandeses.

—Pero incluso el Departamento de Defensa tiene que acomodarse a los tiempos que correr y ahorrar dinero —señaló Puller.

—Sí, así es. Vivimos aquí, en una casa de la base. Tardamos casi un año en conseguirla.

—Claro.

Demirjian adoptó una expresión melancólica, como si estuviera asomándose a un pasado remoto.

—En Monroe vivían los peces gordos. Los generales de una y dos estrellas no disfrutaban de entornos como este en otras instalaciones. Paseaban solos por las calles. Aquí había cien coroneles cuando en la mayoría de las bases con suerte tenían una docena.

—Era un lugar especial, en ese sentido.

—Pero tu padre no necesitaba entorno alguno. Ese hombre era un pesado que prefería arreglárselas por su cuenta.

—No se lo voy a discutir.

Demirjian y Puller se quedaron mirándose un tanto incómodos.

Finalmente Demirjian desembuchó:

—Mira, solo quiero que sepas desde ya que no estoy de acuerdo con Lynda. Pero fue muy insistente. Y está...

—Estoy al corriente de su problema de salud y lo lamento mucho. Es una buena mujer. No le guardo ningún rencor.

—Es muy amable de tu parte decir esto, John. Linda ha sido una esposa, madre y abuela maravillosa. Pero se negó a dejar correr este asunto.

—¿Cuándo comenzó todo?

—Hará unos tres meses. Ocurrió de repente. Acabábamos de trasladarla a un centro para que la ayudaran en sus... necesidades.

—¿Y se puso a hablar de mi padre y mi madre, así por las buenas?

—Tienes que comprenderlo, John... —Hizo una pausa—. Sabía que tú también estabas en el ejército.

—Suboficial mayor, Compañía PM 701 de Quantico.

—Es un grupo de élite —dijo Demirjian—. Para ese grupo te nominan, no te seleccionan.

—Sí, señor.

Demirjian descartó con un ademán que se dirigiera a él con aquel tratamiento.

—Nunca me llamaron señor cuando vestía uniforme porque no era oficial. Y seguro que ahora no lo merezco, jefe Puller.

—Usted fue un excelente sargento de primera clase. Mi padre siempre lo decía. Y como bien sabe, no era un hombre fácil de complacer. Y llámeme John, por favor.

Demirjian miró en derredor.

—Me acuerdo de cuando veníamos a este patio a montar barbacoas. Tú y tu hermano corriendo de acá para allá, jugando a ser soldados del ejército. Lo llevabais en la sangre.

—Fue buen amigo de papá. Y de nosotros.

—Habría atravesado un muro por tu padre, John. Demonios, atravesé un muro por él. Un muro de fuego cruzado, disparos de mortero, incluso napalm que lanzaban nuestros propios aviadores. Ocurría varias veces al día en Vietnam. En todas las ocasiones tu padre siempre estaba justo a mi lado. Y eso que entonces ya era teniente coronel. No tenía por qué correr como un soldado de infantería. —Se rascó la barbilla y prosiguió—. Cuando obtuvo su segunda estrella lo nombraron comandante de la 101.ª División Aerotransportada. El mejor líder que hayan tenido las Águilas Chillonas, en mi humilde opinión. Después consiguió el mando de un cuerpo de ejército cuando le colgaron la tercera estrella.

—Una carrera magnífica —convino Puller.

Se sentía un poco incómodo, inseguro de adónde le conduciría aquel viaje por el pasado de su padre.

Demirjian se quedó un rato mirándose los zapatos.

—No tengo ni idea de qué fue lo que hizo detonar esta idea en la cabeza de Lynda. La trasladamos a la unidad de cuidados paliativos hace un mes. Fue entonces cuando me dijo que quería informar a las autoridades. Por poco me da un infarto. Le supliqué que lo dejara correr. Hace treinta años de aquello. ¿Quién iba a recordar nada? ¿Y tu padre y la situación en que se encuentra? Incapaz de defenderse por sí mismo...

—Veo que está al corriente de todo.

Demirjian miró a Puller con el rostro descompuesto.

—Estuve de visita en el hospital.

—No lo sabía —dijo Puller.

—Hará cosa de un año. Ya no era el mismo. Pero se acordó de mí. Recordaba parte de los viejos tiempos.

—Entonces lo hacía. Ahora, ya menos.

Demirjian negó con la cabeza.

—Soy un hijo de puta muy duro pero salí de allí llorando a moco tendido. Ver a tu padre tal como estaba...

Puller guardó silencio. Dejó que Demirjian recobrase la compostura, se secara los ojos humedecidos y prosiguiera.

—Pero Lynda no quería dejarlo correr. Si no la ayudaba yo, buscaría a otro que lo hiciera. Me lo dijo tal cual. Total, que supuse que sería mejor si intervenía yo, por así decir. —Levantó la vista hacia Puller—. ¿Te mostraron la carta?

—En efecto.

—Pues bien, suavicé mucho el tono. Estoy convencido de que aun así te quedaste pasmado, pero sus palabras, bueno, eran mucho más ásperas que las que yo escribí en esa carta. Una parte de mí sentía que, al hacerlo, estaba traicionando a mi esposa.

—Sería una situación embarazosa para cualquiera, señor Demirjian, y más para usted. No me habría gustado estar en su lugar.

—No quiero que pienses ni por un instante que en esto estoy de acuerdo con mi esposa, porque no es así. Pero se está muriendo, John, y para ella esto es muy importante. Yo no quería meter en líos a tu padre. Es el último hombre de este mundo a quien querría perjudicar. Pero tal como he dicho, de no haberlo hecho yo, Lynda habría encontrado a otro que lo hiciera.

—Lo comprendo. —Puller hizo una pausa y sopesó con cuidado sus siguientes palabras—. ¿Cree que sería posible que yo hablara con ella?

—Me figuraba que lo preguntarías.

—No quiero hacerlo si va a afectarla. En serio.

—Me temo que a estas alturas pocas cosas la pueden alterar. Es una mujer fuerte. Yo llevaba uniforme pero ella crio a siete hijos con la paga de un soldado raso, principalmente sola porque yo siempre estaba fuera. Y nos mudamos catorce veces mientras los chicos crecían. Me pregunto cuál de los dos era realmente el más duro.

—Así pues, ¿puedo hablar con ella?

—Según lo veo, ella es quien ha empezado todo esto. Ahora

hay que ir hasta el final. Y se trata de tu padre. Tienes ciertos derechos en el asunto.

—Gracias.

—Lo organizaré. Ven entrada la mañana. Últimamente le cuesta un poco ponerse en marcha. Dame tu número y te llamo dentro de un rato.

Puller se lo dio.

Mientras ambos hombres regresaban a sus coches, Demirjian dijo:

—¿Puedes saludar a tu padre de mi parte cuando vuelvas a verlo?

—Por supuesto.

—No está al corriente de esto, ¿verdad?

—No. De todos modos, tampoco tengo muy claro que ahora mismo pueda entenderlo.

—Quizá sea lo mejor.

—Quizá —convino Puller.

—Y seguro que una investigación exculpará a tu padre sin asomo de duda.

Cuando Puller subió a su coche, no estaba ni mucho menos tan convencido de eso como el viejo soldado.

9

Cuando Puller regresó al motel llamó a su hermano. Robert Puller contestó casi de inmediato.

—Por favor, no me digas que estás investigando lo de papá —dijo Robert en el acto.

—Buenos días también para ti, hermano mayor.

—Aquí es por la tarde. ¿Dónde estás?

—En Virginia.

—Ya. ¿Dónde de Virginia? ¿En Fort Monroe, tal vez?

—¿Tienes un satélite siguiéndome?

—No, pero podría tenerlo. O seguir el chip de tu teléfono. Claro que también podrías ahorrarme el papeleo y el coste del uso del satélite y decírmelo tú mismo.

—Acabo de hablar con Stan Demirjian.

—Cómo no, te has topado con él por casualidad —replicó Robert con sarcasmo.

—La verdad es que sí. He ido a echar un vistazo a nuestro antiguo cuartel y allí estaba.

—Te estás quedando conmigo.

—Voy a hablar con su mujer dentro de un rato. Está en un centro de cuidados paliativos.

—¿Y qué esperas sacar de semejante visita?

—Algunas respuestas, quizá.

—La CID te dará un buen rapapolvo si se enteran de que te estás entrometiendo en este asunto.

—Nadie me ha ordenado que me mantuviera al margen del caso. Además, no estoy aquí a título profesional. Pero se trata de mi padre, de modo que no veo por qué no puedo investigar por mi cuenta.

—Sabes de sobra que el ejército no hace distinciones de ese tipo. Cuando vistes el uniforme careces de vida personal. Todo es verde militar.

—Aun así, voy a hablar con ella.

—Y te dirá que cree que papá mató a mamá. Así que, ¿por qué molestarse?

—Quiero que me lo diga ella, Bobby. Según me ha confesado Stan, la carta es una versión edulcorada.

—O sea que vas a interrogar a una enferma terminal acerca de acontecimientos de hace tres décadas.

—Solo voy a escuchar. Fue ella quien puso esto sobre la mesa.

—¿Y después qué?

—No lo sé. En realidad todavía no he trazado un plan.

—A lo mejor el ejército trazará uno por ti. Por ejemplo, un consejo de guerra.

—No he desobedecido órdenes porque no me han dado ninguna. Estoy de permiso, soy libre de hacer lo que quiera.

—Mientras llevas uniforme no eres libre de hacer lo que quieras. ¡Lo sabes muy bien!

—Gracias por el sermón —replicó Puller.

—John, solo te estoy diciendo que tengas mucho cuidado en esto...

—Vayamos al grano —lo interrumpió Puller—. ¿Crees que papá lo hizo?

—¿Cómo demonios se supone que debo contestar a esta pregunta? ¡No lo sé!

—Me parece que sospechas de él.

—¿Y qué crees tú?

—Creo que nuestros padres se querían y que papá nunca le habría puesto la mano encima a mamá.

Robert no respondió de inmediato. De hecho, el silencio se prolongó tanto que John pensó que igual había colgado.

—¿Bobby? ¿Has oído lo que...?

—Lo he oído, John.

—¿Y?

—Y el tiempo es muy suyo seleccionando los recuerdos que conservamos y los que descartamos. Al menos para la mayoría. Por mi manera de ser, lo recuerdo casi todo tal como realmente ocurrió, supongo, para bien o para mal.

—¿Y eso qué significa? —dijo Puller con aspereza.

—Creo que lo he dejado bien claro. Tengo que colgar, John. Estoy haciendo esperar a un tres estrellas. Tú solo procura no hundir tu carrera, ¿de acuerdo?

La llamada se cortó.

John miró el teléfono.

«¿Seleccionar recuerdos? ¿A cuento de qué ha venido esto?»

Una hora más tarde llamó Demirjian. Y tres horas después de su llamada Puller estaba caminando por el pasillo del centro de cuidados paliativos al que Lynda Demirjian había ido a morir. Le acompañaba una enfermera.

Stan Demirjian había optado por no estar presente en la conversación. Puller no se lo reprochó. El viejo sargento seguramente habría preferido tomar de nuevo la Colina de la Hamburguesa a tener que escuchar a su esposa diciéndole a Puller que su padre era un asesino.

La enfermera abrió la puerta e hizo pasar a Puller; luego se marchó. Puller miró la cama. Había un gotero y aparatos de monitorización, así como tubos y cables que iban de ellos al bulto postrado en la cama. El transcurso de tres décadas y un cáncer terminal habían pasado factura a la pobre mujer.

Puller echó un vistazo a la pequeña habitación. Era idéntica a la que estaba ocupando su padre. Se preguntó qué era peor: ¿saber que te estabas muriendo o no enterarte de nada?

Acercó una silla y se sentó al lado de la cama.

—¿Señora Demirjian?

La mujer se movió un poco, volvió la cabeza hacia él y abrió los ojos.

—¿Quién es? —preguntó, con voz ronca.

—John Puller júnior.

Abrió los ojos como platos y volvió a entornarlos, como si le doliera el súbito resplandor de las luces del techo.

—La última vez que te vi no eras más que un chiquillo.

—Sí, señora.

Puller ojeó las bolsas colgadas en el gotero y observó los líquidos que fluían por los tubitos que terminaban en una vía clavada en el brazo de Demirjian. De ahí pasaban a su torrente sanguíneo. Dio por sentado que uno era morfina.

—Has venido... por... lo de mi carta.

—Sí, señora.

—Quería mucho a Jackie. La respetaba más que a cualquier otra persona que haya conocido.

Como hacían casi todos con aquel nombre, Jacqueline Puller era conocida como Jackie. Además, tenía cierto parecido físico con Jackie Kennedy.

—Me consta que a usted la apreciaba mucho.

—Seguro... seguro que no estás conforme con lo que he hecho.

Las palabras le salían despacio de la boca. Puller supuso que era normal, habida cuenta de la cantidad de fármacos que sin duda le administraban.

—Tan solo me gustaría entenderlo mejor.

—¿La... leíste?

—En efecto.

—¿Qué te gustaría saber?

—En la carta decía que mis padres discutían mucho.

—Lo hacían.

—Pero yo no recuerdo nada de eso.

—¿Te acuerdas de cuando tu madre os llevaba a ti y a tu hermano a mi casa?

—Sí.

—Lo hacía para que no... no los vierais discutir.

—¿Cómo lo sabe?

—Porque me lo decía tu madre.

—Pero ¿cómo iba a saber de antemano que iban a discutir?

—Porque tu padre regresaba de una misión. Entonces siempre discutían.

Puller se recostó en la silla.

—¿Acerca de qué discutían?

—Más que nada, tu padre quería controlar todos los aspectos de su vida.

Su voz había ido cobrando fuerza a medida que hablaba. Incluso se incorporó un poco sobre la almohada. Giró la cabeza hacia un lado y miró a Puller.

—Sé que no te gusta oír esto. Me imagino que tienes a tu padre en un pedestal.

—Tenía sus defectos —dijo Puller, incomodado—. A veces era bastante rudo.

—Es verdad. Con Jackie era rudo.

—Nunca trató mal a mi madre.

Puller había levantado la voz y se sintió increíblemente culpable. Aquella mujer se estaba muriendo.

—Lo siento.

—¡No lo sientas! Tu padre era un hombre muy duro. Estaba acostumbrado a mandar tropas en lo más difícil que existe, el combate. Estaba acostumbrado a que se hiciera lo que él decía. Eso no funciona en un matrimonio. No funcionaba con tu madre. En algunos aspectos era aún más obstinada que su marido.

—¿Por qué piensa que pudo matarla?

—Porque Jackie le tenía miedo. Tenía miedo de que le hiciera daño. —Hizo una pausa para recobrar el aliento—. Y tu madre se estaba planteando abandonarlo.

Puller se quedó helado.

—¿Iba a abandonar a mi padre?

—Quería la custodia de tu hermano y de ti.

—¿Se lo dijo ella?

—Me contaba muchas cosas, John.

Puller volvió a sentarse erguido.

—Mi madre salió aquella noche. ¿Fue a verla a usted?

—No.

—¿Sabe adónde fue o a quien iba a ver?

—Tenía varias amigas entre las esposas de los oficiales. Tal vez había quedado con una de ellas.

—¿Se habría confiado a alguna de ellas también?

—Es posible. Tu madre era una persona muy reservada, pero estaba empezando a desesperarse.

—¿La CID habló con usted en aquel entonces?

—Vinieron y me hicieron preguntas, igual que tú ahora. Pero me di cuenta de que no se centraban en tu padre. Dijeron que estaba fuera del país.

Puller no mencionó que Hull había encontrado pruebas que contradecían aquella creencia.

—Prosiga.

—En fin, les dije que los Puller eran un matrimonio como cualquier otro. Discutían. Y se reconciliaban.

—¿No les habló de los malos tratos? ¿Sobre que ella quería abandonarlo y llevarse consigo a mi hermano y a mí? Habría sido una razón de bastante peso para que la matara.

—No, no les conté nada de eso.

—¿Por qué?

—Porque mi marido servía a las órdenes de tu padre y se negaba a que hablara mal de él —dijo Lynda sin tapujos.

—¿De modo que ocultó información a la CID por su marido?

Las palabras, tal vez ahora avivadas por los medicamentos en vez de inhibidas por ellos, manaron como un torrente.

—Las cosas eran distintas entonces. Yo era distinta. Estaba criando a siete hijos. No podía hacer algo que perjudicase la carrera de Stan. Era el sostén de la familia, John. Así que no, la verdad es que no les dije lo que pensaba ni lo que sabía.

—¿Y por qué lo ha destapado todo ahora?

Lynda se pasó una mano por la frente y Puller reparó en que le temblaba.

—Soy católica devota. Todos mis hijos se educaron en la fe católica. He ido a misa cada domingo durante tanto tiempo como puedo recordar. —Hizo otra pausa para recobrar el aliento—. Por eso no puedo irme de este mundo sin hacer algo para subsanar un gran error. Quería vengar a mi amiga.

—Su marido no está de acuerdo con usted.

—Stan no sabía nada al respecto. Jackie nunca se lo habría confiado. Y además, como he dicho, no hubiera escuchado jamás ni una palabra contra tu padre.

Puller entendió que muy probablemente esa era la verdad.

—Pero ¿por qué está tan segura de que le hacía daño? Porque sin duda tenía que estarlo para escribir esa carta tantos años después.

Una vez más, Lynda se incorporó sobre la almohada y lo miró sin pestañear.

—He dicho que la CID nunca se centró en tu padre porque estaba fuera del país.

—Cierto.

—Bien, pues no era verdad. No estaba fuera del país. Aquel día estaba en Hampton.

Puller notó que el pecho se le encogía.

—¿Cómo lo sabe?

—¡Porque le vi!

—¿Dónde? ¿Cómo?

—Había salido a hacer un recado. Vi a tu padre conduciendo por la calle. No iba en vuestro coche. Conducía otro vehículo del ejército.

—¿Está segura de que era él?

—Lo tuve a tres metros de mí. Él no me vio pero yo sí a él. Y parecía que estuviera bastante enojado.

—¿Qué hora era?

—En torno a las dos y media de la tarde.

Puller dio un resoplido.

—¿Por qué no se lo dijo a los agentes de la CID?

Lynda volvió a dejarse caer sobre la almohada y negó con la cabeza.

—Se lo conté a Stan pero me dijo que seguro que me había confundido. Me enseñó su calendario oficial. Demostraba que estaba en Alemania hasta el día siguiente. Supongo que me convenció de que me había confundido. —Meneó la cabeza con desaliento—. Pero en el fondo sabía que no me equivocaba. Era tu padre. —Hizo una pausa y jadeó—. Por eso escribí la carta.

Puller quería seguir hablando pero se dio cuenta de que Lynda se estaba cansando. Y en realidad, ¿qué más podía decirle? Su padre, en efecto, había estado en la ciudad aquel día. Se levantó.

—Le agradezco que me haya recibido. En serio.

Lynda Demirjian le tendió la mano y Puller se la estrechó con gentileza.

—Siento que hayamos llegado a esto, John. Pero me pareció que lo correcto era hacerlo.

—Lo entiendo. ¿Necesita algo?

Negó con la cabeza.

—Cuando llegas al punto en el que me encuentro, ¿qué necesitas realmente? Pero tengo mi fe. De manera que estoy en un buen sitio.

Puller salió de la habitación sin hacer ruido y recorrió lentamente el pasillo. Sus ánimos no mejoraron cuando llegó al soleado exterior. De hecho, los perdió del todo.

¿Discusiones? ¿Malos tratos? ¿Él y su hermano enviados a casas de amigos para que no los oyeran? ¿Su madre abandonando a su padre?

Era como si hubiese estado escuchando hablar de la vida de otra persona. La infancia de otra persona. A eso se debía de haber referido su hermano con lo de la memoria selectiva. Era imposible que él y Bobby estuvieran en casa de algún amigo cada vez que sus padres discutían. De modo que quizá los oyó en alguna ocasión.

Fue hasta su coche y se apoyó en el parachoques delantero. Hundió la barbilla en el pecho y cerró los ojos.

En algún lugar entre los recuerdos más difusos que conservaba, al parecer había cosas enterradas que ya nunca más se permitiría volver a rememorar.

Así pues, ¿cómo iba a descubrir la verdad si ni siquiera podía admitirla en su fuero interno?

10

Paul Rogers abrió los ojos y miró el techo de su coche. La víspera había llegado a Virginia. Ahora estaba amaneciendo.

Y acababa de darse cuenta de que había cometido un craso error. Aparte de dejar con vida al niño.

«Le di demasiado fuerte a ese hijo de puta. Maté a Donohue con excesiva saña.»

Deslizó la mano hasta la funda del puñal que llevaba en el cinturón.

¿Cuántos centímetros a través del pecho? Donohue era corpulento, fornido.

La hoja del puñal había llegado a hundirse en la pared del remolque, clavando a Donohue en la madera.

Gruñó por lo bajo; luego se restregó los ojos, pasó al asiento delantero, puso el coche en marcha y arrancó.

No tenía por qué haberlo hecho de aquella manera. Podría haber arremetido con la mitad de fuerza y matarlo igualmente. Pero no había vuelta atrás, de modo que olvidó el asunto.

Tenía que cambiar de coche. Si alguien le había visto salir del camino de tierra donde estaban el cadáver y el niño, no le convenía seguir circulando con el mismo vehículo.

Llevó el coche detrás de un centro comercial que aún no había abierto. Cogió su bolsa y metió dentro la M11 de época. Tiró la caja del arma a un contenedor, desatornilló las placas de la matrícula, también las metió en la bolsa y se marchó.

Durmió debajo de un puente, se despertó a la mañana siguiente y siguió su camino a pie. Al cabo de una hora llegó a una pequeña ciudad en el montañoso sudoeste de Virginia. Buscó la biblioteca municipal, se sentó ante un ordenador, se conectó a internet y tecleó un nombre.

Ballard Enterprises.

Obtuvo un montón de resultados, unos relacionados con lo que quería y otros no.

La empresa que le interesaba había cambiado de nombre años atrás. Ahora se llamaba CB Excelon Corp. Chris Ballard había fundado y dirigido la epónima Ballard Enterprises. Al seguirle el rastro en la red, Rogers descubrió que todavía era el presidente honorario de Excelon aunque había delegado en otros la actividad cotidiana. Y ahora Excelon estaba enfocada a la ciberseguridad.

Treinta años antes tenía un enfoque completamente distinto.

Rogers se levantó y se fue. Había impreso una fotografía de Ballard. No era reciente. En la foto aparecía todavía en la cincuentena, la edad con la que Rogers lo había conocido. Quería saber qué aspecto presentaba ahora, pero no había conseguido encontrar un retrato más actual. Rogers esperaba que no hubiese envejecido bien.

«Igual que yo.»

Aunque su principal interés no era Ballard. Había alguien más. Una mujer. Su nombre no figuraba en ninguna referencia. No le sorprendió demasiado. Ya en aquel entonces prefería permanecer en un segundo plano. Supuso que en eso no había cambiado.

Tenía apetito y halló un sitio donde comer a una manzana de la biblioteca. Huevos, beicon, panecillos y polenta regados con abundante café caliente.

Aquella era una ciudad minera, dedicada a la extracción de carbón. Rogers lo veía reflejado en los hombres encorvados, renegridos y de aspecto exhausto que iban y venían, en los camiones que acarreaban la roca negra por las calles, los trenes de más de un kilómetro que transportaban el mineral a larga distancia y las numerosas centrales térmicas de la zona que se encargaban de convertir los trozos de roca en electricidad para lugares remotos.

En la prisión había leído en un periódico que el carbón podía darse por muerto. Sin embargo, allí parecía estar muy vivo.

Dio una vuelta por la ciudad, observándolo todo. Buscaba algo en concreto, y muchas horas después lo encontró.

Una furgoneta blanca aparcó delante del bar con letreros de neón intermitentes y dos hombres se apearon y entraron. Rogers los siguió.

El local estaba lleno. Era uno de los pocos que había visto en la ciudad que prometiera algo de diversión ante el aislamiento geográfico y el trabajo agotador. Baile en línea country, alcohol a gogó, billar y videojuegos.

Los hombres y mujeres se enrollaban y al cabo se separaban. Los vasos subían a las bocas y bajaban dando un topetazo en la madera rayada de la barra. Se golpeaban bolas de billar, se mataba a alienígenas en grandes pantallas, y los labios se besaban y los cuerpos se abrazaban en rincones y recovecos medio privados.

Los dos hombres de la furgoneta colgaron sendas chaquetas en unos ganchos de la pared y fueron derechos a la barra. Ambos eran panzudos, con manos grandes encallecidas y barba recortada. La miseria de sus vidas se reflejaba en cada centímetro de ellos.

Uno llevaba un cuchillo en una funda sujeta al cinturón. El otro solo iba armado con una sonrisa y unas manos que toqueteaban a toda mujer que se pusiera a su alcance.

Rogers fue al servicio. Cuando salió se apartó contra una pared para que un grupo de mujeres ebrias pasaran camino del aseo de señoras para arreglarse el maquillaje y tal vez su reputación.

La mano de Rogers hurgó a hurtadillas primero los bolsillos derechos y después los izquierdos de las chaquetas de los hombres de la furgoneta. Cogió las llaves del vehículo, se quedó un rato mirando la pista de baile y luego salió del bar.

Subió a la furgoneta, la puso en marcha y arrancó. Se detuvo fuera de la ciudad para cambiar la matrícula.

Ya había comprobado que la furgoneta no llevara rótulo alguno. Era relativamente nueva. Había un millón iguales que aquella.

Estaba a nombre de un tal Buford Atkins.

Bien, pues el señor Atkins tendría que buscarse otro vehículo.

La parte trasera de la furgoneta estaba llena de herramientas, tanto manuales como eléctricas, y varios monos de trabajo. La verdad era que todo aquello podía venirle muy bien.

Rogers condujo durante seis horas, recorriendo unos doscientos kilómetros. Era un promedio lento porque las carreteras eran mayormente de dos carriles, sinuosas y llenas de curvas en horquilla, mientras circulaba cruzando un trecho boscoso de los Apalaches. Anhelaba un tramo recto a velocidad de interestatal, pero eso aún estaba muy lejos según el mapa que había encontrado en la guantera.

Paró, durmió unas pocas horas y reanudó su camino. Finalmente llegó a la interestatal y se dirigió al este. Una hora después se detuvo para comer.

Sacó la fotografía de Chris Ballard. Un tipo brillante, Rogers tenía que reconocerlo. Muy adelantado a su época.

Aunque la mujer que prefería quedarse en segundo plano era incluso más inteligente que Ballard. Veinteañera en aquel entonces, estaba muy por encima de los demás miembros de la empresa en capacidad intelectual y perspicacia.

Ahora debía de faltarle poco para los sesenta. Se preguntó dónde estaría.

De hecho, esta cuestión le estaba obsesionando.

Claire Jericho.

No había dicho el nombre en voz alta en treinta años.

Hizo girar el anillo con un dedo. Se lo había regalado ella. Había memorizado la inscripción grabada en la parte interior.

«Por el bien común.»

Exacto.

Podía estar en cualquier parte. Incluso podía estar muerta. En tal caso, quería ver su tumba para corroborarlo.

Entonces quizá cavaría en la tierra con las manos, forzaría el ataúd para abrirlo y haría polvo lo que quedara de ella allí dentro. Si estaba viva la enviaría a su tumba.

Regresó a la furgoneta y se marchó.

Un coche patrulla se detuvo a su lado en un semáforo. El agente le echó un vistazo.

Rogers mantuvo la vista al frente. No tenía carnet de conducir y la furgoneta era robada. Llevaba un cuchillo que aún conservaba rastros de sangre de un hombre muerto. También tenía una pistola robada que había pertenecido al hombre que había matado. Lo buscaban por violación de la condicional en todos los rincones del país. Consideró con calma cómo mataría al poli si le hacía parar.

Por suerte para el policía, arrancó cuando la luz cambió a verde.

Rogers aceleró despacio, y el coche patrulla no tardó en perderse de vista.

Se rascó el cogote. No quería enfrentarse al hecho de que los dolores de cabeza eran más frecuentes y le producían una sensación diferente que los de antes.

«¿Y si la cabeza me estalla antes de llevar a cabo lo que me he propuesto hacer?»

Flexionó primero el brazo derecho y después el izquierdo. La herida de la navaja se estaba curando bien.

Sus ojos escaneaban lo que tenía delante. Su visión nocturna era mejor que su visión diurna, aunque esta última seguía siendo aceptable.

Dejó atrás las montañas y se adentró en la zona central del estado. Al cabo de otras tres horas llegó a la región de Tidewater, en Virginia.

Entonces se detuvo y echó el freno de mano.

Fort Monroe estaba directamente delante de él.

Era primera hora de la mañana. No había nadie más alrededor.

Mientras se hallaba en prisión se había enterado de que habían clausurado Fort Monroe.

Poco le importaba.

Lo único que sabía Paul Rogers era que, después de todos aquellos años, por fin estaba en casa.

11

Regresó al manantial inagotable una vez más. El agua todavía era potable.

Su hermano nunca olvidaba un puñetero detalle.

Había contestado el e-mail en cuestión de minutos.

«La niñera era Carol Andrews. Su padre era el capitán Russell Andrews, servía a las órdenes del viejo. Con esto podrás seguirle la pista.»

En efecto, Puller sabía cómo seguirle la pista.

El Tío Sam siempre sabía dónde estaban los antiguos soldados de carrera, por dos motivos muy concretos: las pensiones militares y las prestaciones de salud.

Puller accedió a otra base de datos segura y descubrió que Russell Andrews se había jubilado con rango de coronel y que vivía en la costa atlántica de Florida. Consiguió el número de teléfono de Andrews y le llamó. Tras unos minutos rememorando el pasado y que Andrews preguntara por su antiguo comandante, Puller logró enterarse de que su hija Carol, ahora de cuarenta y siete años, estaba casada, tenía tres hijos adolescentes y vivía en Richmond. Su nombre de casada era Powers.

La siguiente llamada fue a ella. No contestó, pero Puller dejó un mensaje y Carol le devolvió la llamada pocos minutos después.

—Esto sí que es una voz del pasado —dijo Carol.

—Seguro que no esperabas volver a saber de mí.

—Mentiría si dijera que sí. Me enteré de lo que le ocurrió a tu hermano Bobby. Me alegró que lo absolvieran. Nunca creí que hubiese hecho algo de aquello.

—Gracias por tu lealtad.

—Dime, ¿qué puedo hacer por ti?

—Mi padre está bastante mal, y supongo que he llegado al punto de mi vida en que quiero ver las cosas con más claridad.

—Siento mucho lo de tu padre, pero entiendo a qué te refieres exactamente.

—Carol, hasta que me lo dijo mi hermano, no recordaba que tú nos estuvieras cuidando la noche en que desapareció mi madre.

—Oh, Dios mío, John, no lo sabía. Fue una situación espantosa. Todavía me pongo a temblar cuando pienso en ello.

—Verás, ahora soy agente de la CID. El caso no llegó a resolverse y he decidido que voy a investigarlo.

—Ah, de acuerdo. Ahora entiendo lo que has querido decir. ¿Qué deseas saber?

—Prácticamente todo. Porque al parecer tengo lo que Bobby llama memoria selectiva respecto a todo ello.

—Vaya, eres muy duro contigo. Solo eras un niño. Así que adelante, haz tus preguntas. Quizá sea más fácil de esta manera.

—¿Mi madre salió aquella noche?

—Sí. Yo también iba a salir pero mi novio de entonces me llamó y canceló la cita. Siempre hacía lo mismo, por eso al final rompí con él.

—¿Hacia qué hora viniste a casa?

—Uf, déjame pensar. Hace mucho tiempo.

—Basta con una aproximación.

—Veamos, fue después de cenar, de eso me acuerdo. Así pues, ¿pongamos que a las siete?

—¿Sabes adónde iba mi madre?

—No, no me lo dijo. Lo que sí me dijo fue que esperaba estar de vuelta en torno a las diez.

—¿O sea que tenía previsto regresar?

—Por supuesto que sí. ¿Qué pasa? ¿Crees que iba a abandonaros a ti y a Bobby?

—Pero no regresó —dijo Puller lentamente.

—Lo sé —repuso Carol con tristeza—. Dieron las diez. Y luego las once. Y luego las doce. Llamé a mi madre y le conté lo que estaba ocurriendo. No había móviles ni nada por el estilo en aquella época. Mi madre no sabía qué hacer. Pero mi padre estaba en casa y llamó a la PM. Después vino a quedarse conmigo, contigo y con tu hermano. Recuerdo que a cada hora que pasaba pensaba que ella entraría por la puerta. Pero no fue así. Los PM me tomaron declaración. Luego me figuro que dieron seguimiento al asunto y se pusieron a buscarla.

—¿Y mi padre?

—Apareció por la mañana. Entretanto os habíamos llevado a ti y a Bobby a casa. Le recuerdo estallando en nuestra puerta como si fuese un obús. Habló con mi padre, y después los PM vinieron a hablar con él. Yo no participé en nada de eso. —Hizo una pausa—. ¿Dices que no recuerdas nada?

—Hasta ahora, no.

—Vaya, quizá fuese un mecanismo de defensa, John. El cerebro es complicado. Es capaz de hacer cosas para protegernos.

—¿Qué piensas que le ocurrió a mi madre?

—Hubo muchas especulaciones.

—¿Como qué?

Puller la oyó carraspear nerviosa para aclararse la garganta.

—Estoy al tanto de los rumores, Carol —la animó—. Sobre que mis padres no se llevaban muy bien.

—Quiero que sepas que nunca fui testigo de algo que lo indicara, aunque la verdad es que tampoco iba a vuestra casa cuando estaban juntos. —Hizo una pausa—. Pero debo reconocer que algunas personas pensaron que quizá lo había abandonado, aunque yo sabía que nunca se marcharía sin sus hijos. No me sorprende que no supieras nada de esto. Los adultos no hablan de esas cosas con los niños.

—¿Tan mal estaban?

—No lo sé, John. Llevo veintidós años casada y tengo tres hijos. Mi marido y yo hemos tenido nuestros más y nuestros menos, incluso hemos ido a ver a un consejero matrimonial unas cuantas veces. Admito que algunos días me vienen ganas de tirarlo todo por la borda. Pero en realidad nunca lo haría porque mis hijos lo son todo para mí. —Hizo una pausa y agregó—: Y me consta que tu madre os quería a ti y a tu hermano más que a nada en el mundo.

—¿Te lo dijo así?

—No era necesario. Lo demostraba en la manera en que os trataba. Como madre, ahora sé en qué fijarme. Jackie os adoraba a los dos.

Puller no pudo decir palabra durante un momento.

—Agradezco que me lo digas.

—Pues también puedo decirte que el motivo por el que no regresó a casa aquella noche no tenía nada que ver con ninguno de vosotros dos.

—¿Y con mi padre?

Ahora fue Carol quien permaneció callada unos instantes.

—No sé si entiendo qué estás insinuando.

—He oído a varias personas sugerir que mi padre pudo haber sido el motivo por el que mi madre no regresó a casa aquella noche.

—Pero si ni siquiera estaba en la ciudad. Al menos eso fue lo que me dijeron.

—¿Y si sí estaba? ¿Hubo cotilleos en ese sentido?

—En mi casa, no. Aunque, claro, mi padre tenía al tuyo en un pedestal.

—Mi padre producía ese efecto en las personas que estaban bajo su mando. —Hizo una pausa para formular la siguiente pregunta—: Carol, ¿cómo iba vestida mi madre aquella noche?

—¿Vestida?

—Sí, ¿informal o...?

—Oh, no, en absoluto informal. Un vestido estupendo, tacones, medias, alguna joya, un bonito peinado, maquillaje y demás. Estaba realmente guapa. Recuerdo que cuando se marchaba pensé que iba muy bien arreglada. Es curioso que lo recuerde tan vívidamente. Aunque a las adolescentes les encantan la ropa y los accesorios. Te puedo asegurar, por la experiencia con mis dos hijas, que eso no ha cambiado.

—¿Y a dónde podía ir tan arreglada?

Carol no contestó enseguida.

—Bueno, quizá a una recepción. O a cenar con una amiga.

—Pero eso habría salido a relucir en la investigación.

—Supongo que llevas razón. Entonces no había muchos lugares a los que ir a bailar o a tomar una copa —dijo Carol lentamente—. Tampoco es que fuese a ir —se apresuró a añadir—. Me refería a personas solteras.

—Exacto. No a personas casadas.

«Me pregunto si se había arreglado para impresionar a alguien. ¿A otro hombre, quizá? ¿Y si mi padre lo descubrió y la siguió?»

Puller continuó indagando.

—¿Conocías a las señoras que entonces eran amigas suyas? ¿Alguien con quien pudiera haberse sincerado?

—Tendría que pensarlo un poco. Mi madre sería una, por supuesto.

—Tu padre me dijo que falleció hace unos años. Lo siento.

—Gracias. Ese es el precio de amar a alguien. Te quedas destrozada cuando se van.

«Lo sé de sobras», pensó Puller.

—A lo mejor desentierro algún nombre y te llamo. Mi familia mantuvo el contacto con bastante gente de Fort Monroe.

—Te lo agradecería.

Puller le dio su número.

—Por cierto, John.

—Dime.

—Espero que encuentres lo que andas buscando.

—Yo también.

12

Paul Rogers había recorrido a pie el perímetro de Fort Monroe. Ya lo había hecho una decena de veces, y en la última vuelta vio cosas en las que no se había fijado durante la primera. En ciertos aspectos, el lugar parecía un decorado de Hollywood de una pequeña ciudad. Solo faltaban el equipo técnico de la película y los actores.

Para él, treinta años antes aquello había sido una especie de patio de recreo. Entonces era veinteañero y estaba solo, confundido, intimidado.

Seguía estando solo. Pero ya no estaba confundido ni intimidado.

Observó el terraplén que rodeaba el fuerte. A menudo había corrido por aquella franja de hierba y sabía que tenía una longitud de dos kilómetros. Construido a lo largo de dieciséis años, el fuerte, conocido también como «el Gibraltar de Chesapeake», tenía murallas que se extendían más de un kilómetro y medio, abarcando más de veinticuatro hectáreas de tierra. Aún podían verse los viejos soportes oxidados de las piezas de artillería. Eran las baterías Endicott que habían sustituido a los cañones del fuerte. Los cañones estriados habían vuelto obsoletos a los de la fortaleza. Los barcos podían disparar desde muy lejos y los cañones distaban de tener tanto alcance. La baterías Endicott habían llegado para resolver ese problema. Aunque con la invención del avión incluso las Endicott quedaron obsoletas. Después de eso, los atributos estratégicos y operativos del fuerte estuvieron prácticamente agotados. Entonces pasó a ser un centro más administrativo y enfocado en «el entrenamiento y la doctrina», y en efecto se convirtió en la sede del ejército para esas dos disciplinas tan entrelazadas.

Mientras contemplaba el agua del foso, Rogers pudo ver que casi doscientos años de acumulación de sedimentos habían reducido la profundidad, ya de por sí bastante escasa, hasta tal punto que con la marea baja se veía una barra de arena.

Observó el estrecho canal donde el *USS Monitor* y el *CSS Virginia* habían librado el primer duelo entre acorazados. El canal era poco profundo y la parte más honda estaba en el lado de Fort Monroe, de modo que los barcos que entraban se arrimaban a su orilla. Recordó que los portaaviones se aproximaban tanto a tierra que proyectaban su sombra en los campos de instrucción.

En aquel entonces Rogers había aprendido tanta historia acerca de Fort Monroe como había podido. Al principio de la guerra de Secesión tres esclavos habían cruzado a remo aquel mismo canal y pidieron asilo. El comandante de la guarnición, el general de división Benjamin Butler, se avino a ello. Cuando los confederados, con bandera blanca, llegaron y exigieron que se los devolvieran, amparándose en la ley federal sobre esclavos huidos, Butler, que era abogado, dio a los rebeldes una lección sobre los matices de la ley. Puesto que se habían escindido de Estados Unidos, les dijo Butler, ya no tenían derecho a la protección que brindaba la ley federal. Y puesto que los esclavos estaban siendo utilizados en la campaña bélica contra la Unión, Butler los consideraba como un alijo con el que debía quedarse Estados Unidos. El rumor de este acontecimiento llegó a oídos de muchos esclavos, y miles terminaron buscando el estatus de refugiados como «alijo» en lo que dio en conocerse como la «Fortaleza de la Libertad».

El paseo había llevado a Rogers más allá del faro de Old Point Comfort. Se había construido en 1802 y todavía estaba en funcionamiento, lo que lo convertía en el faro activo más antiguo de la bahía de Chesapeake.

Rogers lo recordaba muy bien. Como parte de su entrenamiento le habían exigido que escalara las paredes casi verticales del faro hasta la barandilla de arriba. En plena noche, nada menos.

Lo había logrado. Recordó la sensación de estar en lo alto del faro, oteando la inmensidad de la bahía y el océano y pensando que su futuro era verdaderamente ilimitado. Que era un hombre especial, cuando nunca hasta entonces lo había sido.

Durante su paseo Rogers vio el viejo arsenal donde se fabricaban balas y bombas para la Unión. Pasó ante la iglesia de piedra y ventanas arqueadas de Santa María, donde acudía a rezar cuando era joven. Un joven muy diferente.

Tiempo después, ya no quiso rendir culto a nada ni a nadie. Todo había cambiado por completo. Él había cambiado por completo.

Trepó a lo alto de la muralla para ver mejor la bahía de Chesapeake. Allí fuera había pasado días enteros chapoteando, nadando, sobreviviendo en todas las condiciones meteorológicas posibles. Le habían presionado. Lo habían quebrado. Lo habían reconstruido.

Para quebrarlo otra vez.

Bajó de la muralla de un salto.

Al cabo de un tiempo dejaron de molestarse en curarlo.

Se frotó la cabeza. Últimamente los dolores eran persistentes y más frecuentes. No sabía por qué. Regresó a la furgoneta y se marchó, pasando ante una hilera de residencias de oficiales.

Un sinfín de recuerdos había acudido a su mente en cuanto había visto Fort Monroe. Pero ninguno como los que rememoró cuando se detuvo delante de lo que en aquella época se daba en llamar Edificio Q. Estaba ubicado en una zona apartada del fuerte, rodeado por una amplia franja de tierra baldía. Había una valla perimetral muy alta, coronada de alambradas. Había guardias armados apostados en las verjas. Su trabajo había sido mantener a unos tíos fuera y a otros tíos dentro.

Él era uno del grupo de los de dentro.

A diferencia de muchos de los grandes edificios de tamaño industrial de los alrededores, el Edificio Q no estaba vacío. El aparcamiento de dentro de la valla estaba lleno de coches. Las luces del interior, encendidas. Mientras observaba, alguien salió por una puerta lateral, se alejó del edificio y encendió un cigarrillo.

La alambrada seguía estando en lo alto de la valla. Las verjas las custodiaban guardias armados. Se preguntó si el sistema electrónico de seguridad seguiría estando activo.

No pensaba en todo esto porque sí.

Había regresado para entrar en aquel lugar.

A partir de ahí, Rogers tenía bastante claro cuál sería su estrategia.

Mientras observaba, el fumador tiró la colilla y regresó hasta la puerta. Usó una tarjeta de acceso para franquearse la entrada, abrió la puerta de un tirón y fue a reanudar el trabajo que estuviera haciendo allí dentro.

«O sea que también hay seguridad electrónica.»

Rogers había visto suficiente por el momento. Se marchó del fuerte y se puso a buscar un trabajo que se pagara en efectivo y que no requiriese rellenar ningún formulario. Estaba harto de dormir en coches. Estaría bien disponer de una cama. Y de un cuarto de baño que no estuviera en una gasolinera.

Mientras salía de Fort Monroe tuvo una sensación de paz que no había tenido en mucho tiempo.

Era una sensación buena. Normalmente, solo pensaba en hacer daño y matar. No era culpa suya.

Era tan solo la forma en que estaba programado.

Solo que eran otros quienes habían cargado el programa.

13

Puller miraba el correo electrónico, decidiendo si abrirlo o no. Contenía información que necesitaba.

Pero también era información que una parte de su ser no quería afrontar.

Shireen Kirk no había perdido el tiempo. Estaba claro que ya había informado a la CID de que representaba a John Puller sénior y solicitado aquella documentación.

La CID, siendo eficiente incluso con expedientes con tres décadas de antigüedad, se la había enviado sin demora. El hecho de que Shireen hubiese sido durante mucho tiempo abogada de la JAG y conociese prácticamente a todos los personajes de peso en las ramas de investigación criminal de los diversos servicios, sin duda le había servido de ayuda.

Nadie quería pifiarla con Shireen Kirk, sin que importara si todavía vestía o no el uniforme. Presentaría una petición legal tan deprisa que no tendrías tiempo ni de desenfundar tu pistola.

Después del trayecto desde Fort Monroe, Puller se sentó en una silla en su habitación de motel y abrió el archivo en su portátil.

El título que encabezaba el expediente era desalentador de buenas a primeras.

Investigación sobre la desaparición de Jacqueline Puller.

Resiguió con el dedo las letras del nombre completo de su madre, Jacqueline Elizabeth Puller.

Formalmente correcto, aunque él la había llamado siempre «mamá» durante los ocho años en que la tuvo como madre.

¿Y después? Rara vez había empleado aquel término.

Durante varios años, mientras crecía, la gente se le acercaba con el semblante rebosante de tristeza y le decía cuánto sentían su pérdida.

No dudaba de que fuesen sinceros, pero hacer frente a aquello era demasiado para un niño de su corta edad. Así que Puller había empezado a salir corriendo cuando alguien se le acercaba con «aquella expresión».

Su padre no había vuelto a mencionar a su esposa a partir de aquel día. La familia había seguido existiendo con una pieza sumamente importante de su mundo desaparecida sin explicación.

Puller y su hermano en ocasiones hablaban de ello, primero de niños y luego ya siendo hombres. Pero a medida que transcurrían los años sin que tuvieran noticias de su madre, cada vez se referían menos a ella.

En el fondo John estaba seguro de que tanto su hermano como su padre creían que Jacqueline Puller los había abandonado para huir a una vida nueva y mejor.

Eso sería preferible, pensó, a que su padre la hubiese matado.

Sin embargo, no había dejado nota alguna, no se había llevado nada de ropa ni otras pertenencias. Les había preparado la cena, había avisado a la niñera y había salido por la puerta para no regresar jamás.

En tanto que investigador, Puller sabía que cuando una persona planeaba marcharse —y había seguido el rastro de varias que lo habían hecho— por lo general dejaban algún tipo de nota. Si había hijos y era la madre quien se marchaba, invariablemente se los llevaba con ella. También se llevaban una maleta con ropa y otros artículos esenciales. Y normalmente cogían el coche. Además, limpiaban las cuentas bancarias y agotaban el límite de retirada de efectivo en los cajeros automáticos.

Su madre no había hecho nada de eso.

Puller creía que aquella noche tenía previsto regresar. Pero algo le había impedido hacerlo.

O alguien.

Leyó concienzudamente el informe, palabra tras palabra, página tras página. Después lo leyó otras dos veces.

Se había interrogado a las personas pertinentes. Se habían obtenido respuestas.

Se habían seguido unas pocas pistas tangenciales.

Eso era todo.

Fracaso absoluto.

En menos de dos semanas.

Puller se preguntó si el hecho de que su padre fuese el marido había tenido algo que ver con que se truncara la investigación. ¿Habían conjeturado que Puller sénior podía estar implicado y prefirieron no hurgar en eso?

La visión de la violencia doméstica era diferente treinta años antes. A los maltratadores se les daba un tiempo para tranquilizarse y los devolvían a sus mujeres maltratadas, que tenían demasiado miedo para poner una denuncia. En aquella época se toleraba lo que ahora es a todas luces ilegal. Un guiño, un gesto de asentimiento, un hacer la vista gorda.

Puller suponía que tres décadas antes las cosas también eran distintas en un cuartel del ejército. Pero, para ser justos, entonces la CID no estaba enterada de que Puller sénior había llegado al país a tiempo para estar presuntamente implicado en la desaparición de su esposa. No lo habían considerado sospechoso.

Ahora, técnicamente, lo era.

Puller sacó una libreta y un bolígrafo.

Necesitaba que Carol Powers le diera un nombre. Una de las amigas de su madre con la que hubiese podido hablar. Quizá eso le llevaría a otra cosa.

Necesitaba conocer al detalle qué había hecho su madre el día de su desaparición.

Necesitaba saber si había algo de cierto en los rumores de que estaba pensando dejar a su marido.

Necesitaba descubrir por qué iba tan arreglada aquella noche. ¿Tenía una cita? ¿Acudía a una recepción? En tal caso, la CID había sido incapaz de determinar de qué se trataba.

Soltó el bolígrafo y cerró los ojos, concentrándose en el último día con su madre. El rostro en la ventana. La sonrisa. Todo parecía ir bien. Aquella no era la expresión de una mujer que estuviera a punto de cambiar bruscamente de vida, abandonando a su familia.

Puller abrió los ojos. Había aprendido que el tiempo no solo curaba las heridas sino que además jugaba con los recuerdos. La gente a menudo reajustaba los recuerdos para que encajaran con la apariencia que deseaban que tuviera el pasado, más que con lo que realmente había ocurrido.

Sacó la foto de la cartera. Mostraba a los tres hombres Puller en fila. John era el más alto, su padre el siguiente en estatura y su hermano, con su metro noventa, cubría la retaguardia. La edad y el deterioro de su salud habían arrebatado a Puller sénior seis centímetros de estatura, de modo que ahora sería el último en el orden jerárquico por estatura.

Pero Puller estaba mirando hacia la izquierda de la fotografía. Donde habría estado su madre si hubiese seguido viviendo con ellos.

Aquella era la única foto familiar que Puller llevaba consigo. En combate fuera del país, en cada misión que había llevado a cabo en nombre del ejército estadounidense. En cada investigación que había efectuado como agente de la CID.

No tenía fotos de su madre.

No había tenido oportunidad de conservar alguna.

Su padre las había buscado y destruido todas.

Puller apartó la fotografía despacio, cerró los ojos y se volvió a concentrar... en aquel día.

El rostro en la ventana. Él jugando fuera. La sonrisa.

Una gota de sudor le perló la frente.

«Vamos, John. Ocurrió algo más. Bobby lo sabe. Supera lo que sea que te está bloqueando la mente. Ve las cosas tal como realmente fueron.»

Permaneció así cinco minutos más, esforzándose, los ojos cerrados con tanta fuerza que las pupilas comenzaron a dolerle.

Abrió los ojos y se quedó sentado.

El muro había resistido.

No podía atravesarlo.

Se levantó. Bien, si su mente no cooperaba, sus pies sí lo harían.

De un modo u otro, finalmente iba a llegar hasta la verdad.

14

Camino del coche sonó su teléfono. Era Carol Powers.

—Veamos —comenzó Carol—. He tenido que hacer unas cuantas llamadas pero al final he localizado a Lucy Bristow.

—¿Lucy Bristow?

—Es probable que no la recuerdes. Era amiga de nuestras madres. Las tres eran voluntarias en la iglesia católica de Fort Monroe. Santa María.

—Muy bien. Has sido rápida. ¿Cómo te las has apañado?

Carol se rio.

—Las mujeres hacemos estas cosas de otra manera que los hombres. Guardamos números de teléfono y direcciones, y la red de señoras es un poco más sofisticada que el círculo telefónico de cerveza y fútbol. Además, tendemos a mantenernos en contacto unas con otras.

—Supongo que así es.

—Era más o menos de la edad de tu madre. Su marido servía a las órdenes de tu padre. En fin, el caso es que he hablado con ella. Ahora vive en Richmond. Tampoco es que quede muy lejos. Y me ha dicho que hablaría contigo.

—¿Recuerda algo sobre aquel día?

—No se lo he preguntado. Me parece que es mejor que te lo diga directamente a ti, John.

—Entendido. Carol, gracias. No sabes cuánto te lo agradezco.

Carol le dio los datos de contacto y acto seguido colgó.

Puller llamó a Bristow y esta estuvo de acuerdo en reunirse con él unas horas más tarde.

Cogió el coche y se dirigió al noroeste, camino de la capital de Virginia.

Una parte de él se sentía como si estuviera jugando al juego infantil de frío y caliente. Cuanto más se alejaba de Fort Monroe, más frío parecía volverse el rastro. Pensaba que fuera lo que fuese lo que le hubiese ocurrido a su madre, las respuestas estarían allí. Pero para llegar a ese punto viajaría adonde fuese necesario.

Cinco minutos después de entrar en la autopista su teléfono volvió a sonar. Vio la identificación de llamada. Era su comandante, Don White.

Titubeó, lo cierto era que no tenía ganas de contestar y que le dijeran algo que no quería oír.

Pero su entrenamiento se impuso y contestó. En el ejército, tu comandante llamaba y tú contestabas al teléfono costara lo que costase. De lo contrario, no permanecías mucho más tiempo en el ejército. Te ibas de cabeza al calabozo.

—Diga, señor.

—Puller, he recibido una llamada de la PM, 12.ª Compañía.

—¿Sí, señor?

—Me han informado de lo que está sucediendo.

Puller notó que se le hacía un nudo en la boca del estómago.

—Fueron a verme cuando estaba con mi padre.

—Eso también me lo han dicho. El agente Hull parece competente. He revisado su historial. Es intachable.

—Seguro. A mí también me pareció bueno.

—Es una verdadera lástima que todo esto se esté destapando ahora.

—Una verdadera lástima —repitió Puller como un loro.

—Tiene un par de días de permiso, ¿verdad?

—Sí, señor.

—Trabajó muy duro en Alemania. Dio un buen rapapolvo a esos capullos.

—Gracias, señor. Conté con un buen equipo. Me apoyaron mucho.

—Bien. En fin, estaba pensando que probablemente necesite más de un par de días de descanso y relax. Adelante, tómese una semana. Pase a presentarse cuando pueda.

Puller apenas daba crédito a lo que estaba oyendo.

—¿Una semana?

—Usted preséntese. Si necesita más tiempo, hágamelo saber. Ni siquiera recuerdo la última vez que se tomó vacaciones, Puller. Incluso un soldado necesita recargar las pilas.

—Sí, señor. Gracias, señor.

—Y óigame bien, Puller. Vaya con pies de plomo. Si las cosas se ponen peliagudas, estará por encima de mi rango apoyarlo. Está con los flancos al descubierto, ¿entendido?

—Entendido.

La línea se cortó y Puller se metió el teléfono en el bolsillo lentamente.

Un mensaje confuso. Pero Puller lo había oído alto y claro. Primero, el tiempo libre. Después, la advertencia de que tenía el culo al aire y que no contaría con refuerzos.

Siguió conduciendo.

Lucy Bristow no le resultaba familiar a Puller desde el otro lado de la mesa del desayuno.

Era menuda, delgada, con el pelo corto plateado y salpicado de mechas rubias. Sus ojos se veían grandes en su pequeño rostro ovalado, dándole una mirada penetrante inmutable. Llevaba un brazalete de oro. Había preparado té y se lo había servido a Puller en una taza de porcelana.

—Recuerdo muy bien a Jackie —dijo—. También a ti y a tu hermano. Dudo que tú te acuerdes de mí. Erais muy pequeños.

Puller tomo un sorbo de té. Estaba caliente y tenía un punto de menta.

—¿Y mi padre?

Lucy Bristow lo miró a los ojos.

—En Fort Monroe todo el mundo conocía a John Puller sénior. Hacía poco que le habían concedido su primera estrella, general de brigada. Recuerdo que mi marido me dijo que la carrera de tu padre era meteórica pero que la merecía. No era un burócrata. Era un oficial de soldados. Había cumplido con su deber. Afirmaba que tu padre tenía más coraje que cualquier oficial que estuviera por encima de él.

—Tengo entendido que su marido estaba en el ejército.

—Sí. Era teniente coronel bajo el mando de tu padre. Teníamos bastante trato social con tus padres.

—¿Sigue vivo?

—Pues no. Murió hace tiempo.

—Lo lamento.

—Nos habíamos separado poco antes, pero aun así fue un golpe.

Dejó la taza de té en el plato y se rascó la sien.

Puller la observaba.

—No me extraña.

—No teníamos hijos, así que eso lo hizo un poco más llevadero, si es que algo semejante puede hacerse más llevadero. Mi padre también estuvo en el ejército sirviendo como soldado. Llegó a sargento de primera clase. Así que, para mí, un cero siete estaba en la estratosfera —agregó, refiriéndose a la categoría salarial de un teniente general.

—Yo también me alisté —dijo Puller.

—Cierto. Supe que no habías seguido los pasos de tu padre en West Point.

Puller se quedó asombrado.

—¿Quién se lo contó?

—Las mujeres de militar mantenemos el contacto. Como suelo decir, el cotilleo es un arte.

—Carol Powers vino a decirme lo mismo.

—Me sorprendió mucho enterarme por ella de que estás investigando la desaparición de tu madre. Quiero decir que ya ha pasado mucho tiempo.

—A mí me han sorprendido un montón de cosas últimamente.

Bristow suspiró y volvió a coger su taza.

—Era una mujer hermosa. Tanto por dentro como por fuera. Muy apreciada en el cuartel. Todo el mundo la quería. Podría haberse dado aires, siendo como era esposa de un general. Pero arrimaba el hombro y trabajaba en distintos proyectos, metiéndose en las trincheras con todas nosotras. Alegraba cualquier habitación en la que entrase. —Hizo una pausa y agregó—: Fue de gran ayuda para mí y mi marido cuando pasamos por... nuestros problemas.

—Me alegra oírlo. Recuerdo que íbamos a Santa María.

—Aún la veo caminando con sus dos chicos vestidos con sus mejores ropas de los domingos. Entonces ya erais altos. Nada de lo que sorprenderse, habida cuenta de lo grandote que era vuestro padre. Y Jackie tampoco era baja.

—Él no iba mucho a misa.

—Llegas a ese rango y el ejército se adueña de tu vida.

—Me imagino que sí.

—Quizá por eso no fuiste a West Point —dijo Bristow, mirándolo con perspicacia.

—Quizá —respondió Puller, un poco evasivo.

—Si me permites ser franca, siempre pensé que formaban una extraña pareja, tu padre y Jackie.

—¿Y eso por qué?

—Bueno, para empezar ella era nueve años más joven.

Lo cierto era que Puller nunca había pensado en la diferencia de edad entre sus padres. Para cuando quizá se hubiese fijado en ello, su madre hacía tiempo que había desaparecido.

—Y tu padre era el hombre más entregado a su trabajo que haya conocido jamás. Dominaba cualquier habitación en la que entrase. Los hombres le amaban y le temían.

—En eso estoy de acuerdo.

—Mi marido decía que la mayoría de los soldados rasos al mando de tu padre nunca sabían si les iba a estrechar la mano o a darles una patada en el culo.

—En eso también estoy de acuerdo.

—Jackie también dominaba cualquier habitación, solo que con gracia, elegancia y buenas vibraciones. —Hizo una pausa—. Se conocieron en Alemania, ¿lo sabías?

—Vagamente.

Puller de pronto se dio cuenta de que apenas conocía la historia del noviazgo de sus padres.

—Era hija de las Fuerzas Aéreas. Así es como siempre la vi, flotando por encima de todo. No me malinterpretes. Era amable y educada con todo el mundo, y como he dicho, arrimaba el hombro a la hora de trabajar. Pero también era reservada, guardaba una parte de sí misma apartada de la vista y el alcance de los demás. Bien, en aquella época tu padre era teniente coronel, con el pecho lleno de medallas y heridas de bala y metralla que había sufrido en Vietnam. Se conocieron en una recepción militar. Me contaron que su encuentro fue como entre fuego y hielo. Pero en cuestión de un año se casaron.

—Los opuestos se atraen.

—Quizá. Tuvo dos abortos antes de que naciera tu hermano.

Al parecer, Bristow había hecho aquel brusco cambio de tema para valorar la reacción de Puller, pues lo estaba mirando detenidamente.

Su expresión boquiabierta fue la respuesta que necesitaba.

—¿O sea que no lo sabías?

—No, qué va.

—Los padres no suelen hablar de esas cosas.

—No es de extrañar.

—Yo también sufrí varios abortos, y Jackie compartió conmigo su experiencia cuando se enteró de mi pérdida. Por eso estoy al tanto de estos detalles. Cuando has llamado, me he concentrado en aquella época de mi vida, y ha sido sorprendente con qué facilidad he rememorado todas nuestras conversaciones.

Permanecieron un momento callados.

—¿Puede decirme algo sobre el día en que desapareció? —preguntó Puller finalmente.

Bristow miró al infinito.

—La verdad es que no, John. Verás, para entonces había dejado a mi marido y vivía en un apartamento fuera del cuartel.

—No lo sabía.

—Era lo mejor. Nuestro matrimonio no funcionaba. Y después él falleció.

Se produjo un silencio incómodo hasta que Puller habló.

—Estaba en el patio trasero jugando cuando la vi en la ventana. Me observaba y sonreía.

Bristow asintió con la cabeza.

—Estaba muy orgullosa de sus chicos. —Su mirada buscó la de Puller—. Seguro que la echas de menos muchísimo. Que no haya sido parte de tu vida todos estos años...

—Sí, señora —dijo Puller en voz baja.

Todos esos años sin ella. Todo ese tiempo perdido. Las cosas que podrían haber vivido juntos.

—John, ¿estás bien?

Puller salió de su ensimismamiento y vio que Bristow lo miraba preocupada.

—Sí, gracias. Bien, el día en que desapareció era sábado.

Bristow hizo un gesto de asentimiento.

—Sí, en efecto. La semana anterior fue muy ajetreada. Aquel domingo íbamos a celebrar la Pascua en la iglesia. Un montón de pormenores y planificación. Tu madre estaba en el comité, igual que yo. Aunque ya no vivía en el cuartel, no iba a dejarlas en la estacada.

—¿Y ella estaba ansiosa?

—Pues claro. Todas lo estábamos. —Bristow le dedicó una mirada inquisitiva—. No pensarás que tu madre abandonó a su familia sin más, ¿verdad?

—Ahora mismo no sé qué pensar, señora. Solo intento recabar datos y ver dónde me llevan.

Bristow asintió de nuevo.

—Tu padre no era una persona con quien fuese fácil convivir.

—Eso me consta.

—Pero no habría sido motivo suficiente para que ella se marchara. Y jamás se habría ido sin sus hijos. No creas ni por un instante que lo habría hecho.

Puller reflexionó sobre aquello, con el bolígrafo suspendido sobre la libreta.

—Pues si no nos abandonó, algo tuvo que ocurrirle.

Bristow se mostró conforme.

—Es lo que siempre he supuesto. Los policías militares y los agentes de la CID vinieron a hablar conmigo, como es lógico. Y con otras personas que conocían a tu madre. Tu padre estaba fuera del país, si no recuerdo mal.

Puller no le dijo que ahora se sabía que no había sido así.

—¿Se le ocurre algo que pueda explicar qué le sucedió? —preguntó—. ¿Algo que a lo mejor le dijo y que en su momento no parecía importante?

—Me hicieron el mismo tipo de preguntas entonces. La verdad es que no. A lo largo de estos años, de vez en cuando he pensado en ello, aunque nunca se me ha ocurrido nada relevante.

—Carol Powers me ha dicho que mi madre iba muy arreglada aquella noche. Como si fuese a ir a un lugar especial. ¿Sabe qué lugar podría ser?

—No, de verdad. A veces salía a cenar con alguna de las chicas. Pero normalmente no se arreglaba más de la cuenta. ¿Cómo iba vestida, exactamente?

Puller le refirió lo que Carol le había contado.

Bristow negó con la cabeza.

—Se diría que llevaba su mejor traje.

—Supongo que sí.

—Siento no poder serte más útil, pero lo cierto es que no sé qué podía estar haciendo. En lo que a mí respecta, solo fue una típica noche de sábado.

Puller le hizo unas cuantas preguntas más y después le dio las gracias y se marchó.

Se quedó un rato sentado en el coche, sopesando todo aquello.

Entonces se le encendió la bombilla.

Embragó la marcha y arrancó, dirigiéndose de regreso a Fort Monroe.

Finalmente tenía una posible pista.

«Su mejor traje.»

15

Paul Rogers levantó la vista hacia el cartel pegado en la puerta de un bar que se llamaba Grunt. Un buen nombre, que tanto podía significar «gruñón» como «soldado».

Estaba bien escogido en una zona con una enorme impronta militar. Se figuró que cada noche se llenaría de soldados rasos del ejército con ganas de beber para olvidar sus problemas y divertirse un poco después de esquivar balas y artefactos explosivos mientras los sargentos les gritaban.

Se necesita portero.

Eso decía el cartel.

Abrió la puerta y entró.

A aquellas horas del día había poca gente dentro. Se dio cuenta de que casi todas trabajaban allí y estaban preparando el local para la invasión de la noche.

Fue en busca del barman, que estaba apilando vasos detrás de la barra.

—Vengo por lo del empleo de portero.

El barman lo miró de arriba abajo. Rogers era fuerte pero a duras penas pesaba lo que uno pensaría que debía pesar un portero.

El barman señaló el otro extremo del local.

—La oficina está allí al fondo. Llama a la puerta antes de entrar.

Rogers se encaminó hacia allá, echando un vistazo a su alrededor y haciéndose una idea precisa del espacio con un eficaz barrido visual. Pista de baile grande, sala de videojuegos, tarima elevada para música en vivo, un montón de sillas y mesas. Y suficiente alcohol almacenado detrás de la barra para hundir un portaaviones con toda la tripulación a bordo.

Rogers rememoró la única vez que había estado en un bar. La cosa no había terminado bien.

De hecho, le había costado diez años de su vida.

Una estúpida equivocación por su parte. Pero lo que tenía en la cabeza le había negado una alternativa mejor.

Recorrió un pasillo corto, llegó a una puerta con una placa que decía OFICINA y llamó.

Oyó pasos y, un instante después, abrió la puerta un hombre tan corpulento que casi llenaba todo el umbral. Llevaba el pelo al rape e iba vestido con chaqueta y pantalón negro, y un jersey de cuello alto también negro. Miró a Rogers por encima del hombro.

—¿Sí? —dijo con brusquedad.

—He venido por lo del empleo de portero.

El tipo dio un paso atrás y se mostró divertido.

Ahora Rogers podía ver el interior de la oficina. Era una habitación espaciosa, de veinte metros cuadrados, con armarios empotrados y mobiliario de lujo. Detrás de un estilizado escritorio de caoba había una mujer de treinta y tantos, vestida con un traje pantalón beis y una blusa blanca.

El hombretón la miró. Ella parecía medir un metro setenta y cinco, delgada y con una larga cabellera rubia que tenía raíces mucho más oscuras en lo alto de la cabeza.

—¿Tienes experiencia? —preguntó.

Rogers asintió con la cabeza.

—Eres un poco bajito para este tipo de trabajo. Y un poco mayor.

—Sé manejarme.

La mujer rodeó el escritorio y se sentó, apoyando una cadera. Rogers se percató de que los tacones aumentaban varios centímetros su estatura. Sin ellos, en realidad mediría más o menos un metro sesenta y cinco.

—¿Eres exmilitar? —preguntó—. Lo pareces.

—Algo por el estilo. No quiero rellenar formularios. Y prefiero cobrar en efectivo. Si eso es problema, me puedo marchar ahora mismo.

—Tú no marcas las condiciones —dijo el hombretón—. Ella es la jefa. Es la que manda.

Rogers se rascó el cogote, aunque la sensación era más un cosquilleo que un dolor. Levantó la vista hacia el hombretón.

—¿Pues por qué no eres tú el portero? Eres bastante corpulento. ¿La jefa tiene miedo de que no sepas reducir a un tío?

El hombretón estuvo a punto de dar un puñetazo a Rogers en la cara.

—De dónde carajo has salido...

—¡Karl!

La mujer se levantó y se acercó a ellos mientras Karl se apartaba.

—Karl es mi jefe de seguridad. Se queda conmigo.

—¿Usted necesita seguridad?

—Soy Helen Myers, ¿señor...?

—Paul. Llámeme solo Paul.

Myers miró a Karl.

—Él selecciona a los porteros. Forma parte de su trabajo como jefe de seguridad.

—Muy bien.

—Y normalmente comprobamos los antecedentes de los posibles empleados.

Rogers se volvió para irse.

—Aguarda —dijo Myers.

Rogers dio media vuelta otra vez.

—¿Tienes algún problema?

—Tuve un problema y pagué mi deuda. Soy un hombre libre. Y realmente necesito el empleo. Pero no voy a permitir que comprueben mis antecedentes. No pasa nada. Gracias de todos modos.

—Espera un momento.

Myers lo estudió unos instantes.

—De acuerdo, Paul, ahora voy a pasarle el asunto a Karl.

Rogers miró a Karl con expectación.

Este dio un paso al frente y dedicó a Rogers una sonrisa que no llegó a reflejarse en sus ojos.

—Veamos cómo andas de visión general.

Rogers volvió la cabeza hacia la derecha.

Un segundo después alargó la mano y paró el directo que Karl había querido encajarle en el mentón.

Lo paró y lo retuvo.

Karl intentó zafarse, pero Rogers lo agarraba con demasiada fuerza.

—¡Qué demonios! —exclamó Karl.

Acto seguido, Rogers le agarró el puño apretando tanto que un nudillo se le descoyuntó.

—Mierda —gritó Karl—. Suéltame de una maldita vez.

—Por favor, suéltalo, Paul —dijo Myers.

Rogers lo soltó y retrocedió, cruzando las manos en la espalda y poniéndose firmes.

—Hijo de puta —masculló Karl, sosteniéndose la mano lastimada—. Pero ¿tú quién eres, algún tipo de anormal?

Rogers miró a Myers.

—¿Cuánto pagan por el trabajo?

—Quinientos por noche —informó Myers—. El horario es de ocho a dos de la madrugada. El lunes cerramos. Vienen muchos soldados y a veces se ponen pendencieros. Y ninguno es un peso ligero. No puedo garantizar que no resultes herido. Por eso pagamos lo que pagamos. Tendrás que firmar un descargo de responsabilidad.

—Todavía no he terminado de evaluarlo, señora Myers —dijo Karl, fulminando a Rogers con la mirada.

Él se la sostuvo.

—Te voy a echar un pulso, si no te importa que te disloque un omóplato.

—Normalmente hago un poco de boxeo con los tíos nuevos —le espetó Karl.

—No te lo aconsejo —dijo Rogers—. No sería una pelea justa.

—¡Serás malnacido!

Karl dio un puntapié a Rogers, que esquivó el golpe, le bloqueó la pierna y sin el menor esfuerzo le hizo perder pie. Un instante después de que Karl cayera al suelo, Rogers se sentó a horcajadas encima de él, le retorció el brazo en la espalda y le agarró del cuello, haciendo una llave que lo dejó con los ojos en blanco.

—¡Basta, basta! —gritó Myers.

Rogers soltó a Karl de inmediato y retrocedió.

—¿Me da el trabajo? —dijo con toda calma.

Myers miró a Karl, tendido en el suelo semiinconsciente, y después levantó la vista hacia Rogers.

—¿Cuándo puedes empezar?

—Esta noche.

—De acuerdo —contestó Myers, agregando con voz un poco temblorosa—: ¿Tienes algún problema del que debería estar enterada, Paul?

—No tengo problemas. Y haré un buen trabajo para usted.

—Muy bien, pero no es preciso que mates a nadie.

Rogers no le contestó. Ayudó a Karl a levantarse y lo llevó hasta una silla. El hombretón no se dignó mirarlo a los ojos.

—Perdona si te he hecho daño —dijo Rogers—. Es solo que realmente necesito el trabajo.

Respirando con dificultad, Karl le hizo un gesto para que lo dejara en paz.

Myers condujo a Rogers fuera de la oficina y lo acompañó hasta lo que parecía un taller en la parte trasera del bar. Le entregó un juego de ropa y zapatos.

—Esto es el uniforme que llevan los porteros. Debería ser de tu talla.

—Gracias.

—¿Tienes *smartphone*?

Rogers negó con la cabeza.

—Ni tengo *smartphone* ni dinero para comprar uno.

Myers abrió un armario, sacó una caja y se la lanzó.

—Es un Samsung, conectado a la red y listo para funcionar. El número de teléfono está en la pantalla. Puedes usarlo mientras trabajes aquí.

Rogers lo guardó en un bolsillo.

—Gracias.

—También llevarás auriculares con micrófono cuando estés de servicio. Me gusta que mi gente esté comunicada en todo momento.

—Habla como si fuese militar.

—Nos vemos esta noche. Llega con dos horas de antelación para que te puedan mostrar cómo funciona todo, ¿entendido?

—Sí.

Miró un tanto nerviosa hacia la puerta.

—¿Cómo le has hecho eso a Karl?

—Conozco unos cuantos trucos. Y he pensado que tenía que demostrarle que tengo lo que hay que tener.

—De acuerdo, puedo entenderlo. Pero te saca casi quince centímetros y pesa más de cuarenta kilos que tú. Ha evaluado a un montón de porteros mucho más corpulentos, y ninguno de ellos hizo lo que acabas de hacer. Normalmente es Karl quien les hace morder el polvo.

—Soy más fuerte de lo que parece —dijo Rogers.

—Es evidente.

Se marchó, dejándola con una mirada de incertidumbre.

Regresó a su furgoneta y condujo hasta un motel que ofrecía una tarifa de veintinueve dólares la noche. La habitación era una ratonera pero, después de diez años en la celda de una prisión, había aprendido a que no le importase dónde dormía mientras pudiera salir por la puerta a su antojo.

Pagó tres noches en efectivo y entró en la habitación, tras aparcar la furgoneta justo enfrente.

Quinientos dólares la noche, libre durante el día y aún le quedaría tiempo, después de salir del bar a las dos, para hacer lo que tenía que hacer. Era un panorama estupendo en todos los sentidos.

Cerró la puerta con llave; luego soltó su bolsa en el suelo, colgó su ropa de trabajo en el armario y puso los zapatos directamente debajo.

Se sentó en el borde de la cama y, con la cabeza gacha, miró el *smartphone*. Nunca había usado un artilugio de aquellos. Cuando se pusieron de moda ya había ingresado en prisión. Pero enseguida averiguó cómo funcionaba.

Se conectó a internet e indagó un poco más acerca de CB Excelon Corp.

A medida que avanzaba en su búsqueda, saltaba de una página web a otra hasta que encontró algo interesante.

«Antiguo director general se jubila y se muda a los Outer Banks.»

El artículo era de cinco años antes. Chris Ballard había fundado y dirigido Ballard Enterprises y su sucesora, CB Excelon, durante muchos años. Obviamente, las siglas CB eran las iniciales de Chris Ballard. Posteriormente había pasado las riendas del negocio a un tercero. Ya octogenario, Ballard se jubiló para llevar una vida más ociosa en las playas de arena de Carolina del Norte.

Después el artículo destacaba unos cuantos logros de Ballard y el trabajo que su firma había hecho relacionado con la DARPA, la rama de investigación del Departamento de Defensa. Finalmente también hacía un breve resumen de la historia de esa agencia.

La DARPA, creada a finales de la década de 1950 por el presidente Eisenhower, había iniciado su andadura como Agencia de Investigación de Proyectos Avanzados. Se fundó como respuesta a los soviéticos cuando pusieron en órbita el *Sputnik*. La agencia había cambiado de nombre varias veces a lo largo de las décadas, antes de quedarse con el de DARPA en 1996. Con su cuartel general en Arlington, Virginia, daba empleo a cientos de personas y manejaba un presupuesto de tres mil millones de dólares. Su misión era fomentar y apoyar tecnologías innovadoras y crear sorpresas para los enemigos de Estados Unidos, aunque el resultado de algunos de sus proyectos había ejercido una notable influencia en aplicaciones civiles. Fundó diversas áreas de desarrollo en el sector privado y era conocida por dar amplio margen de maniobra, plazos cortos y sumamente ambiciosos —algunos dirían imposibles— a sus adjudicatarios. Había cosechado muchos éxitos pero también fracasos estrepitosos. Siendo una agencia independiente, la DARPA rendía cuentas directamente ante los altos cargos del Departamento de Defensa.

Rogers ya sabía todo aquello acerca de la DARPA y en realidad le importaba un comino.

Encontró una aplicación de mapas en el móvil y calculó que los Outer Banks estaban apenas a un par de horas en coche desde Fort Monroe.

Su única pista para dar con Claire Jericho era Chris Ballard.

«Carolina del Norte, allá voy.»

16

El coche había estado aparcado en la entrada.

Puller estaba sentado en el capó de su Malibu, contemplando su vieja casa en los terrenos de Fort Monroe. La familia Puller tenía entonces un sedán cuatro puertas Buick, propiedad del ejército.

Seguía estando en la entrada después de que su madre saliera aquella noche.

No tenían otro coche.

Así que tuvo que haber ido a pie.

Puller se levantó del capó y enfiló la acera calle abajo. Podría haber ido en cualquiera de las dos direcciones, pero había escogido la que para él tenía más sentido.

El mejor traje.

Mientras caminaba no podía evitar pensar en su madre haciendo idéntico recorrido aquella noche. Sus pasos seguían el mismo camino. Sus pisadas daban donde las de ella habían pegado en aquel mismo hormigón. La visualizó arreglada con esmero, tal vez con el bolso agarrado a un lado. Su mirada derecha al frente. Un objetivo en mente.

Un destino.

Cuando llegó a la iglesia de Santa María, Puller se detuvo.

Parecía la misma de cuando él era niño. Los árboles de los alrededores habían crecido en todo su esplendor, pero la iglesia en sí había permanecido congelada en el tiempo.

Era un hermoso templo. Daría para una fantástica foto de postal, pensó de repente.

«Venid y adorad al Señor. Iluminará vuestro espíritu.»

Aquella iglesia católica seguía estando abierta y en uso. Su nombre oficial era Iglesia Católica de Santa María del Mar. Tenía una escuela, también llamada Santa María del Mar, que cubría desde preescolar hasta el último curso de secundaria y estaba ubicada en Willard Avenue, al otro lado del puente desde Fort Monroe.

Puller había asistido a misa allí cada domingo con su madre y su hermano, y su padre cuando estaba en la ciudad. No había vuelto a ir desde que ella desapareció. No le veía sentido puesto que Dios había hecho caso omiso de sus llorosas súplicas y nunca le devolvió a su madre.

Se quedó plantado delante de la iglesia durante unos minutos, procurando no dejarse abrumar por los recuerdos que de pronto se precipitaron sobre él.

Subió la escalinata y entró en la iglesia. Era silenciosa, fresca y olía un poco a moho. Inspeccionó el interior, la moqueta azul y el letrero que, encima de un estante con material impreso, decía NO ROBARÁS.

Enfiló el pasillo y reparó en los vitrales de los muros.

Uno era un homenaje a un soldado muerto en Corea. Las palabras rezaban: «Murió para que los hijos de tus vecinos pudieran vivir».

Esa parecía ser la suerte de muchos soldados, pensó Puller.

«Mueres para que otros no mueran.»

En ambos lados pendían banderas del techo. Levantó la vista hacia ellas al pasar.

Finalmente sus ojos alcanzaron el pequeño altar.

Volvieron a sobrevenirle todos los recuerdos como un enemigo que asaltara su posición en un campo de batalla.

Cerró los ojos y dejó que esas imágenes lo inundaran. Sentados en el banco, su madre siempre entre su hermano y él. Eran pequeños, al fin y al cabo, y sentados juntos en algún momento de la misa alborotarían.

Pudo evocar el olor de su perfume, delicado y apenas perceptible. El frufrú de su falda, el ligero golpe de su tacón contra el banco de enfrente. El metódico pasar las hojas del cantoral.

Levantarse para cantar, para rezar, escuchar la homilía. Volverse a levantar. La genuflexión. Recitar el padrenuestro. Hacer cola para comulgar, pues Puller pudo empezar a recibir la comunión un año antes de que su madre desapareciera.

Tragarse la hostia y desear que su madre le hubiese permitido beber un poco de sangre de Jesús en forma de vino tinto.

Solo una vez.

Dejar los billetes arrugados de un dólar durante la colecta.

Cantar el himno final mientras el cura y los monaguillos recorrían el pasillo central, portando la cruz y las Sagradas Escrituras hasta el zaguán.

Su madre demorándose para conversar con el cura y unos amigos, mientras él y su hermano no paraban quietos, ansiosos por llegar a casa, cambiarse de ropa y salir corriendo a jugar. O, en el caso de Robert Puller, a terminar de leer un libro o acabar un trabajo de ciencias.

Puller parpadeó y dirigió la mirada hacia el altar. Se había abierto una puerta lateral y un hombre con alzacuello había salido de una habitación interior. Llevaba unos cuantos cantorales. Cuando descubrió a Puller dejó los libros y se acercó a él por el pasillo central.

Era cincuentón, con una hermosa mata de pelo blanco que combinaba perfectamente con el color del alzacuello. Vestía los usuales pantalones negros y una camisa de clérigo con el alzacuello blanco. Unas gafas protegían unos ojos de un azul acuoso, blanquecino.

—¿Qué desea? —preguntó, ofreciéndole una sonrisa con su saludo. El párroco se acercó más y le tendió la mano—. Soy el padre O'Neil. —Miró a Puller más detenidamente—. Disculpe, joven, ¿suele venir a misa aquí? Por lo general se me da muy bien recordar rostros.

—Venía hace tiempo. Unos treinta años.

—Oh, ¿de niño?

—Sí.

—Bueno, usted se remonta mucho más que yo. Aquí soy párroco desde hace solo nueve años. Vine desde Roanoke.

—El cura, cuando yo venía aquí, era el padre Rooney.

—¿El padre Rooney? Me suena el nombre. Hubo unos cuantos párrocos entre él y yo. A la diócesis de Richmond le gusta trasladarnos de un sitio a otro.

—¿Tiene idea de dónde podría encontrarlo?

O'Neil adoptó un aire ligeramente precavido.

—¿Puedo preguntar por qué lo busca?

—Me llamo John Puller y mi padre estaba en el ejército, igual que yo. Solía venir aquí con mi madre y mi hermano cuando éramos pequeños. Mi madre desapareció de Fort Monroe hace treinta años. Nunca la han encontrado. Solo intento averiguar qué pudo haber ocurrido.

Los ojos azul acuoso se suavizaron un poco más.

—¿Por qué ahora, cuando ha transcurrido tanto tiempo?

Puller sacó su credencial de la CID.

El sacerdote la examinó.

—¿La CID? ¿De modo que es una investigación oficial?

—No, solo personal. Recientemente han ocurrido ciertas cosas que me han llevado a querer descubrir de una vez por todas qué le sucedió.

—Lo comprendo, agente Puller. La ignorancia puede ser algo terrible.

—¿Tal vez usted podría enterarse de qué fue del padre Rooney? Ni siquiera sé si sigue vivo.

—Bueno, la verdad es que puedo intentar averiguarlo. Desde luego, puedo hacer unas cuantas llamadas. ¿Le importa aguardar, o quizá regresar más tarde? Tengo una reunión dentro de un cuarto de hora y debo prepararla, pero puedo hacerlo cuando haya terminado. ¿Digamos en un par de horas?

—Aquí estaré. Y gracias, padre.

Puller salió de la iglesia y comprobó qué hora era. No le gustaba perder el tiempo. El ejército no enseñaba a perder el tiempo, más bien lo contrario.

Puller aún no había llegado a su Malibu cuando oyó una voz de hombre.

—¿Qué está haciendo aquí?

Al volverse vio a Ted Hull, el agente especial de la CID, sentado en el asiento del conductor de su Malibu propiedad del ejército, que era idéntico al de Puller. El ejército compraba al por mayor sin pensar en la diversidad del producto. De hecho, en su opinión la uniformidad era buena, tanto si se trataba de soldados como de coches.

Puller volvió la vista hacia la iglesia y después se acercó a Hull.

—Solo rememoro viejos tiempos.

—¿En serio? ¿En Fort Monroe, el lugar de donde desapareció su madre?

Puller se encogió de hombros y se inclinó hacia la ventanilla.

—Usted me lo puso en bandeja. Me picó la curiosidad. ¿Qué haría si se tratase de usted y de su madre?

Hull asintió con la cabeza y dio unos golpecitos al volante con los pulgares.

—Seguramente lo mismo que usted está haciendo.

Puller se enderezó.

—Bien, de acuerdo.

—¿Ha descubierto algo?

Puller volvió a agacharse.

—He hablado con unas cuantas personas. Aquella noche mi madre iba muy arreglada. Se marchó a pie; nuestro coche no se movió de la entrada. La iglesia queda a dos pasos. Era muy religiosa. Quizá vino aquí.

—¿Por qué aquí?

—Si tenía un problema, es posible que viniera para hablar.

—¿Se refiere a confesarse?

—En esta iglesia no hay confesionarios propiamente dichos, lo hacen en una estancia aparte. Pero no, solo me refería a conversar con el cura.

Hull echó un vistazo a la iglesia.

—¿Sique aquí el mismo sacerdote de entonces?

—No, pero el actual intentará localizarlo.

—¿Piensa que puede ser una pista viable?

—Como no tengo otras, me conformaré con la que sea.

—En el expediente no vi que los agentes de la CID hablaran con el cura hace treinta años.

—En realidad no conocían a mi madre. Yo sí. Aunque, claro, esto quizá no me lleve a nada. —Miró en derredor—. Este lugar es ahora muy diferente. Lo recuerdo lleno de gente uniformada apresurándose de acá para allá.

Hull hizo un gesto de asentimiento.

—Yo también. Pero tenemos demasiados cuarteles y nos falta el dinero suficiente. Así que ahí lo tiene. ¿Cuándo sabrá si han encontrado al cura?

—En cuestión de horas.

Hull reflexionó un momento.

—Oficialmente no puede investigar esto.

—Está claro.

—¿Pues qué está haciendo realmente, Puller?

—Analizo la desaparición de mi madre. No existe una ley que me lo impida.

—Si su padre es sospechoso, sí existe. Usted viste uniforme.

—Pero mi padre no ha sido declarado sospechoso de manera oficial.

—¿Me llamará cuando aparezca ese cura?

—Lo haré encantado.

—No tire su carrera por la borda por esto, Puller. Estoy más o menos enterado de lo que ocurrió con su hermano cuando estaba preso en la USDB. Los rumores dicen que llegó peligrosamente cerca del precipicio.

—Soy soldado. El peligro es inherente al territorio.

—Hay diferentes tipos de peligro. Y el que viene de tu propio bando a veces es mucho peor que cualquier cosa que el enemigo te pueda lanzar.

Hull se marchó.

Puller se quedó un momento observando cómo se alejaba antes de volver la atención hacia otra cosa.

No había sido sincero del todo con Hull. Tenía otra pista que seguir.

Una parte de ella era real.

La otra parte estaba en su cabeza.

17

Puller estaba en una silla de la habitación del motel y miraba fijamente su bolsa de viaje.

Era una bolsa normal y corriente.

De lona.

Con cremallera.

Abarrotada de cosas que le ayudaban a hacer su trabajo.

Descubrir la verdad.

Eso era lo que hacía. Lo que siempre había querido hacer.

¿Acaso era porque su madre había salido de casa y nunca regresó?

¿Porque algo terrible le había impedido que regresara?

¿Y el causante de ese daño era su propio padre?

Se tapó la cara con las manos; la carga tremenda de aquel pensamiento amenazaba con aplastarlo sin un gramo de peso real.

De pronto se enderezó y recobró la compostura.

«Eres militar, John Puller. Eres un soldado del ejército. Eres capaz de hacer lo imposible. Se espera que hagas lo imposible con regularidad.

»Así que abre la bolsa, John. Abre la maldita bolsa y saca lo que tienes que sacar. Ahora mismo.»

Alargó la mano para agarrar la cremallera.

Se imaginó a su padre fulminándolo con la mirada.

«Vamos, soldado, pones tu vida en primera línea de fuego por tu país. Una maldita cremallera no debería ser tan difícil de abrir.»

La descorrió, separó la lona y vio lo que había metido dentro. Tocó el borde de la carta pero no la sacó. Aún no.

Tenía que armarse de valor para hacerlo, por extraño que pareciera. La fuerza gravitatoria de la dinámica familiar, que dejaba un agujero negro en el polvo.

Finalmente tiró lo suficiente para ver el nombre escrito en el sobre.

Escrito con la letra de su madre.

John.

No él, su padre.

La carta había sido escrita para John Puller sénior. En aquel entonces era un militar con una estrella que se partía el lomo para añadir más plata a sus charreteras. Esto conllevaba dejar todo lo demás de su vida, incluso a la familia, en un distante segundo plano.

Puller sénior terminaría su carrera con un trío de estrellas. Solo había cuarenta y tres como él en todo el ejército estadounidense. Pero su viejo quería la cuarta, cosa que en un momento dado lo habría incluido en una élite de solo nueve hombres sobre la faz de la tierra. Como nunca llegó a lograrla, era un fracasado, al menos en su propia opinión.

Puller sacó la carta y la desdobló.

Nunca la había leído. La había encontrado de niño, apenas seis meses después de la desaparición de su madre. Su padre la había dejado en algún rincón de la casa de Fort Monroe. El sobre estaba abierto, pero no sabía si su padre había leído el contenido.

Bajó la vista a la letra que, a pesar del transcurso de los años, reconoció como la de su madre. Solía escribir muchas notas para él y su hermano, unas de aliento, de apoyo, a veces tan solo cosas divertidas para hacerles sonreír o, mejor aún, reír, sobre todo cuando estaban tristes, inseguros o asustados.

La vida de un hijo de militar no tiene nada de fácil. La vida del hijo de una leyenda del ejército a veces podía ser el mismísimo infierno.

Los hermanos Puller aprendieron la lección perfectamente a medida que se hicieron hombres.

La gente suponía que eras tan bueno, talentoso y valiente como tu legendario padre y que nunca te permitías estar por debajo de ese listón supremamente alto, o bien suponía que no eras ni por asomo tan bueno como él porque el hecho de que una familia engendrara múltiples combatientes de leyenda resultaba insólito. Por consiguiente, quedabas relegado al instante a ser el perrito faldero de tu padre. Nada de lo que lograses sería gracias a lo que hacías, sino solo gracias a quién era tu padre.

De modo que, en ambos casos, cualquier cosa que consiguieras nunca sería suficientemente buena.

Porque tú nunca serías él.

La carta era breve pero imperiosa, incluso desgarradora en algunos fragmentos. Lo que él habría dado por recibir cartas de ella cuando estaba en la universidad, o cuando se alistó en el ejército. O cuando lo enviaron a ultramar y se encontró literalmente luchando por su vida en medio de una de las situaciones más hostiles y caóticas que cupiera imaginar.

Las palabras de su madre habrían sido su piedra angular, su oasis en un mar de mierda.

Puller notó que la mano le empezaba a temblar mientras leía los pensamientos que su madre había escrito tres décadas antes.

Problemas en el matrimonio. Problemas con él. Problemas con ella.

Pero... estaba dispuesta a arreglar las cosas.

No por ella ni por él.

Sino por sus hijos.

Porque eso era lo verdaderamente importante. Al menos para Jackie Puller.

No obstante, y este era el punto crucial, escribió que ella y los niños tendrían que marcharse una temporada. Para dejar que John Puller sénior viera cuáles eran sus prioridades en la vida. Después, en función de lo que hubiese decidido, volverían a comenzar partiendo de cero.

Puller dobló la carta y la metió en el sobre.

Palabras desde la tumba. Y si no eran desde la tumba, Puller no sabía desde dónde.

A pesar del gran amor y cariño que, según se desprendía de la carta, sentía por sus hijos, cuando Puller terminó de leerla estaba más deprimido todavía que antes.

Una parte de él había esperado que su madre hubiese abandonado a su marido. Porque eso significaba que a lo mejor aún estaba viva.

Para Puller, aquella carta significaba que lo más probable era que su madre estuviera muerta.

Por eso se había enfrentado a balas, bombas y fanáticos yihadistas que intentaban segarle la vida. Luchabas por la bandera y el país que representabas. Pero en realidad luchabas por el tipo que tenías al lado.

Ahora Puller estaba solo.

Todo se reducía a él y a una madre desaparecida a quien le había entregado todo su corazón.

Mientras miraba el sobre sin verlo, la depresión se vio reemplazada de golpe por otro sentimiento más fuerte.

Culpa.

¿Por qué había aguardado tantos años para hacer algo al respecto?

Era un investigador experto. Sin embargo, nunca había investigado el único caso que significaba más para él que cualquier otro que tuviera que afrontar jamás. Incluso más que el de tener a su hermano en prisión.

Sin embargo, no había hecho nada. Solo dejar que transcurriera el tiempo.

Volvió a meter el sobre en la bolsa y cerró la cremallera, asegurándola con un candado de la CID.

Sopesó la posibilidad de llamar a su hermano.

Pero lo más probable era que Bobby intentara ser lógico y por tanto desdeñoso ante cualquier emoción que su hermano pequeño estuviera sintiendo.

Ahora mismo no necesitaba lógica ni desdén.

Solo necesitaba alguien con quien hablar, alguien que fuese capaz de verlo desde un lado de la vida que no tuviera nada que ver con lo práctico y el sentido común.

Consultó su reloj de pulsera.

Con un poco de suerte tendría una pista sobre el paradero del padre Rooney para cuando se marchara de regreso a Fort Monroe.

Cerró la habitación con llave y fue en busca del coche.

Al doblar la esquina la vio, posada majestuosamente sobre el capó de su Malibu como un adorno de carne y hueso.

Se quedó tan aturdido que faltó poco para que chocara contra uno de los postes que sostenían el porche del motel.

—He pensado que quizá te vendría bien una amiga —dijo Veronica Knox.

18

Rogers se duchó, se vistió con la ropa nueva y guardó el móvil en el bolsillo interior de la chaqueta.

Fue en coche hasta el Grunt y aparcó en la parte de atrás.

Entró por la puerta principal, y las miradas que le dirigieron los que estaban trabajando allí le dijeron con bastante claridad que ya había corrido el rumor de la paliza que le había dado al gigantesco Karl.

Cualquiera que cruzaba una mirada con Rogers apartaba la vista enseguida.

Tanto mejor para él. No estaba allí para hacer amigos. Solo le interesaba el dinero.

Le indicaron que volviera a ir a la oficina, donde Helen Myers lo estaba esperando. Se había cambiado de ropa y ahora lucía un elegante traje chaqueta beis y tacones altos. La melena le caía sobre los hombros y llevaba el rostro muy maquillado.

—¿Dónde está Karl? —preguntó Rogers.

—Se ha tomado la noche libre. Tenía que ocuparse de unos asuntos.

Rogers asintió con la cabeza. Se imaginó que Karl tenía que ocuparse de un dedo roto, una tráquea casi aplastada, una pierna lastimada y un brazo dislocado. Pero eso no era problema suyo.

Myers pasó media hora revisando los pormenores del trabajo y los protocolos y la política del bar.

—La mitad de los carnets que verás serán falsos. La edad legal para beber es de veintiún años. Nadie más joven está autorizado a entrar. Sin excepciones. La mayor parte de los que van de uniforme tienen diecinueve o veinte años. Más vale pecar por exceso al denegar la entrada. Lo último que necesito es que me cierren el negocio por promover el consumo de alcohol entre menores de edad.

—Se podría pensar que si eres lo bastante mayor para luchar por tu país deberían permitirte tomar una cerveza.

—Estoy de acuerdo, pero las leyes no las hago yo. Los fines de semana son nuestras mejores noches, como es lógico. Cerramos los lunes para que todo el mundo se tome un respiro, pero abrimos todas las demás noches de la semana.

—¿Algo más? —preguntó Rogers.

—Debes tener mano izquierda y buen juicio, Paul. Aunque queramos dejar fuera a los menores, no deseamos ganarnos fama de ser un lugar donde se niega la entrada innecesariamente o donde te fastidian y te pegan, ¿de acuerdo? Eso tampoco es bueno para el negocio.

—Entendido.

—Cada noche tenemos una lista de invitados VIP a quienes dejarás que se salten la cola. Te he enviado la de hoy a tu móvil. Se acercarán y te mostrarán su carnet. Compruebas que el nombre figure en la lista y los dejas pasar. Alguien de dentro los acompañará a una zona reservada del bar. Tú tienes que estar fuera en todo momento, a no ser que te manden entrar. Eres la primera línea de defensa.

—¿Quiénes son los VIP?

—No es asunto tuyo —contestó Myers con firmeza—. Tú déjalos entrar. La responsabilidad es tuya, ¿de acuerdo?

Rogers se rascó la nuca.

—De acuerdo.

—Te sienta bien el uniforme —dijo Myers, mirándolo de arriba abajo—. Es increíble que estés tan en forma. Por cierto, ¿qué edad tienes?

—Seguramente soy mayor de lo que imagina.

—Debes de entrenar mucho. ¿Demencia? ¿Rutinas de entrenamiento en casa de tipo P90X o MMX?

Rogers negó con la cabeza.

—Buenos genes.

Myers sonrió.

—¡Qué suerte tienes!

«Sí, qué suerte tengo.»

—No beberás en horas de trabajo. Puedes tomar lo que quieras cuando termines, invita la casa.

—No soy muy bebedor.

—Tú mismo. Bien, buena suerte esta noche.

—Gracias.

Rogers fue a sentarse en la barra, contando los minutos hasta que el negocio abriera. Pidió un vaso de agua con una rodaja de lima y el barman se lo sirvió.

Había un televisor en la pared de enfrente. Daban las noticias. Un hombre asesinado en Virginia Occidental, cerca de la frontera con Virginia. Un niño había quedado huérfano de padre. Una pistola de coleccionista robada.

El presentador del informativo se mostraba sumamente indignado mientras relataba el asesinato a sangre fría.

La policía seguía varias pistas. Era posible que se hubiese visto un coche abandonando el lugar del crimen. El niño había sobrevivido pero estaba muy trastornado. Según parecía, lo había presenciado todo.

El barman se volvió para mirar la pantalla con Rogers sin dejar de limpiar vasos.

—Malditos psicópatas —masculló, mirando a Rogers—. Merecen algo peor que la pena de muerte.

Rogers no respondió. Tenía otras cosas en mente.

«Era posible que se hubiese visto un coche.»

Se había deshecho del coche pero estaba usando las mismas placas de matrícula. ¿Y si alguien se había fijado en las placas?

¿La policía buscaría una furgoneta blanca? Quizá sí. En cualquier caso, quizá echarían un vistazo a las placas; igual la identificaban. Tendría que solucionarlo.

Se retiró a un rincón de la sala y se sentó a una mesa. Sacó el móvil y buscó las indicaciones para ir a los Outer Banks. Pero no sabía la dirección exacta de Chris Ballard.

Una camarera joven pasó por su lado y Rogers le dijo:

—Estoy intentando encontrar a un viejo amigo. Sé su nombre y la zona donde vive pero no la dirección ni su número de teléfono. ¿Este aparato tiene algo que pueda ayudarme?

—Puedes hacer una búsqueda con la zona y el nombre. Y Google tiene la aplicación Street View para que además puedas ver la casa cuando la encuentres.

—¿Me enseñas cómo se hace? Soy un vejestorio que todavía usa calculadora. Elige el nombre que quieras.

La joven sonrió, se sentó y empezó a darle al teclado.

Rogers lo pilló enseguida. Le dio las gracias con un billete de veinte dólares y ella se marchó con una bandeja de vasos limpios.

Hizo su búsqueda y la refinó a medida que progresaba, añadiendo tanta información como recordaba. Finalmente dio con una dirección. Usó la aplicación Street View para ver el lugar.

Era una mansión en la orilla del mar, detrás de tapias muy altas y una imponente verja de acero. Vio lo que parecía una garita de seguridad justo fuera de la verja.

Saltaba a la vista que Ballard se había jubilado siendo muy rico después de toda una carrera dedicada a venderle cosas al Tío Sam.

Rogers memorizó la dirección y borró del teléfono todo rastro de la búsqueda.

A continuación se puso a buscar la dirección de Claire Jericho. Encontró lo que esperaba de antemano: nada. Dudaba que se hubiese jubilado en los Outer Banks y que viviera en una gran casa rodeada de tapias altas.

Bien, si no podía dar con ella en su teléfono, tendría que confiar en que Chris Ballard llenara las lagunas.

A Rogers le traía sin cuidado que Ballard no quisiera decírselo. Porque se lo diría.

Se recostó, cerró los ojos y contó el tiempo hasta que comenzó su carrera como portero profesional.

Se rascó la nuca con fuerza, como para decirle a aquella cosa que se calmara. En aquel momento no quería perder el control. Lo estropearía todo.

Y había aguardado demasiado tiempo para que ahora lo detuvieran.

19

—¿Qué haces aquí? —dijo Puller, a todas luces estupefacto.

Veronica Knox saltó del capó de su Malibu.

Se entretuvo en mirarla bien. Era alta, en torno a un metro ochenta, de constitución delgada y atlética coronada por una mata de pelo caoba que le había crecido un poco desde la última vez que la había visto. Además, sabía que tenía cicatrices de heridas de metralla en una cadera y en las nalgas, debido a un encuentro con una descarga de mortero en Oriente Próximo.

Trabajaba en inteligencia; Puller nunca había sabido para qué agencia en concreto. Sus caminos se habían separado ante la lápida de Thomas Custer en el cementerio de Fort Leavenworth, en Kansas. Vestido con su uniforme de gala, la había invitado a pasar una semana de permiso con él en Roma. Knox había rehusado educadamente. No volvió a saber de ella.

Finalmente se dijo a sí mismo que ya no le importaba. Pero al verla, su vientre le estaba diciendo que no era verdad. La mera visión de aquella mujer le producía un ligero cosquilleo en la piel y le aceleraba el pulso.

Knox se detuvo a dos palmos de él.

Llevaba su conjunto habitual de trabajo, un traje chaqueta negro y una blusa blanca abotonada casi del todo y con el cuello vuelto hacia arriba. Puller sabía por experiencia que portaba un arma en la cintura además de otra de reserva en el tobillo.

—Como he dicho, he pensado que te vendría bien una amiga.

—¿Y eso quién te lo ha dicho?

—A estas alturas deberías saber que no puedo revelar mis fuentes.

Puller se relajó y estudió su semblante.

—Esperaba tener noticias tuyas antes. Te he llamado varias veces. Te envié mensajes de texto y correos electrónicos. Si hubiese sabido tu dirección me habría presentado en tu puerta.

—Lo sé, Puller. Lo siento. El trabajo interfiere en muchas cosas. He estado más tiempo fuera del país que dentro.

Puller dio un paso atrás y cruzó los brazos.

—¿Cuánto sabes sobre lo que está ocurriendo?

—Una carta llena de acusaciones contra tu padre. El caso de la desaparición de tu madre, reabierto. Tu padre quizá sea el principal sospechoso porque ahora se sabe que aquel día ya había regresado al país.

—Tus fuentes son bastante buenas —concedió Puller.

—Y puesto que estás en Fort Monroe, deduzco que te has lanzado de cabeza a investigar.

—Oficialmente, no. Pero el agente de la CID que lleva el caso sabe que estoy aquí. Me parece que quiere colaborar.

—¿Ted Hull?

—¿Le conoces?

—No.

—Bien, Knox, te lo pregunto otra vez. ¿Qué estás haciendo aquí? Y no me vengas de nuevo con el cuento de los amigos. No estoy seguro de que tengas alguno.

Las facciones de Knox se endurecieron.

—Te considero amigo mío. A ti y a tu hermano. Pasamos por un montón de cosas juntos.

—Los amigos devuelven las llamadas. Mi hermano, aun con lo ocupado que está, me devuelve las llamadas.

La mujer adoptó una actitud mordaz.

—¿Esto es por lo de Roma? ¿Por haber rehusado ir?

—Esto es porque ahora mismo estás aquí. Dudo que hayas venido por mí. O sea que tiene que haber otro motivo. Me gustaría saber de qué se trata. Es así de simple.

—He venido para ayudarte, Puller. Me consta que nuestro último encuentro no fue muy positivo. Pero tu invitación... significó mucho para mí. Y no te imaginas lo cerca que estuve de aceptarla. No pasa un día sin que lamente no haberme ido contigo.

La franqueza de ella hizo que las facciones de Puller se suavizaran.

—¿Estás siendo sincera, Knox? Quiero saberlo. Dímelo y punto.

—Te lo diré de otra forma. Se supone que no debería estar aquí. Pero aquí estoy. —Dio una ojeada al Malibu—. ¿Te apetece dar una vuelta? ¿Podemos hablar?

—Tengo que verme con alguien.

—Aun así tendrás que ir en coche, ¿verdad?

Abrió la puerta del pasajero. Puller meneó la cabeza y ocupó el asiento del conductor. Se abrocharon el cinturón de seguridad y él dio marcha atrás.

—¿A quién vas a ver?

—A alguien que a lo mejor sabe alguna cosa.

—Y una cosa siempre lleva a otra. Recuerdo que este es tu mantra.

—En realidad fue invención de mi hermano. Pero, sí, yo también pienso así.

—Hace treinta años que tu madre desapareció.

No lo formuló como una pregunta.

Puller la miró de reojo mientras circulaban.

—¿Has visto el expediente?

—Por supuesto. Si voy a liarme contigo, quiero estar preparada. Sé mejor que la mayoría que no te gusta perder el tiempo.

—Sí, hace treinta años.

—Tú tenías ocho, tu hermano casi diez.

—Exacto.

—Se suponía que tu padre se hallaba fuera del país pero ahora sabemos que no fue así. Sin embargo, no estaba en casa aquella noche. El manifiesto del vuelo decía que aterrizó en Norfolk a la una del mediodía.

—¿Cómo demonios has dado con esa información? —dijo Puller, claramente frustrado—. Ni siquiera la tengo yo.

—No importa. Eso es lo que dice la información. La cuestión queda como sigue: tu madre salió de casa hacia las siete y media de la tarde. Tu padre se encontraba a media hora de vuestra antigua casa a la una del mediodía. ¿Dónde estuvo en ese intervalo de tiempo? No hay constancia de que se reuniera con otro oficial. Así pues, ¿dónde estuvo?

—¿Qué sabes acerca de ese vuelo? ¿Cómo es posible que terminara tan traspapelado que nadie estuviera al tanto hasta hace unos días? ¿Están seguros de que mi padre iba a bordo?

—Eso sigue siendo la pregunta del millón, Puller. Solo puedo decirte que no estoy satisfecha con lo que he visto hasta ahora.

Puller detuvo el coche y se volvió hacia ella.

—Sabes cosas sobre el vuelo. Sabes que no se reunió con ningún otro oficial. ¿Y no estás satisfecha con lo que has visto hasta ahora? ¿Cuánto tiempo llevas investigando este caso?

—No mucho. Pero si soy algo, es eficiente —respondió Knox con frialdad—. Y tengo credenciales para obtener respuestas de personas que no están acostumbradas a darlas sin reservas.

—Me lo figuro —dijo Puller, un poco envidioso.

—Vamos a ver, ¿por qué regresó antes? —planteó Knox.

Puller sacó el sobre de su bolsillo y se lo pasó. Acto seguido reanudó la marcha.

Knox desdobló la carta y la leyó dos veces.

—¿Tu padre leyó esto?

—No estoy seguro. Solo sé que la tenía.

—Ella quería arreglar las cosas.

—Por lo tanto, no había motivo para matarla.

—Bueno, de eso tampoco podemos estar seguros —replicó Knox—. Y dice que quería marcharse una temporada contigo y tu hermano. Apuesto a que a tu padre no le gustó nada la idea.

—Seguro que no.

—Y podía haber otro motivo.

—¿Como cuál?

—La misma historia de siempre. ¿Otra mujer?

—Mi padre tenía una amante.

Knox se sobresaltó y se volvió de golpe hacia él.

—¿Qué?

—Se llamaba ejército de Estados Unidos. Apenas tenía tiempo

para su familia, mucho menos para que hubiera otra mujer en su vida. Aunque estaría bien saber por qué regresó antes de lo previsto sin decírselo a nadie.

—Tendremos que ahondar en eso. Por cierto, ¿adónde vamos?

—A ver a un cura.

Knox se quedó perpleja.

—¿Para qué?

—Voy a confesar mis pecados.

—En serio, Puller.

—Él es la cosa que quizá lleve a otra.

Knox se arrellanó en el asiento.

—Muy bien. —Hizo una pausa y después agregó—: De hecho, ya va siendo hora de que me confiese.

—¿Eres católica?

Knox asintió con la cabeza.

—Pero no lo haré hoy.

—¿Por qué no?

—Dudo que tengamos tiempo. Puede llevarme unas cuantas horas.

Puller se la quedó mirando.

—Nunca he dicho que fuese un angelito, Puller —añadió ella.

20

El padre O'Neil estaba distribuyendo cantorales en los respaldos de los bancos cuando Puller y Knox entraron. Knox se santiguó mientras se adentraban por el pasillo central.

O'Neil fue a su encuentro llevando todavía un montoncito de cantorales. Puller le presentó a Knox.

—Encantado de conocerla —dijo O'Neil.

Se volvió hacia Puller.

—He hecho averiguaciones, y está de suerte. El padre Rooney aún vive y reside en la zona. Está jubilado y se aloja con unos parientes en Williamsburg. —Dio a Puller un trozo de papel—. Aquí tiene la dirección y el teléfono. No le he llamado. He pensado que sería mejor que lo hiciera usted mismo.

—Se lo agradezco mucho, padre —dijo Puller—. Me ha sido de gran ayuda.

—Bueno, uno de los cometidos de un sacerdote es ayudar al prójimo. —Echó un vistazo al interior de la iglesia—. Es un bonito santuario. La verdad es que me encanta estar aquí. —Miró a Knox—. He visto que se santiguaba al entrar.

—Soy católica desde la cuna —dijo Knox.

—¿Dónde va a misa?

Knox titubeó.

—Sobre todo en mi cabeza. Viajo mucho.

—Hay numerosas iglesias católicas en este país.

—Pero no tantas en Oriente Próximo.

O'Neil sonrió.

—Creo que la respuesta apropiada ahora sería *touché*.

Puller intervino.

—Mientras veníamos, Knox hablaba de confesarse. Me parece que se le ha acumulado la faena.

A O'Neil se le iluminó el semblante.

—¿Desea confesarse, señorita Knox? —inquirió—. Normalmente no lo hacemos a estas horas, pero siempre me alegra hacer una excepción para una trotamundos que necesite un ritual católico como es debido. No tenemos confesionario pero sí un espacio privado que podemos usar.

Knox dedicó a Puller una mirada torva.

—Prefiero dejarlo para otra ocasión, padre —reclinó la propuesta—. Pero gracias de todos modos.

O'Neil volvió a estrecharles la mano y se dirigió a Puller.

—Le deseo suerte en sus pesquisas.

Una vez en la calle, Knox dijo:

—Caray, ¿por qué me siento como si tuviera que rezar cien avemarías?

—La confesión podría haberte limpiado el alma.

Knox le propinó un puñetazo en el brazo.

—Así pues, ¿vamos a Williamsburg?

—A Williamsburg vamos. Pero antes hay que llamar.

Puller efectuó la llamada mientras subían al Malibu.

—Los Clark ya saben que vamos para allá, y el padre Rooney estará preparado para hablar con nosotros —dijo cuando hubo terminado.

—¿Qué edad tiene ahora?

—Me han dicho que ochenta —respondió Puller.

—¿Está en plena posesión de sus facultades mentales?

—Según parece, lo suficiente para atendernos.

—¿Has visto a tu padre últimamente?

—Estaba con él cuando Hull y un coronel aparecieron con la carta incriminatoria.

—Tuvo que ser duro —comentó Knox.

—No fue algo por lo que me gustaría pasar cada día.

—¿Tu padre...?

—Por suerte, no sabe nada. Y por primera vez estoy pensando que es mejor así.

—¿Has hablado con Lynda Demirjian?

—Fue la primera de mi lista. También hablé con Stan, su marido. No está de acuerdo con ella.

—Pero sirvió a las órdenes de tu padre.

—Lo sé. No es del todo imparcial.

—¿Qué esperas sacar de tu visita a Rooney? —preguntó Knox.

—Quiero saber si mi madre fue a verle aquella noche. Se había vestido como para ir a misa.

—Es posible que simplemente se arreglara para salir.

—Es posible. Pero, en tal caso, seguramente se lo habría dicho a la niñera, y no lo hizo. También he hablado con ella.

—Desde luego, no has perdido el tiempo.

—No es el estilo del ejército.

—A lo mejor tu madre no dijo si iba a alguna parte porque no quería que se supiera.

—Bueno, donde quiera que fuese tan arreglada, fue a pie, y a la vista de todos. ¿Cómo de clandestina te parece esa actitud?

—No estaba insinuando forzosamente que tuviera una aventura.

—Seguro que no. Y confía en mí, me he planteado esa posibilidad, por más que no quisiera hacerlo. Pero al final dudo mucho que la tuviera. Alguna amiga lo sabría. Habría salido a la luz. Ninguna de las personas con las que he hablado ha mencionado algo en ese sentido. Habría habido indicios. Además, mi madre era muy devota. El adulterio es un pecado mortal. Simplemente, no me cuadra.

—Tal como expones el caso creo que llevas razón.

Recorrieron el resto del camino a Williamsburg en silencio.

Kelly Adams era la sobrina del padre Rooney. Lo había acogido en su casa dos años antes. Su hermana —la madre de Adams— había vivido con su hija hasta que falleció unos pocos años atrás.

Adams explicó todo esto mientras conducía a Puller y a Knox a través de aquel hogar cargado de memoria, que no quedaba lejos del centro histórico de Williamsburg.

—Tiene una casa muy agradable —comentó Knox—. El jardín es precioso, con tantas flores.

—Me encanta este lugar —dijo Adams, una mujer menuda de cuarenta y tantos con el pelo moreno muy corto—. Fui al William and Mary, en esta misma calle. Y ahora también va mi hija.

—Un colegio fantástico—dijo Puller.

—Uno de los mejores —convino Adams—. George les está esperando en el patio de atrás.

—¿George? —dijo Puller.

—Ay, disculpen. Seguramente solo le conocen como padre Rooney. Su nombre de pila es George.

Abrió una cristalera y los hizo pasar a una terraza empedrada. Había un gran emparrado de madera con una hiedra magnífica que protegía del sol. Se habían dispuesto varios rincones para sentarse cómodamente. En medio estaba el párroco jubilado, sentado en una de las sillas de brazos que rodeaban una mesa de teca. Adams los condujo hasta él y se los presentó.

El pelo del padre Rooney lucía blanco como la nieve y lo llevaba peinado con esmero. Era más bajo de lo que recordaba Puller, aunque, claro, ahora él era mucho más alto que entonces. El viejo sacerdote iba vestido con unos pantalones, zapatos de suela de goma y un polo blanco que revelaba una panza incipiente. Era pálido de piel y tenía las cejas muy pobladas. Llevaba gafas oscuras pese a que el sol se estaba poniendo.

Encima de la mesa había una jarra de limonada y vasos. Puller y Knox se sentaron, y Adams les sirvió la limonada y luego se retiró al interior de la casa.

El padre Rooney se quitó las gafas y las limpió con una servilleta.

—John Puller.

Su voz tenía un acento cautivador que Puller recordó en el acto de sus homilías.

—Sí, señor.

Rooney volvió a ponerse las gafas.

—Hacía mucho tiempo que no oía este nombre.

—¿Se refiere a mi padre? Nos llamamos igual.

—Oh, ya lo sé. Y también tenías un hermano, Robert, o Bobby, como lo llamaba la gente.

—Sí.

—Leí que había tenido problemas, pero luego resultó que lo habían acusado en falso. Espero que ahora le vayan bien las cosas.

—Muy bien. Al menos hasta ahora.

Rooney bebió un sorbo de limonada y se recostó en la silla.

—Tengo entendido que esta visita guarda relación con la desaparición de tu madre.

—Sí.

Rooney asintió con la cabeza y se volvió hacia Knox.

—¿Trabaja con John?

—Sí —dijo Knox, antes de que Puller pudiera intervenir.

Rooney asintió de nuevo y cruzó las manos encima de la barriga.

—Fue hace mucho tiempo. ¿A qué viene este interés repentino?

—Han surgido nuevas informaciones. No podemos entrar en detalles, pero han suscitado un renovado interés en el caso.

—Y estás en la CID. ¿Llevas a cabo una investigación oficial?

Puller miró con cierto recelo al sacerdote jubilado.

Rooney sonrió.

—He pasado casi toda mi vida profesional trabajando en bases militares. Terminas por conocer a la gente, los procedimientos, la manera en que se hacen las cosas. Tenía muchos amigos entre los miembros de la CID, John. Me enteré de cosas.

—Lo hago a título personal, padre Rooney. Knox me está haciendo un favor.

—¿También trabaja en la CID, señorita Knox?

Knox se encogió de hombros.

—Es un poco más complicado.

—La noche que mi madre se marchó y no regresó parece ser que iba muy arreglada. Santa María estaba a un tiro de piedra y no cogió el coche. Me preguntaba si fue a verle a usted.

Rooney se tomó su tiempo para reflexionar antes de carraspear y decir:

—Jackie Puller era muy devota. Como esposa de un alto oficial se esperaba que participase en muchas actividades y organizaciones de Fort Monroe, y lo hacía. Pero el empeño que dedicaba a Santa María solo era fruto de su fe. No se me ocurre ni una labor en la iglesia para la que no se presentara voluntaria. Asistía a misa contigo y con tu hermano. Y de vez en cuando con tu padre. También venía varias veces a la semana a rezar el rosario. Y se confesaba regularmente.

Ante este último comentario Knox se removió incómoda en la silla. Si Rooney se percató, no dijo nada al respecto.

—¿O sea que no habría sido raro que se presentara en la iglesia cualquier día y a cualquier hora? —preguntó Puller.

—No, no sería extraño. Sin embargo, aquella noche no la esperaba. De lo contrario se lo habría comunicado a la policía.

Puller asintió con la cabeza, asimilando aquella información. Le constaba que seguramente tal era el caso, pero aun así tenía que seguir aquella pista.

—En sus charlas con ella, ¿le parecía que era feliz? ¿Tenía problemas con mi padre?

Rooney levantó una mano.

—Aunque ya no soy sacerdote en activo, me llevaré la inviolabilidad de las conversaciones con mis feligreses a la tumba. Por tanto, me temo que no puedo comentar esos asuntos.

—¿Aunque estemos intentando descubrir qué le ocurrió? —planteó Knox.

—Eso me temo. Las excepciones pronto terminan con la regla. —Miró a Puller—. Pero puedo hablar de mis conclusiones sin revelar nada de lo que hablé con ella.

Puller se enderezó.

—Cualquier información será más que lo que tenemos ahora.

Rooney bebió otro trago de limonada y se reclinó en su silla.

—Tu madre, a mi juicio, entendía mejor a tu padre que cualquier otra persona de este mundo. Entendía la ambición casi feroz que mostró a lo largo de los años.

—¿Basándose en qué? —preguntó Puller.

Rooney posó su mirada en él.

—Sin entrar en detalles, a menudo aludía a la historia de la familia Puller. A partir de una generación anterior a la de tu padre —añadió, y entonces su mirada devino expectante.

Puller pensó en aquello un momento.

—Mi abuelo paterno también se licenció en West Point. Participó en la Segunda Guerra Mundial.

—¿Y cuál fue el rango más alto que alcanzó? —preguntó Rooney.

—Capitán.

—¿Por qué razón?

—Murió el Día D en las playas de Normandía, al frente de su unidad contra las fortificaciones alemanas. Recibió muchas condecoraciones y si no hubiese muerto habría ascendido. Fue candidato a la Medalla de Honor pero no se la dieron. Un problema de papeleo, tengo entendido.

—¿Y qué edad tenía tu padre cuando el suyo murió?

Puller hizo el cálculo en un santiamén.

—Ocho años.

Knox intervino.

—¿Está diciendo que Puller sénior se sintió abandonado por su padre y que toda su vida trabajó para llegar más alto de lo que había llegado él?

—No —contestó Rooney.

Tras un paréntesis de silencio, Puller dijo:

—¿Piensa que estaba consiguiendo todo aquello por su padre? ¿Porque este nunca tuvo la oportunidad de hacerlo por sí mismo?

Rooney lo señaló con el índice.

—Eso es lo que creo.

—¿Y mi madre pensaba lo mismo?

—Puedo decirte que había reflexionado mucho al respecto y que llegó más o menos a la misma conclusión.

—Encontré una carta de mi madre para mi padre. La escribió poco antes de desaparecer. Decía que quería arreglar las cosas. Principalmente por mi bien y el de mi hermano. Pero que pensaba marcharse una temporada con nosotros dos lejos de él para que mi padre pudiera entender mejor cuáles eran sus propias prioridades. Refiriéndose a la familia o el ejército, supongo.

Rooney asintió con la cabeza.

—Una decisión muy propia de Jackie. A ti y a tu hermano os adoraba. Y amaba a vuestro padre. No estoy rompiendo ningún juramento por decirte esto. Pero yo entendía por qué quería que las cosas llegaran a un punto crítico. Llevarse a sus hijos lejos de su padre fue su manera de hacerlo. Le obligaría a tomar una decisión.

Puller se quedó dándole vueltas a todo aquello.

—¿Puede decirme algo que me ayude a descubrir la verdad, padre Rooney?

El anciano tardó tanto en responder que Puller pensó que quizá se había dormido.

Finalmente, Rooney dio señales de vida.

—Tu padre vino a verme varios días después de que tu madre desapareciera.

Puller se puso tenso.

—¿Qué quería?

—Quería confesarse. Y antes de que lo preguntes, no puedo decir ni una palabra de lo que hablamos.

Puller se quedó frustrado.

—Bueno, creo que esto no me resulta muy útil, la verdad.

—Lo que puedo decirte es que tu padre estaba destrozado por su desaparición. Nunca lo había visto tan desconsolado. De modo que si estás pensando que tuvo algo que ver con lo que fuere que le ocurrió a tu madre, bueno, yo diría que estás totalmente equivocado. Lo siento pero esto es cuanto puedo decirte, aunque espero haberte ayudado. He sido testigo de mucha culpabilidad en el confesionario, agente Puller. Y la única culpabilidad que tu padre sentía aquel día era la de no haber estado con la mujer que amaba cuando ella más lo necesitó.

Puller se levantó y tendió la mano, que Rooney estrechó.

—Gracias, padre. Esto ha sido lo más útil que he oído en mucho tiempo.

Detrás de las gafas, los ojos del viejo sacerdote brillaron.

—Si comienzas a ir a misa regularmente, oirás cosas tan alentadoras como estas cada domingo.

21

Paul Rogers se ajustó los puños de la camisa y los auriculares, poniendo el micro a unos centímetros del lado derecho de su boca.

Había añadido a su atuendo unas gafas oscuras y un sombrero de fieltro para cubrirse la cabeza afeitada, teniendo en mente que en algún lugar se había emitido una orden de detención contra él y que era harto probable que la policía local supiera qué aspecto tenía. También se estaba dejando crecer una perilla.

Rogers dijo al micro:

—Rogers, en mi puesto.

Se oyó una especie de graznido y después le llegó una voz.

—Oído, Paul. Alto y claro. Que tengas un buen turno.

Se apoyó contra la pared de ladrillo junto a la puerta de entrada. Frente a la puerta había dos postes separadores metálicos con un cordón de terciopelo que los unía, como en un teatro.

Faltaba media hora para la apertura, pero ya había una hilera de gente que se prolongaba por la calle y doblaba la esquina. En su mayoría eran jóvenes, muchos claramente militares con la cabeza al rape y el cuerpo tonificado. Las señoritas iban vestidas para deslumbrar; los hombres parecían estar listos para beber y ligar con las antedichas señoritas.

Rogers bajó la vista a su móvil, que tenía la lista de invitados VIP en la pantalla. Diez nombres. Peces gordos, imaginó. Al menos a nivel local.

Estudió a la gente que hacía cola. La mayoría estaban pendientes del móvil, tecleando y, supuso, comunicándose con alguien. Otros se hacían fotos a sí mismos. Había oído hablar de Facebook y Twitter, aunque no tenía ni idea de para qué servían. Dentro del bar había visto a una camarera joven colgando algo en su cuenta de Facebook. A Rogers le pareció ver que era una imagen de lo que había comido para almorzar. Pero después apareció otra foto con la chica en cuestión casi desnuda y se había vuelto para que no lo pillara mirando.

Realmente, el mundo había cambiado mucho en diez años.

En la cola había unos tipos que no le quitaban el ojo de encima. Sabía lo que estaban haciendo porque él estaba haciendo lo mismo: evaluarlos.

Vio venir que aquellos tipos le pondrían a prueba. Quizá con un carnet falso, o con una historia penosa, o con un plan de distracción para que algunos compinches se colaran en el bar sin ser vistos.

Rogers alargó el cuello y después se frotó el cogote. Había empezado a sentir un cosquilleo. Eso nunca era buena señal.

«No la pifies. No tengas reacciones desproporcionadas. No dejes que te líen.»

Con las herramientas que había encontrado en la furgoneta, un espray de pintura negra y cinta adhesiva había alterado las placas de la matrícula, cambiando una letra y un número. Pensaba que lo había hecho bien. De modo que ahora debía concentrarse en el trabajo que tenía entre manos.

Finalmente, la media hora concluyó y Rogers desenganchó el cordón rojo.

—En fila india, carnets a punto. Ahorrémonos problemas —dijo levantando la voz—. Cualquier carnet falso está sujeto a confiscación según mi criterio. Si no os gusta esta norma, os vais a otra parte.

La cola avanzó.

A Rogers le habían dado una luz especial como la que utilizaba la Administración de Seguridad en el Transporte, la TSA, en los aeropuertos. Si una persona daba la impresión de estar muy cerca del límite de edad, y la mayoría lo estaba, la sacaba y alumbraba la superficie del carnet. Se quedó con tres carnets porque eran falsos pero lo suficientemente buenos para engañar casi a cualquiera que no dispusiera de un aparato como aquel. Las dos chicas y el chico concernidos no quisieron marcharse sin presentar batalla, pero Rogers les lanzó una mirada que hizo que dieran media vuelta y se fuesen.

Después le tocó el turno a un grupo de chicos bastante corpulentos que tenían toda la pinta de ser jugadores de fútbol universitario. Tres negros y tres blancos, y ninguno parecía tener más de veinte años.

Les pidió los carnets. Los primeros dos era obvio que los habían manipulado con tan poca destreza que Rogers ni siquiera se molestó en quedárselos. Se limitó a devolverlos lanzándolos al aire. Cuando intentaron pasar, interpuso un brazo.

—Por si no ha quedado claro, eso ha sido una negativa, chicos. Intentadlo en otro sitio, quizá donde tengan un portero ciego.

Un chico negro, el más corpulento de todos, dijo:

—Vamos, tío, no beberemos. Solo queremos bailar y pasar un buen rato con alguna chica.

—Lo siento, no hago excepciones.

Otro del grupo, un chico blanco un poco más bajo, se adelantó.

—¿Sabes qué, abuelo? Nos dejas entrar y conservas los dientes.

Rogers olió el aliento del muchacho.

—Me parece que ya habéis estado dándole a la cerveza. A lo mejor os conviene regresar a la residencia de estudiantes y conservar vuestras becas.

—Creo que no me has oído, viejo.

Dio un puñetazo, pero Rogers ya se había movido y el puño solo golpeó aire.

—No huyas, abuelo, apenas te dolerá un segundo —dijo el joven.

Rogers se volvió hacia los demás muchachotes.

—Chicos, llevaos a vuestro colega de aquí antes de que ocurra una desgracia.

Se echaron a reír.

—Pareces un abogado, tío —se burló el tipo negro.

—No tengo nada de abogado.

—¿Médico, pues? —dijo el chico que había dado el puñetazo.

Rogers se volvió hacia él.

—No te sigo.

—¡Para que puedas curarte solito, gilipollas!

Volvió a golpear, solo que esta vez Rogers no se movió. Se mantuvo firme en su sitio y, tal como había hecho con Karl, apretó el puño del muchacho. Pero no solo lo agarró, lo retorció y luego le pegó un tirón hacia abajo.

El muchacho soltó un berrido y se cayó al suelo agarrándose el brazo lastimado.

—Me has roto la puta muñeca —gimió.

Rogers levantó un puño para asestarle un golpe en la cara que casi con toda seguridad lo habría matado. La cabeza le ardía como si alguien le hubiese prendido fuego con una antorcha de acetileno.

«No. No lo hagas. ¡No lo hagas!»

—¡Eh, tío, vamos, déjalo ya!

Rogers levantó la vista hacia el chico negro.

—Ya has dejado las cosas claras, amigo, ¿de acuerdo?

Rogers relajó la mano y dio un paso atrás.

Acto seguido, a una señal del chico negro, los otros dos hombres se acercaron para arremeter.

Rogers no aguardó a que uno de ellos le diera un puñetazo. Agarró por la camisa al grandullón, lo levantó haciéndole perder pie y lo estampó contra la pared. Chocó con tanta fuerza contra los ladrillos que se desplomó. Cuando el otro se abalanzó agachado hacia la barriga de Rogers, este levantó la rodilla y le dio justo en el mentón. El muchacho se derrumbó en la acera con la boca llena de dientes rotos.

Los demás chicos ayudaron a sus amigos a levantarse.

—Descuida que volveremos —amenazó el chico negro—. ¡Cuenta con ello, hijo de puta!

El grupo se batió en retirada, con varios de ellos sosteniendo a sus compinches. El muchacho con la muñeca rota volvió la vista hacia Rogers y le gritó obscenidades.

Las demás personas que hacían cola estaban pasmadas por lo que acababan de presenciar. Incluso los que a todas luces eran militares. Algunos se fueron. La mayoría se quedó.

Al cabo de un cuarto de hora Rogers había dejado entrar en el bar a todos lo que tenían más de veintiún años. Los demás tuvieron que largarse. Tras haber visto lo que Rogers era capaz de hacer, nadie más le buscó las cosquillas.

—Este tío está como una chota —masculló un muchacho a su amigo cuando les negó la entrada.

Poco después una limusina inmensa se detuvo y el conductor bajó, dio la vuelta al coche y abrió la portezuela. Los pasajeros se apearon. Todos eran veinteañeros y treintañeros, repartidos a partes iguales entre hombres y mujeres, vestidos con ropa informal que dejaría en números rojos las cuentas bancarias de casi todo el mundo.

Uno de los hombres del grupo se acercó a Rogers. Era alto, guapo, con una abundante mata de pelo castaño rizado, y lucía una expresión entre despreocupada y arrogante.

—Me llamo Josh Quentin. Mi grupo está en la lista VIP.

Rogers echó un vistazo a su lista.

—Tengo que ver los carnets de todos —dijo.

—Eres nuevo.

—Es mi primera noche.

—¿Cómo te llamas?

—Paul.

—Muy bien, Paul, de acuerdo. Pero a partir de ahora, acuérdate de nosotros. Somos clientes habituales. Y no me gusta esperar.

Puso un billete de cien dólares en la mano de Rogers.

Todos mostraron sus carnets y Rogers comprobó los nombres en la pantalla de su teléfono.

—Que se diviertan, señor Quentin.

Quentin se volvió para mirarlo y sonrió.

—Siempre lo hago.

Agarró a la espléndida mujer que tenía al lado, que correspondió al gesto con una sonrisa y un coqueto golpe de cadera.

«Hay tíos que parece que sean el rey Midas —pensó Rogers—.

Y no me importaría partirles la cara a todos y cada uno de estos capullos.»

Se asomó al interior a tiempo de ver que el grupo subía por una escalera y se metía en una habitación.

Rogers no había subido ahí mientras estuvo dentro del bar. Había un cordón que cerraba el paso. Se fijó en que había un guardia de seguridad a los pies de la escalera, que había dejado pasar a Quentin y su grupo.

Rogers se preguntó por qué iba alguien a un bar si luego no entraba en él. Quizá tenían un privado allí arriba. Quizá les daban algo más que a los don nadie de abajo.

Estaba a punto de cerrar la puerta principal cuando vio pasar a Helen Myers junto al vigilante y subir la escalera. Entró en la misma habitación.

Rogers cerró la puerta de acceso al establecimiento.

Aquella noche le llamaron cuatro veces para que entrara al bar a poner orden en una pelea.

Cuatro veces retorció el brazo del culpable justo lo suficiente para que le hiciera caso pese a la borrachera y se llevó hasta la puerta al individuo en cuestión sin armar ningún escándalo.

En un par de ocasiones vio a Myers observándole desde el pasillo de arriba. Parecía complacida con su manera de manejar las cosas.

El local estuvo a reventar hasta la una de la madrugada, con cientos de bebedores, bailarines, karaoke malo y hombres que metían mano y mujeres que a veces se lo permitían. Después la gente empezó a marcharse. A las dos él y otro vigilante de seguridad hicieron salir a los últimos rezagados. Después llegó el personal de limpieza, que se puso a apilar sillas y a fregar el suelo resbaladizo. La lejía seguramente dejaría de apestar por la mañana, se figuró Rogers.

No sabía cuántas bebidas se habían servido a lo largo de seis horas, pero tenía la impresión de que el Grunt había facturado un montón de dinero.

Estaba sentado en la barra bebiendo un vaso de agua cuando Myers se acercó y se sentó a su lado. Sacó un cigarrillo electrónico y puso la punta entre sus labios.

—¿Qué tal tu primera noche?

—Más o menos como imaginaba —contestó Rogers.

—Me he enterado de que ha habido un altercado en la cola. Con unos grandullones.

—No entendían las reglas. Así que les he dado una lección. Pero lo he hecho tan amablemente como he podido. Tal como me dijo.

—Te he visto sacar a un par de tíos. Lo has hecho muy bien.

—Gracias. —Rogers tomó un trago de agua y dejó el vaso en la barra—. ¿Y Josh Quentin?

Myers se sacó el cigarrillo electrónico de la boca.

—¿Qué pasa con él?

—¿Qué hace para que se le considere VIP?

—Es dueño de su propia empresa. Extremadamente inteligente. Todavía no es multimillonario, pero lo será. Y no tiene ni treinta años. Un auténtico emprendedor muy entusiasta.

—Me alegro por él. Ha venido con un buen grupo de amigos.

—Tiene muchos amigos.

—Ya, le he visto jugar a meter mano con una de las chicas. Pero a ella no parecía importarle.

Myers se encogió de hombros.

—Consigue lo que paga.

—Casi multimillonario, ¿eh? Pues uno pensaría que iría a uno de esos clubes extravagantes para ricachos.

Myers frunció el ceño ante este comentario.

—Esto no es Las Vegas. Y no somos solo un bar, Paul. Satisfacemos montones de gustos e intereses distintos. Unos más extravagantes que otros. Buenas noches.

Se levantó para irse.

—¿Qué hay de mi dinero?

Myers se volvió hacia él.

—El día de paga es el viernes.

—El caso es que ahora necesito metálico.

Myers lo miró con detenimiento. Después dio la vuelta a la barra, abrió la caja registradora, contó dos billetes de cincuenta, diez de veinte, diez de diez y el resto fueron de cinco y de uno. Los ató con una goma elástica y se los lanzó.

Rogers se los metió en un bolsillo.

—Gracias.

—De nada. Pero esto ha sido una excepción. A partir de ahora el día de paga es el viernes.

—Entendido.

—Y aunque oficialmente no estés en plantilla, te restaremos una pequeña parte para el seguro social y el impuesto sobre la renta. No quiero líos con la tributación federal.

—¿Cuánto queda, entonces?

—Suficiente. A no ser que quieras hacer el papeleo. Nombre completo, número de la Seguridad Social. Todo eso.

—No, no quiero hacerlo.

—Bien. Quiero que sepas que nunca he pagado en negro a un empleado. No me gusta.

—¿Por qué a mí sí?

Myers se apoyó en la barra.

—Me pareció que necesitabas un respiro.

—Se agradece. ¿Cómo está Karl?

—Seguro que se pondrá bien. Y recuerda que él es tu jefe.

—No lo olvidaré. Hasta mañana, jefa.

Rogers se levantó y se marchó.

Eran casi las tres de la madrugada.

Hora de ponerse a trabajar.

22

Rogers aparcó la furgoneta bastante lejos de los terrenos de Fort Monroe y terminó el camino a pie. A aquellas horas tan tempranas no había un alma en la calle.

El aire salado lo alcanzó desde el canal y, más lejos, en el agua, divisó las luces blancas de un barco. La noche era fresca, silenciosa y tranquila.

En función de cómo fueran las cosas, todo eso podía cambiar muy deprisa.

Sabía perfectamente hacia dónde estaba yendo y quería llegar con rapidez y discretamente. Casi nadie era capaz de moverse con más sigilo que Rogers. Se lo habían inculcado a la fuerza durante tanto tiempo que no sabía hacerlo de otra manera.

El edificio estaba justo delante.

Antes había pasado por allí.

Edificio Q.

Durante una hora no hizo más que vigilar.

Eran las cuatro y cinco.

Constató que los centinelas hacían una ronda cada media hora. Uno iba hacia la izquierda, el otro hacia la derecha y se cruzaban en la parte de atrás. Un tercer vigilante permanecía en la entrada principal.

Protocolos completamente estándar. Predecibles.

Eso era lo malo que tenían los protocolos completamente estándar.

En cuanto los tres vigilantes se agruparon de nuevo en la entrada, Rogers se puso en marcha. Tardó diez segundos en escalar la valla trasera. Lo hizo casi sin ningún ruido. Saltó al interior del recinto y miró en derredor, manteniéndose agachado.

Se escabulló hasta una serie de puertas de entrada traseras. La parte inferior era metálica y la superior de tela metálica. Atisbó el interior y vio el sistema de alarma.

Un resplandor rojo. Estaba activado.

Uno no derrochaba en vigilantes y sistemas de seguridad en un edificio que no albergase algo importante.

El edificio tenía ocho plantas de altura, tal vez era el más alto de allí aparte del antiguo hotel Chamberlin. En la remota época de la construcción del fuerte, había tierra de sobra y los ascensores no existían. Por consiguiente, el ejército optó por construcciones de poca altura.

Se quitó los zapatos y los calcetines, ató los cordones y se los colgó del cuello, cada zapato a un lado de la cabeza.

Encontró un asidero en la fachada de ladrillo del edificio y se agarró a la mampostería con una fuerza que habría sido inimaginable incluso para los mejores escaladores de rocas del mundo. De hecho, los dedos de sus manos y sus pies se clavaban en las superficies duras. La piel había sido reemplazada con un tejido sintético. Por eso la policía no podía tomarle las huellas dactilares. Tanto en aspecto como en tacto la piel sintética parecía real, pero era mucho más resistente que la piel humana, que ya estaría sangrando debido a la fricción con la piedra.

Empezó a escalar.

No era la primera vez que escalaba aquel edificio, aunque no como parte de su entrenamiento oficial. Simplemente lo había hecho por una apuesta. Había ganado. Diez pavos.

Llegó a la cornisa, se encaramó y saltó al tejado liso cubierto de guijarros. Los pesados aparatos de aire acondicionado y ventilación que controlaban el clima del edificio estaban albergados allí. Y, como era lógico, había una puerta de acceso.

Esperó que su memoria no le hubiese fallado, pues aquel era el punto crítico.

Alcanzó la puerta. Estaba cerrada con un candado.

Un tirón y la armella que sujetaba el candado se desgajó de la puerta.

Agarró el picaporte y lo giró.

Tomó aire y aguantó la respiración.

No tenía miedo. Ya no podía sentirlo.

Estaba pensando en su estrategia de huida si se disparaba una alarma.

«Vigilantes delante. Alarma en el tejado. Asegurarán el perímetro. ¿Cuánto tardarán? Iré por atrás, bajaré hasta la tercera planta, me soltaré y caeré al suelo. Saltar la verja y listos. Veinte segundos. Tendrá que ser suficiente. Si me tropiezo con un vigilante, bueno, él muere y yo no.»

Abrió la puerta.

Aguardó. No sonó ninguna alarma.

Su memoria había funcionado bien. En aquella época tampoco había alarma en esa puerta. Se figuraban que nadie podría escalar una pared vertical de ladrillo sin usar una escalera. Cometieron un error con esa suposición.

Cerró la puerta a su espalda y bajó por la escalera. Con la distribución interior bosquejada en su mente a partir de recuerdos de treinta años antes, avanzó hasta la segunda planta y salió al pasillo principal. Miró las rendijas del techo por si había sensores de movimiento, pero no vio ninguno. Buscó cámaras de vigilancia pero tampoco las vio.

Habían volcado todos sus recursos en la seguridad exterior.

Pero eso no era todo. La ausencia de cámaras dentro significaba que quien dirigía aquel lugar no quería dejar constancia de lo que se hacía allí.

Así era cuando Rogers había estado allí. Porque las cosas que ocurrían allí, bueno, no eran exactamente bonitas. O quizá ni siquiera legales.

Avanzó por el pasillo principal y comprobó que habían vaciado el lugar para luego reconstruirlo. Las viejas puertas de madera con la mitad superior de vidrio esmerilado con los nombres de los departamentos grabados habían sido sustituidas por pulcras puertas correderas de cristal automáticas que se accionaban mediante un lector de tarjetas electrónicas.

Imposible entrar en aquellas habitaciones sin una tarjeta de acceso. Y si lo intentase, estaba seguro de que sonaría una alarma. Pero el cristal tenía un punto flaco: se veía el interior de las estancias. En una vio cubículos con ordenadores y sofisticados equipos autónomos.

En otra habitación había una estructura metálica que a Rogers le resultó familiar. Podía montarse en el exterior de algo.

O de alguien.

En otra había un casco con gafas incorporadas.

Y en otra más, una máquina montada sobre una plataforma metálica con una zona para sentarse detrás. Junto al arma había un casco con una pieza que cubría los ojos, y los cables que salían de lo alto del casco llegaban hasta un tablero de control pegado a la pared.

Detrás de otra puerta de cristal había unos monitores enormes con cuadrículas y paquetes de datos que discurrían por la pantalla. Obviamente estaban midiendo algún sistema que se hallaba en funcionamiento. Aunque la gente no trabajara veinticuatro horas al día, los sistemas informáticos, sí.

Otro espacio estaba dispuesto como un laboratorio químico con mecheros, tubos de ensayo y líquidos que circulaban por tubos impolutos. Situadas en distintas zonas de trabajo en torno a la habitación, había varias unidades idénticas de lo que Rogers reconoció como espectrómetros de masa, junto con otras piezas de equipo que parecían recién estrenadas y que no reconoció.

Sacó una primera conclusión.

«Aún están en ello.»

Se miró las manos y después se arremangó para ver las cicatrices que tenía en los brazos. Su cuerpo entero era una cicatriz.

Por fuera.

Y por dentro. Quizá más por dentro.

«En realidad, por dentro soy todo cicatrices.»

Salió de la segunda planta y bajó a la primera, manteniéndose bien apartado de las ventanas y las puertas. Había una zona de recepción cerca de la puerta principal.

Había esperado que fuese así.

Y otra cosa que había esperado también estaba allí.

Atalanta Group.

Ese era el nombre de la empresa albergada allí.

De entrada el cerebro de Rogers leyó automáticamente el nombre de Atlanta, pero enseguida se dio cuenta de que no era el correcto.

Atalanta Group.

Nunca lo había oído.

Pero las empresas antiguas desaparecían y otras ocupaban su lugar. Y él había estado ausente de este mundo durante mucho tiempo.

Consultó la hora en su reloj de pulsera. Llevaba treinta minutos allí dentro.

Regresó al tejado y se asomó al borde. Los vigilantes estaban patrullando. Aguardó a que volvieran a reunirse en la puerta principal antes de bajar por la pared del edificio, después de haber arreglado el cierre de la puerta de acceso para borrar cualquier indicio de que la había forzado. Se encaramó a la valla, aterrizó en el otro lado y se marchó deprisa de vuelta a la furgoneta.

Llegó al motel en veinte minutos. Fue a su habitación, se sentó en la cama y sacó el *smartphone*. Introdujo la palabra «Atalanta». No tardó en obtener respuestas.

Atalanta era una guerrera mítica de ascendencia griega, la única mujer que iba a bordo del *Argo* de Jasón y la dama que mató al temible jabalí de Calidón. Era la única mujer que aparecía regularmente en las listas de los grandes guerreros mitológicos.

Cuando buscó «Atalanta Group en Fort Monroe, Virginia», lo que obtuvo fue exactamente... nada. Existía un Atalanta Group, pero se dedicaba a los alimentos de lujo y no estaba ni mucho menos cerca de Fort Monroe.

Rogers se relajó y pensó en todo aquello.

Secretismo. Tal vez en un grado paranoico.

¿Atalanta, una gran guerrera? ¿La única que corría con los perros macho?

Soltó el teléfono, se tendió en la cama y cerró los ojos.

La mala suerte que había regido su vida quizá acababa de convertirse en oro puro.

«Ya era hora, maldita sea», pensó.

Según parecía, Claire Jericho seguía con sus viejas artimañas.

23

Puller acababa de entrar en el vestíbulo del hotel donde se alojaban los dos. Knox le aguardaba allí, con dos vasos de café de Starbucks. Le pasó uno.

—Tal como te gusta.

Puller bebió un sorbo.

—Gracias.

—Bien, Rooney prácticamente aseguró que tu padre es inocente. ¿Y ahora qué?

—El objetivo no ha cambiado. Tenemos que seguir ahondando hasta que demos con la verdad.

—De acuerdo, pero a veces la verdad no te libera, Puller.

Knox le había seguido a la calle y hasta el coche.

Puller sacó las llaves y las hizo tintinear.

—¿Y eso qué se supone que significa?

—No es algo que no te haya dicho antes —respondió Knox—. A pesar de lo que dicen algunas personas, saber no siempre es mejor que no saber.

Puller apoyó los codos en el techo del Malibu y frunció el ceño.

—Si se tratase de tu madre, ¿preferirías no saber qué le ocurrió? ¿Si está viva o muerta?

Knox apartó la vista de él pero dijo:

—Si se tratara de mí, querría saberlo. Lo único que digo es que si quieres saber la verdad, tienes que estar preparado para afrontarla.

—Confía en mí, Knox. Estoy preparado. He tenido treinta años para prepararme.

Quitó el seguro del coche y entró. Ella hizo lo mismo. Y se volvió hacia él.

—¿Adónde vamos?

—Rooney dijo que aquella noche no esperaba a mi madre, pero eso no significa que no tuviera previsto ir. Tal vez hubo algo que le impidió llegar.

—¿Como qué?

—Como una persona.

—¿Piensas que alguien la secuestró? ¿En una instalación militar en activo? ¿Con montones de gente por todas partes? ¿Cómo se ejecuta tal cosa?

—Te asombraría lo que he visto ejecutar, como dices, a la gente.

Poco después estaban de nuevo en Fort Monroe y aparcaron delante de la antigua casa de Puller.

Knox miró la casa.

—¿Ya has estado dentro?

—No. Aún no me atrevo.

—Parece un sitio agradable.

—Mi padre era un militar con una estrella. Claro que era agradable. Más agradable que cualquier otro sitio en los que he vivido después.

—¿Dónde fuisteis tu hermano y tú después de que tu madre desapareciera?

—Vivimos una temporada con mi tía, hermana de mi padre, en Florida. Íbamos a verla con frecuencia cuando mi madre estaba con nosotros. Se llevaban muy bien.

—¿Tu tía sigue viva?

—No, la asesinaron.

—Santo cielo, Puller. ¿Cómo? ¿Por qué?

—Es complicado. Baste con decir que descubrí a quien lo hizo y que fue castigado como merecía.

—Tu tía, tu hermano y ahora tu padre. ¿Algún otro miembro de la familia al acecho para que lo vengues?

—Espero que no.

—Y cuando dejasteis de vivir con vuestra tía, ¿dónde fuisteis Bobby y tú?

—Nos mudamos con mi padre cuando le asignaron otro destino. Seguía siendo nuestro padre aunque no pasara mucho tiempo en casa. Su personal le ayudó a criarnos. Siempre se aseguró de que alguien nos cuidara. Señoras amables, asistentas, personas que nos ayudaban con los deberes y que nos llevaban donde hubiera que ir para hacer deporte o lo que fuese. Luego Bobby se fue a la academia de las Fuerzas Aéreas y dos años después yo me fui a la universidad.

Se callaron y ambos levantaron la vista hacia la casa.

—¿No crees que deberías entrar?

Puller la miró.

—¿Por qué?

—Bueno, quizá te refresque la memoria y recuerdes algo que pueda sernos útil.

—Knox, no recuerdo nada...

Puller se calló y miró por la ventanilla del coche.

—¿Qué pasa? —preguntó Knox.

Puller estaba pensando en todas las cosas de aquella noche que no había recordado hasta que su hermano lo puso en su sitio.

—Según parece... tengo una memoria selectiva sobre lo que ocurrió —dijo.

—Pues entonces debemos entrar.

—Está cerrada con llave.

—Dudo que hasta ahora eso haya sido un obstáculo para ti.

Puller se la quedó mirando.

—Bueno, me consta que para ti no lo ha sido, puesto que te he visto forzar la cerradura de una casa, entrar y disparar a la persona que había dentro.

—No seas injusto, aquella mujer estaba intentando matarme.

Puller abrió la portezuela.

—Andando.

Se aproximaron por delante, y como la calle estaba desierta, Puller dejó que Knox forzara deprisa la cerradura. Entraron y Puller cerró la puerta a su espalda mientras Knox guardaba sus ganzúas. Miró a su alrededor mientras Knox le observaba atentamente.

—¿Ha cambiado mucho?

Puller negó con la cabeza.

—Al ejército no le va mucho la decoración. La distribución es prácticamente la misma. Cambias la pintura, pero cuando te vas tienes que volver a pintar las paredes del blanco crema del ejército. Procedimiento operativo estándar.

En la casa no quedaba ni un mueble. Eso hacía que a Puller le pareciera más espaciosa de lo que realmente era.

Inspeccionaron las habitaciones de arriba salvo el cuarto de baño. Puller entró y miró por la ventana, que daba al patio trasero.

Knox atisbó por encima de su hombro.

—¿Es la ventana donde estaba ella la última vez que la viste?

Puller asintió con un gesto.

—Pero el caso es, Knox, que eso fue por la tarde y que no se marchó hasta después de que cenáramos.

—¿Volviste a verla, entonces?

Puller cerró la puerta del cuarto de baño.

—Solo que no lo recuerdo. Me lo dijo Bobby.

—Veamos, dices que habíais cenado. Vayamos al comedor otra vez a ver si te viene algo a la mente.

Entraron en la pequeña zona de comedor que había junto a la cocina. Puller se apoyó contra la pared y estudió el espacio.

Cerró los ojos y se remontó treinta años atrás. Pero lo cierto era que la memoria de la gente tenía grandes carencias. La mayoría no recordaba qué estaba haciendo una semana antes en un momento concreto, y mucho menos tres décadas antes. Realmente el cerebro no era un ordenador que regurgitara meros datos: estaba salpimentado con toda suerte de cosas humanas como el embellecimiento, la esperanza, la pena o la memoria selectiva. Los humanos eran los reyes del recuerdo revisionista.

«Todos queremos parecer mejores de lo que en realidad somos.»

Pero Puller era investigador del ejército. Por tanto, consideraba que estaba por encima de esas flaquezas.

Al rememorar arrugó la frente. Nada añadido, nada sustraído.

«Tan solo haz memoria, John. Recuerda qué sucedió exactamente ese día y a esa hora.»

—Llamaron por teléfono —dijo, abriendo los ojos.

—¿Una llamada? ¿De quién?

—No lo sé, pero mi madre estaba terminando de preparar la cena. Sonó el teléfono y fue a contestar. Entonces no había móviles. Era la línea fija. —Señaló un punto de la pared de la cocina—. El aparato estaba allí.

—¿La oíste hablar? ¿Dónde estaba tu hermano?

—Bobby estaba fuera. Quizá ni siquiera lo oyó sonar. Y no, no la oí hablar. Pero recuerdo que aparecí por esa esquina cuando hubo colgado y que le vi la cara. Estaba alterada.

Sacó su teléfono y marcó un número de memoria.

Carol Powers contestó de inmediato.

—Carol, soy John Puller. Escucha, cuando hablamos, ¿dijiste que fue una suerte que estuvieras en casa porque tu novio había cancelado vuestra cita, ya que de lo contrario no habrías podido ir a mi casa a cuidarnos?

—En efecto.

—O sea que dondequiera que mi madre fuera aquella noche, seguramente no lo tenía previsto. Es decir, ¿era una urgencia si te llamaba el mismo día?

—Diría que no. Quiero decir que quizá había quedado previamente con otra chica para que os cuidara pero que al final le falló, aunque más bien lo dudo. Yo vivía al lado y tu madre normalmente me llamaba primero a mí.

—¿Le explicaste esto a alguien cuando investigaban su desaparición? ¿Que parecía una decisión de última hora?

—Pues bueno, no, nadie me preguntó eso en concreto. Solo querían saber cuándo había llegado yo a vuestra casa y si tu madre me había dicho algo sobre adónde iba. Y eso fue lo que les conté. ¿Metí la pata, John? ¿Tendría que haberles dicho que no estaba planeado?

—No es culpa tuya, Carol. Su trabajo es hacer preguntas. Gracias.

Guardó el teléfono y miró a Knox.

—¿Causa y efecto? —dijo ella—. Recibe la llamada telefónica y decide salir. Llama a la niñera y se viste con sus mejores galas.

—Me gustaría saber si entonces comprobaron el registro de llamadas.

—Estaría en el informe si lo hubieran hecho. No recuerdo haber visto nada en ese sentido. Además, es imposible que esos registros sigan estando en alguna parte a fecha de hoy. Me parece que hace treinta años el servicio telefónico de esta zona lo prestaba una de las Baby Bells, ya sabes, las operadoras que surgieron tras la demanda antimonopolio contra la compañía AT&T.

—De modo que recibió una llamada que le hizo cambiar de planes y salir. Y nunca regresó.

—¿Seguro que no oíste nada de lo que dijo durante esa llamada?

Puller negó con la cabeza.

—Entré justo cuando ella colgaba. Solo vi su cara. Parecía alterada, pero al verme sonrió. Entonces me hizo ayudarla a preparar la cena.

—Salta a la vista que estás recobrando la memoria desde que has cruzado esa puerta.

Puller asintió.

—Pero no puedo recordar lo que nunca supe. Y no sé quién hizo esa llamada ni qué dijo mi madre. —Miró a Knox—. Me consta que es una posibilidad remota, pero ¿puedes consultar con alguien de los tuyos para ver si existe alguna manera de conseguir el número de teléfono de quien la llamó aquel día?

—Puedo intentarlo, Puller. Pero, como bien dices, es una posibilidad realmente remota.

—A veces son las que dan mejor resultado.

—¿Por qué no se lo pides a la CID? Pueden conseguir esos registros, si existen, tan fácilmente como yo.

Puller no le contestó.

Knox se acercó a él.

—¿Crees que es responsabilidad solo tuya resolver este caso?

—Bueno, no he trabajado mucho en él durante los últimos treinta años —repuso Puller.

—Eras un crío cuando ocurrió.

—Pero hace mucho tiempo que dejé de serlo.

—Y cuando estuviste en posición de hacer algo al respecto, el caso hacía demasiado que se había enfriado. Además, me parece que tenías otras cosas de las que ocuparte. Como combatir en dos guerras, para empezar. Y desde luego el ejército no es famoso por dejar que su gente se vaya por ahí a divertirse e intente resolver un caso por su cuenta porque le viene en gana.

—Puedes encontrar todas las excusas que quieras, Knox, y yo también, pero aun así las cosas no cambiarán.

—Sin embargo, el padre Rooney prácticamente absolvió a tu padre de estar implicado en su desaparición.

—No es cierto. No lo sabe con certeza, y yo tampoco. Mi padre estaba aquí aquel día. Regresó antes de lo previsto y no se lo dijo a nadie. Aunque sea inocente sigo sin saber qué le ocurrió a mi madre. He dejado las cosas como estaban durante treinta años. Ya basta, Knox. Basta. No hay excusas que valgan. O consigo hacer esto o muero en el intento.

—Pero, Puller, esto puede llevar mucho tiempo. Tienes un empleo. El ejército no va a permitir indefinidamente...

—¡Al infierno con el ejército! —exclamó Puller—. Dimitiré si es preciso, pero este caso se va a resolver.

Knox pareció que iba a responder pero después se contuvo. Respiró hondo y salió de la habitación para efectuar la llamada.

Puller volvió a ir al cuarto de baño y miró por la ventana.

«¿Adónde fuiste, mamá? ¿Adónde?»

Ella sencillamente enfiló la calle abajo y desapareció.

Puller miró su teléfono. Él, su hermano y su padre se habían marchado de Fort Monroe poco después de que Jackie Puller desapareciera. Él había regresado a la base unas cuantas veces por asuntos de trabajo, aunque nunca más de un par de horas seguidas. Realizó una búsqueda en su teléfono. Las palabras clave eran «crimen», «desaparición», «asesinato», «mujeres», el año y «Hampton, Virginia».

El buscador hizo lo que tenía que hacer y Puller se quedó boquiabierto con el resultado.

La primera opción lo decía todo.

«La policía sospecha que un asesino en serie es el homicida de cuatro mujeres en Williamsburg, Virginia.»

El artículo era del mismo año y el mismo mes en que desapareció su madre.

Y Williamsburg estaba a media hora de Fort Monroe.

«¡Hijo de puta!»

24

Knox volvió a entrar en la habitación.

—Bien, ya he puesto las cosas en marcha por teléfono. A ver qué consiguen encontrar.

Se detuvo porque Puller estaba inclinado sobre su móvil y ni siquiera había levantado la vista cuando le había hablado.

—¿Qué pasa?

—Un segundo.

Terminó de leer la pantalla y guardó el teléfono. Le resumió lo que había descubierto.

—¿Asesinatos en serie en Williamsburg? —dijo Knox, abriendo los ojos con asombro.

—En las mismas fechas, y Williamsburg solo está a media hora de aquí.

—Pero no sabemos que tengan relación con el caso de tu madre.

—Y tampoco sabemos que no la tengan —repuso Puller.

—¿Cómo se te ha ocurrido buscar algo así?

—Primera regla cuando investigas un caso antiguo: ¿hubo otros crímenes en la zona que puedan relacionarse con el tuyo? Tendría que haberlo hecho hace mucho tiempo.

—O sea que un asesino en serie entra en una instalación militar, mata a tu madre y, ¿qué, se lleva el cuerpo consigo?

—No lo sé. Solo sé que ahí hay una posible pista. Y sí, era una instalación militar en funcionamiento. Pero en la época del año en que mi madre se marchó, ya era de noche. Además, nunca había demasiada gente en la calle. Las residencias de oficiales no siempre estaban ocupadas con familias y no había muchos chavales jugando fuera. Mi padre era una excepción. Se casó tarde. No recuerdo a muchos militares con una estrella que tuvieran hijos pequeños. Solían ser mayores. El caso es que esta zona estaba bastante aislada y apartada de la zona más bulliciosa de la base. En aquel entonces había edificios que no se usaban. Es posible que se la llevara a rastras hasta uno de ellos. De modo que aunque parezca que un asesino no pudiera actuar aquí, en realidad sí podía.

—Pero ¿cómo entraría en la base?

—Quizá ya estaba dentro de ella.

—¿Quieres decir que vestía uniforme?

—Había montones de personas que trabajaban en Fort Monroe y que no vestían uniforme. Pero sí, puede que fuera un militar.

—Deduzco que los asesinatos en serie de Williamsburg no se resolvieron.

—Nunca encontraron a un sospechoso al que acusar. Cuatro asesinatos. Todas las víctimas eran mujeres.

—¿Y los cuerpos?

—Los encontraron desperdigados por la región, principalmente en lugares aislados y tumbas poco profundas.

—Pero si a tu madre la asesinaron, nunca hallaron sus restos.

—No. Pero si en efecto la mató, quizá hizo un trabajo mejor al deshacerse de su cuerpo.

—¿Cada cuánto se sucedían los asesinatos? Me refiero a después de que tu madre desapareciera.

—No hubo más. La última víctima fue tres noches antes de su desaparición.

—¿Las agresiones tenían una frecuencia concreta?

—Un par de semanas entre cada una.

—Por tanto, ¿tu madre habría sido una anomalía en esa pauta?

—Sí, pero los asesinos en serie no siempre se ciñen a un patrón. A veces aprovechan una oportunidad.

—Cosa que quizá estés haciendo tú al aferrarte a esto, Puller.

Puller la miró.

—Es una posible pista, Knox. Nada más.

—Y es un caso muy antiguo. Así pues, ¿cómo te propones seguir esa pista?

—El archivo de la policía sería un buen comienzo.

—¿Te presentarás a la policía local actuando a título oficial?

Puller no contestó.

—Lo digo porque oficialmente no estás encargado de llevar este caso —prosiguió Knox—. Y oficialmente no estás trabajando en él, de modo que no tengo claro que vaya a funcionar.

—Tú podrías conseguir esos expedientes.

—Seguramente, pero a mí tampoco me han encargado esta tarea. Tengo superiores ante los que rendir cuentas, igual que tú.

—¿En serio? ¿O sea que estás aquí de vacaciones y nada más?

Knox lo fulminó con una mirada que Puller le sostuvo con idéntica determinación.

—Puede que nos pasemos días corriendo en círculos —dijo Knox finalmente.

—Yo puedo correr durante los días que haga falta. ¿Y tú?

—No me lo estás poniendo fácil, Puller.

—¿Acaso debería?

—Bueno, supongo que contra eso poco puedo decir —replicó Knox con sarcasmo.

—Así pues, ¿lo harás?

—Haré una llamada.

—Di que es por un asunto de seguridad nacional. Eso te pondrá en cabeza de la cola para consultar documentos. Si no, podemos pasarnos meses aguardando. Diles que enviarás a un agente de la CID a recogerlos de tu parte hoy mismo, si los tienen a punto.

—Primero, registros de llamadas de hace treinta años y, ahora, el expediente de cuatro asesinatos antiguos. Caray, sí que ha evolucionado este caso.

—Los casos evolucionan siempre, Knox. Son como seres vivos. Y a veces se convierten en cosas verdaderamente irreconocibles.

Cinco horas después Knox se enteró de que era imposible conseguir los registros telefónicos de treinta años atrás. Pero por otro lado, estaban mirando diez cajas de archivo llenas de copias de todo lo que tenían la policía de Williamsburg y el FBI sobre los asesinatos en serie.

Habían subido las cajas a la habitación de Knox y luego las habían apilado contra la pared. Pidieron comida al servicio de habitaciones y comenzaron a revisarlas.

Knox se sentó en la cama con las piernas cruzadas. Se había cambiado y llevaba unas mallas negras y un jersey. Iba descalza y con el pelo recogido en un moño.

Puller llevaba la misma ropa que había usado todo el día, solo que se había quitado el cortavientos. Estaba sentado a un pequeño escritorio de cara a la pared, leyendo detenidamente los documentos y estudiando las fotografías, al tiempo que tomaba notas en una libreta.

La habitación tenía una terraza con la puerta corredera, y Knox la había abierto para dejar entrar la brisa marina.

Poco después llegó el servicio de habitaciones con la comida. Puller había optado por un bistec con patata asada, Knox por una ensalada con gambas.

Puller se sorprendió al ver una botella de vino tinto.

Cuando el camarero se hubo ido, Knox descorchó el vino y sirvió una copa. La olisqueó y después miró a Puller.

—No sé tú, pero yo pienso mucho mejor con los carbohidratos del vino.

Puller asintió lentamente.

—Muy bien.

—Creo que no hace falta que lo dejemos respirar. Ya está listo para tomar. La carta de vinos es bastante buena.

—Demasiado para mi sueldo. Soy más de cerveza.

Knox le pasó una copa de vino llena y se pusieron a comer sin dejar de revisar sus respectivos expedientes.

Puller tomó un trozo de bistec y dijo:

—La policía local no hizo un gran trabajo al procesar el escenario del crimen, y me parece que los muchachos del FBI no pusieron el listón mucho más alto cuando se unieron al equipo.

Knox hizo girar el vino en la copa antes de beber un sorbo.

—Bueno, todos sabemos lo exigente que eres, jefe Puller.

—Esto no es una broma, Knox —replicó Puller.

—Nunca he dicho que lo sea. Y a no ser que lo hayas olvidado, te he visto procesar el escenario de un crimen, de manera que más bien era un cumplido. Y para que conste, agradecería que no te pusieras así por cada cosa que digo.

Puller bajó la vista.

—Perdona. Este caso...

—No es como los demás, ya lo capto, Puller. Así que sigamos hurgando y a ver qué encontramos.

—Vale —dijo Knox al cabo de unos minutos—. Lo que veo claro es que las cuatro mujeres asesinadas eran solteras, profesionales de poco menos de treinta años.

—Cosa muy inusual para un asesino en serie —señaló Puller—. Las personas que suelen elegir son prostitutas, fugitivos, gente con poco apoyo familiar, trabajos peligrosos.

—Y nadie que se preocupe cuando desaparecen —agregó Knox—. Pero tu madre no encaja en ninguna de estas categorías. Por consiguiente tampoco encaja con el prototipo de profesional joven.

—Podría ser una excepción —sugirió Puller—. O que estaba en el lugar equivocado en el momento equivocado. ¿Y si vio a mi madre caminando sola con su mejor traje? Aunque era mayor que las mujeres asesinadas, mi madre aparentaba mucha menos edad de la que tenía.

—Era una mujer guapa, Puller.

Él levantó la vista y vio que Knox le miraba desde la cama.

—¿Has visto una foto suya?

—Como he dicho, hice los deberes antes de venir aquí. —Hizo una pausa—. Y ahora mismo la estoy viendo.

—¿Qué quieres decir?

—Tienes la estatura de tu padre pero los ojos, la nariz y los pómulos de tu madre.

Puller bajó la vista al informe que tenía en la mano, a todas luces incómodo ante aquel comentario.

—Me parece que nunca me he detenido a pensar en eso.

—¿Porque te recordaba tu pérdida? —dijo Knox.

Puller no contestó.

Knox prosiguió como si tal cosa.

—Es una coincidencia bien extraña que un asesino en serie estuviera actuando a menos de media hora de aquí, matando a mujeres, y que al parecer la policía local ni siquiera indagara si el caso de tu madre estaba relacionado con esas muertes. Como mínimo tendrían que haber hecho algunas pesquisas, más aún habida cuenta de que no tenían otras pistas.

—Es más que extraño. Es imperdonable.

Alargó el brazo para coger otra carpeta que había llevado consigo a la habitación de Knox.

—¿Qué es? —preguntó ella, acabándose el vino y sirviéndose más.

—El expediente de la CID sobre el caso de mi madre. Si el agente especial que llevaba el caso sigue vivo, tal vez deberíamos hablar con él.

—¿Crees que se acordará de algo relevante?

—Para eso hacemos las preguntas.

Terminaron de revisar los expedientes y después Puller hizo unas cuantas llamadas y localizó al agente de la CID jubilado Vincent DiRenzo. Dejó un mensaje para él, se levantó y se estiró cuan largo era para desentumecerse.

—Me parece que esta noche no hay más que hacer, Knox.

Knox se había quitado el jersey, revelando una ceñida camiseta blanca. Apartó un expediente y se incorporó. Se soltó el pelo del moño, se pasó los dedos por la melena y le miró.

—Tampoco es tan tarde —dijo—. Y no nos hemos acabado el vino.

—Ya han dado las doce —señaló Puller—. Los dos tenemos que irnos a la cama.

—De acuerdo.

Se quedaron mirándose fijamente.

—¿Qué?

—Ya sabes qué, Puller.

—¿A qué viene esto exactamente? —preguntó él en voz baja.

—Viene de una oportunidad perdida en Kansas.

—¿Estás diciendo que te equivocaste?

—Sí.

Puller asintió, pensativo.

Knox se acercó al borde de la cama y le tocó el brazo con la mano. Los grandes ojos de Knox no se apartaron de los suyos mientras le acariciaba el brazo. Puller tuvo un estremecimiento que le recorrió el cuerpo entero.

—Quiero esto, John —dijo Knox—. Aquí y ahora. Solo quiero estar contigo.

—¿Lo has pensado detenidamente? —dijo Puller.

—No quiero pararme a pensar. Me guía el corazón, no la cabeza.

Puller volvió a quedarse meditabundo un momento mientras ella le seguía acariciando el brazo.

—Estamos trabajando en un caso, Knox. Por tanto, debo guiarme por la cabeza. Buenas noches.

Salió por la puerta.

Knox se quedó hecha polvo.

Soltó un prolongado gemido y se desplomó sobre la cama.

25

—Te pido perdón por lo de anoche.

Una Knox muy pálida miró a Puller, que conducía derecho al oeste a través de Virginia.

Iban de camino a ver a Vincent DiRenzo, el agente especial jubilado de la CID. Vivía en Smith Mountain Lake, cerca de Roanoke.

Puller mantenía los ojos en la carretera.

—No me gusta que jueguen conmigo, Knox. No me lo merezco, y menos de ti.

Knox daba golpecitos al suelo con la punta de un zapato.

—¿Eso qué significa?

—Significa que me gustaría saber por qué apareciste de repente.

—Ya te lo he explicado.

—No, lo que me has contado es un cuento chino. Ahora me gustaría saber la verdad.

Knox cruzó los brazos y miró con enojo por la ventanilla.

—Me imagino que a causa de cómo me gano la vida siempre piensas que tengo intenciones ocultas. Que nunca acabo de decirte toda la verdad.

—No podría haberlo resumido mejor.

—Que te den, Puller.

—Ya que estamos en esas, ¿qué hay de tu maniobra de anoche? Si era tu manera de ganarte mi confianza, fue un fracaso estrepitoso.

Knox suspiró.

—Vale, creo que me merezco la reprimenda. Y lo siento. —Se sentó más erguida—. Bien, ¿Vincent DiRenzo?

Los hombros de Puller se relajaron con el cambio de rumbo de la conversación.

—Hizo una carrera sin fisuras en la CID. Nada espectacular, pero tampoco ninguna pifia gorda. Esta mañana me ha devuelto la llamada y ha estado de acuerdo en reunirse con nosotros.

—¿Dices que vive en un lago?

—Smith Mountain Lake. Estuve una vez mientras trabajaba en un caso. Es bonito. Las montañas se alzan desde el mismo borde del agua. Es una presa hidroeléctrica —prosiguió—. Unos sesenta kilómetros de longitud y más costa que el estado de Rhode Island. Llamarlo lago no es hacerle justicia.

Knox asintió con la cabeza.

—Suena bien.

—También deberíamos hablar con los policías de Williamsburg que se encargaron de los asesinatos en serie.

—Ya he hecho unas llamadas. Aguardo respuestas. Y el FBI también intervino.

Puller asintió.

—Confiaba en que pudieras hacer una llamada a ese respecto. Tienes más influencia que yo en ese ámbito.

—Siempre esperas que haga un montón de llamadas —dijo Knox bruscamente.

—¿Acaso no estás aquí para eso? ¿Para ayudar?

Knox volvió a mirar por la ventanilla y no le contestó.

Vincent DiRenzo era un hombre viudo que vivía en una cabaña de tres habitaciones rodeada de grava, en una pequeña cala con vistas a las lejanas montañas. El patio estaba lleno de parterres y primorosamente cuidado.

Llamaron varias veces al timbre sin que nadie les abriera. Knox se asomó al garaje.

—Aquí dentro hay un coche.

Puller miró en derredor.

—Probemos en el muelle. Hace buen día, a lo mejor está allí.

—Un buen sitio para jubilarse —comentó Knox mientras bajaban hacia el muelle.

—¿Alguna vez te vienen ganas de jubilarte?

—Ni tú ni yo podemos dedicarnos a lo que nos dedicamos para siempre.

—Hay días en que me parece que es lo único que sé hacer.

—Pues cuenta con mi solidaridad.

Aunque era un lago de agua dulce, Puller olió el salitre que flotaba en el aire. Una bandada de patos se deslizaba por el agua mientras una barca que arrastraba a un esquiador giraba para esquivarlos. Los patos se afanaban para huir del peligro.

Puller y Knox siguieron la curva del sendero y el muelle apareció ante ellos. Tenía dos rampas de botadura, una pequeña cocina, una pérgola y un cobertizo, todo ello sobre pilotes con un suelo de madera tratada a presión.

Divisaron a DiRenzo al lado de una barca varada. Puller lo llamó y DiRenzo se volvió y les hizo una seña para que se acercaran.

El antiguo agente de la CID era bajo y musculoso. Tras las presentaciones de rigor, les estrechó la mano con firmeza. Llevaba pantalones vaqueros, zapatillas de tenis y una sudadera con el lema ARMY STRONG. Tenía el pelo al rape y casi todo gris. Un bigote a juego le cubría el labio superior.

Tenía abierto el compartimento del motor de una esbelta Chaparral blanca y amarilla de siete metros.

—Bonita lancha —comentó Puller.

—Mantiene bien el rumbo y tiene nervio cuando es preciso.

—Un marinero no puede pedir más —respondió Puller.

—¿Les importa que siga trabajando mientras hablamos? —preguntó DiRenzo.

—En absoluto. ¿Puedo ayudarle en algo?

—Puede pasarme herramientas cuando se las pida.

—Por supuesto.

—Bien, el caso de Jackie Puller —comenzó Knox.

DiRenzo terminó de aflojar un tornillo y lo tiró a un cubo que tenía en la cubierta de la lancha. Pidió a Puller una llave inglesa de otro tamaño. Él se la pasó y DiRenzo se tomó un momento para usarla antes de mirar a Puller.

—He visto que llevan el mismo apellido.

—Era mi madre.

—En realidad me acuerdo de usted y de su hermano, aunque seguro que usted no se acuerda de mí. Y todo el mundo conocía a su padre. —Empezó a aflojar otro tornillo—. Después de que telefoneara, he hecho unas cuantas llamadas a viejos camaradas que todavía trabajan. Tiene una reputación del demonio, jefe Puller.

—Intento hacer mi trabajo tal como me enseñó a hacerlo el ejército.

—No se lo discutiré. —DiRenzo se limpió la grasa de las manos y se sentó en la regala de la lancha—. En todos estos años, de vez en cuando he pensado en el caso de su madre. Es de lo más increíble que haya visto jamás. Fue como si desapareciera por arte de magia. Nadie vio ni oyó nada. Me maté trabajando para intentar conseguir algo. ¿Desaparece la esposa de un militar con una estrella? Más vale que cubras todas tus bases. Y no se trataba solo de su rango. Demonios, era el combatiente John Puller. No querías enfrentarte a un hombre como él sin respuestas. Intimidador no sirve ni de lejos para describir a su padre.

—¿Nunca llegó a alguna clase de resolución?

DiRenzo negó con la cabeza.

—Ni siquiera teníamos una pista sólida.

—He visto los informes del caso. Fue minucioso. Siguió todos los procedimientos apropiados.

—Pero como bien sabe, parte de ello, quizá la parte más importante, es lo que sientes en las entrañas. Probablemente en el ochenta por ciento de los casos que resolví fue así. Tienes un presentimiento y luego el instinto te avisa cuando algo huele mal. Pero en este caso no presentí nada. Al final me daba de bruces contra una pared. Fue el momento más frustrante de mi carrera. Estuve a punto de dejar la CID. Me sentía un fracasado. Y no fui solo yo. Había otros agentes asignados al caso. Además, se trataba del combatiente John Puller. Seguían una estrategia de tierra quemada.

—¿Habló personalmente con el general Puller? —preguntó Knox.

—Varias veces. Como sin duda saben, estaba fuera del país cuando su esposa desapareció.

Puller y Knox cruzaron una sutil mirada en la que DiRenzo no reparó.

—No había un motivo —prosiguió DiRenzo—. Eso era lo que más me sacaba de quicio. Normalmente lo hay. Los crímenes al azar, sobre todo en una instalación militar, no son muy comunes. Criminal y víctima suelen conocerse.

—En la época en que desapareció mi madre hubo una serie de asesinatos en Williamsburg.

Puller hizo una pausa para ver cómo reaccionaba DiRenzo. El agente retirado terminó de limpiarse las manos y volvió a coger la llave inglesa. Pero no se puso a aflojar tornillos. Se limitó a sostenerla con una mano, dándose golpecitos en la palma de la otra.

—Estábamos al corriente, claro. Pero su madre no encajaba en el patrón, según recuerdo.

—No tenía la edad exacta, pero podía pasar por una mujer como mínimo cinco años más joven —señaló Knox—. Y aquella noche iba muy arreglada. No era tan distinta a las víctimas de Williamsburg. Eran mujeres profesionales jóvenes.

—Pero esos otros asesinatos tuvieron lugar en la zona de Williamsburg. Los cuerpos se hallaron en un radio de siete kilómetros.

—Pero Hampton no queda tan lejos. Y es bien sabido que los asesinos en serie a veces hacen excepciones. Aprovechan una oportunidad.

—Bueno, lo que dice es verdad —concedió DiRenzo—, pero recuerdo que entonces se consideró que no había relación entre un caso y otro.

—¿Sabe quién lo determinó? —preguntó Puller.

—Desde luego, no fui yo. Vino de más arriba.

—¿En la CID o en otra parte?

—Solo sé que vino de arriba. Se filtró hasta nosotros. Desconozco el origen de la decisión. Ya sabe cómo es el ejército. Obedeces órdenes.

Puller se acercó un poco a DiRenzo.

—Permítame aclarar este punto. ¿Está diciendo que le ordenaron que no investigara si los casos de Williamsburg podían estar relacionados con la desaparición de mi madre?

—Lo cierto es que nunca los investigué, si eso le sirve de respuesta —contestó Di Renzo, evitando la mirada de Puller.

—¿Y no lo cuestionó? —preguntó Knox.

DiRenzo la miró.

—Hice lo que me dijeron que hiciera. Yo era investigador, pero también militar. Tal como acabo de decirles, obedecía órdenes. Pues aunque el ejército no te enseñe nada más, eso te lo inculca hasta la médula.

Intervino Puller.

—¿Nunca buscó un motivo para que los de arriba no quisieran que indagara en los asesinatos en serie para ver si era posible que estuvieran relacionados con la muerte de mi madre?

—Pensé en ello. Pensé mucho en ello, en realidad.

—¿Y? —dijo Knox.

—Y todas las respuestas que se me ocurrían hacían que me cagara de miedo. Así que dejé de pensar en ello.

26

Así era como vivía la otra mitad. Bueno, una décima parte del uno por ciento, en cualquier caso.

Rogers estaba apoyado contra un árbol junto a una carretera que discurría paralela a la playa.

El trayecto en coche hasta allí le había llevado menos de dos horas. Aún no era siquiera mediodía. Tenía que regresar a tiempo para ir a trabajar, pero todavía disponía de varias horas para hacer cosas.

Estaba contemplando una casa cercada por un muro y unas verjas de acero que habrían detenido a un tanque Abrams desbocado. Se trataba del retiro palaciego de Chris Ballard, el fundador de lo que ahora se conocía como CB Excelon Corp.

Rogers había dejado su furgoneta en un estacionamiento público por si había cámaras de vigilancia ubicadas junto a la verja principal. Supuso que grabarían a todos los coches que pasaran por delante de la mansión. Y él no quería aparecer en esa grabación.

Sus ojos observaban todas las partes del complejo residencial, pues eso era lo que había detrás del alto muro. Varios edificios, caminos internos asfaltados, coches, gente. Había encontrado una fotografía aérea de la finca en internet.

Estaba claro que Ballard se había hecho de oro mamando de la teta del gobierno federal.

Apenas había colinas en las inmediaciones, pero Rogers se las arregló para encontrar una elevación del terreno más que suficiente. Recorrió varios puntos hasta que dio con un sitio que le permitía ver el interior del recinto al tiempo que le proporcionaba cierto resguardo. De manera metódica se fijó en todas las entradas y salidas, los puntos fuertes y débiles, los posibles escondites y la configuración de la vigilancia. Aguardó pacientemente mientras observaba a unos hombres fornidos con pantalones caquis, polos y gorras de béisbol, pistolas enfundadas y auriculares mientras hacían sus rondas.

Cuatro edificios, incluida la mansión principal, que aparentaba tener una superficie de unos mil ochocientos metros cuadrados, estaban situados en torno a una enorme piscina.

Uno de los edificios parecía ser una caseta de baño que triplicaba el tamaño de una casa en la que vivía la gente normal. Elegantes tumbonas rodeaban la piscina, todas situadas perfectamente paralelas entre sí. Había un bar al aire libre, una extravagante chimenea, patios, senderos de losas y suntuosos jardines.

Los coches, en su mayoría Mercedes y Bentley, estaban aparcados en un garaje para ocho vehículos. Rogers lo pudo ver porque las puertas abatibles estaban abiertas y había dos hombres trabajando en uno de los coches.

Fuera del recinto amurallado y emplazado en el lado este de la mansión había un helipuerto con una gran B pintada en el centro. Detrás y en paralelo a la playa había una pista de aterrizaje asfaltada de un kilómetro. Aparcado en un extremo de la pista había un esbelto *jet* Falcon 2000. Mientras Rogers observaba, un hombre con uniforme de piloto estaba efectuando una inspección visual del avión.

Todos los accesorios de los superricos hasta el último detalle, pensó Rogers. Tantos juguetes, tan poco tiempo.

Bajó a la playa por un acceso público bastante alejado de la mansión de Ballard. Las olas el Atlántico iban y venían delante de él debido al fuerte viento que batía el agua. El aire salado le llenó los pulmones. Las gaviotas se zambullían y remontaban el vuelo buscando alimento. Pero nada de esto suscitó su interés. Siguió caminando hacia la mansión. La arena pertenecía a todo el mundo y quería ver qué aspecto tenían las defensas de la finca por el lado de la playa.

Llegó a un punto justo enfrente de la propiedad de Ballard y vio que la resguardaba un alto muro de piedra en toda su longitud. Era tan alto que, de hecho, solo permitía ver las plantas superiores de la casa principal.

En medio del muro había una verja de madera tan alta como el propio muro. Caminó pesadamente por la playa después de quitarse los zapatos y los calcetines y de arremangarse los pantalones. Cuando estuvo unos cien metros más allá de la verja, oyó algo. Se volvió y vio que la verja se abría.

Salieron tres fornidos hombres armados, obviamente vigilantes de seguridad. Detrás de ellos salió un cochecito de golf de color arena con los asientos de color coñac, conducido por otro guardia de seguridad. Un segundo hombre armado iba a su lado.

En el asiento trasero del vehículo había un hombre anciano con un albornoz blanco y un panamá con una cinta negra. A su lado, una mujer joven con un mero pareo azul celeste.

El anciano era Ballard, Rogers estaba bastante seguro. Tenía la edad correspondiente, ¿y quién sino él daría un paseo por la playa en un cochecito de golf con chófer?

Descendieron hasta cerca de la orilla y aparcaron. Los guardias de seguridad extendieron una gran toalla, hamacas, una mesa y una canasta. Después se apartaron y formaron un anillo en torno al hombre y la mujer mientras estos bajaban del vehículo, él con la ayuda de ella.

La mujer lo condujo hasta una de las hamacas y le ayudó a quitarse el albornoz. Debajo llevaba un traje de baño y una camiseta. Estaba flaco y tenía el pecho hundido. Parecía sumamente frágil. Ella le untó protector solar en la piel expuesta y lo acomodó en su tumbona.

Entonces ella se quitó el pareo, revelando un minúsculo biquini verde espuma de mar.

Daba la impresión de hacer ejercicio a menudo, ni un gramo de grasa a la vista. Tenía la piel bronceada, pero no demasiado.

Se tendió boca abajo en la toalla delante del hombre, sus prietos glúteos solo medio cubiertos por la braguita del biquini. A Ballard parecía traerle sin cuidado. Se limitaba a contemplar las aguas.

Sin embargo, Rogers pilló a uno de los guardias de seguridad echando un buen repaso a la mujer antes de apartar la vista. Cuando atisbó a Rogers, este ya había dado media vuelta y avanzaba lentamente por la playa. Al cabo de unos cien metros Rogers se detuvo y fue hasta la orilla, dejando que el agua le lamiera los pies.

«¿Realmente es Ballard? Seguramente sí. ¿Y la mujer? ¿Novia? ¿Esposa florero? ¿Hija? ¿Enfermera en biquini mostrando su cuerpo mientras toma el sol estando de servicio?»

El siguiente ruido hizo que se volviera y mirase de nuevo playa abajo.

Era un sonido de acumular potencia.

Después un estruendo al liberarse esa potencia acumulada.

Unos diez segundos después, el Falcon 2000 surgió del follaje que flanqueaba la pista por el lado de la playa, se remontó en el aire, se ladeó para virar sobre el agua, se enderezó y prosiguió su rápido ascenso.

Rogers miró al hombre y la mujer.

El anciano seguía contemplando impávido el océano.

La joven se había puesto en cuclillas y saludaba.

Rogers siguió su mirada y observó las estelas gemelas de los gases de escape manchando un cielo por lo demás despejado.

«¿Quién va a bordo del Falcon?»

Se adentró un poco más en el agua, dejando que cubriera sus pálidos tobillos. Bajó la mirada y vio las marcas de las antiguas cicatrices en las pantorrillas. Cada pocos segundos volvía la vista a su izquierda para observar al pequeño grupo de la playa.

El almuerzo de la canasta fue servido, la mujer ocupándose cumplidamente del anciano caballero. Había vuelto a ponerse el pareo.

Sirvieron y bebieron copas de vino.

Picotearon un cuenco de frutas y una tabla de quesos.

Mordisquearon bocadillos.

Luego todo se guardó y el cochecito de golf, junto con los guardias de seguridad, regresaron playa arriba y cruzaron la verja, que se cerró en cuanto entraron.

Aparentemente, el baño de sol del rey había terminado por hoy.

Rogers aguardó unos minutos antes de irse por donde había venido. Dejó la arena atrás, se secó los pies, volvió a ponerse los calcetines y los zapatos y caminó penosamente hasta su furgoneta. Se frotó el cogote porque se había puesto a palpitar otra vez.

No tenía muy claro qué había averiguado, aparte de que el viejo Ballard gozaba de un plan de jubilación cojonudo, que incluía a una bella compañera que atendía todas sus necesidades.

Acababa de subir al asiento del conductor cuando un coche pasó como un rayo por la carretera. Era un Mercedes descapotable plateado último modelo con la capota bajada.

Lo conducía la mujer del biquini, aunque ahora lucía un vestido floreado sin mangas.

Rogers puso la furgoneta en marcha enseguida y salió a la carretera para seguirla.

Esa podía ser la brecha que necesitaba, pensó.

27

Recorrieron unos ocho kilómetros. La mujer era una conductora temeraria, pues tomaba las curvas demasiado deprisa y con frecuencia ocupaba el carril contrario de la carretera de dos carriles antes de enderezar el coche justo a tiempo de esquivar el tráfico que venía en dirección opuesta.

Rogers se mantenía a distancia suficiente para que ella no sospechara, aunque en los ocho kilómetros se habían cruzado con no menos de seis furgonetas blancas. Era el vehículo que prefería la legión de operarios y personas de servicio que se ganaban la vida atendiendo a los propietarios de casas y fincas de la zona.

Por fin la mujer aminoró y enfiló el camino de entrada a una gran casa con las fachadas de estuco y la cubierta de tejas, ubicada junto a la playa. Parecía que la hubiesen teletransportado por arte de magia desde Florida a Carolina del Norte.

Rogers pasó de largo, tomó una curva y sacó la furgoneta de la carreta; luego se apeó y regresó a paso ligero hasta la casa, donde se escondió tras unos arbustos que formaban parte del perímetro del jardín.

La mujer había bajado del coche al mismo tiempo en que se abría la puerta principal de la casa. El joven que salió a su encuentro llevaba bermudas y una camiseta blanca. Era alto, joven y apuesto.

Rogers ya le había visto antes.

Josh Quentin, el de la sala VIP del Grunt con su reservado privado y señoritas que se dejaban tocar el trasero con abandono.

Rogers siguió observando mientras Quentin y la mujer chocaban en la mitad de la escalinata. Ella lo besó con ternura y a cambio él le agarró el culo.

Así era la vida, pensó Rogers. Marte y Venus.

Ya estaban empezando a desnudarse mientras trastabillaban, entrelazados, subiendo los peldaños que faltaban hasta la puerta.

Era bastante evidente lo que la pareja se disponía a hacer, y Rogers no tenía el menor interés en presenciarlo. Se sentó en cuclillas e intentó dilucidar todo aquello.

¿Qué pintaba allí Josh Quentin? ¿Esa era su casa? ¿Y quién era la mujer? ¿Estaba casada con Ballard y Quentin solo era un amante de su edad?

Rogers se frotó el punto de la cabeza. El sol calentaba y ese calor se intensificaba en el pequeña mancha de su cráneo. Cerró los ojos e imaginó lo que estaba sucediendo dentro de su cerebro en aquel preciso instante.

Le habían hablado sobre la sensación que tendría, sobre lo que era posible que ocurriera. Pero le habían sucedido más cosas de las que ellos hubiesen previsto jamás. Tal como le habían explicado, se trataba de un territorio virgen. Era arriesgado y también peligroso. En parte, por no decir que casi todo, era impredecible.

Como se vio después, existían motivos de peso para tales advertencias.

Como se vio después, no tenían ni la más remota idea de qué demonios estaban haciendo.

Su mirada flotó hasta una ventana de la casa estucada. Había visto un destello. Tal vez fuese el vestido de la mujer volando por los aires.

Recordó la matanza en el callejón después del viaje en autobús desde la prisión. Los dos jóvenes amantes, ahora ambos muertos.

No le interesaban demasiado los jóvenes amantes.

Principalmente porque nunca había tenido ocasión de ser un joven amante.

Tuvo un impulso acuciante de irrumpir en la casa y matarlos a los dos.

Se frotó la cabeza enérgicamente, intentando apartar aquel pensamiento.

Necesitaba información y aún no la había conseguido.

Decidió enmendar esa situación.

Miró en derredor, no vio a un alma y se escabulló hasta el descapotable. El bolso de la mujer estaba en el asiento delantero. Había tenido tanta prisa por besar a Quentin que se lo había dejado olvidado.

Rogers sacó la cartera y fotografió su carnet de conducir con el móvil.

Se llamaba Suzanne Davis.

Se acercó a la casa y miró hacia arriba. Podía escalar la pared sin problemas. La vivienda quedaba bastante resguardada de la calle gracias a un seto de arbustos altos. Se asomó a la ventana del garaje y vio un coche. Un Maserati descapotable. Supuso que era de Quentin. Por lo visto, a ese capullo le gustaban las cosas caras.

Rodeó la casa hasta la parte de atrás. Allí había una piscina vallada de tal modo que no resultaba visible por quienes estuviesen tomando el sol en la playa.

Probó con la puerta de atrás. No estaba cerrada con llave. Dudó que Quentin se hubiese molestado en conectar una alarma antes de llevarse a la chica arriba pero, aun así, se preparó para salir huyendo en caso necesario.

Pero no sonó alarma alguna.

Tras colarse en el interior se encontró en una habitación apenas amueblada.

La distribución de la vivienda era abierta y espaciosa, pero los pocos muebles que había se veían muy corrientes. Rogers se preguntó si aquella casa era de Quentin o si simplemente era de alquiler.

Echó un vistazo general y encontró una carta con la dirección de la casa. El destinatario era una empresa: VacationsNC, LLC. O sea que probablemente era de alquiler.

Subió por la escalera, muy atento a todos los ruidos de la casa.

Una vez arriba oyó lo que se había imaginado que oiría. Dos personas jóvenes practicando sexo como locas.

Pero en algún momento terminarían. Siempre era lo mismo.

Alcanzó el descansillo y siguió los ruidos hasta el último dormitorio de la izquierda. Había otra habitación en diagonal con aquella. Entró silenciosamente y dejó la puerta entreabierta. Desde aquella posición estratégica alcanzaba a ver la habitación del otro lado del pasillo.

Suzanne Davis estaba sentada a horcajadas encima de Quentin.

Bien, estarían ocupados un rato.

Rogers se adentró en la habitación donde estaba y la inspeccionó.

Lo avistó casi de inmediato. Un maletín de cuero. Lo abrió y rebuscó en su interior sin hacer ruido. Sacó varios papeles que miró uno a uno. Solo el cuarto mereció su atención.

Se trataba de un documento clasificado con un sello que decía CONFIDENCIAL. Parecía un documento interno de una empresa.

Lo que había escrito en el documento no significó nada para él.

Lo que había en lo alto de la página lo significó todo.

Atalanta Group.

Rogers miró hacia el dormitorio.

¿Quentin estaba relacionado con Atalanta Group? ¿Era esa la empresa que Helen Myers le había dicho que era propiedad de Quentin?

¿Jericho trabajaba para él? Negó con la cabeza. A decir verdad, Jericho no trabajaba para nadie más que para ella misma. Devolvió los papeles a su sitio, cerró el maletín y regresó junto a la puerta.

Su mirada alcanzó a la pareja en la cama justo cuando Quentin le daba la vuelta a Davis para quedar encima de ella. Le levantó los pies hasta sus hombros y enseguida terminó la faena con un sonoro gruñido antes de desmoronarse sobre la joven.

«Para que me vengan con romanticismos», pensó Rogers.

Quentin dejó de aplastar a Davis y se apoyó contra el cabecero de la cama.

—Caray, ha sido fantástico, nena —dijo—. ¿Verdad?

Davis tiró de la sábana para cubrirse y se recostó a su lado.

—Sí —dijo automáticamente—. Ha sido fantástico —agregó con falso entusiasmo, al menos en opinión de Rogers.

—¿Cómo está el viejo? —preguntó Quentin.

Rogers se puso tenso.

—Pues como siempre. Disfrutando del tiempo libre.

—No me extraña.

Quentin se inclinó, abrió el cajón de la mesilla de noche, sacó una cajita, la abrió y lio dos porros. Le pasó uno a Davis. Los encendieron y ambos aspiraron el humo profundamente.

—Es una mujer muy inteligente —prosiguió Quentin—. Creo que puedo hacerle frente, pero no siempre las tengo todas conmigo.

Davis le dio otra calada al porro y volvió a apoyarse contra el cabecero.

—¿Se ha marchado?

—El *jet* ha despegado hace un par de horas. Regresará pronto.

Rogers todavía se puso más tenso, rezando para que dijeran el nombre de la mujer.

Quentin dio otra calada a su porro.

—Bueno, estaría bien no tenerla todo el día vigilándome.

—Basta con que no metas la pata.

Quentin rodeó los hombros desnudos de Davis con un brazo y fingió una expresión dolida.

—Oye, nena, sé lo que estoy haciendo, ¿de acuerdo?

—Tengo que irme.

Davis se levantó y se vistió rápidamente.

Un minuto después Rogers oyó sus tacones bajando la escalera.

Cuando se volvió para mirar otra vez hacia la habitación, Quentin se había acabado el porro y estaba despatarrado encima de la cama. Momentos después, se oyeron ronquidos.

«Podría entrar y matarlo ahora mismo. Pero ¿qué sentido tendría? Necesito saber más cosas. Es más valioso vivo que muerto.

»Hoy es tu auténtico día de suerte, Josh. Has echado un polvo y vas a vivir.»

Aguardó hasta que oyó que el coche se ponía en marcha y luego bajó por la escalera y salió por la puerta de atrás. Poco después estaba sentado en la furgoneta, mirando las fotografías que había sacado.

Suzanne Davis.

Puso ese nombre en un buscador y le añadió Chris Ballard.

Obtuvo muchos resultados sobre Ballard, pero nada ni nadie llamado Suzanne Davis que tuviera alguna relación con él.

A continuación buscó a Josh Quentin. Un montón de resultados, pero ninguno era el que Rogers buscaba.

Aunque encontraría a Claire Jericho.

Para Rogers, no existía un plan B.

28

—No sé muy bien a qué atenerme.

Knox miró a Puller, que tenía la vista fija en el parabrisas de su Malibu.

Todavía estaban aparcados en el camino de entrada a casa de Vincent DiRenzo.

—¿Me has oído, Puller?

—Te he oído.

—Básicamente nos ha dicho que le obstruyeron la investigación de los asesinatos en serie de Williamsburg.

Puller permaneció callado.

—¿Crees que decía la verdad?

Puller embragó el coche.

—No lo sé. No he tenido ocasión de comprobarlo, ¿no?

Salió del camino de entrada y emprendió el regreso al este de Virginia.

—¿Por qué da la impresión de que este caso se enfanga más cuanto más nos adentramos en él? —dijo Knox.

—Quizá lo planearon así.

Knox se volvió hacia él.

—¿Planeado? ¿Qué quieres decir?

Puller seguía mirando al frente.

Knox lo fulminó con la mirada.

—¿Me haces el vacío oficialmente? ¿Tengo que hablar sola todo el camino de vuelta?

—Puedes hacer lo que quieras, Knox. Nadie te lo impide. Siempre haces lo que quieres, además.

Knox le dedicó una mirada glacial antes de decir:

—No haces más que acumular insinuaciones, ¿verdad?

—¿Así es como las llamas?

—¿Cómo quieres que las llame?

—Yo no tengo que llamarlas de ninguna manera. Tengo un caso que investigar.

—Realmente te gusta comerte el coco, ¿no es cierto?

Puller mantuvo la vista fija en la carretera.

—¿Qué harías tú? —dijo al cabo.

Knox fue a decir algo pero se contuvo.

—Hablar con los policías de Williamsburg que trabajaron en el caso.

—Hemos visto los informes.

—Pero hemos localizado a DiRenzo, y mira lo que nos ha contado que no estaba recogido en los informes. A lo mejor los policías de Williamsburg harán lo mismo.

—Hay que averiguar quiénes son.

—Ya lo he hecho. Los dos detectives principales todavía están en el cuerpo.

—¿Después de treinta años?

—Entonces eran jóvenes. Ahora les falta poco para jubilarse, pero aún tienen cuerda para rato. He concertado una reunión con ellos para esta tarde.

—¿Sin decírmelo?

—Te lo estoy diciendo ahora, Puller.

—¿Y te extraña que me cueste confiar en ti?

Knox lo miró fijamente un momento; después se volvió y mantuvo la vista hacia la ventanilla durante todo el viaje de regreso.

«Siempre paredes de hormigón», pensó Puller.

A diferencia de las series de televisión con toda su deslumbrante parafernalia, los policías de verdad se las arreglaban con frugales presupuestos del departamento que no daban más que para bloques de hormigón y escritorios metálicos de color gris plomo.

Puller estaba sentado enfrente de los detectives de homicidios Jim Lorne y su compañero Leo Peckham en la comisaría de Williamsburg.

Ambos eran altos y delgados, calvos y sesentones. Sus semblantes acusaban el estrés de tener un trabajo que les exigía ver los cadáveres de personas brutalmente asesinadas para luego descubrir al responsable.

Lorne daba vueltas a un bolígrafo entre sus largos dedos.

Peckham miraba directamente a Puller y a Knox.

—Recibimos su llamada, agente Knox —dijo Peckham—. Y sabemos que solicitó los expedientes. Explicó algo pero no mucho. Me temo que vamos a tener que oír la historia entera antes de retomar el asunto.

Lorne levantó la vista de su bolígrafo.

—¿Qué relación hay con el ejército?

—Estamos intentando ver si su asesino en serie pudo raptar a alguien en Fort Monroe hace treinta años.

—Asesinaba. No secuestraba.

—Es posible que también matara a esta mujer, pero su cuerpo no fue hallado —señaló Knox.

Peckham negó con la cabeza.

—Lo dudo. Tal como se deshacía de los cuerpos, el tío quería que los encontraran.

—¿Están seguros de que era un hombre? —preguntó Knox.

—¿Cuatro mujeres asesinadas? Está claro que era un hombre.

—Las mujeres no fueron agredidas sexualmente —dijo Knox.

Lorne negó con la cabeza.

—Pero las mataron a golpes, o estranguladas, o degolladas. Es cierto que una mujer puede cortar un cuello, pero la paliza y el estrangulamiento llevan la firma de un hombre.

Puller asintió, indicando que estaba de acuerdo.

—Tenemos curiosidad de por qué la investigación en Fort Monroe no se relacionó con la de ustedes. Eran paralelas y entre ambos lugares hay media hora escasa.

Lorne se encogió de hombros.

—No sé qué decirle. Ni siquiera estábamos al tanto sobre ese caso en Fort Monroe que menciona. Nadie de la CID nos llamó para comentarlo. Y no dábamos abasto. En aquella época Leo y yo éramos detectives jóvenes, pero el cuerpo había perdido personal y nos vimos convertidos en jefes de homicidios. Así que nos cayó el caso. Nos deslomamos trabajando, pasábamos día y noche al pie del cañón. Terminó siendo una obsesión, si quiere que le diga la verdad.

—Aun así, no lo resolvimos —agregó Peckham—. Y tampoco es que tenga importancia, pero fue un revés para nuestra carrera. Después de aquello, los ascensos tardaron en llegar. Pero lo que sufrieron aquellas pobres mujeres fue mucho peor. ¿El hecho de que no lleváramos a su asesino ante la justicia? Eso nunca lo superaré. Poco importa lo que he hecho después en mi carrera, fue un fracaso.

—No sea tan duro consigo mismo —dijo Knox—. A veces los malos tienen suerte y se salen con la suya. Seguro que hicieron cuanto pudieron.

—En el informe no había muchas pistas —agregó Puller—. Ningún resultado forense verdadero.

Peckham asintió con la cabeza.

—El tío no dejó ni un rastro de ADN. No hubo agresión sexual. Y al parecer llevaba guantes.

—Pero ¿no había heridas defensivas? ¿Nada bajo las uñas de las víctimas? Si las estranguló, tuvieron que pelear, excepto si las había atado previamente. La gente no muere sin presentar batalla.

Lorne cambió de postura en su asiento.

—¿Vio las fotos del expediente?

Puller asintió con la cabeza.

—Pues bien, en las imágenes en realidad no se aprecian los daños reales. Cuando he dicho estranguladas, seguramente no he sido del todo preciso.

—¿Qué puede ser más preciso? —preguntó Knox enseguida.

—Que sus gargantas, las tráqueas, estaban completamente machacadas.

Puller lo miró sin pestañear.

—¿Machacadas?

—Aplastadas sería una descripción mejor. —Lorne se estremeció ligeramente al decirlo—. No había visto algo semejante en mi vida, y el forense tampoco, y eso que llevaba cuarenta años haciendo el mismo trabajo. Y no he vuelto a verlo desde entonces, gracias a Dios.

—¿Está seguro de que el asesino no usó algo? ¿Una cuerda, una barra metálica, un tablón?

—No, aquello lo hicieron unas manos. Manos humanas. Incluso con guantes, las pruebas eran irrefutables en este extremo.

—Un hombre corpulento y fuerte —dijo Knox.

—Algo más que eso. Se requiere una fuerza increíble para hacer el daño que vimos. La base de la columna vertebral también estaba machacada.

Puller lo miró con incredulidad.

—¿La columna estaba machacada? ¿Sabe lo difícil que es de romper? No digamos ya machacarla. Eso puede ocurrir con una caída desde muy alto o en un accidentes de coche.

—Sé perfectamente cuánto cuesta aplastar un hueso —contestó Lorne—. Porque después me informé al respecto. Ni siquiera un defensa de la Liga Nacional de Fútbol tiene tanta fuerza. Podría romperlo, sin duda, pero ¿pulverizarlo?

Negó con la cabeza.

—Y fue con los mismos golpes en la cabeza como mató a las otras mujeres —agregó Peckham—. Las marcas indicaban puñetazos. Pero el cráneo estaba machacado. Y el forense creía que no habían sido varios golpes sino solo uno.

Knox lo miró sin dar crédito.

—¡Un golpe para machacar un cráneo! ¿Seguro que no lo hizo un animal? Están hablando de la fuerza que tendría un oso.

—No fue un animal. Fue una persona.

—Bueno, no es una persona con la que me haya topado alguna vez —replicó Puller.

—No es una persona con la que quisiera toparme nunca —apostilló Peckham.

—¿Existía alguna relación entre las víctimas? Sabemos que todas eran mujeres, más o menos de la misma edad y profesionales. Pero no había detalles sobre cuáles eran sus profesiones.

—Todas trabajaban para contratistas del gobierno —aclaró Peckham.

—Eso podría decirnos mucho acerca del asesino —afirmó Knox—. Quizá estaba resentido contra el gobierno. Quizá había trabajado para los federales o para un contratista y lo habían despedido.

—Seguro que siguieron esa vía de investigación —dijo Puller.

—Hasta donde pudimos.

—¿Qué quiere decir, exactamente?

Fue Lorne el que contestó.

—Quiere decir que casi todo lo que hacían esas mujeres era confidencial y no nos lo podían contar, según nos dijeron un montón de veces. Seguridad nacional. Eso sigue teniendo mucho peso hoy en día, pero entonces hacía que la gente se cagara de miedo. De modo que básicamente pusieron fin a nuestras indagaciones por esa razón.

—¡En la investigación de un asesino en serie! —exclamó Knox.

—Créame, yo tampoco me quedé muy contento que digamos.

Los cuatro permanecieron un rato callados y mirándose.

—Muy bien —dijo Knox, desalentada—. ¿Eso dónde nos deja?

—No estoy seguro —admitió Peckham—. En la casilla de salida, tal vez.

—¿Qué conclusiones sacó de todo esto el FBI? —preguntó Puller.

—Desconozco qué conclusiones sacaron porque no se dignaron decirnos ni mu. Pero hay algo que sí puedo decirles.

Hizo una pausa, al parecer sopesando si terminar de exponer aquel hilo de pensamiento.

—Nos sería muy útil cualquier ayuda que pueda prestarnos —dijo Puller.

—Como bien ha dicho usted, esas mujeres merecen que se les haga justicia —añadió Knox.

Peckham miró a Lorne, que asintió con la cabeza.

Peckham se volvió de nuevo hacia Puller.

—Desde el principio el FBI estuvo muy exaltado y pesado con este caso. Actuaban como suelen hacerlo los federales. Vino un matón de trescientos kilos a hacerse cargo de la investigación. Y a llevarse el mérito. Nosotros no éramos más que unos idiotas de los páramos de Tidewater.

—Muy bien, ¿y? —dijo Knox.

—Y llegó un día, unas tres semanas después de que se sumaran a la investigación, en que levantaron el campamento y se fueron a casa.

Knox y Puller cruzaron una mirada.

—¿Se marcharon sin más? —preguntó Knox.

Peckham asintió.

—Sin avisar. Un día estaban aquí y al siguiente se habían largado.

—¿No les dieron un motivo? —inquirió Puller.

Peckham negó lentamente con la cabeza.

—Una cosa sí puedo decirle. Los agentes desplegados aquí estaban muy cabreados. Pero no podían hacer nada al respecto.

—¿Y a ellos tampoco les dieron una razón? —preguntó Knox.

—Si se la dieron, no nos la comunicaron —dijo Lorne—. Pero si le interesa mi opinión, les endilgaron la misma perorata que a nosotros.

—Seguridad nacional —dijo Puller, y Lorne asintió.

—Así pues —dijo Knox—, cabe suponer que las órdenes vinieron de muy arriba. ¿Quizá tan arriba como el edificio Hoover?

Lorne se encogió de hombros.

—No sabría decirle. Pero unos dos meses después recibí una llamada de un alto jefazo del FBI. Me preguntó qué tal iban las cosas. Le expliqué lo que sabía, que no era gran cosa. Le dije que seguramente no íbamos a pillar al maldito cabrón.

—¿Y cómo reaccionó? —preguntó Puller.

Lorne se humedeció los labios y empezó a juguetear con el bolígrafo otra vez.

—¿Detective Lorne? —le instó Puller.

Lorne levantó la mirada y soltó el aire que había estado aguantando.

—Lo crea o no, la verdad es que ese hijo de puta se mostró aliviado.

29

Cuatro fotografías.

Cuatro mujeres muertas.

Puller miraba las imágenes que había dispuesto encima de su cama en el hotel.

¿Era su madre la quinta?

¿Con la garganta aplastada?

¿El cráneo pulverizado?

¿Dada por desaparecida?

¿Yaciendo todos esos años en una tumba improvisada?

Se tapó los ojos con las manos e intentó calmar los nervios, pues no quería perderlos.

Nunca se había sentido así en el campo de batalla. Por descontado, sabía lo que era el miedo. Solo un imbécil no temería la muerte mientras bombas y balas se arremolinaban a su alrededor como una nieve letal. Pero sus nervios siempre habían resistido. Eso le había permitido hacer su trabajo como soldado.

Eso le había permitido sobrevivir.

No podría resolver el caso si perdía los nervios.

Respiró profundamente varias veces, apartó las manos de la cara y miró las fotografías.

Las víctimas de un asesino en serie normalmente tenían algo en común. Los asesinos escogían a sus víctimas según ciertas características que compartían, al menos en su mente desquiciada.

Joven. Profesional. Mujer. Tres características.

Y cuyo empleo estaba relacionado con la seguridad nacional. Una cuarta característica.

Puller sabía que en aquel entonces había mucha información clasificada, igual que en la actualidad. Si los federales habían obstruido una investigación de homicidio, el trabajo que hacían las mujeres tenía que ser realmente importante. Pero tenían que trabajar en algún sitio. El problema era que la zona de Tidewater soportaba una enorme presencia militar y, por consiguiente, había contratistas por todas partes como hormigas en una merienda campestre, y así había sido desde hacía mucho tiempo.

Por tanto, ¿cómo había abordado el asesino la caza de sus víctimas?

¿Y por qué en Williamsburg?

¿Era porque el asesino era oriundo de allí? ¿O porque había emigrado desde otro lugar?

Puller miró los antecedentes de cada una de las víctimas. Leyó las biografías de las mujeres asesinadas.

Una ingeniera, una bióloga, una química y una programadora informática. Sus puestos de trabajo se habían expurgado del expediente. Puller negó con la cabeza. Aquello era inaudito. ¿Cómo iba a establecer la policía una conexión si desconocía dónde trabajaban las mujeres asesinadas?

No obstante, se había determinado que no compraban ni comían en los mismos sitios. No vivían en los mismos edificios. No llevaban el coche a reparar al mismo taller. Dos tenían cuenta en un mismo banco, pero eso era todo. Aquello fue antes de la era de los *smartphones* y el e-mail, pero los registros de las líneas fijas no revelaron contacto alguno entre ninguna de las mujeres.

Si había un hilo en común, nadie había reparado en él.

Aunque la conexión más obvia era la relación de todas ellas con la seguridad nacional. Solo que no les habían permitido seguir esa pista.

«Pues entonces quizá debería ver el caso de una manera distinta. No desde las pruebas. No desde las víctimas. Sino desde la perspectiva del asesino.»

Era mucho más fácil decirlo que hacerlo.

Meterse en la cabeza de un psicópata no iba a ser agradable.

Estaba mirando de nuevo las fotos cuando sonó su teléfono. Era Knox.

—¿Sí? —dijo Puller.

—No has hablado mucho durante el trayecto de vuelta.

—No tenía mucho que decir.

—Tengo que ausentarme unos días, luego regresaré.

—¿Problemas?

—Mi carrera, como la tuya, se fundamenta en los problemas.

—Bien, pues buena suerte.

—Lo mismo te digo —respondió Knox, con la voz un poco extraña, pensó Puller.

Puller colgó, dejó el teléfono y volvió a mirar las fotos. Se le estaba formando un nudo en la boca del estómago. Aquel caso estaba diciendo a gritos que era una tapadera. Y aún no sabía si la desaparición de su madre guardaba alguna relación con él. Tal vez estaba perdiendo el tiempo, trabajando en un caso que quizá no tuviera nada que ver con lo que se había propuesto llevar a cabo.

Pero mientras miraba las fotografías de las mujeres asesinadas también se dio cuenta de que no podía dejarlo correr.

Cogió el teléfono y llamó a Ted Hull. Quería ponerlo al corriente de lo que había averiguado hasta el momento, y esperaba que el agente de la CID hiciera otro tanto.

Contestó una voz desconocida.

—Joyce Mansfield.

—Perdón, debo de haber marcado mal el número.

—¿A qué número llama? —preguntó la mujer.

Puller se lo dijo.

—No, es correcto. Pero es que este número me lo asignaron ayer mismo.

—La persona a la que llamaba es investigador especial de la CID del ejército. ¿Usted está en la CID?

La mujer se rio.

—Trabajo para el gobierno pero estoy en el Departamento de Agricultura. Lo único que investigo es el empobrecimiento del suelo.

—¿Y acaban de darle este número de teléfono? ¿Es nueva en su empleo?

—No, llevo cuatro años en el mismo escritorio. No sé por qué me dieron el número, pero no iba a rechazar un teléfono nuevo. Es un Samsung —añadió, entusiasmada.

—De acuerdo, gracias.

Puller colgó y se quedó mirando su móvil.

«¿Qué demonios está ocurriendo?»

Se disponía a hacer otra llamada cuando el teléfono sonó.

Don White, su comandante, sonaba más angustiado de lo que Puller recordaba haberle oído antes. Y no perdió el tiempo.

—Puller, va a ser reasignado. Mañana hay un vuelo a Frankfurt que sale a las seis en punto desde Andrews. Usted irá a bordo.

—No lo entiendo, señor. Creía que estaba de permiso.

—Se ha cancelado —dijo White con aspereza.

—¿Por qué?

—No es preciso que sepa por qué.

Puller se acobardó ante semejante réplica. Él y White siempre se habían llevado bien.

—¿Puedo preguntar cuál es mi misión en Frankfurt? —dijo secamente.

—Se lo explicarán todo cuando llegue allí. Le envío un e-mail con las indicaciones para el viaje.

—Señor, ¿puede decirme qué está pasando?

—Acabo de hacerlo, Puller.

—¿Y el caso de mi padre?

Pero White ya había cortado la comunicación.

Puller se recostó y miró aturdido las fotos de encima de la cama.

Aparentemente, la obstrucción seguía vigente después de treinta años.

30

Algo iba mal. Rogers lo notó en cuanto entró en el Grunt una hora antes de que el bar abriera.

Todos evitaban mirarlo a los ojos. Al principio pensó que era porque Josh Quentin le había reconocido en algún lugar de Carolina del Norte y se lo había comunicado a Helen Myers, cosa que significaba que tenía un serio problema.

Pero entonces le vio sentado allí, en el fondo del local.

Era Karl, vestido de negro de la cabeza a los pies, con un bastón apoyado junto a la mesa. Llevaba entablillados tres dedos de la mano derecha. Estaba agarrotado y dolorido. Tenía delante un vaso de whisky. Iba con gafas de sol. Aun así, Rogers sabía que le estaba mirando fijamente.

Se quedó un momento de pie, sosteniéndole la mirada. No le inspiraba compasión. Sin embargo, tenía curiosidad por saber cómo terminaría aquel encuentro.

Si Karl solo tenía en mente vengarse, probablemente conllevaría que un puñado de matones se le echaran encima. Seguramente los vencería, pero tampoco era cuestión de llegar a eso. Sería como cursar una invitación a la policía, y Rogers no se lo podía permitir. Una simple comprobación de antecedentes lo enviaría de vuelta a prisión.

Tomó una decisión.

Cruzó el local y se sentó delante de Karl.

Karl se volvió para mirarlo. Aunque las gafas le ocultaban los ojos, sus facciones evidenciaban la sorpresa de que Rogers hubiese dado ese paso. Después apartó la vista, como si estuviera determinado a no seguirle el juego a Rogers.

—Tenía un tío que una vez me dijo una cosa —comenzó Rogers—. Por alguna razón se me quedó grabada.

Karl giró el cuello para mirarlo de nuevo.

—¿Qué te dijo? —preguntó secamente.

—Que no existe un hombre vivo a quien no le hayan dado una patada en el culo al menos una vez. Y que en su mayoría es una mujer quien le ha arreado el puntapié.

Karl permaneció un rato callado, mirándolo fijamente. Entonces, el hombretón se echó a reír. Se rio tanto que se atragantó, tosiendo y jadeando. Rogers corrió a la barra, llenó un vaso de agua y le ayudó a bebérselo.

Cuando Karl se hubo recuperado, se quitó las gafas de sol y observó a Rogers.

—He estado casado tres veces, así que puedo decir que tu tío sabía lo que decía —dijo, sonriendo.

—A mí también me han llevado al altar —mintió Rogers—. Fue como si me arrollara un tren de mercancías, y jamás movió un solo dedo. Todo fueron palabras. Hubiese preferido que Mike Tyson me hiciera papilla antes de pasar por lo que me hizo esa mujer.

Ahora Rogers no mentía. Aquello era lo que le había hecho Claire Jericho.

Karl asintió con la cabeza lentamente.

—Pongo a Dios por testigo de que te entiendo, tío.

Rogers se recostó en la silla y adoptó una expresión contrita.

—Realmente necesitaba el trabajo, Karl. Cuando entré aquí no tenía nada, solo la ropa que llevaba puesta y un par de dólares en el bolsillo. Los hombres desesperados, ya se sabe. Son capaces de hacer cualquier cosa. Se me fue de las manos. Fui demasiado lejos. Quería impresionar a la jefa. Perdí el control.

Hizo una pausa y fingió que estaba sentado delante de la junta de libertad condicional por tercera vez.

—Por eso lamento lo que te hice —agregó, con una expresión de profunda vergüenza.

Karl volvió a asentir despacio. Entonces se volvió, chasqueó los dedos y señaló al barman su vaso. Un instante después el barman sirvió otro whisky y acto seguido dio media vuelta y se fue.

Karl deslizó despacio el vaso por la mesa hacia Rogers.

—Disculpa aceptada. Brindemos.

Rogers cogió su whisky, entrechocaron los vasos y cada uno bebió un sorbo.

—¿Nunca has hecho lucha libre en jaula o algo por el estilo? —preguntó Karl.

Rogers dio unas vueltas a su whisky y negó con la cabeza.

—No, nunca. En realidad tampoco he tenido ocasión.

—Deberías probarlo. Creo que ganarías a todos los hijos de puta que he visto. Creo que los podrías ganar a todos a la vez. Eres un tío fuerte, Paul. Yo no soy enclenque, pero nunca me habían dado un apretón como el tuyo.

—Buenos genes —contestó Rogers—. Mi viejo era más bajo que yo, pero podía partirme en dos. Casi lo hizo un par de veces, estando borracho.

—Pues me alegra no haberme topado con él borracho.

Ambos hombres apuraron sus vasos y los dejaron en la mesa. Rogers se secó la boca.

—Anoche conocí a Josh Quentin. El tío va en una limusina con un puñado de bellezas. Manosea a las chicas como si fuesen suyas. ¿De qué va ese gallito?

—Es un gilipollas —dijo Karl en voz baja.

—La señora Myers me dijo que es muy rico, que es dueño de su propia empresa, que se está forrando. Y solo tiene unos treinta tacos. ¿Cómo no vas a odiarlo? Nosotros curraremos hasta que caigamos rendidos, mientras ese tío navegará hacia el atardecer en su yate antes de cumplir los cuarenta.

—Es la pura verdad. —Karl se puso meditabundo—. Bueno, dicen que ese cretino encontró una mina de oro.

—Pues vaya tío con suerte.

—Demonios, y que lo digas. Nunca he tenido tanta suerte.

—Yo tampoco. ¿Y qué es esa mina de oro?

—No estoy seguro. Una oportunidad. Oye, no estoy diciendo

que ese tío sea estúpido. Dudo que sea tan listo como cree, pero es astuto. Sabe arriesgarse cuando se le presenta una oportunidad.

Rogers asintió lentamente.

—Le vi entrar en esa habitación de arriba como si fuese suya.

Karl se inclinó un poco hacia delante y señaló con el dedo a Rogers.

—Ahí le has dado, Paul.

—¿Cómo dices?

—Josh Quentin es buen cliente, un cliente realmente bueno. Paga una cuota mensual al bar por ese espacio de arriba. Va y viene cuando quiere. Trae a quien quiere. Hace lo que quiere ahí arriba. ¿Y esa cuota mensual? Paga todos los gastos del bar. Todos. Los demás clientes, y no son pocos, son puro beneficio. O sea que Helen también ha encontrado su mina de oro.

—Caray. Se diría que la señora Myers también tiene suerte.

Karl se encogió de hombros.

—Verás, con el bar se ganaba la vida, no lo dudes. Una buena vida. Pero cuando apareció Quentin, en fin, entonces fue cuando las cosas tomaron vuelo.

—¿Cómo se conocieron?

—No lo sé. Pero ocurrió. Hace ya un par de años.

—¿Llevas mucho tiempo con la señora Myers, entonces?

—Hará ocho años este verano. Es una buena mujer. Justa.

—¿Vosotros dos...?

Karl alejó su vaso de whisky y negó con la cabeza.

—No, nada de eso. Como he dicho, fracasé con las mujeres. Tres bolas rápidas. Ya he dejado de batear. Ella quiere algo más que retozar con un tío viejo y gordo que ya está para el arrastre. Y no me pescarán otra vez.

—¿Quizá ella y Quentin, pues?

—Nunca ocurrirá. Tienen estilos de vida muy diferentes. Y a él le gustan las jovencitas. —Hizo una pausa—. Aunque suele subir a la habitación cuando él está allí. Pero seguramente solo sea para comprobar que todo va bien y que la gallina de los huevos de oro está contenta.

—Pregunté a la señora Myers qué pasaba ahí arriba, pero me

cortó por lo sano. Creí que me despediría por preguntar. Y solo tenía curiosidad. No sabía para qué tenían la sala aparte y demás. Tampoco es que me importe.

Bajó la vista a su vaso vacío, aguardando la respuesta de Karl.

—Digámoslo así, Paul: lo que ocurre ahí arriba se queda ahí arriba. Créeme, he intentado averiguarlo, pero cuando se lo comenté a Helen, bueno, yo también tuve miedo de que me despidiera.

Un rato después, Rogers recogió sus auriculares y le dieron un informe sobre una despedida de soltero que se celebraría en el bar. Iba camino de la puerta cuando Helen Myers se plantó delante de él.

—Me he enterado de que tú y Karl habéis hecho las paces. Al menos os han visto beber juntos.

—Solo he tomado una copa y ha sido antes de estar de servicio.

—No te reprocho que hayas bebido dos dedos de whisky, Paul. Y Karl no bebe con alguien a quien quiera matar.

Dicho esto, le sonrió.

Rogers no contestó de inmediato. La miró de la cabeza a los tacones de aguja. Aquella noche iba de beis. Chaqueta, blusa, falda corta, piernas sin medias, sandalias. La melena le bailaba en los hombros al caminar.

—Hemos llegado a un entendimiento —dijo Rogers.

—Me alegra saberlo.

—¿El señor Quentin vendrá esta noche?

Myers entornó los ojos.

—¿Por qué lo preguntas?

—Anoche no sabía quién era. Ahora, sí. Sé que es un cliente importante. Solo quería estar preparado para tratarlo correctamente. Pequeños detalles, ya sabe. Causar buena impresión para el bar. Y no voy a mentirle, da buenas propinas.

Los recelos de Myers se esfumaron.

—Vaya, está bien que pienses así. En efecto, es un cliente importante. Pero no, esta noche no va a venir.

—Me habría ido bien saber quién era con antelación —dijo

Rogers—. Lo de anoche fue un poco embarazoso, aunque se resolvió. No volverá a suceder, por supuesto.

—Estoy convencida de ello.

—En fin, más vale que salga ahí fuera —dijo Rogers.

—Buena suerte esta noche.

—En realidad nunca es cuestión de suerte, ¿verdad? —comentó Rogers.

31

La cola fue larga de nuevo, pero esta vez no hubo altercados. Lo ocurrido la noche anterior parecía haberse propagado entre quienes frecuentaban el Grunt.

Rogers vio que Karl se marchaba hacia la una y media, seguido por Helen Myers en torno a las dos.

Karl se había despedido. Myers, no.

A las tres el bar estaba vacío y lo bastante limpio para que el personal se fuera a casa. Rogers se ofreció a cerrar y conectar la alarma.

Finalmente, era la única persona que quedaba en el local.

Antes se había fijado en las cámaras del circuito cerrado de televisión. Estaban en torno a la zona de la barra y también instaladas en la calle.

Además, había reparado en que no había ninguna en la escalera que conducía a la sala VIP de arriba. Como tampoco en aquella planta.

Alguien no quería que hubiese constancia de quiénes subían allí, y se preguntó por qué.

Ascendió los peldaños de la escalera de dos en dos, haciendo tintinear el juego de llaves que llevaba en el bolsillo. Llegó al descansillo y echó un vistazo en derredor. Solo había una puerta, aunque la habitación a la que daba acceso parecía abarcar toda la longitud del pasillo.

Supuso que aquellas habían sido las habitaciones privadas de quien fuese propietario del edificio antes de que se convirtiera en un bar.

Intentó abrir la puerta. Estaba cerrada.

Probó con las llaves que llevaba en el bolsillo. La tercera obró el hechizo.

Abrió la puerta y entró en la habitación, cerrándola a su espalda. No portaba consigo linterna, pero tampoco la necesitaba. Sus ojos eran capaces de ver asombrosamente bien en la oscuridad. Recorrió la estancia, que estaba amueblada con todas las comodidades.

En realidad había más de una habitación, pues aquella se comunicaba con otra aneja, separada por otra puerta.

Abrió esta segunda puerta y contempló la inmensa cama. Estaba hecha con primor. Se figuró que no estaría tan pulcra cuando Quentin y sus señoritas estuvieran allí.

¿De modo que eso era todo?

¿Solo un sitio para que Quentin y su séquito se acostaran?

Sin embargo, la víspera había subido allí con otros hombres. ¿Quizá los chicos se turnaban entre las sábanas? ¿Era así como Quentin pagaba las primas a los ejecutivos de su empresa?

¿Y por qué allí? Quentin disponía de la casa de la playa a menos de dos horas en coche. Sin duda también tendría casa en la ciudad. Así pues, ¿por qué ir a una habitación de encima de un bar y pagar una suma considerable mensualmente por ese privilegio?

Registró la habitación sin encontrar absolutamente nada. Y Rogers sabía registrar a fondo.

Cerró la puerta al salir y echó la llave. Después se marchó del bar, no sin antes conectar la alarma y asegurar bien la puerta exterior.

Había dado tres pasos por el callejón que conducía adonde tenía aparcada la furgoneta cuando los vio delante de él.

Los jugadores de la noche anterior.

Dio media vuelta y miró tras de sí.

Más cuerpos fornidos habían cubierto su retaguardia.

El gigantón negro dio un paso al frente, con una sonrisa maligna pintada en el rostro.

—Te dije que volveríamos, capullo. Y cumplo mi palabra.

Rogers miró a la izquierda del negro y vio al tipo al que le había roto la muñeca. A su lado estaban los otros dos hombres a quienes había dado una paliza. Uno de ellos parecía que llevara la mandíbula sujeta con alambres.

Rogers volvió a mirar al tipo negro, que había dado otra zancada al frente.

—¿Realmente quieres hacer esto? —preguntó con calma.

—¿Tienes que ir a alguna parte? —masculló el negro.

—El caso es que sí. Oye, ¿por qué no peleamos tú yo, uno contra uno? Gano. Me largo. Nos ahorraremos un montón de tiempo.

El tipo negro se puso tenso y miró a los hombres que había traído consigo.

—Me fijé en que eres una especie de ninja, gilipollas. Por eso he traído refuerzos.

Rogers miró al muchacho de la muñeca rota y al tipo de la mandíbula con alambres.

—Si volvéis a atacarme, os mato a los dos.

A ambos hombres pareció hacerles gracia la amenaza hasta que captaron la expresión de Rogers.

El grandullón negro, tal vez percibiendo que estaban perdiendo ventaja, sacó algo de un bolsillo. Una navaja.

—Eso no va a cambiar el resultado —dijo Rogers—. Acabas de sacar el arma con la que te mataré.

—Mira que eres creído, tío. Somos seis. Cuéntanos.

—En realidad solo sois cuatro, porque esos dos —señaló a los heridos— no van a participar.

—Te crees que los conoces.

—Sé interpretar una cara —respondió Rogers.

—Aun así, somos cuatro contra uno. Y hemos venido preparados.

Rogers observó mientras un muchacho sacaba una navaja, otro una cadena y un tercero un bate de béisbol que llevaba escondido en la espalda.

Rogers evaluó la situación. Uno de ellos quizá tendría un golpe de suerte y lo derribaría. Por suerte, ninguno había traído un arma de fuego. En tal caso podría perder. Pero seguramente iba a ganar. Lo que tenía claro, no obstante, era que iba a pelear.

—Créeme —le dijo al tipo negro—. En cuestión de dos minutos esto no parecerá una pelea de cuatro contra uno. Y a ti te dejaré para el final.

—Ya. Por si no te has dado cuenta, somos más corpulentos y mucho más jóvenes que tú.

—Bueno, anoche también erais más corpulentos y jóvenes que yo. ¿De qué os sirvió?

—Tuviste suerte, cabrón.

—Nadie tiene tanta suerte.

—Joder, vivimos de la violencia.

—No la clase de violencia que vais a ver en mí.

—¡Eres un mierda!

—Pues empecemos de una vez.

Rogers se frotó la cabeza. Sabía que en cuanto empezara la pelea de verdad, iba a ser incapaz de controlarse. Los músculos de los brazos, piernas y hombros se le tensaron. Estaba listo para arremeter. Después de aquello tendría que dejar el trabajo en el bar. No tendría otra alternativa.

Inspiró profundamente y soltó el aire despacio. Sus nervios se calmaron, su pulso se redujo, su flujo sanguíneo se estabilizó. Hizo crujir el cuello y se disponía a asestar su primer golpe mortal de la noche cuando los faros de un coche hendieron la oscuridad.

Todos se quedaron observando mientras un coche patrulla se detenía. Un instante después los alcanzó el foco montado en un lateral del vehículo.

Una voz dijo con megáfono:

—¿Qué diablos pasa aquí?

—¡Nada, agente, pasábamos el rato! —gritó el tipo negro—. Pero ya nos vamos.

—Pues andando. ¡Ahora mismo!

El patrullero aguardó mientras los demás se apresuraban a salir del fondo del callejón. El grandullón negro lanzó una mirada amenazante a Rogers.

Rogers cruzaba por delante del patrullero cuando la ventanilla del pasajero bajó.

—¿Qué estaba pasando ahí? —preguntó el agente de policía.

—Soy el portero del Grunt. Solo eran unos macarras que aún no pueden beber cerveza y querían desquitarse con alguien. O sea, conmigo.

—Muy bien, entendido. En fin, tienes suerte de que hayamos pasado por aquí.

«La suerte la han tenido ellos», pensó Rogers.

—Gracias, agente, buenas noches.

Rogers siguió su camino y el patrullero entró en el callejón, siguiendo a los demás muchachos por si acaso.

Rogers llegó a su furgoneta y se marchó.

El plan de aquella noche era bastante sencillo.

El Grunt estaría cerrado la noche siguiente.

Por tanto, la noche siguiente iría a tener una charla con Chris Ballard.

32

Puller metió sus últimas pertenencias en la bolsa de lona y la cerró con la cremallera. Fue como si también acabase de cerrar con cremallera el final de su vida.

Había dejado a AWOL con una familia que vivía en el mismo bloque de apartamentos. Su gata llevaba bien las ausencias prolongadas, pero esta vez Puller no sabía cuánto tiempo estaría fuera. Ni siquiera sabía si regresaría.

Miró el correo electrónico que había recibido diez minutos antes. Lo había enviado un dos estrellas al que no conocía y del que no había oído hablar. El mensaje era escueto e iba al grano.

«Se ha dado por concluida la investigación de las acusaciones relativas a la desaparición de su madre y la culpabilidad de su padre. No se emprenderán más acciones contra ninguna de las partes.»

Contra ninguna de las partes.

Eso equivalía a comunicarle que su padre estaba a salvo. La investigación había terminado.

Pero era una patraña porque en realidad nunca se había efectuado una investigación. No se había descubierto nada. La verdad seguía oculta y nadie la estaba buscando.

«Bueno, una persona sí. Yo.»

Ya había escrito su carta de renuncia. Abandonaba el ejército y la única carrera que había conocido.

El ejército estadounidense había hecho algo que Puller nunca imaginó que pudiera hacer.

«Me ha dejado tirado.»

Con todo, mientras tecleaba las palabras «Yo, el suboficial mayor John Puller júnior, de la 701.ª Compañía de Policía Militar (CID), por la presente...» se le había formado un nudo en la garganta y le había aparecido un dolor punzante en el vientre.

No daba crédito a que realmente lo estuviera haciendo.

Pero no tenía alternativa. Le habían acorralado en un rincón con una única vía de escape posible.

Había enviado la carta.

No aguardaría una respuesta.

Poco importaba lo que le dijeran. Si por alguna razón intentaban retenerlo, antes tendrían que dar con él.

Pues no iba a ir a Alemania a cumplir su siguiente misión. Iba a seguir investigando aquel caso tanto si el ejército quería como si no.

Su objetivo era simple. Su objetivo siempre era simple.

Descubrir la verdad.

Abrió la puerta de su apartamento.

Dos hombres con traje le miraron sin pestañear.

Cinco minutos después, Puller ocupaba el asiento trasero de un Tahoe y mantenía la vista fija en la ventanilla. Los dos hombres iban sentados delante.

Sus credenciales no habían dejado a Puller más alternativa que acompañarlos. Por lo pronto le habían confiscado la pistola. También le habían quitado el teléfono móvil. Todo aquello resultaba inquietante, pero debía esperar a ver cómo se desarrollaban los acontecimientos. No tenía otra opción.

El monovolumen pasó por la entrada vigilada, donde unos hombres con uniforme de la Armada comprobaron sus identificaciones, escudriñaron a Puller y luego les hicieron una seña para que pasaran.

Puller sabía que había otro muro defensivo en torno al recinto, que incluía a hombres en traje con auriculares como la pareja que tenía delante.

La imponente casa se alzaba amenazadora frente a ellos.

Puller nunca había estado allí. La mayoría de la gente nunca había estado allí.

El monovolumen se detuvo delante de la casa y los tres se apearon. Escoltaron a Puller al interior y después por un pasillo hasta una habitación espaciosa, amueblada como un despacho con biblioteca. Los hombres se retiraron.

Puller no se sentó. No sabía qué estaba a punto de ocurrir, pero lo afrontaría de pie.

Se puso tenso cuando se abrió la puerta.

Se puso firmes casi en el acto.

Aquel hombre no iba de uniforme, pero antaño lo había vestido.

Más importante aún, estaba en un tris de ser el comandante en jefe de todas las fuerzas armadas estadounidenses. Ese hecho bastaba para exigir que Puller lo tratara con respeto militar.

Era el vicepresidente de Estados Unidos, Richard Hall.

Antes había sido senador por Virginia. Y antes de eso había sido un militar con una estrella bajo el mando del padre de Puller.

Puller sabía todo esto. Y también había visto a aquel hombre una vez, hacía más de veinte años, antes de que Hall hubiese trocado su uniforme por un traje y una vida de político.

Hall medía más o menos un metro ochenta y todavía conservaba en buena medida la constitución musculosa que lucía cuando era soldado. Tenía el pelo blanco y ralo, pero su apretón de manos era firme y su voz grave.

—Siéntese, Puller. Se le ve muy tenso ahí de pie.

Puller se sentó.

Hall fue hasta una mesa donde había una licorera de whisky y varios vasos.

—¿Una copa?

—No, gracias, señor.

—Le serviré una, de todos modos. Me parece que le vendría bien.

Hall trajo las bebidas y le dio una a Puller, después se sentó detrás de su escritorio.

—Tengo entendido que hoy ha presentado su renuncia del ejército.

—Las noticias vuelan.

—Ciertas noticias viajan más rápido por ciertos canales.

Hall levantó su vaso y bebió un sorbo. Puller hizo lo propio.

—¿Y por qué lo ha hecho? —preguntó Hall—. A decir de todos, usted es uno de los mejores investigadores que ha tenido la CID.

—No me imaginaba que siguiera mi carrera.

—Su padre fue un buen amigo y un mentor formidable. De modo que sí, he estado siguiendo su carrera. Y sé lo que hizo en Virginia Occidental, en relación con el encarcelamiento injusto de su hermano. Ha prestado a su país un servicio ejemplar tanto dentro como fuera del campo de batalla. —Tomó otro sorbo, dejó el vaso y agregó—: Motivo por el que estamos aquí.

—¿Exactamente por qué estoy aquí, señor?

Hall se recostó en su sillón.

—Ahí fuera está ocurriendo algo, Puller, y no sé muy bien de qué se trata.

—Usted es el vicepresidente, señor. ¿Cómo puede no saberlo?

Hall soltó una carcajada.

—Se sorprendería. Este es un país complicado y con un gobierno complejo, con muchos tentáculos en el mundo entero. Nadie puede saberlo todo al respecto. Ni siquiera el propio presidente, y mucho menos su segundo al mando.

—¿Y yo cómo encajo en la ecuación?

—Me estoy aventurando, Puller. Pero en este caso me alegra hacerlo. Su padre cambió el rumbo de mi vida. Estoy al corriente de su situación actual, y también de la carta con la acusación contra él. No me la he creído ni por un instante. Me consta que sus padres tenían sus diferencias, pero su padre habría dado la vida por proteger a su esposa. Y a sus hijos. Estuve destinado con él en diversas partes del mundo. Como oficial subalterno, me hacía sus confidencias. No pasaba un solo día sin que me hablara de su familia.

—Nunca lo mencionó —respondió Puller.

—No era su estilo. Su padre era más de hacer que de hablar. Hacía que estar a sus órdenes fuese un poco complicado. Nos exigía esfuerzos hercúleos a todos. Pero puedo decir, sin reservas, que nunca le pidió a ninguno de nosotros que hiciera algo que no hubiese hecho él primero.

—Sí, señor —dijo Puller—. Era su manera de ser.

—Cosa que nos devuelve a esta situación y a usted. Por el momento, el ejército ha postergado su renuncia, pero le concede un permiso indefinido. Lo que haga en ese tiempo es cosa suya. —Hall levantó la mano a modo de advertencia—. Pero recuerde esto, no le respaldará la autoridad del ejército ni de la CID, Puller. Ha sido lo mejor que he podido arreglar.

Puller lo miró con curiosidad.

—¿Arreglar? ¿Con quién, señor?

Hall se puso de pie.

Puller se levantó acto seguido.

—Por ahora, esto es todo, Puller. Y solo para que lo sepa, esta reunión nunca ha tenido lugar. Si se la menciona a alguien... bueno, le sugiero que no lo haga.

Hall le tendió la mano. Se dieron un apretón.

—Salude a su padre de mi parte. Sé que seguramente no lo entenderá pero, por favor, dígaselo igualmente.

—Así lo haré, señor.

—He tenido ganas de ir a verle.

—A él le gustaría, señor.

—Una cosa más, Puller.

—¿Sí, señor?

Hall se acercó más a él.

—Vigile todos los puntos de la brújula, hijo. Y quiero decir todos. Confíe solo en sí mismo. En nadie más. Nadie será su amigo en este asunto. A partir de esta noche, eso probablemente me incluye a mí. He hecho lo que he hecho por respeto a su padre. Pero aquí es donde termina mi ayuda, tal como debe ser. Ahora va a librar una batalla cuesta arriba.

—¿Y mi hermano? ¿Me está diciendo que tampoco debo confiar en él?

—Buenas noches, Puller. Y buena suerte. Estoy convencido de que va a necesitarla.

33

El Tahoe llevó a Puller de vuelta a su apartamento. Le retornaron la pistola y el teléfono móvil. Entró y se sentó lentamente en una silla; su mente era un torbellino de ideas.

Puller había combatido en el frente. Había matado y casi lo habían matado a él. Las cicatrices que tenía en el cuerpo las había ganado en defensa de su país. Había trabajado duro para convertirse en un buen investigador.

Nada de eso le había preparado para lo que afrontaba ahora.

Parecía que durante toda su existencia hubiese estado buscando algo semejante a la verdad. Y por primera vez en su vida era como si la verdad no tuviese importancia. Se trataba de una certidumbre asombrosa, a la que nunca hubiese pensado que llegaría. Había pasado de estar sentado junto a su debilitado padre a meterse en una ciénaga que parecía no tener fondo.

Sacó sus credenciales de la CID y miró el águila de plata del escudo y su tarjeta de identificación.

Para él aquello representaba la culminación de años de sangre, sudor y lágrimas. Representaba la fuerza en pleno y el significado del ejército de Estados Unidos, la mayor máquina de guerra que el mundo probablemente vería jamás.

¿Y ahora?

Acarició las alas de la feroz águila, como si esperase que su contacto fuese a aclararlo todo.

No dio resultado.

Dejó sus credenciales en la mesa y revisó su M11.

Tenía un arma de repuesto en el dormitorio. Se levantó, fue a buscarla y la metió en su pistolera trasera. Se sintió un poco mejor, estando bien armado. Pero solo un poco.

No había muchas cosas que pusieran nervioso a John Puller.

Cuando habías estado en el infierno y habías regresado sano y salvo, cuando habías visto prácticamente todas las maneras en que un ser humano podía matar a otro, cambiabas de un modo irreversible. En ciertos aspectos te volvía mucho más fuerte, capaz de actuar con confianza cuando surgía la necesidad, sin que importara el grado de peligro. Quienes no estaban tan curtidos se quedaban paralizados en tan atroces situaciones.

Y morían.

Sin embargo, también te volvía más débil en otros aspectos, porque te hacía ser menos compasivo, menos capaz de perdonar. Puller sabía que padecía ese mal, pero al parecer ya poco podía hacer al respecto.

Se sentó de nuevo en la silla.

Lo que el vicepresidente le había dicho aquella noche sí que le había puesto nervioso.

No fiarse de nadie.

Ni siquiera del propio vicepresidente.

Ni siquiera de su hermano.

Se mirase por donde se mirara era una revelación impresionante.

Sonó su teléfono.

Miró la pantalla.

Era su hermano quien llamaba.

Titubeó, pero acto seguido comprendió que su hermano seguiría llamando si no contestaba.

—¿Qué tal, Bobby? —dijo, procurando mantener un tono espontáneo, desenfadado, aunque ahora estaba más tenso que los nervios de un sargento de instrucción con diez Red Bull en el cuerpo.

—Me he enterado —dijo Robert.

—¿De qué?

—De que has presentado tu renuncia.

—¿Quién te lo ha dicho?

—El mensajero es lo de menos. Quiero hacerte una pregunta.

—¿Cuál?

—¿Estás loco?

—La última vez que me hicieron un chequeo no lo estaba.

—¿Dejar el ejército? ¿Ponerte a actuar por tu cuenta? ¿Por qué?

—Por la verdad, Bobby. ¿No piensas que es suficientemente importante?

—Lo que pienso es que lo importante para ti es anular la carta de renuncia, volver a ensillar tu caballo y ponerte a obedecer órdenes otra vez.

—No sé si estoy en condiciones de hacerlo.

—El ejército perdona y olvida, júnior.

—No es el ejército lo que me preocupa. Y yo no puedo olvidar.

—Bueno, pues esto tienes que olvidarlo. Sé que quieres descubrir qué le ocurrió a mamá, pero eso fue hace treinta años. Es una misión imposible. Y deberías olvidarla sin más. ¿Por qué te expones a un fracaso?

—¿Es lo que me aconsejas de verdad?

—Oye, te entiendo, eras el favorito de mamá. Por eso quieres vengarla. Pero esta no es la manera de hacerlo.

Puller se puso tenso cuando su hermano le dijo esto. Su atención se aguzó.

—¿Lo crees en serio?

—Lo sé. Mira, en el pasado te he dado consejos que han resultado ser buenos, ¿verdad?

—Sí.

—Pues bien, este también es un buen consejo. Acéptalo. Tira de las riendas, tómate un tiempo para aclarar tus ideas. Demonios, vete unos días de vacaciones, o incluso una semana.

—Dudo que el ejército me lo permita —dijo Puller. ¿Sabía su hermano que estaba de permiso sin fecha límite?

—Me parece que descubrirás lo contrario. Así que piérdete una temporada, júnior. Después regresarás con las pilas cargadas. Verás las cosas con más claridad.

—De acuerdo, Bobby. Supongo que tienes razón.

—Claro que la tengo. Bien, no me hagas regresar ahí y tener que darte una patada en el culo, ¿estamos?

—Estamos. Y gracias, Bobby.

—No hay de qué.

Puller colgó y no pudo evitar sonreír.

Su hermano estaba de su parte.

La llamada telefónica estaba siendo intervenida. Robert se lo había dicho a Puller mediante una mentira que solo los dos hermanos podían conocer.

Robert Puller era el preferido de su madre, no John. Aunque nunca lo había manifestado abiertamente, sus hijos sabían que era verdad. Había quedado demostrado en mil pequeños detalles, a veces apenas perceptibles. Su madre había preferido al estudioso y tímido Robert antes que a John, quien se parecía más a su padre en dureza y a quien no le faltaba confianza en sus aptitudes.

Aunque Puller compartía la sensibilidad de su madre, también era cierto que Jackie Puller probablemente había presentido que, siendo el hermano mayor, Robert sería juzgado de manera inexorable por los logros de su padre. ¿Y qué niño podía medirse con ese listón? Por consiguiente, había dirigido su atención hacia él.

Robert le había dicho a Puller que al ejército le parecería bien que se tomara un tiempo libre. De modo que debía estar enterado de que gozaba de un permiso oficial.

Pero Robert había ido un paso más allá. Le había dicho a su hermano que se perdiera. Una frase en apariencia inocua, pero John sabía que Robert lo había dicho en un sentido casi literal. Podía traducir el mensaje de su hermano sin ninguna dificultad.

«La cosa se ha puesto muy fea. Pasa a la clandestinidad si vas a comerte ese marrón.»

Puller se figuró que a Robert le habían ordenado que hiciera aquella llamada, que sabía que los estarían escuchando, y se le había ocurrido una manera de comunicar su verdadero propósito a su hermano delante de las narices de los escuchas.

Aquello estaba más que claro.

Lo que no estaba claro era todo lo demás.

34

Una noche nublada.

Una mansión bajo extrema vigilancia.

Un océano agitado, espumoso, justo al lado.

Paul Rogers tomaba en consideración cada una de estas cosas mientras observaba la verja del refugio de Chris Ballard.

Pues había decidido que era eso: un refugio.

«Quizá para protegerse de mí.»

Puesto que aquella noche no había tenido que ir a trabajar, salió de Hampton a las once y llegó allí en torno a la una.

Sabía dónde estaban apostados los vigilantes. Y lo altas que eran las tapias. Lo que ignoraba era dónde dormía Ballard.

Eso requeriría un poco de exploración. Requeriría algo de riesgo. Pero no tenía otra opción.

Escaló la tapia del lado norte de la finca y se dejó caer dentro suavemente. Permaneció un momento agachado, barriendo con la mirada todos los puntos cardinales antes de dirigirse hacia la casa principal. Las puertas, estaba seguro, estarían cerradas a cal y canto. El terreno, lo sabía, se hallaba bajo videovigilancia.

Había visto la ubicación de las cámaras y localizado un estrecho pasillo de invisibilidad que utilizó para acercarse a la casa principal.

Las paredes eran lisas, sin asideros, al menos para una persona normal sin equipo de escalada. La casa tenía una altura de cuatro plantas.

Las mejores vistas del océano eran las de la planta superior. El sol salía por el este, y estaba convencido de que el propietario de aquel lugar querría verlo al amanecer.

Se agarró a una hendidura invisible de la pared y comenzó a trepar, manteniendo el cuerpo pegado a la fachada de la casa. Sus dedos y sus pies se agarraban a la superficie rugosa, encontrando asideros donde no existía ninguno.

Las ventanas permanecían a oscuras en la segunda planta.

En la tercera planta reparó en una tenue luz y se arriesgó a mirar a través del cristal.

Suzanne Davis, la juguetona compañera de lecho de Josh Quentin, estaba tendida en la cama, esta vez sola. La colcha apenas la cubría y evidenciaba muy claramente que la señorita Davis optaba por no vestirse para dormir aunque se acostara sola.

Rogers siguió ascendiendo y llegó a la cuarta planta. Se desplazó horizontalmente, pegado a la fachada de la mansión, hasta que alcanzó la ventana. Estaba entreabierta, sin duda para que entrase la brisa marina.

Miró hacia abajo y vio a un guardia que pasaba, pero sin levantar la mirada en ningún momento. Los dedos de Rogers se deslizaron por debajo de la madera y empujó con cuidado. La ventana, bien engrasada, se abrió silenciosamente.

En un abrir y cerrar de ojos Rogers estuvo dentro.

Escrutó la oscuridad. No estaba en un dormitorio. Más bien parecía un despacho. Escritorio, estantes, una pequeña mesa de reuniones, varias zonas para sentarse.

Localizó la puerta de la otra puna de la habitación.

Visualizó mentalmente cómo debía ser la distribución interior de la casa.

La puerta que quedaba a su izquierda tenía que dar al pasillo. La puerta de la otra punta de la habitación debía dar a una estancia aneja. ¿Un dormitorio?

Se dirigió hacia esa puerta y reparó en la silla de ruedas motorizada con un bastón a su lado. Aquella tenía que ser la habitación de Ballard.

Abrió la puerta con cuidado. La cama tenía el cabecero en la pared del fondo. Había un hombre acostado.

Fue hasta la cama y bajó la vista hacia el cuerpo encogido.

Rogers se concentró en el rostro. Incluso a oscuras sus ojos eran capaces de ver con precisión lo que tenían delante, por eso su mente pudo tallar tres décadas de deterioro y retirarlas del semblante.

Finalmente, un hombre que reconoció como Chris Ballard emergió a la superficie. Un rostro alegre y relajado que ocultaba una personalidad llena de crueldad, un corazón carente del más mínimo ápice de compasión.

Pensó en la mejor forma de hacerlo. Era una cuestión de ruido. Tenía que mantener una conversación. Y para eso debía dejar que Ballard hablara.

Puso una mano encima de la boca del hombre dormido. Consiguió el efecto deseado.

Ballard se despertó con un sobresalto. Miró el rostro de Rogers. Sus facciones pasaron del miedo a la curiosidad.

Luego reapareció el miedo.

Rogers se agachó.

—¿Dónde está ella? —preguntó en voz baja.

Apartó la mano de la boca de Ballard, pero sus dedos rodearon el cuello del viejo y lo apretaron un poco.

La intención de Rogers estaba clara. Si Ballard intentaba gritar, Rogers le aplastaría la garganta.

—¿Dónde está ella? —inquirió Rogers de nuevo.

—¿Quién? —graznó el viejo.

Rogers le apretó ligeramente el cuello.

—¿Dónde?

Rogers le apretó un poco más el cuello.

—¿Dónde? —preguntó otra vez. La modulación de su voz fue la misma pero la creciente compresión en torno al cuello transmitió al viejo su urgencia.

Ballard negó con la cabeza.

Rogers estrujó el cuello, pero solo un segundo. Los ojos del viejo parpadearon y acto seguido se cerraron.

No lo había matado, solo lo había dejado incapacitado. Conocía la diferencia.

Se elogió en silencio por no haber perdido el control y haberlo matado. Buscó el pulso en la carótida, solo para asegurarse.

Allí latía la vida, si bien débilmente.

Se levantó de la cama y escuchó con atención.

No oyó nada.

Volvió a mirar al hombre del lecho y se rascó el cogote.

La noche no había salido como había deseado, pero al menos había encontrado a Ballard.

¿Sería Jericho la persona que Davis había mencionado a Josh Quentin? ¿La mujer a bordo del *jet* Falcon?

Se tocó la cabeza, y cerró un ojo a causa del repentino y fulminante dolor.

«¿Realmente he estado tan cerca de ella?»

Salió del dormitorio y entró en el despacho. Comenzó a revisar papeles, poniendo cuidado en dejar las cosas exactamente como estaban. Sacó unas cuantas fotos de páginas con la cámara de su teléfono. Registró las carpetas de la estantería e hizo lo mismo con algunas de las páginas que contenían.

Una vez hecho eso, le quedaba una cosa más que hacer.

Regresó al dormitorio y levantó a Ballard de la cama como si no pesara nada. Y es que para Rogers en efecto no pesaba nada. Y no era nada. Desde luego, no alguien que mereciera una vida rodeada de lujos.

Lo llevó hasta la ventana, dejó al hombre inconsciente en el suelo y la abrió. Se asomó.

Abajo no había un alma. El suelo era de adoquines, igual que todo el patio interior.

Puso a Ballard de pie, lo agarró por un hombro y por el pantalón del pijama, lo levantó del suelo y lo lanzó de cabeza a través de la ventana abierta.

Observó cómo caía. Rogers no supo con certeza si Ballard se había despertado a tiempo de ver cómo la muerte se le venía encima.

En realidad, le traía sin cuidado.

Ballard chocó contra el suelo de cabeza. El crujido se oyó desde arriba. Rogers aguardó, contando los segundos mentalmente. Entonces oyó los pies que corrían fuera.

Los guardias de seguridad convergieron en torno a la masa de carne sanguinolenta que yacía bajo la ventana.

Sabía lo que harían a continuación.

Fue a la otra habitación, volvió a salir por la ventana por la que había entrado y la cerró del todo. Después descendió por la pared escarpada mientras dentro de la casa se iban encendiendo luces.

Al pasar por la tercera planta, a través de la ventana abierta vio a Davis levantarse de un salto y ponerse una bata antes de salir corriendo al pasillo.

Los pies de Rogers tocaron piedra en el mismo momento en que se abría la puerta del despacho de Ballard.

Había alcanzado la tapia perimetral cuando oyó que alguien abría la ventana por la que acababa de salir.

Había saltado la tapia cuando esa persona se asomó y vio... nada.

Rogers aterrizó en el otro lado y echó a correr.

Estuvo de vuelta en su habitación exactamente dos horas después.

Se sentó en la cama, sacó su teléfono y miró algunas de las fotos que había hecho.

Una era de Claire Jericho y Chris Ballard. Ballard no era tan viejo como lo había visto aquella noche, pero entonces seguramente aún no había cumplido los ochenta. De modo que Jericho estaba viva. O al menos lo estaba cuando se hizo aquella fotografía.

Impulsivamente, cogió las llaves y salió.

Había un lugar que tenía que ver. Lugares, en realidad.

Y tenía que verlos de inmediato.

35

Era una oportunidad.

Ni más ni menos.

En el campo de batalla Puller siempre se había referido a eso como «el borde». Si él y su unidad alcanzaban el borde exactamente a la hora correcta podrían cumplir su misión. No forzosamente sobrevivir. El principal objetivo era llevar a cabo la misión. La supervivencia era el segundo de cerca, pero aun así era secundaria. Por eso lo llamaban combatir.

Puller había salido del norte de Virginia muy tarde, y ahora faltaban menos de dos horas para el amanecer. Tendría que haberse acostado hacía mucho rato, pero dormir era en lo último que pensaba.

Estaba a diez minutos de Williamsburg. En el maletero del Malibu llevaba la bolsa con sus útiles de investigación. Contenía todo lo que necesitaba para efectuar un examen profesional y minucioso de cualquier escenario de un crimen. El único problema era que, después de treinta años, no quedaba un solo escenario que investigar.

Aunque eso no era forzosamente cierto. De ahí el viaje a Williamsburg.

Llegó a los límites de la ciudad, salió de la carretera y consultó una lista con cuatro nombres y ubicaciones. Eran los nombres de las mujeres asesinadas y los lugares donde se habían encontrado sus cadáveres.

Dos estaban en el perímetro del campus del College of William and Mary, la segunda universidad más antigua del país después de Harvard. Era un lugar al que iban a estudiar jóvenes muy inteligentes.

También era donde el asesino en serie se había deshecho de la mitad de sus víctimas.

Las otras dos habían aparecido en dos ubicaciones distintas, aunque ambas dentro de los límites de la ciudad.

Llegó a la primera ubicación, aparcó y se apeó. Sacó la cámara de la bolsa y se encaminó a la zona boscosa donde el cuerpo de la química Jane Renner había sido descubierto treinta años atrás debajo de un montón de hojas.

Una vez en el lugar exacto, bajó la vista. Ahora era tierra desnuda. No había indicación alguna, nada que denotara que allí alguien se había deshecho del cuerpo de una mujer joven.

Sacó unas cuantas fotografías del lugar y los alrededores. Era un rincón solitario, seguramente tan solitario como tres décadas antes. Quedaba a poca distancia a pie de la carretera de dos carriles por la que había llegado hasta allí.

El informe forense reveló que a Renner no la habían matado en aquel sitio. Encontraron muy poca sangre. Y la lividez había demostrado que habían trasladado el cuerpo una vez muerto. Pura y simple ciencia. Cuando se paraba el corazón, la sangre dejaba de fluir y, debido a la gravedad, se depositaba en las partes más bajas del cuerpo. Si morías boca arriba, la sangre se desplazaba y acumulaba principalmente en la espalda y los glúteos, así como en los músculos isquiotibiales y en las pantorrillas. Si el cuerpo no se movía durante cierto período de tiempo, incluso cuando se transportaba a otro sitio y se dejaba boca abajo, la sangre permanecía donde se había acumulado.

Tal había sido el caso de Jane Renner. Su asesino tuvo que trasladarla hasta allí. Medía un metro setenta y pesaba sesenta y tres kilos, de modo que no habría sido tarea fácil.

Un hombre fuerte que la llevara a hombros podía cubrir la distancia necesaria. Y un hombre capaz de machacar columnas vertebrales era obviamente lo bastante fuerte para cargar con sus víctimas.

Puller acababa de sentarse en su coche y se disponía a ponerlo en marcha cuando se fijó en una furgoneta blanca que pasaba por la carretera. Le dio la impresión de que aminoraba al acercarse al lugar donde se encontraba. Después aceleró y siguió circulando.

Parecía la típica furgoneta que usaría un operario. El conductor probablemente se dirigía a un trabajo que empezaba temprano.

Arrancó y fue hasta la siguiente ubicación. Quedaba a tres kilómetros de allí. Las calles estaban desiertas, la luna llena, el aire fresco y vigorizante. Llegó al lugar y una vez más bajó del coche con la cámara.

Sacó unas cuantas fotografías y recorrió la zona donde habían arrojado el segundo cuerpo. Gloria Patterson, ingeniera de veinticuatro años. El asesino ni siquiera se había molestado en cubrirla de hojas.

Estudió la zona. Estaba aislada aunque el campus de William and Mary no quedaba muy lejos. Tan solo al otro lado de la arboleda, en realidad.

Regresó al coche y lo puso en marcha. Cuando llegó a la tercera ubicación, la vio alejándose de él carretera abajo.

Una furgoneta blanca.

Ahora bien, ¿era la misma furgoneta blanca de antes?

No estaba seguro. Parecía idéntica.

Sacó unas cuantas fotos de la zona y subió de nuevo al coche.

La furgoneta se había perdido de vista, pero poco importaba. Puller sabía hacia dónde iba, y si aquello resultaba ser la madre del cordero, también lo sería la persona que conducía la furgoneta blanca.

Tomó un desvío para dirigirse a la cuarta y última ubicación. Cuando ya estaba cerca vio un destello blanco que llegaba a una curva y desaparecía.

Puller ni se molestó en detenerse. Aceleró, aunque manteniéndose a una distancia prudente. Lo último que quería era asustar a quienquiera que estuviera al volante.

Pasaron de largo por el lugar donde habían encontrado a la cuarta víctima, la programadora informática Julie Watson, y la furgoneta pareció reducir la velocidad. Puller rezaba para que se detuviera y el conductor bajara. Entonces Puller haría su interrogatorio con una M11 apuntándole a la cara.

Pero eso no sucedió. La furgoneta siguió adelante. Y también Puller.

Los dos vehículos llegaron a la calle principal.

Puller agarró la cámara y disparó unas cuantas veces a la parte trasera de la furgoneta.

Torcieron por otra calle.

Eran casi las cinco de la mañana y los madrugadores que iban a trabajar en coche ya estaban todos en marcha. Williamsburg era una localidad eminentemente militar y la gente trabajaba en turnos desiguales, pero el que comenzaría en breve era el que ocupaba a más empleados.

La furgoneta aceleró y enfiló la rampa de entrada a la interestatal 64 en dirección al este.

Puller se vio obligado a rezagarse por culpa del tráfico. Todavía era oscuro, y ahora lo único que veía delante de él eran parpadeantes luces rojas de frenos. Fue contándolas hasta donde creía que estaba la furgoneta. No tardó en pasar por el túnel de Hampton Roads. El interior estaba iluminado y le pareció ver la furgoneta bastante más adelante.

Para cuando salió del túnel y el alumbrado cenital desapareció, lo único que se veía eran luces traseras. Y había una furgoneta blanca delante de él y otra a su lado. Ninguna de estas era la que él seguía, porque ambas estaban rotuladas en los costados y detrás. Una era de un fontanero, la otra de un electricista.

Puller miró más adelante. Había varias salidas y la furgoneta podía tomar cualquiera de ellas, o ninguna.

Decidió quedarse en la autopista.

Había conducido muchos más kilómetros y el tráfico se había vuelto más denso a medida que cada vez más coches se incorporaban a la interestatal 64. Finalmente, se dio por vencido y salió. Dio media vuelta y se dirigió al oeste. Regresó al hotel en el que se había alojado antes y cogió una habitación.

Sacó la cámara y se puso a mirar las fotos. Amplió las de la furgoneta. Apenas pudo distinguir la placa de la matrícula.

La anotó. Era una matrícula de Virginia Occidental. Si estuviese trabajando para la CID, buscarla en una base de datos sería pan comido.

¿Acababa de perder una oportunidad increíble? ¿El tipo de la furgoneta era el asesino de treinta años atrás, echando un vistazo a sus tumbas en el mismo momento en que Puller había decidido hacer lo mismo?

Estaba pensando qué hacer a continuación cuando sonó su teléfono. Consultó qué hora era.

«Llaman temprano.»

A Puller no le gustaba recibir llamadas a primera hora del día. Normalmente presagiaban malas noticias, y últimamente ya había tenido suficientes.

—¿Sí?

Era Shireen Kirk, su amiga abogada.

—Puller. Me temo que tengo malas noticias.

—¿Acerca de qué?

—No, acerca de quién.

—¿Pues de quién? —gritó, con los nervios tensos casi a punto de explotar.

—De tu padre.

36

Por un momento Puller pensó que se le había parado el corazón.

Al instante le vino a la mente la imagen de su padre en un ataúd, vestido con el uniforme de gala y sus estrellas, y él y su hermano con el de bonito, de pie a un lado mientras la gente se acercaba para ver al viejo general por última vez.

—¿Ha... muerto?

—No, perdona —dijo Kirk de inmediato—. No tendría que haberlo dicho así.

—¿Qué demonios está pasando, Shireen? —le gritó Puller al teléfono.

—Por favor, cálmate. Veo que estás teniendo un mal día aunque sea tan temprano.

—¿Mi padre está bien? —espetó Puller.

—Sí. Y no.

Puller cerró los ojos y, haciendo un esfuerzo tremendo, se obligó a recobrar la serenidad.

—Cuéntame.

—Tu padre ha recibido una llamada telefónica. No sé cómo llegó a su habitación ni por qué no fue rechazada. Es decir, el personal del hospital está al corriente de su estado.

—¿De quién era la llamada?

—De Lynda Demirjian.

—¡Qué! —vociferó Puller—. ¿Mi padre contestó al teléfono? ¿Cómo es posible?

—Nadie lo entiende, pero parece ser que lo hizo.

—¿Qué le dijo?

—Bueno, no se lo podíamos preguntar a tu padre, claro. Pero hemos hablado con Stan Demirjian. Él nos lo contó. No sabía que Lynda iba a llamar. Pero después ella le explicó lo que había hecho.

—Un momento, ¿por qué se lo preguntaste a Stan? ¿Por qué no hablaste con su esposa?

Puller oyó suspirar a Shireen.

—Porque está muerta. Murió justo después de contarle a su marido lo de la llamada.

Puller se llevó una mano a la cabeza y empezó a mecerse adelante y atrás en la cama.

—¿Y cómo dijo que había reaccionado mi padre cuando habló con él?

—Se puso a gritarle cosas. Ininteligibles, o eso sostuvo ella. Y después colgó.

—Vaya, fantástico —dijo Puller—. ¿Cómo lo descubriste?

—Soy la abogada de tu padre. Empecé a trabajar. Llamé a Stan Demirjian para que prestara declaración antes de que yo interrogara a su esposa. Fue entonces cuando me lo explicó.

—¿Cómo lo estaba llevando Stan?

—Su esposa acababa de morir, pobre hombre; estaba muy afligido. Además, se sentía entre la espada y la pared: su mujer, muerta; y la persona a quien ella había acusado de un crimen espantoso, el hombre a quien Stan reverenciaba.

«Ya, yo también estoy entre la espada y la pared», pensó Puller.

—¿Explicaste lo sucedido a los médicos de mi padre?

—En cuanto terminé de hablar por teléfono con Stan. Ya le habían dado algo para calmarlo. Estaba muy inquieto, pero no sabían por qué.

—Te lo agradezco.

—Hay otra cosa, Puller.

—¿Qué? —preguntó él un tanto abatido.

—La CID ha abandonado la investigación. Ted Hull...

—Sé lo del traslado. —Puller hizo una pausa—. Shireen, quiero que lo dejes correr.

—¿Cómo dices? ¿Por qué?

—La investigación de la CID ha sido suspendida. Déjalo estar, Shireen.

—Creía que querías saber la verdad.

—Es que... simplemente olvida que te llamé.

—¡Puller!

Puller colgó y tiró el teléfono sobre la cama. Esperaba que Shireen acatara su decisión.

Sonó su teléfono. Era Shireen. No contestó.

Fue entonces cuando se fijó en el trozo de papel que había en el suelo. Estaba junto a la puerta. Automáticamente desenfundó su M11, se agachó y cruzó la habitación, medio esperando que en cualquier momento alguien pateara la puerta. Se puso en cuclillas despacio y recogió el papel.

Era una nota manuscrita.

Te espero fuera en diez minutos.

VK

Podía ser una trampa. Su primer impulso fue salir por la ventana, bajar por detrás, pasar de largo el aparcamiento donde un Humvee blindado podía estar esperándolo y alejarse de allí unos cuantos kilómetros a pie. Pero entonces volvió a mirar la nota.

En ese momento vio que en la parte inferior había un añadido borroso.

«No el Fuerte.»

No pudo evitar sonreír. Se trataba de una frase que él le había dicho cuando trabajaron juntos en el caso de su hermano. La había llamado Fort Knox porque parecía impenetrable. Esa era su manera de confirmar su identidad.

Con todo, podía ser una trampa.

Recordó la advertencia del vicepresidente.

«No confíe en nadie.»

Knox trabajaba en la clandestinidad. Puller sabía por experiencia que eran las personas en quienes más difícil resultaba confiar, pues parecía que nunca jamás te dijeran toda la verdad.

Sin embargo, Knox había arriesgado su vida varias veces para salvarle la suya. Le había ayudado a limpiar el nombre de su hermano y había faltado poco para que la mataran.

Enfundó la M11 y consultó la hora. Sus reflexiones habían consumido cinco de los diez minutos.

Fue hasta la ventana que daba al estacionamiento. Había amanecido y la luz era suficiente para ver con claridad.

Lo que no vio fue la mole de un monovolumen negro aguardando para llevárselo. Reinaba la tranquilidad. Había muchos coches aparcados porque el hotel era grande, pero solo vio a un par de personas.

Una era un hombre con uniforme militar que portaba un maletín. Subió a su vehículo y se marchó.

La otra era una mujer que acababa de apearse de un taxi y caminaba hacia la entrada, arrastrando su maleta con ruedas.

Puller consultó la hora en su reloj de pulsera.

Quedaban dos minutos.

Agarró su bolsa y se la echó al hombro. Tenía la sensación de que no iba a regresar allí. Metió la otra pistola en el bolsillo del cortavientos pero la siguió empuñando. Tomó el ascensor y bajó.

El vestíbulo estaba vacío, salvo por la mujer que había visto llegar y el adormilado recepcionista que la atendía.

Echó un vistazo a las puertas de salida. Si Knox estaba fuera, se preguntaba por qué. También se preguntaba dónde había estado.

Cruzó el vestíbulo y salió a la calle. No tardó en encontrarla porque llegó conduciendo un sedán negro.

Knox bajó la ventanilla mientras él la miraba.

—¿Qué estás haciendo? —preguntó Puller.

—En este momento, salvarte el pellejo. Sube.

—Mi bolsa de viaje con mis útiles de trabajo está en el coche.

—No. Está en mi maletero.

—Tengo la llave en el bolsillo.

—No necesito llaves —dijo Knox—. Vamos, sube.

—¿Por qué no vamos en mi coche?

—Le han metido mano, Puller.

—¿Quieres decir que lo están rastreando?

—Ya te lo explicaré. ¡Sube!

Lanzó su bolsa al asiento de atrás y se montó en el asiento del pasajero.

Knox pisó gas a fondo y salieron disparados del estacionamiento.

—¿Qué demonios está ocurriendo, Knox?

—Te voy a contar lo que sé, pero no te vas a creer ni una sola palabra.

37

Rogers no dejó de mirar por el retrovisor en todo el camino de regreso al motel donde se alojaba.

Había visto un coche negro. Estaba en el lugar del primer entierro, y después lo había avistado en el tercero y el cuarto. Luego se había dirigido directamente a la interestatal.

Se maldijo a sí mismo por haber ido a los sitios donde se había deshecho de los cuerpos. Pero aquella cosa que tenía dentro de la cabeza le había llevado a hacerlo. Y esa cosa que tenía en la cabeza, según había descubierto, podía obligarle a hacer cualquier cosa.

Ahora estaba sentado en la cama de su habitación del motel, reflexionando sobre todo aquello.

¿Quién podía ser?

La cuestión era que esa persona ya estaba en el lugar del primer entierro antes de que él llegara allí. Bien, podía ser mera coincidencia, pero ¿estar también en el tercero y el cuarto? Y quizá había estado en el segundo pero que para entonces Rogers ya se hubiese ido.

¿Era la policía? ¿Estaban investigando los asesinatos otra vez? Nunca se habían resuelto. Tal vez fuese una de esas investigaciones sobre casos cerrados.

«Y podría haberme visto en medio de ella.»

Sacó el teléfono y consultó los canales de noticias.

Lo que esperaba ver no estaba allí.

Por lo que el mundo sabía, Chris Ballard seguía estando sano y salvo tras las tapias de su fortaleza. A esas horas seguro que ya habían llamado a la policía y que había comenzado una investigación. Y sin duda se había informado a los medios de comunicación.

Rogers había procurado que pareciera un suicidio. Aunque Ballard no pudiera caminar, bien podría haberse arrastrado hasta la ventana y encaramarse a ella.

Pero tanto si fuese un suicidio como un asesinato, a aquellas alturas tendría que aparecer algo en las noticias.

Durante las dos horas siguientes siguió ojeando todos los portales de noticias de última hora.

Nada.

Ya era completamente de día. Se cambió de ropa y bajó a la cafetería del motel a tomar el desayuno sin dejar de consultar su móvil constantemente.

Seguía sin aparecer nada, y eso solo podía significar una cosa: lo estaban encubriendo. O bien no habían avisado a la policía o lo habían hecho pero los de arriba habían impuesto un control absoluto a las filtraciones a los medios. Tal vez estuvieran intentando dilucidar si se trataba de un suicidio o de un asesinato.

Si concluían que era un asesinato quizá dedujeran que él había regresado para vengarse.

Y, más en concreto, ella lo sabría.

La inteligencia de Claire Jericho había sido digna de mención. Pero también tenía un lado oscuro.

Rogers ya no sentía compasión. Se la habían arrebatado, junto con muchas otras cosas. Por otra parte, ella, evidentemente, nunca había sentido la menor compasión.

Ella era la persona que lo había creado. Tal vez a su propia imagen y semejanza. Rogers carecía de capacidad suficiente para profundizar más en la psicología de aquel asunto.

Regresó a su habitación, se tumbó en la cama y cerró los ojos. Pero no durmió.

Su mente retrocedió treinta años y se detuvo en las cinco mujeres.

No las había escogido al azar. Las cinco tenían algo en común.

«Yo.»

Le había costado un montón de trabajo pero había reunido la información necesaria para luego hacer lo que se había propuesto. Era en lo que había pensado durante más tiempo.

«Y justo antes de morir, supieron exactamente cómo me sentía acerca de lo que me habían hecho.»

Con ese pensamiento se durmió. Cuando despertó era hora de irse a trabajar. Se arregló y se fue al Grunt.

Helen Myers le recibió en la entrada trasera del bar.

—¿Qué tal fue tu noche libre? —le preguntó.

—Más bien tranquila —respondió Rogers.

—¿Nada emocionante, pues?

—No.

Rogers estaba diciendo la verdad. No había tenido absolutamente nada de emocionante arrojar a Chris Ballard por una ventana de una cuarta planta y ver cómo se estampaba de cabeza contra el adoquinado.

—Quería decirte que esta noche vendrá Josh con un grupo de amigos —prosiguió Myers.

—Muy bien, gracias por la advertencia. ¿Subirá a su sala?

—¿De modo que estás enterado?

—Le vi subir la otra vez. Supuse que era un reservado para los VIP. No van a mezclarse con la plebe, ¿verdad?

—¿La plebe?

—No es más que una expresión. ¿Dejo pasar a todo el grupo sin comprobar los carnets? Me parece que se cabreó un poco cuando lo hice la primera noche.

—Sí, déjalos entrar sin más. Doy fe de que todos son mayores de edad —agregó sonriente.

—¿Estará Karl esta noche?

—Ya ha llegado. Está en la parte de atrás.

—Voy a saludarlo antes de empezar el turno.

—Bien.

La dejó allí y siguió su camino hasta el fondo del bar para ver a Karl. El hombretón estaba sentado a una mesa y presentaba mejor aspecto. Rogers no vio el bastón. Y Karl no llevaba gafas oscuras.

Karl indicó a Rogers con un ademán que se sentara.

—Me enteré de lo del incidente de la otra noche.

—¿Cómo?

—El poli que patrullaba es un viejo amigo mío. Me lo contó. Estos gamberros están empezando a ser un verdadero problema.

—Puedo manejarlo.

—No me cabe duda. Pero el caso es que no queremos ese tipo de problemas. Dar una paliza a uno de esos niñatos, o quizá incluso matarlo, no es bueno para el negocio. ¿Entiendes a qué me refiero?

—Lo entiendo. Y no haré nada que perjudique al bar.

—Así me gusta.

Rogers regresó a la zona de la barra a tiempo de ver a Myers subir la escalera, abrir la sala VIP y entrar en ella. Se retiró y observó. Un momento después Myers volvió a salir y cerró la puerta a su espalda. Llevaba la llave en la mano derecha. Pero en la izquierda llevaba algo que antes no tenía.

Rogers retrocedió y apareció por la esquina como si acabara de salir de la sala de atrás.

Se encontraron al pie de la escalera.

—¿Cómo está Karl? —preguntó Myers.

—Es un hombre nuevo —dijo Rogers, bajando la vista.

La mujer agarraba algo con la mano izquierda, pero no pudo ver qué era.

Ella lo miró a los ojos.

—¿Algo más?

—No. Estoy listo para empezar.

38

—¿Vas a explicarte o seguirás conduciendo sin más?

Puller miraba fijamente a Knox.

—Estoy intentando procesarlo todo para poder darte una versión eficaz.

—¿Dónde has estado?

—Descubriendo cosas.

—¿Y lo has conseguido?

—Estoy procesando, Puller, dame un segundo. He aterrizado hace una hora. Todavía estoy un poco confundida.

Puller aguardó hasta que Knox salió de la autopista y se detuvo en el estacionamiento de un 7-Eleven. Puso el punto muerto y se desabrochó el cinturón de seguridad.

—Necesito café —dijo—. ¿Te apetece uno?

—De acuerdo.

Knox se apeó y fue a buscar dos cafés; luego regresó al coche, le ofreció uno a Puller y bebió un sorbo del suyo.

—¿Has terminado de procesar? —preguntó Puller.

Knox asintió con la cabeza y se recostó.

—En este caso había muchas cosas incongruentes. ¿El FBI retirándose de la investigación de un caso de asesinatos en serie? Es inaudito. Un informe forense nada profesional. La labor de los investigadores obstruida. Ninguna pista en absoluto sobre las cuatro mujeres asesinadas. Y el campo de batalla manipulado por los presuntos mandamases, cosa muy conveniente porque deja que reine el anonimato.

—De acuerdo en todos los puntos —dijo Puller—. Para tu información, trasladaron a Ted Hull y dieron su teléfono a una mujer del Departamento de Agricultura, de modo que nadie pudiera ponerse en contacto con él. Además, se supone que estoy en un vuelo a Alemania porque también me apartaron del caso.

—¿Por qué no estás en ese avión?

—Porque intervino otro pez gordo, esta vez a mi favor.

—¿Qué pez gordo?

—No puedo decírtelo porque me ordenaron que no lo revelara.

—¿Órdenes de un militar?

—Esto no es un juego de adivinanzas, Knox. Estábamos hablando de lo que has averiguado.

Knox bebió otro sorbo de café y Puller se fijó en que le palpitaba una vena en la sien. También vio que la mano le temblaba un poco cuando dejó el café en el portavasos.

—Me parece que hemos tropezado con algo tan grande que no estoy segura de comprenderlo, Puller, y mucho menos de poder lidiar con ello.

—Empecemos poco a poco. Dame algún detalle.

—Hablé con un hombre que se llama Mack Taubman. Fue mi mentor. Gracias a él sobreviví mis primeros años en la profesión. Sirvió al país en el ámbito del espionaje durante más de cuarenta años y fue el mejor de cuantos haya conocido. Ahora está jubilado, pero estaba en el meollo de todo en los años ochenta.

—¿Qué quieres decir?

Knox le miró a los ojos.

—Mack me contó que en aquella época había en marcha trabajos de investigación muy secretos, hay quien diría alarmantes, en las instalaciones de Fort Monroe.

—¿Por parte del ejército?

—¿Has oído hablar de la DARPA?

—Sí, por supuesto.

—Financian ciertos proyectos.

—¿Como el de Fort Monroe?

—Sí. Había una instalación allí. El Edificio Q.

—Parece sacado de una peli de James Bond —comentó Puller.

—Ya puedes decirlo, sí.

—¿Qué tiene que ver todo eso con mi madre?

—No lo sé. Solo sé que un hombre al que respeto muchísimo no quería hablar del asunto ni siquiera usando hipótesis. Cuando saqué a colación lo de las mujeres asesinadas en Williamsburg, pensé que a Mack iba a darle un ataque al corazón.

—¿Piensa que tenían alguna conexión con lo que quiera que estuviese ocurriendo en el Edificio Q?

—Sí.

—¿Y ahí qué hacían exactamente?

Knox negó con la cabeza.

—O Mack no lo sabía o, más probablemente, lo sabía pero no quiso contármelo. Mack siempre se tomaba muy en serio el juramento de confidencialidad.

—¿Me estás diciendo que un proyecto del gobierno tuvo como consecuencia la muerte de cuatro mujeres inocentes?

—Podría ser el caso, Puller.

—Pero tampoco es que les inyectaran un nuevo veneno ultrasecreto como si fuesen cobayas y que eso las matara. Las agredieron y asesinaron, Knox. ¡Lo hizo alguien!

—He leído los informes, Puller. Y estoy sentada a tu lado, así que no tienes por qué gritar.

Puller dio una palmada sorda al salpicadero y miró por la ventanilla.

—¿Y mi madre? ¿Cómo la relacionas con esto?

—Quizá fue la quinta víctima.

Puller se volvió para mirarla con atención.

—¿Te lo dijo tu amigo?

—No, en realidad no sabía nada sobre la desaparición de Jackie Puller. Solo es una conjetura mía.

—Necesitamos algo más que conjeturas.

—Bien, veamos dónde nos conduce la lógica. Tu madre desapareció de Fort Monroe. El Edificio Q está ubicado allí. Lo que les ocurrió a esas cuatro mujeres parece haber tenido su origen en Fort Monroe. Tu madre desaparece justo en medio de todo esto y no vuelve a saberse nada de ella. ¿Mera coincidencia? —agregó con sarcasmo.

—No, seguramente no.

—Así pues, si el trabajo del gobierno se descontroló, dando lugar a cuatro o cinco asesinatos, incluida ni más ni menos que la esposa de un general con una estrella, significa que hubo un encubrimiento de proporciones gigantescas.

—¿Crees que a esas mujeres pudo asesinarlas uno de los nuestros, y que después se organizó todo para que pareciera obra de un asesino en serie? —preguntó Puller.

—¿Por qué motivo?

—Las mujeres quizá sabían cosas incriminatorias —dijo Puller—. Tal vez todas tenían relación con el Edificio Q.

—Bueno, eso nunca lo sabremos porque sus puestos de trabajo los han borrado de sus expedientes. Pero recuerda lo que los detectives de homicidios de Williamsburg dijeron a propósito de las heridas. Como de un animal, solo que humano. Aplastante.

—Quizá la inquietante investigación secreta que hace treinta años se llevaba a cabo en el Edificio Q tenía que ver con la creación...

—¿De un monstruo de combate? —sugirió Knox.

—Sí.

Knox enarcó las cejas.

—Esto es especular mucho, Puller.

—¡Es lo único que tenemos, Knox! ¡Conjeturas! Eso es lo que ocurre cuando no hay un maldito hecho con el que trabajar. Pero mi teoría no es más descabellada que la tuya. Piensas que hubo un encubrimiento a muy altos niveles. Por eso tu amigo cerró el pico.

Knox se miró las manos y después levantó la vista hacia él.

—No estoy acostumbrada a tener a los míos en contra.

—¿Crees que yo sí?

—Estoy muerta de miedo, Puller.

—De acuerdo, retomemos los fundamentos de toda investigación. Tenemos algunos hechos con los que trabajar. Algo ocurrió en el Edificio Q de Fort Monroe. La consecuencia fue el asesinato de cuatro mujeres, y los mandamases lo encubrieron. Si este es el caso, los mandamases quizá ya no estén en el poder. Pueden haber muerto después de treinta años.

Knox negó con la cabeza.

—Aunque así fuese, el gobierno no querrá que este asunto salga a la luz. Piensa en las consecuencias que tendría sobre los proyectos actuales. Aunque esos tipos no sigan en este mundo, su reputación quedaría arruinada. Además, es posible que algunos todavía vivan. Y que tengan poder.

—Lo que explicaría el encubrimiento, que se cerraran las investigaciones, que a Hull y a mí nos hayan apartado del caso. No quieren que se resuelva.

—Cuatro asesinatos sin resolver —dijo Knox—. Cuatro familias sin poder pasar página para no socavar la reputación de alguien.

—Cinco familias, tal vez —añadió Puller en voz baja.

—Sí, tal vez cinco —aseveró Knox, mirándolo con detenimiento—. Tiene que ser muy duro para ti.

Se quedaron callados un rato hasta que Knox dijo:

—Bien, ¿por dónde comenzamos?

—Le dije a Shireen Kirk que saliera pitando.

—¿Por qué?

—Por la misma razón por la que te recomiendo que hagas lo mismo.

—¿No lo dirás en serio? —dijo Knox, obviamente atónita.

—Lo digo muy en serio, Knox. Yo tengo un motivo para seguir adelante. Tú no. No voy a permitir que pongas en peligro tu carrera y quizá tu vida por este asunto. Ya estuviste a punto de morir ayudándonos a mí y a mi hermano. No voy a arriesgarme a que ocurra otra vez.

—Puller, ya estoy implicada. Ya estoy aquí.

—Agradezco lo que me has contado. Ahora tengo un hilo del que tirar. Pero a partir de ahora trabajaré solo.

—¡Puller!

Puller abrió la portezuela del vehículo y sacó su bolsa de viaje; luego abrió el maletero y agarró su bolsa con los útiles de investigación. Se las echó a los hombros y se inclinó ante la puerta abierta del coche.

—Gracias, Knox. Te debo una.

—John, por favor, no hagas esto.

Puller cerró la puerta del coche con la rodilla y echó a caminar por la acera.

39

Rogers ocupó su puesto en la entrada del bar, donde ya había unas cincuenta personas haciendo cola. Aparecieron los carnets y comenzó su trabajo.

Dos horas después llegó la limusina de la que bajaron Josh Quentin y lo que parecía ser exactamente el mismo séquito. Con un añadido significativo.

Suzanne Davis estaba allí con una minifalda ceñida y una camiseta corta. Rogers se fijó en sus hombros y brazos tonificados. Tenía un tatuaje de un dragón en el tríceps derecho. Advirtió que llevaba un vaso de plástico en la mano. Rogers dudó que contuviera un refresco.

No daba la impresión de estar llorando el fallecimiento del pobre Chris Ballard. Tampoco el sonriente Quentin.

—Paul, ¿verdad? —dijo Quentin cuando se acercaron.

Rogers asintió con la cabeza.

—Puede entrar directamente con su grupo, señor Quentin.

El joven deslizó un billete de cien dólares en la mano de Rogers y le dio una palmada en el hombro.

—Eres un buen tipo.

—Gracias, señor.

Quentin apretó el hombro de Rogers.

—Caray, estás fuerte como una roca, Paul. ¿Vas al gimnasio?

—Un poco.

—Yo hago una rutina de entrenamiento extremo. Es más para

jóvenes. Con lo fuerte que estás, quizá no aguantarías el ritmo. Un montón de cardio.

—Seguro que es demasiado para mí.

—La edad nos atrapa a todos.

Davis le echó un vistazo al pasar.

—Bonito tatuaje —dijo Rogers.

—Bonita gorra —replicó ella.

A las dos de la madrugada apareció de nuevo la limusina. Rogers sostuvo la puerta abierta mientras Quentin y su pandilla salían del bar.

Quentin le puso otro billete de cien dólares en la mano.

Rogers hizo recuento del grupo y vio que faltaba Davis.

—¿No les falta alguien? —preguntó.

—Suzanne se ha desmayado arriba —dijo Quentin un tanto molesto—. He pensado que era mejor dejarle dormir la mona. Enviaré un coche a recogerla por la mañana.

—Puedo acompañarla a casa yo mismo, señor Quentin.

—Vive en Carolina del Norte.

—No hay problema. Aguardaré aquí hasta que se despierte.

Quentin le dio una palmada en el brazo.

—Gracias, Paul. Le enviaré a Suzanne un correo electrónico para contarle el plan. Ella te dará indicaciones.

Subió a la limusina, que arrancó de inmediato.

Rogers observó cómo se alejaba. O Quentin era un hombre muy confiado o era muy estúpido. Acababa de dejar a una amante suya inconsciente a solas con un perfecto desconocido. O quizá simplemente le traía sin cuidado.

Rogers entró en el bar y ayudó a recoger. Myers y Karl se habían ido más temprano.

Si alguien más sabía que Davis estaba desmayada arriba, nadie comentó nada.

Después se marcharon todos los demás y Rogers se quedó con las llaves del Grunt.

Cerró la puerta principal, subió la escalera y encontró la puerta de arriba sin cerrar con llave. La abrió y encendió la luz.

Davis no estaba en la primera habitación, de modo que se dirigió al dormitorio. Allí se hallaba ella, despatarrada en la cama y sin una sola prenda de vestir.

Se acercó; luego miró en derredor, encontró una manta doblada en una silla, la cogió y se la echó encima.

Después se sentó en la silla a esperar.

Oyó un tintineo en alguna parte y al instante se puso tenso en su asiento.

Entonces reparó en el teléfono que había encima de la mesilla de noche. Se había encendido al llegar el mensaje.

Miró la pantalla.

He tenido que irme, nena. Reunión mañana temprano. Paul el portero te llevará a tu casa cuando despiertes. Hasta pronto. J.

Rogers se apoyó en el respaldo y la observó. Se revolvía y giraba mientras dormía y varias veces se quitó la manta de encima. Rogers la volvió a tapar cada vez que lo hacía.

Finalmente, hacia las cuatro de la madrugada Davis se incorporó, apartó la manta y se lo quedó mirando.

—¿Quién coño eres?

No parecía que la avergonzara estar desnuda.

—El teléfono te lo explicará.

—¿Qué?

—Un mensaje del señor Quentin.

Miró a su alrededor, cogió el teléfono y accedió al mensaje.

—¿Eres Paul? —dijo, todavía aturdida.

—Estaba en la entrada cuando habéis llegado. Soy el portero.

Davis se miró los pechos desnudos.

—¿Dónde demonios está mi ropa?

—No lo sé. Te he tapado con la manta.

Rogers se levantó y echó un vistazo. Después se arrodilló y recogió la falda, la camiseta, un sujetador y las bragas de debajo de la cama. Los dejó encima de las sábanas y dijo:

—Te espero en la otra habitación mientras te vistes.

Cerró la puerta al salir.

La oyó levantarse. También la oyó tropezar, darse un golpe en la rodilla y maldecir levantando la voz. Instantes después se abrió la puerta. Todavía se estaba subiendo la cremallera de la falda.

—¿Sabes dónde están mis zapatos? —preguntó enfurruñada.

Rogers alargó la mano detrás de un cojín del sofá y sacó un par de zapatos de tacón de aguja.

—Gracias.

Davis se sentó y se los puso.

Mientras bajaban por la escalera, Rogers le comentó:

—Lo siento pero solo tengo una furgoneta destartalada.

—Si hubiera Uber en este agujero los llamaría. Vivo en Carolina del Norte. Son dos horas de trayecto.

—Ya me lo dijo el señor Quentin.

—¿El maldito señor Quentin que me ha dejado tirada?

—Eso parece.

—¡Gilipollas!

—¿Prefieres que te lleve a un hotel? Puedes organizarte para ir a casa mañana. Bueno, en realidad ya es mañana, me refiero a más entrado el día.

—No. Estoy bien despierta. Salgamos a la carretera.

Rogers cerró el bar después de conectar la alarma y fueron caminando hasta la furgoneta. Subieron y, cosa que dijo mucho a su favor, la mujer no se quejó por el estado en que se encontraba el interior. Se acurrucó en su asiento y cerró los ojos.

—Necesitaré que me des indicaciones —mintió Rogers.

—Enfila la interestatal 64 hacia Norfolk. Ya te indicaré a partir de allí.

—De acuerdo.

Rogers entró en la autopista interestatal y se arrellanó en el asiento.

Davis le fue dando las indicaciones pertinentes, aunque Rogers sabía el camino y pronto estuvieron cerca de los Outer Banks. El tráfico era inexistente a aquellas horas de la mañana.

—¿Hace mucho que conoces al señor Quentin? —preguntó Rogers.

Davis lo miró con los ojos hinchados.

—¿Por qué?

—Por nada. Solo intentaba charlar un poco.

—Bien, pues basta. No te conozco.

—Perdón.

Contempló a través del parabrisas el amanecer incipiente, pensando que Davis debía de tener más o menos la misma edad que las mujeres que mató.

—Unos cinco años —dijo Davis de repente.

Rogers se volvió hacia ella, que lo estaba observando.

—Hace unos cinco años que lo conozco.

—La señora Myers dice que tiene mucho éxito. Un emprendedor.

—Supongo que puede decirse así.

—Salta a la vista que tiene dinero.

—Desde luego que tiene dinero.

—¿Cómo os conocisteis? Tuvo que ser después de la universidad. Me consta que él tiene treinta años.

—¿Por qué piensas que fui a la universidad?

Rogers se encogió de hombros.

—¿Acaso hoy en día no van a la universidad todos los jóvenes?

—¿Tú fuiste?

—Si hubiese ido, seguramente no sería portero de bar a mi edad.

—¿Qué edad tienes?

Rogers se la dijo y preguntó a su vez:

—¿Qué edad tienes tú?

—No se pregunta la edad a las mujeres.

—No lo sabía.

—Tengo treinta y uno. —Alargó el brazo y le tocó el hombro—. De cara pareces mayor, pero estás cachas como un atleta. ¿Alguna vez has pensado en hacerte un estiramiento facial?

—A lo mejor te cuesta creerlo, pero nunca se me ha ocurrido.

Con interés obviamente creciente, le palpó el bíceps.

—En serio, apuesto a que no tienes ni un gramo de grasa. —Le tiró de la camisa—. ¿Tienes una tableta ahí debajo? Los tíos de tu edad siempre tienen barriga. Pero tú no.

Rogers notó que sus dedos revoloteaban sobre su entrepierna. Le apartó la mano con delicadeza.

—¿Qué tal la cabeza? —preguntó.

Davis se irguió y miró por el parabrisas.

—Nunca tengo resaca. Simplemente me desmayo cuando bebo más de la cuenta. Me encuentro bien. Y tengo hambre. —Miró por la ventanilla—. A medio kilómetro hay un IHOP. Paremos a desayunar.

Rogers aparcó en el estacionamiento y entró detrás de ella en el local, que estaba medio lleno a aquellas horas. Pidieron café y comida. Davis se puso a toquetear su servilleta de papel mientras miraba fijamente a Rogers.

—¿Por qué eres portero?

—Fue el único trabajo que encontré.

—Yo no trabajo, en realidad.

—¿Qué haces para ocupar el tiempo?

—Prácticamente lo que me viene en gana.

—Debe de estar bien.

—¿Eso crees?

—No lo sé. Siempre he tenido que trabajar. Aunque supongo que está bien tener una meta.

—Josh es un capullo.

—Pensaba que erais amigos.

«Y amantes», añadió para sus adentros.

—Lo somos, pero aun así es un capullo. ¿No tienes ningún amigo capullo?

Rogers negó con la cabeza.

—No tengo amigos.

Llegó el café, seguido por su comida un momento después.

Mientras desayunaban, Rogers dijo:

—¿Por qué es un capullo?

—Es un creído.

—Pero sales con él.

Davis se encogió de hombros.

—Digamos que nos encontramos. Digamos que estamos juntos en un negocio.

—¿En serio? Creía que tenía su propia empresa.

—Él es el gran jefe. Pero eso no significa que realmente la dirija él.

—¿Qué empresa es?

—No es asunto tuyo —le espetó Davis.

—Tienes razón. No lo es.

—¡Joder! ¡Hola, nena!

Levantaron la vista y vieron a tres muchachos fornidos con tejanos y camiseta al lado de su mesa.

—Te conozco, preciosa —dijo uno de ellos.

—Me parece que no —respondió Davis con aspereza antes de seguir tomando su café.

—Me consta que te conozco. Una fiesta hace un par de semanas en una residencia de estudiantes en la zona este de Carolina. Nos lo montamos. ¿Me estás diciendo que lo has olvidado?

—Te estoy diciendo que no te conozco.

El muchacho se sonrojó y el enojo le crispó el semblante.

—No me digas. Mierda, no parabas de decir lo alto y fuerte que era. Gritando como una zorra. ¿Me vas a decir que no te acuerdas? Te llamas Suzy, ¿verdad?

Davis levantó la mirada hacia él.

—¡Lárgate! No te conozco.

—Oye, no...

Rogers intervino.

—Seguid con lo vuestro, chicos, la señorita no cae.

Los tres muchachos volvieron su atención hacia Rogers.

—¿He pedido tu granito de arena, abuelo? —espetó el primero.

—No, pero te lo doy igualmente.

Su camarera, que había estado observándolos, acudió presurosa.

—Escuchad, aquí no queremos problemas. Dejad en paz a esta gente o tendré que llamar a la policía.

El muchacho se volvió, agarró a la camarera por la cara y le dio un empujón. Ella trastabilló hacia atrás, se golpeó contra una mesa y cayó al suelo. La señora que trabajaba en la caja registradora descolgó el teléfono y llamó a emergencias.

El muchacho se volvió hacia Rogers.

—Bueno, deja que te dé un consejo, viejo. —Puso sus manazas encima de la mesa y se acercó a Rogers—. Ocúpate de tus asuntos si no quieres salir herido.

Rogers suspiró y se rascó el cogote. Estaba disfrutando de un agradable desayuno y consiguiendo por fin cierta información útil cuando habían aparecido aquellos tres chiflados.

«Arréales un poco. Solo lo justo para darles un toque de atención.»

Cuando su mano volvió a la mesa, aterrizó encima de la del muchacho.

Y apretó.

—¡Mierda! —chilló el joven—. Suelta. Suéltame de una puta vez.

Rogers aún apretó más.

El muchacho cayó de rodillas gritando.

Rogers por fin lo soltó, lo agarró del cogote y le estampó la cabeza contra la mesa. Cayó inconsciente al suelo.

Los otros dos jóvenes se abalanzaron sobre Rogers.

Alcanzó al primero con un puñetazo en el vientre. Tuvo que refrenarse deliberadamente, de modo que el muchacho simplemente cayera al suelo agarrándose la barriga y vomitando.

El tercer tipo se puso detrás de Rogers y le hizo una llave de estrangulamiento.

Rogers levantó una mano, sin esfuerzo separó de su cuello los dedos del muchacho, se levantó y se volvió hacia él. Le estrujó la muñeca, le hizo dar media vuelta y le retorció el brazo tan alto que el hombro se le dislocó. Se cayó al suelo aullando de dolor.

Rogers dejó unos billetes encima de la mesa.

—¿Estás lista? —preguntó a Davis.

Ella lo miró boquiabierta y asintió con la cabeza.

Rogers había visto que la señora de la caja llamaba a la policía y no quería estar allí cuando los agentes llegaran.

Algunos clientes, sobre todo los de más edad, aplaudieron agradecidos mientras se dirigían a la salida.

Llegaron a la furgoneta y subieron. Rogers la puso en marcha y salieron del estacionamiento a toda pastilla.

—Eso ha sido totalmente increíble —dijo Davis entusiasmada—. ¿Dónde has aprendido a hacer esas cosas?

—En la escuela de la vida, supongo.

—¿Cómo has dicho que te llamas?

—Paul.

—¿Paul qué?

—Solo Paul.

Davis se apoyó en el respaldo y miró por el parabrisas.

—Conocía a ese tío.

—Muy bien.

—Es como si siempre eligiera mal a los hombres.

—No eres la primera.

—¿De dónde sales? —preguntó Davis.

Rogers la miró de reojo.

—¿Qué, te refieres a mi familia?

—A lo que tú quieras que me refiera.

—Pues entonces no salgo de ninguna parte. Solo estoy... aquí. No tengo a nadie. Solo a mí mismo.

Davis asintió con un gesto.

—Puedo identificarme con eso.

—Vamos, eres demasiado joven y guapa para estar sola.

Davis descartó el comentario con un ademán.

—Mi padre murió en prisión. Reventó a un camello que le pasó coca mala. Mi madre fumaba *crack* para desayunar hasta que estiró la pata.

Rogers volvió a mirarla de reojo.

—¿Me tomas el pelo?

Davis sonrió.

—Tal vez. —Se le borró la sonrisa—. O tal vez no. Lo único que sé es que he estado sola desde los trece años.

—Entonces ¿no fuiste a la universidad?

—Fui a la Universidad del Este de Carolina. Y dejé que un idiota follara conmigo porque me aburría. Pero ya sabes cómo son esas cosas.

Se rio y volvió a ponerse seria. Alargó la mano y la puso encima de la de Rogers. La expresión de su rostro era tan clara como sus intenciones.

Con todo, Rogers tardó un momento en darse cuenta. Se quedó desconcertado.

—Vamos, soy un viejo feo que necesita que le arreglen la cara. Tú misma lo has dicho.

Davis siguió mirándolo y le acarició la mano.

Rogers volvió a mirar hacia la carretera.

—¿Cuándo fue la última vez que estuviste con una mujer? —preguntó Davis.

La miró con el rabillo del ojo y vio que lo estaba observando.

—Hace tiempo.

—Se nota.

Rogers volvió a mirar hacia la carretera. No conocía a aquella mujer. Trabajaba para Ballard. Se tiraba a Quentin. Al parecer se tiraba a cualquiera que tuviera ganas de montárselo con ella. No sabía por qué la había defendido en la cafetería. No le atañía. Pero aun así, lo había hecho.

—¿Paul? —dijo Davis—. Quizá deberíamos salir de la carretera.

Aparcó detrás de un centro comercial clausurado, echó el freno de mano y la miró. Por primera vez la miró de verdad. No como una posible pista. No como un medio para llegar a Jericho. No como alguien a quien podría matar. La miró como un hombre se supone que mira a una mujer en determinadas circunstancias. Y se encontró con una hermosa muchacha que lo deseaba, sosteniéndole la mirada.

Rogers pestañeó. Un recuerdo titiló en el horizonte de su cerebro. Un muchacho. Una muchacha. Carne con carne. Dos cuerpos como uno solo. El ascenso, la caída y la secuela. Todo... maravilloso. Algo que no había vuelto a experimentar desde entonces.

Davis había dejado de acariciarle la mano. Se inclinó y le dio un beso.

—Vamos —dijo.

Luego la joven se deslizó entre los asientos hasta la parte trasera de la furgoneta.

Rogers la siguió lentamente. Davis se volvió hacia él, le dio un beso y comenzó a desnudarse. Rogers echó un vistazo al desordenado interior de la furgoneta y luego la miró mientras su ropa caía al suelo. Atisbó algo encima de un estante, sacó una lona y la extendió.

—Qué caballeroso —dijo Davis con una sonrisa coqueta. Gateó hasta él.

Rogers la miraba. Era la segunda vez que la veía desnuda. Pero aquella era diferente. Su cuerpo era... hermoso. Incluso el dragón que llevaba tatuado en el tríceps lo estaba excitando.

Davis arrimó sus pechos a él mientras Rogers levantaba los brazos y se quitaba la chaqueta. Cuando ella comenzó a desabrocharle los botones de la camisa, la detuvo.

Davis se quedó perpleja.

—¿No quieres?

«No, no quiero que veas las cicatrices», pensó Rogers.

—Mejor así —se limitó a decir.

Se tendieron sobre la lona, él encima de ella.

Rogers comenzó a respirar más deprisa. Y su cerebro parecía estar fallando.

—Oye, puedes dejarte la ropa puesta, pero vas a tener que desabrocharte los pantalones.

La joven le echó una mano, y después Rogers se puso de nuevo encima de ella. Pero el cerebro le seguía fallando.

Llevado por la frustración, agarró con tanta fuerza el borde de un estante atornillado a la furgoneta que lo rompió y una herramienta pesada casi los golpeó.

—Mierda, ¿qué ha sido eso? —exclamó Davis, medio incorporada.

—No... nada.

Rogers volvió a tenderla boca arriba.

—Paul, ¿va todo bien?

El corazón le latía tan deprisa que pensó que le estallaría. No recordaba cómo se hacía aquello.

«Ni siquiera recuerdo cómo se hace el amor con una mujer. ¿No es patético?»

—Paul —dijo Davis de nuevo, retorciéndose debajo de él.

Rogers sintió un gran impulso de agarrarle el cuello y rompérselo. Desesperado, se estuvo devanando los sesos y de repente dio en el clavo.

Davis y Quentin en el dormitorio. Giró sobre sí mismo y se la puso encima, agarrándole la tersa cintura con las manos. Puso cuidado en sostenerla con mucha suavidad.

Davis le sonrió.

—¿Cómo sabías que me gusta hacerlo así?

—Pura chiripa —masculló Rogers.

Diez minutos después, habían terminado.

Porque Rogers no había conseguido una buena erección.

Davis se tendió a su lado.

—Ha sido fabuloso.

—No digas tonterías.

—Para mí ha sido fantástico, a pesar...

Rogers apartó la mirada.

—Me ha encantado la manera en que me sujetabas. Eres muy fuerte, pero también muy tierno. Y eso me gusta. Me gusta mucho.

La miró escrutándola.

—¿De verdad?

Davis le dio un beso en los labios.

—Sí, de verdad.

Se acurrucó junto a él y le puso una pierna desnuda encima.

Al cabo de nada Rogers oyó sus suaves ronquidos.

Entonces cerró los ojos y se dejó vencer por el sueño.

40

Rogers parpadeó despacio al despertar.

A su lado, Davis seguía durmiendo.

Se frotó la nuca y procuró entender lo que había ocurrido entre ellos.

Pero no pudo. Siempre había imaginado que había dejado atrás todo rasgo de humanidad cuando lo modificaron. Pensaba que tener relaciones sexuales con una mujer era imposible.

Antes de que matara con saña a un hombre durante una pelea en un bar y que lo mandaran diez años a prisión, había matado a otros. Solo que nunca lo habían pillado. No tenía miedo. Pero tampoco tenía algo que le inhibiera de segar vidas ajenas.

Había leído sobre asesinos en serie a quienes les faltaba algo crucial en los lóbulos frontales. Esa insignificante diferencia te convertía en una persona normal o en un monstruo. Tan solo la ausencia de una pieza de ADN que te faltara o que formara una secuencia errónea. O un lóbulo sin desarrollar del todo. Pasabas de ser normal y corriente a ser Jeffrey Dahmer, el psicópata apodado el Caníbal de Milwaukee que cometió sus crímenes durante la década de 1980.

«Y eso fue lo que me hicieron. Nací perfectamente y me destrozaron.»

Pero diez años en prisión habían dado a Rogers una cosa que nunca creyó que tendría. Una oportunidad de estar alejado de cualquiera que de otro modo quizá habría matado. Una separación de barrotes y celadores. Le habían dado tiempo para pensar, para recobrar cierto grado de control.

Se puso de costado y estudió a la durmiente Davis.

Lo que le había sorprendido, cuando finalmente pensó en ello, era que no había sentido el impulso de hacerle daño. Pero tuvo que recordarse a sí mismo que había matado a la pareja del callejón porque habían intentado matarlo a él. Y Donohue, el vendedor de armas, todavía estaría vivo si se hubiera quedado en su camioneta comiendo sus hamburguesas.

«Y dejé al niño con vida.»

Se restregó los ojos y se preguntó si lo que al parecer le estaba ocurriendo era bueno o malo. Al cabo de cinco minutos aún no había encontrado una respuesta concluyente.

Consultó su reloj de pulsera. Eran casi las ocho. El sol resplandecía. Davis seguía durmiendo como un tronco a su lado.

Le maravilló una vez más su belleza. Después se miró las manos. Cicatrices. Se levantó la camisa. Más cicatrices. Se tocó la incisión de la cabeza. La mayor cicatriz de todas.

La analogía era obvia: La Bella y la Bestia.

Se sentó de nuevo en el asiento del conductor y se miró en el retrovisor.

Hasta donde le alcanzaba la memoria, siempre había tenido aquel mismo aspecto.

No los rasgos. Eso era evidente.

No, era la mirada de sus ojos.

«Atormentada. Angustiada. Ansiosa de algo que seguramente nunca tendré.»

—¿Paul?

Se volvió y vio a Davis levantarse y empezar a vestirse.

—¿Sí?

—Tengo que irme a casa.

—De acuerdo. Estoy listo. Vámonos.

Davis pasó al asiento del pasajero. Mientras Rogers ponía en marcha la furgoneta, se acercó y le dio un beso en la mejilla.

—¿A qué viene esto?

—¿Tiene que haber un motivo?

—Supongo que no.

—Tenemos que volver a hacerlo. Cuanto antes.

—¿Crees que es buena idea?

—Me da igual si es buena idea o no. Es lo que deseo.

Le dio indicaciones hacia su destino. Rogers no sabía si se dirigían a la casa de alquiler en la playa o a la fortaleza cuyo propietario se había estrellado contra unos adoquines muy caros.

Resultó que iban a la fortaleza.

Al aproximarse a su destino, Rogers empezó a sentir cierto pánico. ¿Y si Jericho estaba allí? ¿Y si, a pesar de los años, lo reconocía?

Cuando Davis le indicó la verja, Rogers dijo:

—Caramba, después de lo que me has dicho sobre los problemas con tus padres, no me esperaba algo así.

—Es un poco excesivo. Pero saqué el premio gordo. La gente que me adoptó es inmensamente rica.

Rogers la miró fijamente, estupefacto. ¿Ballard la había adoptado? ¿O sea que había matado a su padre?

—¿Vives aquí con ellos?

—Pues sí.

—Pero creía que habías dicho que estabas sola. Que no tenías a nadie.

—Entonces no te conocía bien. Ahora sí. Una chica debe tener cuidado.

—Si tú lo dices...

No le cabía en la cabeza que la muerte de Ballard no hubiera hecho mella en ella. Y no vio ni un coche patrulla ni un trozo de cinta policial. ¿Nadie investigaba el asesinato? ¿Qué demonios estaba ocurriendo?

La verja se abrió cuando se aproximaron. Salió un vigilante, y cuando vio a Davis hizo una seña a Rogers para que entrara.

Rogers no miró a los guardias de seguridad al pasar, aunque percibía que lo estaban escrutando.

Davis le indico dónde aparcar. Abrió la portezuela.

—¿Puedo pagarte por haberme traído desde tan lejos?

—Diría que ya has pagado más de lo que merecía.

Davis sonrió.

—Qué bonitas palabras. ¿Quieres pasar?

El pánico reapareció.

—No. Será mejor que regrese. Pero gracias.

—De acuerdo, nos veremos en el Grunt.

—Más vale que digas al señor Quentin que has llegado a casa sana y salva.

—Como si le importara —replicó Davis en tono de mofa.

La mujer se inclinó encima del asiento y le dio un beso decidido en la boca y luego le metió la lengua.

Rogers tuvo la impresión de que múltiples ojos los estaban observando. Aun así, sus labios eran dulces y salados y parecían encajar con los suyos a la perfección.

Acto seguido, la portezuela se cerró y ella desapareció en el interior de la casa.

Entonces fue cuando Rogers oyó los golpecitos en el cristal.

Al volverse vio al equipo de seguridad.

—¿Me concede un minuto, señor? —dijo el hombre secamente, con una expresión indescifrable. Hizo un ademán para que Rogers bajara de la furgoneta.

Cuando Rogers miró en derredor vio a otros cinco hombres, todos ellos luciendo sus subfusiles MP5 con expresiones adustas. Habían rodeado la furgoneta en los pocos segundos que habían mediado entre el beso y la entrada de Davis en la casa. Aquello era impresionante, pensó.

Se preguntó si lo que vendría a continuación también lo sería.

Rogers abrió la puerta y se apeó.

41

Rogers se plantó delante del hombre que le había pedido que bajara de la furgoneta.

—¿Puedo ver su identificación?

Rogers negó con la cabeza.

—No, excepto si son policías.

El tipo tamborileó con los dedos en el cañón de su MP5.

—¿Cómo ha terminado en compañía de la señorita Davis?

Rogers se las arregló para sonreír mientras los hombres cerraban filas a su alrededor.

—He acompañado a la señorita a casa a petición de Josh Quentin. Puede llamarle y comprobarlo. Responderá por mí. Me llamo Paul.

—¿Quién es usted?

—Se lo acabo de decir. Paul.

—¿Paul qué?

—Soy el portero del Grunt. El señor Quentin y la señorita Davis estuvieron anoche en el bar. La señorita Davis se sintió... indispuesta. El señor Quentin tenía que irse y me pidió que la acompañara a casa. Y eso he hecho. Sana y salva.

—El Grunt cierra a las dos. Hay dos horas en coche hasta aquí. Son las ocho de la mañana. ¿Qué ha ocurrido con las otras cuatro horas?

—No salimos a las dos. Ella todavía estaba indispuesta. Salimos hacia las cuatro. Y hemos parado a desayunar en el IHOP, a petición suya. Nos hemos tomado nuestro tiempo. Parecía no tener prisa. Yo había trabajado toda la noche. Estaba cansado, así que tampoco he intentado batir un récord de velocidad.

Señaló la puerta por la que había entrado Davis.

—Pregúntele a ella, si no me cree.

—¿Qué está pasando?

Todos se volvieron hacia la cabeza de Davis asomada a lo que Rogers sabía que era la ventana de su dormitorio.

El vigilante levantó la vista.

—Solo comprobamos que todo esté en orden, señorita Davis.

—Todo está en orden. Me ha acompañado a casa. No me encontraba bien. ¿De acuerdo? Trabaja en el Grunt.

—Sí, señora. Gracias, era cuanto necesitábamos saber.

El tipo se volvió de nuevo hacia Rogers.

—Bien, gracias por traerla a casa sana y salva —dijo con mucha labia, su actitud ahora amistosa, aunque Rogers vio que torcía el dedo hacia el selector de su arma, de modo que su cordialidad era puramente para Davis y su dedo en el selector para él.

—No hay de qué —dijo Rogers—. Ahora tengo que irme. Me vendrá bien dormir un poco.

Davis levantó la voz desde la ventana.

—Paul, puedes quedarte a dormir unas horas. Dudo que sea muy seguro conducir ahora mismo. —Y añadió con una sonrisa pícara—: Debes de estar agotado después de nuestro pequeño rodeo.

Rogers echó un vistazo al tipo de seguridad y descifró su expresión claramente.

«¿Se ha acostado contigo?»

«Sí, yo tampoco me lo creo», pensó Rogers.

—¿Sabe qué, señorita Davis? En realidad es una buena idea. Me vale con un sofá.

—Haré que te preparen una habitación. Tenemos bastantes. Podrás regresar con tiempo de sobra para ir a trabajar.

La habitación que le dieron era contigua a la de ella en la tercera planta. Al cerrar la puerta del dormitorio a su espalda se volvió a preguntar por qué allí todo el mundo se mostraba tan normal cuando el propietario de la finca acababa de morir. Se tumbó en la cama pero no cerró los ojos. Finalmente, se adormiló mientras la brisa entraba por la ventana y lo abrazaba.

Se había dado cuenta de que a medida que se hacía mayor, su fortaleza, aunque todavía hercúlea en muchos aspectos, ya no era la que solía ser.

Se despertó con un sobresalto y de inmediato consultó su reloj de pulsera. Habían transcurrido cuatro horas. El sol estaba en lo alto.

Oyó movimiento en la habitación de al lado y después la ducha correr. Imaginó a Davis desnuda con el agua resbalando por su cuerpo.

Miró por la ventana que daba a la playa. Desde allí arriba se veía la arena por encima de la tapia.

Rogers tuvo que hacer un esfuerzo para no ponerse a gritar ante lo que estaba viendo.

Un grupo de vigilantes estaba conduciendo al viejo, que iba en el mismo carrito de golf, adentrándose en la arena. La única diferencia era que Davis no estaba con él. Bajó del carrito y le ayudaron a acomodarse en una tumbona que habían dispuesto para él en la arena.

Los guardaespaldas formaron un anillo en torno a él, mirando hacia fuera.

Rogers se miró las manos.

¿A quién demonios había agarrado?

¿Con quién demonios había hablado?

¿A quién cojones había tirado por la ventana?

No oyó que el agua dejaba de correr en la habitación contigua.

Ni que se puso en marcha un secador de pelo.

Permaneció sentado en la silla, mirando fijamente por la ventana a un hombre que contra todo pronóstico estaba vivo.

Poco después sí que oyó que llamaban a la puerta.

Se volvió hacia ella mientras se abría.

Davis iba vestida con pantalones cortos, sandalias, una camiseta a rayas claras y una pamela. De los dedos le colgaban unas gafas de sol.

—Bajo a la playa. ¿Quieres venir?

—Tengo que irme. Se está haciendo tarde.

—¿Cuándo podré verte otra vez?

Rogers se levantó.

—Oye, soy viejo y tú eres joven. Soy pobre y tú no. Puedes tener al tío que quieras. Ricos, guapos, como el señor Quentin.

—No tengo intención de casarme contigo, Paul. Solo quiero saber cuándo podremos enrollarnos otra vez.

—Esta noche trabajo. ¿Tienes planes de ir al bar?

—No los tenía. Pero ahora sí.

—De acuerdo, pues nos vemos luego. Si estás en la sala VIP, no podré entrar. Está reservada para los invitados del señor Quentin.

—Deja de llamarle señor Quentin. Haces que parezca mucho más importante de lo que es.

—Bueno, es un cliente muy importante del Grunt.

—Como quieras. Te veo esta noche.

Rogers señaló la ventana.

—En la playa hay un hombre con un puñado de guardaespaldas. ¿Ahí es donde vas ahora?

Davis asintió con la cabeza.

—¿Es quien te adoptó?

—Haces muchas preguntas —dijo Davis, aunque con simpatía—. Te veo esta noche.

—De acuerdo, me parece bien.

—Gracias por el desayuno. Y por todo lo demás —agregó, dirigiéndole una sonrisa radiante.

Se marchó, y unos minutos después Rogers la observó mientras salía a la playa y se reunía con el viejo.

Rogers regresó a Hampton más confundido de cuanto lo había estado jamás.

42

Tras dejar a Knox, Puller había ido a pie hasta una casa de alquiler de coches y media hora después salió al volante de un Mitsubishi Outlander.

No había descartado nada de lo que Knox le había contado. De hecho, se lo creyó a pies juntillas.

Si el proyecto que se desarrollaba en el Edificio Q había terminado en la muerte de cuatro mujeres, y posiblemente también de su madre, se trataría de un secreto sobre el que el gobierno echaría tierra. Y por una muy buena razón.

El dinero impulsaba el Departamento de Defensa tanto como cualquier otra cosa. Si aquella historia saliera a la luz, Puller podría ver cómo se reducían los miles de millones y tal vez decenas de miles de millones de dólares destinados a gastos de defensa. Además, las estrellas en los hombros, los ascensos y los generosos planes de jubilación podrían ser destripados a medida que se señalaba con el dedo y se echaba la culpa a quien correspondiera.

Muchos de los contratistas privados que se ganaban la vida a costa del Tío Sam verían cómo disminuían sus ganancias, se desplomaban los precios de sus acciones y desaparecían los suculentos sueldos de los ejecutivos.

¿Qué harían para evitarlo?

Prácticamente cualquier cosa que estuviera en su mano.

Cogió una habitación en un motel, pagando en efectivo. Se había visto obligado a utilizar una tarjeta de crédito para el coche de alquiler porque no tenía alternativa. A partir de ahí podrían rastrearlo, pero necesitaba un transporte. Se atrincheró para pasar la noche mientras pensaba en todo lo que Knox le había contado.

Estuvo tentado de llamar a su hermano, pero no quería hacer nada que pudiera devolver a Bobby a la cárcel.

Desayunó a la mañana siguiente en un establecimiento cerca del motel.

Después se dirigió directamente a Fort Monroe, estacionó e hizo el resto del camino a pie.

Tenía un mapa del fuerte y enseguida localizó el Edificio Q.

Lo primero que advirtió fue que, obviamente, seguía en uso. El aparcamiento estaba lleno, el perímetro vallado y vigilado. La gente iba y venía. Llegaban camiones, descargaban o cargaban, y se volvían a marchar.

Lo que no podía ver era qué demonios estaban haciendo allí dentro.

Durante horas observó a mucha gente ir y venir. Algunos eran mayores. Otros, más jóvenes. Hombres y mujeres, aunque los hombres constituían la mayoría. Interpretó su lenguaje corporal y analizó las distintas posibilidades.

Había contado cerca de cincuenta personas que llegaban y se iban cuando se decidió por la que él quería. Ya la había visto ir y venir dos veces. Tal vez para un descanso. Se había subido a su coche una de esas veces y se había ido.

Puller tomó una foto de ella con su teléfono mientras estaba sentada ociosa en la puerta de seguridad. Cuando ella pasó por su escondite, se fijó en su apariencia. Alrededor de treinta años, menuda, sin pretensiones. Había evitado mirar a los ojos a los guardias de seguridad. ¿Tal vez era introvertida? Conducía un Ford Fiesta beis que era tan anodino como ella.

Todas esas cosas resultaban favorables para lo que quería hacer.

Dieron las seis y un numeroso grupo de gente salió por las puertas del Edificio Q. Puller la localizó entre la multitud y regresó apresurado a su coche. Cuando pasó con su Ford Fiesta, se situó detrás de ella.

Condujeron hasta lo que probablemente era su apartamento. Ella entró directamente.

Puller se quedó en el vehículo, planteándose cuál era el siguiente paso que dar. Podía hacer su maniobra de aproximación ahora, o podía esperar.

Salió vestida con una falda corta, una blusa escotada y tacones muy altos.

Aquello era interesante.

Continuó siguiéndola.

Consultó la hora en su reloj de pulsera. Eran casi las ocho de la tarde.

Puller se preguntó adónde se dirigía la chica, que condujo un kilómetro y medio a través de la ciudad y aparcó el coche en la calle.

Puller hizo lo mismo.

La siguió calle abajo hasta doblar una esquina.

Y se topó con una larga cola de gente que aguardaba para entrar en alguna parte.

Miró hacia delante y vio un letrero sobre una puerta.

«¿El Grunt?», se dijo.

Nunca había oído hablar de aquel sitio, aunque bien era cierto que no había pasado mucho tiempo por aquellos pagos desde que era niño.

La mujer a la que seguía hacía cola delante de él. Puller tenía a dos soldados y a un tipo con uniforme de la Armada detrás y a una pandilla de chicas en edad universitaria enfrente. Los dos grupos estaban flirteando el uno con el otro. Puller se puso detrás de los chicos de uniforme para que pudieran seguir coqueteando con ellas más fácilmente.

Finalmente se abrieron paso hasta el frente, donde un hombre alto y fornido de unos cincuenta años de edad, con gorra, gafas y ropa negra, estaba revisando las identificaciones.

La mujer a la que seguía Puller entró en el bar, al igual que las jóvenes que iban detrás de ella.

Entonces los soldados se acercaron línea la puerta de acceso y presentaron sus identificaciones.

El hombre revisó sus carnets, los enfocó con una luz y se los devolvió.

—Buen intento, chicos —dijo.

—Son auténticos —dijo uno de los muchachos uniformados, alto y delgado—. Tengo veintidós años.

—Tal vez en otra vida.

—Esto es una mierda —le espetó el soldado.

—Mi lámpara dice que es una falsificación, y la lámpara es el juez —respondió el portero.

—Escucha, viejo...

En ese momento intervino Puller. Puso una mano sobre el hombro del soldado.

Cuando el tipo dio media vuelta, listo para pelear, se quedó mirando el águila con garras en la placa de la CID de Puller.

El militar se puso tenso.

—Hoy no es tu día de suerte, hijo —dijo Puller—. Bien, no tengo jurisdicción sobre vuestro colega marinero —prosiguió, indicando al que llevaba uniforme de la Armada—. Pero estoy seguro de que sí sobre vuestros dos traseros. Así que daos la vuelta y decidle al portero que lo sentís, y regresad a vuestra base. ¡Y consideraos afortunados de que no os meta en el calabozo por usar identificación falsa, soldados!

Puller había ido levantando la voz al hablar, y cuando hubo acabado su sermón estaba de pleno en modo sargento instructor. Los dos soldados salieron de la cola e intentaron imitar a los mejores velocistas del mundo. Tras un momento de vacilación, el tipo de la Armada fue tras ellos. Doblaron la esquina y se perdieron de vista.

Paul Rogers levantó la mirada hacia John Puller y le tendió la mano.

—Gracias —dijo—. No quiero problemas.

—Siempre es una buena manera de ver las cosas. Y, por cierto, tengo edad suficiente para beber.

Le mostró su carnet de identidad.

—Por mí está bien, señor Puller. Que se divierta.

Puller pasó junto a él y entró en el bar.

Rogers le echó un vistazo y luego volvió a su trabajo.

43

El Grunt ya estaba tres cuartas partes lleno, pero a Puller le costó poco encontrar a la mujer. Se hallaba junto a la barra con una copa en la mano.

Durante la siguiente hora la vio trabajarse la sala. Coqueteando, bebiendo, bailando, coqueteando un poco más. Finalmente terminó en una esquina con un tipo que le metía mano en el trasero y la lengua en la garganta. En una muestra de igualdad, ella le estaba devolviendo el favor.

Alrededor de las diez, la mirada de Puller se dirigió hacia la puerta principal cuando entró un grupo encabezado por un joven alto, vestido con lo que parecía ser un traje que tal vez costaba más que su Malibu propiedad del ejército, sin aplicar el descuento del gobierno. Él y su grupo pasaron junto a un guardia de seguridad y subieron las escaleras. Cruzaron otra puerta que se cerró detrás de ellos. El guardia de seguridad situó su mole al pie de la escalera.

Puller supuso que arriba no iban a admitir a nadie más.

Una mujer muy atractiva pasó por su campo visual. Iba vestida de traje, a diferencia de la mayoría de las otras mujeres del bar, y parecía tener una edad más cercana a la de Puller que el resto de la clientela. Vio cómo hablaba con uno de los camareros y luego se acercó y revisó la caja registradora. Dueña o gerente o ambas cosas, pensó Puller.

Comprobó qué hacía la mujer a la que seguía. Todavía se estaba besuqueando en el rincón.

Fue hasta la barra, donde la mujer estaba cerrando la caja registradora.

—Esto parece una mina de oro —comentó Puller.

Ella levantó la vista y le sonrió. Entonces vio que tenía las manos vacías.

—Pero no estás contribuyendo —dijo—. ¿No te apetece un trago?

—Por supuesto. Puedo pedírselo al barman.

—No, te lo serviré yo. Invita la casa.

—Así no te harás rica.

—Una buena obra, ya sabes.

Trajo una jarra de cerveza y se la pasó.

—Me llamo Helen, Helen Myers.

—John Puller.

—Eres un poco...

Puller miró a su alrededor y sonrió.

—Mayor que tu clientela habitual.

—No habría sabido decirlo mejor.

Puller bebió un sorbo de cerveza.

—¿Es tuyo este bar?

—¿Qué te hace pensarlo?

—Parece que llevas las riendas.

—Bueno, la verdad es que sí.

—Me alegro por ti.

—¿Y qué hay de ti? ¿A qué te dedicas?

—Trabajo para el Tío Sam.

—Tienes aspecto de militar. ¿Qué rama?

—Ejército.

—Mi padre estuvo en la 82.ª Aerotransportada.

—Un infierno de división.

—Es lo que él decía hasta el día que murió. Era militar de carrera. De ahí saqué la idea del Grunt. Fue recluta voluntario. Hombre de trincheras.

—Igual que yo. Lo siento, pero he tenido que sacar a un par de soldados de la cola. Llevaban carnets de identidad falsos.

Myers frunció el ceño.

—Sí, ya lo sé. Me saca de quicio. Dirías que si tienen edad suficiente para luchar y morir por su país, tienen edad suficiente para tomarse una cerveza. Es una estupidez.

—Predicas en el desierto.

—Pues entonces habrás visto a nuestro portero, Paul.

—En efecto. Parece que puede cuidar de sí mismo.

—Desde luego. Tomate una segunda cerveza. La casa invita.

Puller levantó la jarra.

—No, esta la pago.

Myers sonrió; luego cruzó la sala, pasó junto al vigilante y subió la escalera, entró por la puerta y la cerró a su espalda.

Puller observó todo esto y después devolvió su atención a la mujer. Su amiguito la había dejado y andaba rebuscando algo en el bolso.

Fue a su encuentro.

—¿Tiene un minuto?

—¿Perdón?

Levantó la vista hacia él al tiempo que sacaba su pintalabios y se retocaba la boca. Puller se figuró que casi todo lo que antes hubiera en sus labios había terminado en la cara del tipo o dentro de su garganta.

—Me gustaría hablar con usted.

—Puede hablar. Y también puede pagarme una copa. Ese es el precio.

Puller sacó su placa de la CID y se la mostró.

—Hablemos. Y páguese usted el trago, aunque me parece que ya ha bebido suficiente, o sea que mejor se toma una Coca-Cola.

Se quedó inmóvil con el pintalabios a un centímetro de la boca.

—¿Es un poli del ejército?

—Así es. ¿Edificio Q?

—¿Qué... qué pasa con él?

—Por aquí, por favor —dijo Puller, agarrándola del brazo.

La condujo hasta un pasillo que daba a la cocina. Seguramente era la zona más tranquila del bar en aquel momento. La mayor parte de la gente estaba bebiendo, no comiendo.

—¿Trabaja en el Edificio Q? —preguntó Puller.

—¿Y qué pasa si es así?

—Es un trabajo de alto secreto. Sin embargo aquí está, emborrachándose y dejando que unos mocosos le metan mano. ¿Ha perdido la cabeza?

Se puso colorada.

—¿De dónde sale usted?

Puller volvió a mostrarle la placa.

—De aquí es de donde salgo. Está bajo jurisdicción del Departamento de Defensa. Su trabajo está directamente relacionado con el ejército de Estados Unidos. Y mi trabajo consiste en proteger el ejército de Estados Unidos.

Puller no sabía si el ejército le pagaba el salario, pero el ejército era con mucho el mayor componente de las fuerzas armadas y tenía un pedazo de casi todas las tartas.

—Y la seguridad nacional de este país —añadió.

—Ya... ya lo sé. No he hecho nada malo.

—Su contrato tiene una cláusula moral, ¿correcto? Y una lista de comportamientos que puede y no puede tener. Una de esas actividades prohibidas es ponerse en situaciones en las que podrían chantajearla. —La miró de arriba abajo—. ¿No cree que si alguien le sacara fotos vestida de esta guisa, morreándose con un tío que le agarra el trasero, podría verte comprometida?

—¿Quién demonios haría algo así?

—Enséñeme algún tipo de identificación —espetó Puller con dureza—. ¡Ahora mismo! —agregó, al ver que titubeaba.

La mujer sacó su carnet de conducir.

—¿Anne Shepard?

—Sí.

—Confírmeme el nombre de su empresa. A no ser que esté demasiado bebida.

Alargó el brazo y la sostuvo porque se tambaleaba un poco sobre los tacones de aguja.

—Atalanta Group —dijo la mujer con labios temblorosos.

—Muy bien —repuso Puller, que hasta entonces nunca había oído hablar de Atalanta Group—. ¿Y es consciente de que estar aquí la pone en una situación propicia para que le haga chantaje un enemigo de este país?

—Pero si solo me estoy divirtiendo. Mis jornadas son de doce horas, prácticamente cada día. Solo vengo para aliviar un poco la tensión.

—Hay maneras inteligentes de hacerlo. Esta no es una de ellas. Ese tío que la estaba morreando...

—Es un tío cualquiera.

—A ese tío cualquiera lo arrestarán en cuanto salga de aquí. Es un espía nacido en Estados Unidos que trabaja para los chinos, intentando robar secretos del Departamento de Defensa.

—¡Mierda! ¿Ese tío? Está de broma, ¿verdad? Solo quería sexo, como todos los hombres.

—¿Qué le ha dicho? ¿Le ha preguntado sobre su trabajo?

—No. O sea... —Se calló, aturdida—. Bueno, me ha preguntado a qué me dedicaba.

—¿Y usted qué le ha dicho?

Shepard empezó a respirar con dificultad.

—Creo que voy a vomitar.

—El lavabo está al fondo de ese pasillo. La estaré esperando cuando salga.

Puller se sentía mal por estar haciéndole aquello a la joven, aunque en efecto existían normas sobre lo que esa gente podía o no podía hacer en su tiempo libre. Y aquel bar, lleno de militares y presuntamente también de contratistas particulares, en verdad sería un buen lugar para las operaciones de un espía. Se dijo a sí mismo que le estaba dando una buena lección.

Sacó su teléfono, buscó Atalanta Group y no encontró absolutamente nada. ¿Cómo era posible? Toda empresa tenía una identidad en la red.

Ni siquiera sabía si Atalanta Group ya estaba funcionando en los años ochenta. Ni si dirigía el proyecto que actualmente se estaba desarrollando en el Edificio Q. Todo aquello podía ser una pérdida de tiempo aunque, por alguna razón, Puller no lo creía.

Vincent DiRenzo, el antiguo agente de la CID, había dicho que las reacciones viscerales formaban parte de cualquier investigación.

Pues bien, ahora mismo Puller tenía las vísceras ardiendo. Estaba acercándose a algo. Solo tenía que seguir su intuición.

Cuando Shepard salió al cabo de unos minutos, estaba muy pálida.

—Vayamos a otra parte —dijo Puller.

44

Puller condujo a Anne Shepard a la calle, donde aún había gente que hacía cola para entrar. Saludó a Rogers al salir, y este correspondió con la mano.

—Gracias de nuevo —dijo Rogers.

—De nada.

Puller escoltó a Shepard hasta su coche y ambos subieron.

—¿Realmente estoy metida en un lío? —preguntó Shepard.

—Depende —respondió Puller—. En realidad llevamos un tiempo vigilando a Atalanta Group.

—¿Por qué?

—Irregularidades.

—¿Qué clase de irregularidades?

—¿Cuánto tiempo hace que trabaja allí?

—Cuatro años.

—Verá, el Edificio Q lleva en funcionamiento desde la década de 1980.

—No sé nada de eso.

—¿Cómo va el trabajo?

—¿Está autorizado para hacer esto?

—Shepard, si no lo estuviera, no estaría aquí hablando con usted.

Se le descompuso el semblante.

—De acuerdo. Bueno, hemos hecho grandes progresos.

—¿Algún problema?

—La verdad es que no.

—¿La dirección la trata bien?

—El señor Quentin nos apoya y consigue todo lo que necesitamos.

—¿Quentin?

—Josh Quentin. Dirige el programa. Por lo que sé, igual es el dueño de la empresa. No estoy en un nivel en el que tenga acceso a esa información. —Miró a Puller—. Para que lo sepa, esta noche también estaba en el bar. Va muy a menudo. Así es como me enteré de que existía.

—¿Qué aspecto tiene?

—Alto, joven, guapo. Las mujeres se vuelven locas por él. A lo mejor le ha visto subir a la sala del segundo piso.

—Pues sí. ¿Qué pasa ahí arriba?

—Nunca he subido. Es un reservado para el señor Quentin y su grupo.

—¿Son compañeros de trabajo?

Shepard se rio.

—¿Esas mujeres le han parecido científicas locas?

—¿Pues qué son, fulanas?

—No lo sé. Lo dudo. Josh es joven y rico. Puede conseguir mujeres sin tener que pagar por ellas.

—De acuerdo.

—¿Se refería al señor Quentin cuando ha aludido a «irregularidades»?

—¿Por qué? —Visto que no contestaba enseguida, agregó—: Shepard, si tiene algo que decir, dígalo. El ejército no me paga para que pierda el tiempo.

—Es solo que el señor Quentin no parece tener mucha experiencia científica. O sea, cuando viene a comprobar cosas, las preguntas que hace son bastante básicas. Habría esperado que supiese más, eso es todo.

—Tal vez solo sea un hombre de negocios.

—Pero siempre que he trabajado en un proyecto, entre los jefes había científicos importantes por derecho propio.

—Quizá este proyecto es distinto.

—Quizá.

—¿En qué parte del proyecto trabaja usted?

—¿De verdad está autorizado a hacer esto? —preguntó nerviosa—. No quiero tener problemas.

—Ya tiene problemas. Y estoy intentando salvarle el pellejo.

—Vale, vale. Solo es que estoy asustada. —Respiró profundamente—. Trabajo en el programa del exos y en el de la armadura líquida.

—¿Exos?

—Exoesqueleto. Un sistema ultraligero que se pone en el exterior del cuerpo del soldado, alimentado por baterías de litio. Aumenta su fuerza de manera multiforme. Y estamos trabajando en una idea que la aumentará tremendamente. Buena parte de esta investigación la realizó el Departamento de Defensa a principios de los años sesenta, pero la ciencia y los materiales aún no habían avanzado lo suficiente. En aquella época los trajes de exoesqueleto reaccionaban de modo impredecible. Tengo entendido que incluso hubo quien resultó herido.

—¿En serio? —dijo Puller—. ¿Y la armadura líquida?

—Es una armadura flexible hasta que el impacto de una bala provoca que se endurezca al instante, formando un escudo tan impenetrable como el acero. Después de haber sido dañada por el fuego enemigo, se repara a sí misma.

—Parece una película de la Marvel.

—Solo que en nuestra versión no hay efectos especiales. Funciona de verdad.

—O sea ¿que en esencia están construyendo un supersoldado?

—Sí.

—Y lo financia la DARPA, ¿no es cierto?

—Sí, aunque me parece que nuestro enlace directo es la DSO, la Oficina de Ciencias de la Defensa. Pero esta depende directamente del director de la DARPA. Antes de que me incorporara a Atalanta, trabajaba para otro contratista en proyectos EMT.

—¿EMT?

—Estimulación Magnética Transcraneal. También existe su homólogo, la estimulación transcraneal por corriente continua. Las diferencias quedan más o menos reflejadas en sus nombres. Una usa campos magnéticos, la otra corrientes eléctricas.

—¿Y el objetivo?

—En el ámbito militar, aumentar el estado de alerta y hacer que el soldado sobre el terreno piense mejor y más deprisa en condiciones adversas. Ya ha pasado la fase de pruebas. Puede estar cerca de desarrollarse en serie.

—Estuve en combate. Me habría venido bien.

—Bueno, está al caer.

Puller valoró todo aquello.

—Voy a necesitar su ayuda, señorita Shepard.

—¿Qué puedo hacer?

—Puede convertirse en mis ojos y mis oídos. Vamos a darnos nuestros datos de contacto para que pueda informarme a intervalos regulares.

Shepard fue presa del pánico.

—No sé... no sé si puedo hacerlo. Me acusarán de espionaje o traición. Podrían... ejecutarme.

—Cálmese. No van a ejecutar a nadie. Cuenta con el respaldo de la CID. Cuidamos de las personas que nos ayudan. —Hizo una pausa y cambió de táctica porque Shepard no parecía muy convencida—. Permítame hablar con franqueza. En Atalanta Group está ocurriendo algo que huele a espionaje.

—¡Santo cielo! ¿Lo dice en serio?

—De lo contrario no estaría aquí. Usted misma lo ha constatado. Sus sospechas sobre Quentin... Su falta de experiencia científica... Que venga a este sitio y suba a esa habitación no se sabe a qué... ¿Me está diciendo que eso no le da que pensar?

Shepard asintió con la cabeza lentamente.

—Tiene razón. No acaba de cuadrar.

—Si hay una red de espionaje en marcha, tenemos que detenerla. Si me ayuda, tiene la espalda cubierta. Si no, no hay garantías y bien podría ser declarada culpable por asociación cuando el juez dicte sentencia. Y entonces estará sola.

—¡Oh, Dios mío! —exclamó Shepard, y se secó unas gotas de sudor de la frente.

Puller le agarró la mano.

—Esta no es mi primera investigación. Sé lo que estoy haciendo, Shepard. Solo tiene que confiar en mí, ¿de acuerdo? Descubrirá que es bueno tenerme como amigo. Así pues, ¿lo hará?

Finalmente Shepard se avino.

—Lo haré.

Intercambiaron sus datos de contacto.

—Ahora váyase a casa y descanse —dijo Puller—. Y no vuelva a ese bar.

—No lo haré. Se lo juro. Gracias.

—¿Está en condiciones de conducir?

Asintió con la cabeza.

—Ahora sí. En realidad, creo que nunca en la vida había estado tan sobria.

Puller la observó cruzar presurosa la calle, subir a su coche y marcharse enseguida.

Se disponía a bajar del suyo cuando lo oyó.

Gritos y disparos.

Procedentes de las inmediaciones del Grunt.

Saltó del coche, empuñó el arma y, como siempre hacía, no se alejó sino que corrió hacia donde estaba teniendo lugar el conflicto.

45

En ciertos aspectos podría haber sido una calle de Tikrit o Mosul.

Tiros, humo, gritos, la oscuridad rota por las ráfagas de disparos. Lo único que faltaba era el ensordecedor estruendo y la onda expansiva de un IED, como se conocían los artefactos explosivos improvisados.

Puller dobló la esquina y de inmediato se protegió como posible blanco desplazándose hacia la derecha. También se mantuvo agachado, agarrando la M11 con ambas manos. Trazaba arcos con el arma, buscando objetivos e intentando discernir quién era peligroso y quién era una víctima.

Había gente tirada en la calle.

Se detuvo, se puso a cubierto y marcó el número de emergencias. Se identificó, requiriendo solo dos frases para decir quién era y qué estaba viendo. La operadora le dijo que se mantuviera a salvo y que los refuerzos ya iban de camino.

Era evidente que la operadora no había estado en las fuerzas armadas. Mantenerse a salvo no era una buena descripción del trabajo de Puller. Todo lo contrario, en realidad.

La gente se cruzaba con él a la carrera, huyendo del tiroteo. Puller comprobaba si alguien llevaba un arma. Pero nadie iba armado. Saltaba a la vista que estaban asustados y que simplemente intentaban salir de allí con vida. Los tiroteos masivos se habían vuelto omnipresentes en Estados Unidos, aunque eso no hacía más fácil el enfrentarse a ellos cuando resultaba que estabas en medio de uno.

Puller se fue acercando a la entrada el bar, que al parecer era el epicentro del tiroteo. Mientras avanzaba iba pasando junto a cuerpos caídos en el suelo, así que se arrodillaba, comprobaba el pulso y seguía adelante.

Algunos estaban vivos; otros, muertos. No tenía nada para auxiliar a los vivos. Su único plan era tratar de evitar más muertos y heridos.

Vio un movimiento fugaz a su derecha una fracción de segundo demasiado tarde.

La patada le hizo soltar la pistola.

Al volverse vio la navaja dirigiéndose a su cuello.

A cualquier otro lo habrían matado sin más.

Puller bloqueó la hoja agarrando el antebrazo de su atacante, luego deslizó la mano hacia abajo hasta el codo al tiempo que giraba el brazo del agresor hacia adentro, pegado al cuerpo y en dirección contraria a la de la articulación del codo.

El agresor gritó y la navaja repiqueteó sobre la acera.

El tipo era de la talla de Puller. Le dio una patada a este y lo alcanzó en el músculo oblicuo mayor del abdomen. Le dolió una barbaridad y trastabilló hacia atrás, pero el golpe no impidió que Puller llevara a cabo su plan.

El agente de la CID se abalanzó sobre aquel tipo y le hincó el codo directamente en la cara. El hombre volvió a gritar y se tapó el rostro con su único brazo sano, un brazo que estaba a punto de dejar de estar tan sano.

Puller tiró del brazo hacia arriba, lo torció contra el movimiento natural y se lo retorció en la espalda hasta rompérselo.

Enganchó con el tobillo el pie derecho del tipo al mismo tiempo que le clavaba la rodilla en la columna. El hombre tropezó con el pie, y con el brazo izquierdo sujeto detrás de él y el derecho inutilizado por la torcedura que le había infligido el militar, cayó de bruces al suelo con todo el peso de Puller encima, cuya rodilla aún seguía clavada en la base de la columna.

Se hallaba fuera de combate. Aún respiraba pero estaba ensangrentado e inconsciente y con varios dientes menos. Puller se levantó, recuperó su arma y siguió avanzando.

La puerta del bar permanecía abierta de par en par. Paul, el portero, no estaba a la vista. Siguió haciendo barridos con el arma y atento a las sirenas de la policía.

Hubo más disparos procedentes del interior del bar.

Alcanzó la puerta y miró dentro. Su entrenamiento le permitía evaluar deprisa situaciones estresantes y violentas.

Pudo ver, contando rápido, a una treintena de personas dentro. Había cuatro hombres en el suelo. En qué estado estaban, no lo podía decir. Tres eran jóvenes. Uno era un tipo corpulento vestido todo de negro y con lo que parecían tablillas en tres dedos. Era mayor que los otros, según evidenciaba su pelo blanco.

Al observar con más detenimiento comprendió que aquel hombre estaba muerto, con los ojos abiertos y vidriosos bajo las duras luces del bar. Los otros tres le daban la espalda. No sabía si también estaban muertos o solo heridos.

En esos momentos Paul, el portero, desarmaba a un tipo que era mucho más corpulento y joven que él. Mientras Puller evaluaba la situación, Paul le encajó varios puñetazos, le agarró el cuello con las dos manos y se lo torció hacia la derecha. Puller pudo imaginar el cuello partiéndose en dos limpiamente.

El hombretón murió sin emitir un sonido. Paul lo soltó y el individuo se desplomó en el suelo.

Puller cruzó el umbral, aprestó su arma y disparó dos veces al hombre que estaba apuntando a la cabeza del portero. El hombre recibió los balazos en el torso y cayó hacia delante, tan muerto como el otro tipo, solo que con mucha más sangre.

Rogers miró a Puller y después se volvió para ver al muerto, que aún empuñaba su arma.

—¿Hay más? —gritó Puller.

Rogers negó con la cabeza.

—Creo que no. Cuatro aquí y tres fuera.

Un instante después sonó otro disparo. Puller apuntó en su dirección. Rogers se agachó y miró hacia el mismo sitio.

Un hombre cayó de bruces, empuñando todavía su pistola.

Detrás de él estaba Suzanne Davis. Bajó el arma con la que acababa de matar a aquel hombre.

Rogers se levantó despacio.

—Me debes una —dijo Davis.

—Sí, es verdad —convino Rogers. Señaló a Puller con el pulgar—. Y a él también.

Puller no enfundó el arma y echó un vistazo a los demás parroquianos. Eran jóvenes, estaban borrachos, vomitaban, lloraban, algunos gritaban. Todos en el suelo, todos muertos de miedo.

Solo él, Davis y Rogers estaban de pie.

—Soy Suzanne Davis.

Puller asintió con la cabeza y se presentó.

—Manejas bien tu arma.

De repente Puller vio movimiento detrás de la barra y giró el arma hacia allí.

Helen Myers apareció de debajo de la barra, temblorosa y pálida.

Puller bajó el arma.

Ahora todos oían las sirenas.

—¿Qué demonios ha ocurrido? —preguntó Puller.

Myers salió de detrás de la barra.

—Estos hombres han entrado...

Bajó la vista hacia el cadáver del hombretón de pelo blanco.

—Este es Karl —murmuró Myers—. Es mi jefe de seguridad. Era mi jefe de seguridad.

Se calló y se tapó la cara con las manos.

Puller miró a Rogers de manera inquisitiva mientras Davis se ponía a su lado. La joven guardó el arma en el bolso y se lo colgó del hombro.

Rogers tocó el cuerpo de un muerto con el pie.

—Estos tíos eran profesionales.

Puller había sacado la misma conclusión.

—¿Y Karl?

Rogers ladeó la cabeza y escuchó atentamente las sirenas que se acercaban. Volvió a mirar a Puller. Tenía tensos los músculos del cuello.

—Dos tíos de estos entraron llevando a Karl entre ellos. Fui a ayudarle y le pegaron un tiro delante de mí.

—Karl había llamado —explicó Myers—. Iba a llegar tarde esta noche. Pienso... pienso que se encontraría con estos tipos en el estacionamiento. Quizá intentó detenerlos.

—El lugar equivocado, en el momento equivocado —comentó Davis.

Rogers la miró.

—¿Dónde has aprendido a disparar?

—En el mismo sitio donde tú aprendiste a pelear, la escuela de la vida.

Rogers asintió con la cabeza, mirando de nuevo más allá de Puller, en dirección a las sirenas.

—¿Así que has liquidado... a seis hombres armados valiéndote solo de las manos? —preguntó a Rogers.

—He tenido suerte.

Puller miró el brazo de Rogers.

—Estás sangrando.

Rogers ni siquiera echó un vistazo a la herida.

—No es nada.

La puerta de la sala de arriba se abrió y Josh Quentin se asomó cautelosamente, con el rostro ceniciento.

—¿Ya... ha terminado?

Puller levantó la vista hacia él y entonces vio a las mujeres que se apiñaban detrás, desorientadas.

—¿Quién es usted? —preguntó Puller, aunque sabía la respuesta.

Contestó Myers.

—Es Josh Quentin, un cliente.

—Más vale que bajen —dijo Puller—. La policía querrá hablar con todos ustedes.

—¡Oh, mierda! ¿La policía?

Rogers miró a Davis a tiempo de verla poner los ojos en blanco ante el comentario de Quentin.

Puller oyó en la calle el trasiego de armas automáticas y el golpeteo de botas de combate en la acera. Guardó el arma antes de que la policía le disparase por accidente. Se dirigió hacia la puerta para recibirlos.

El jefe del grupo de asalto asomó la cabeza, protegido por la jamba de la puerta.

Puller había sacado su placa y se identificó levantando la voz.

—Hay heridos dentro y fuera. Van a necesitar varias ambulancias.

El grupo de asalto, compuesto por diez hombres, penetró en el local y lo aseguró rápidamente. Josh Quentin y sus amigos, antes borrachos, ahora completamente sobrios, enseguida bajaron escoltados.

Quienes no estaban heridos fueron retenidos y comenzaron los interrogatorios preliminares. Identificaron a los muertos por los carnets de identidad que llevaban en sus billeteras y bolsos. El aullido de las ambulancias llegaba hasta el interior del bar.

Parte del grupo de asalto empezó a examinar a los heridos, mientras otros agentes comprobaban que los tiradores estuvieran realmente muertos y que no hubiese ninguno más acechando.

Puller les ayudó, y cuando llegaron las ambulancias echó una mano para poner a los heridos en camillas y llevarlos a los vehículos de rescate que aguardaban fuera.

Los detectives de homicidios aparecieron unos diez minutos después y comenzaron a procesar de manera oficial la escena del crimen. Puller se ofreció para ayudarlos pero declinaron educadamente su ofrecimiento.

Sentado en un taburete de la barra, también proporcionó tanta información como pudo sobre lo que había ocurrido.

—Ninguno de estos tipos lleva identificación —dijo el detective—. Parecen de Europa del Este, en mi opinión. He visto algunas de sus armas y los números de serie los ha borrado un experto. Estos tíos son profesionales. Una especie de cuadrilla de asalto criminal.

—¿Por qué atacaría un bar una cuadrilla de asalto de Europa del Este?

El detective se encogió de hombros.

—Ahora mismo no sé qué decir. ¿Quizá porque lo frecuentaban militares?

Puller se echó para atrás en el taburete y se quedó con la mirada perdida, pensando en lo sucedido.

Las palabras del detective lo sacaron de su ensimismamiento.

—Supongo que ha sido una suerte que estuviera aquí, agente Puller.

—En realidad no he hecho gran cosa. El hombre con quien deberían hablar es...

Escudriñó en derredor buscando a Rogers, que al parecer se había esfumado.

Puller miró a Josh Quentin y su grupo. Y después a Helen Myers, a quien estaba interrogando otro detective.

Davis tampoco estaba en ninguna parte.

—¿Qué me decía? —preguntó el detective, que se había distraído con los gritos de alguien que le mostraba una bolsa de pruebas.

—No, nada —respondió Puller con calma.

Caminó entre los cadáveres diseminados dentro del bar. La médico forense estaba examinando uno de ellos.

Puller le mostró su placa.

—¿Sabe la causa de la muerte? —se interesó.

La mujer asintió y señaló a los dos hombres que permanecían tendidos al lado del que estaba examinando.

—El de la izquierda tiene la carótida aplastada. El de la derecha tiene la tráquea fracturada. Al de allí le han resquebrajado el cráneo.

Puller se quedó pensativo un momento

—¿Y los tiradores de fuera? —inquirió a continuación.

—El mismo tipo de heridas. No sé qué clase de arma se usó.

—Dudo que vayan a encontrar un arma —dijo Puller.

—¿Y eso por qué?

«Porque el arma se ha largado», pensó Puller.

46

«Mierda.»

Rogers puso en marcha la furgoneta blanca y partió de allí.

Por suerte había aparcado bastante lejos del bar y, por consiguiente, fuera del cerco policial. Se las había arreglado para escabullirse por la puerta trasera del local antes de que llegara la policía.

Polis por todas partes. Personas que habían visto lo que acababa de hacer. El bar sembrado de cadáveres. ¿Y el tío alto que le había salvado el pellejo?

John Puller. CID del ejército. Poli militar.

¿Su aparición había sido mera coincidencia o le había endilgado un montón de mentiras?

Sin embargo, Puller le había salvado la vida.

Rogers tenía ganas de regresar y averiguar exactamente quién era John Puller y qué pintaba allí. No obstante, a medida que más sirenas llenaban el aire decidió que una retirada era su mejor alternativa. Pisó el acelerador y siguió conduciendo.

Llegó al motel. Una vez en la habitación, recogió sus escasas pertenencias, las llevó a la furgoneta y se marchó. El corazón le latía tan deprisa que pensó que le iba a estallar.

Resiguió con un dedo la cicatriz de la cabeza, presionando fuerte donde estaba la cosa. Se miró la herida del brazo.

Había mentido a Puller. Era una herida de bala, no de navaja, pero tenía orificio de entrada y de salida. No sentía dolor y reparó en que ya se estaba empezando a curar.

Se frotó la cosa que tenía dentro de la cabeza. La detestaba, pero la amaba por ser capaz de hacer algo así.

«Soy un engendro de ciencia ficción.»

Pero con miles de millones de dólares para derrochar, incluso la ciencia ficción podía hacerse realidad, aunque fugazmente, y con toda clase de efectos secundarios y consecuencias adversas.

«Consecuencias adversas.»

Así era como lo habían descrito en el informe. No le habían entregado una copia. La había robado.

«¿Y cuándo fueron plenamente conscientes de lo que habían creado? ¿Cuán adverso podía ser lo verdaderamente adverso?»

Se concentró en la carretera. Su objetivo a corto plazo era instalarse en otra parte. No podía regresar al Grunt pero tenía algo de dinero.

Al instante siguiente tuvo que salir de la carretera, detener el coche en seco, inclinarse sobre el volante y vomitar.

El dolor le abrasaba todos los miembros. Si diez era el tope en la escala normal del dolor, aquello llegaba a cien.

O a mil.

Durante los primeros veinte años solo le sucedía una vez al año.

Mientras había estado en prisión los últimos diez años, la frecuencia había aumentado a una vez cada seis meses.

Pero la cuestión era que la última vez había ocurrido hacía menos de un mes. Estaba en su celda mirando la pared. No sabía qué hora era, solo que era en algún momento del período entre entrada la noche y la oscuridad vacilante que antecede al amanecer. Le había costado toda su inmensa fortaleza y autocontrol no ponerse a gritar.

Había agarrado los barrotes de la celda y llegó a notar que el metal empezaba a ceder un poco en sus manos. Los había soltado de inmediato porque lo último que le faltaba era que los celadores vieran que tenía la fuerza suficiente para dañar los barrotes de acero de su jaula.

Se había tirado al suelo, se agarró a la base de hormigón que constituía su cama con un colchón delgado encima, y se aferró a la vida, el cuerpo acurrucado en posición fetal en su silenciosa agonía.

Había salido de aquel episodio con todos los nervios del cuerpo como si estuviera envuelto en llamas.

Rogers no sentía el dolor. La cosa de la cabeza se había ocupado de eso.

Pero esto... esto estaba más allá del dolor.

Y lo sentía plenamente.

Transcurrieron diez minutos en los que su cuerpo se convulsionó sin tregua. Finalmente, se incorporó y descubrió que había roto el volante con las manos.

Se dejó caer contra el respaldo, respirando entrecortadamente mientras trataba de recobrar un poco la serenidad. Pero en todo momento solo pensaba en una cosa.

¡Menos de un mes!

Había vuelto a ocurrir en menos de un mes.

De intervalos de un año a intervalos de seis meses y ahora a intervalos de menos de treinta días.

¿Y ahora qué? ¿Cada semana? ¿Cada día? Se tocó la carótida y notó que la sangre corría por el vaso a un ritmo potencialmente letal.

Inhalaba y espiraba, respirando profundamente para calmarse y recuperarse.

Por fin empezó a salir de aquel estado, su fisiología volvía a ser normal o, mejor dicho, tan normal como las cosas eran dentro de su piel.

Puso la furgoneta en marcha y condujo como buenamente pudo con el volante roto. Tendría que conseguir cinta adhesiva para arreglarlo. Había un poco en la parte trasera de la furgoneta.

Mientras conducía, su mente se detuvo en otro informe, informe que supuestamente tampoco tendría que haber leído. Una frase en concreto le había llamado la atención.

«Las últimas mediciones indican claramente que la infraestructura subyacente no parece ser sostenible a largo plazo en un entorno humanoide debido a incompatibilidades químicas, fisiológicas y biológicas.»

¿Infraestructura subyacente?

¿Sostenible en un entorno humanoide?

¿Debido a...?

—¡Joder!

Salió de la carretera otra vez y se quedó mirándose las manos.

Infraestructura.

Eran parte de eso.

Se tocó las piernas y los brazos.

Estos también.

La cabeza.

Lo mismo.

Sabía perfectamente qué significaba aquella frase del informe.

Se estaba muriendo. Habían transcurrido treinta años y se acercaba su hora. Todo se estaba acelerando. Había que pagar los platos rotos. Y él era el único que podía hacerlo.

Era el lado oscuro de Superman.

Y su kriptonita se hallaba justo dentro de él.

«Mi kriptonita soy yo.»

Lo habían diseñado para que con el tiempo estallara, ardiera de forma espontánea, se desmoronara, marchitara o disolviera. No sabía qué implicaría exactamente. Y la verdad era que le importaba una mierda.

«El resultado será el mismo.

»Se acabó Paul Rogers.

»Será mi final.»

Cuando la mano le tocó el hombro se volvió y agarró un cuello con una sola mano.

Era Davis.

Rogers rara vez había estado más perplejo en la vida. Entonces se dio cuenta de que le estaba estrujando el cuello, porque sus ojos empezaban a salírsele de las cuencas.

La soltó de inmediato y se desmoronó, respirando pesadamente.

—¿De dónde demonios sales? —vociferó Rogers.

Davis no pudo contestar hasta que recobró el aliento. Entonces se sentó en cuclillas en el espacio que había entre los asientos y la parte trasera de la furgoneta.

—Sabía que no ibas a quedarte esperando a los polis. Y conozco tu furgoneta. Así que he venido y me he escondido aquí detrás antes de que salieras del bar.

Rogers la miró con recelo.

—¿Por qué? —preguntó.

—¿Por qué sabía que no ibas a aguardar a los polis? Te he visto la cara cuando han empezado a sonar las sirenas. Te he visto las arterias del cuello hincharse a medida que se acercaban.

—¿Por qué estás en mi furgoneta?

—Porque me gustas. Y estoy intentando entenderte.

—Tienes que irte.

—¿Por qué? ¿Porque quizá me meto en problemas si me quedo contigo?

Rogers fue a decir algo pero no pudo.

—¿Estás bien? —preguntó Davis—. Te he visto muy enfermo. —Hizo una pausa, mirándolo a los ojos—. ¿Tienes cáncer o algo por el estilo?

Rogers no contestó. Estaba intentando asimilar cuánto iba a alargarse todo aquello.

Le miró el cuello. Sus dedos le habían dejado magulladuras.

«Acaba el trabajo. No puede estar aquí.»

—¿Paul, estás bien?

—Estoy bien. No es cáncer. Solo una intoxicación alimentaria.

—Bueno, gracias a Dios. Las intoxicaciones se curan. Oye, es tarde, tendríamos que encontrar un sitio para pasar la noche.

—No puedes quedarte...

—Solo esta noche —interrumpió Davis—. Luego puedes dejarme. Esta noche te he salvado la vida —añadió—. ¿Es que eso no cuenta?

Después de encontrar otro motel y pagar en efectivo fueron a la habitación. Rogers se quitó la chaqueta y Davis los zapatos.

—Todavía te sangra el brazo —observó Davis.

—No es nada —respondió Rogers distraídamente mientras se sentaba en una silla, mirando inquieto por la ventana.

—¿Pendiente de si suenan más sirenas? —preguntó Davis mientras se encaramaba a la cama y se sentaba con las piernas dobladas.

Rogers le echó un vistazo y volvió a desviar la mirada.

—Si te sirve de consuelo, yo también tengo antecedentes penales —dijo Davis.

—¿De antes de que encontraras la gallina de los huevos de oro con tus padres adoptivos? —inquirió Rogers.

—Algo así. ¿Y qué me dices de ti?

—Nunca he dado con una gallina de los huevos de oro.

—Me refería a la parte delictiva.

—Dormiré en el suelo.

Se puso de pie y se quitó los zapatos.

Davis se levantó, bajó la cremallera del vestido y se lo quitó.

Rogers se quedó inmóvil.

—¿Qué está pasando?

Davis no lo miró mientras se desprendía del sujetador y las bragas.

—No te vuelvas loco. Soy incapaz de dormir vestida. —Sonrió—. A los tíos normalmente no les importa. Y tampoco es que no me hayas visto desnuda.

Fue al cuarto de baño y se lavó la cara; luego regresó y se deslizó debajo de las mantas. Rogers la observó ponerse de costado y cerrar los ojos.

—Buenas noches, Paul.

Rogers accionó el interruptor de pared y la habitación quedó a oscuras. Miró el suelo y después fue hasta la cama y se tendió encima de las mantas.

Davis se volvió de cara a él.

—Somos como dos gotas de agua, ¿verdad? Dos tarados intentando abrirse camino.

—¿Dónde aprendiste a disparar así?

Davis le tomó la mano.

—Las cosas se verán mejor por la mañana —dijo—. Siempre es así.

—¿Y qué pasa con el resto del día? —preguntó Rogers un tanto abatido.

—Bueno, esa es la razón por la que aprendí a disparar así.

Cerró los ojos y se quedó dormida.

47

Mientras la policía continuaba analizando la escena del crimen, Puller aprovechó la oportunidad para subir y entrar en la sala donde había estado Josh Quentin.

La policía había interrogado y después soltado a Quentin y su grupo. Habían salido pitando de allí tan deprisa que una chica había perdido sus tacones de aguja.

Puller echó un vistazo a la sala. Había botellas de cerveza y de whisky y copas de vino por todas partes. De modo que habían estado de fiesta.

Cruzó la puerta del dormitorio. La cama estaba sin hacer, las almohadas en el suelo.

Así que habían estado haciendo algo más que beber. ¿Eran prostitutas las mujeres que iban con Quentin? ¿Era eso lo que sucedía allí arriba? ¿Por qué Quentin se había asustado tanto por la llegada de la policía? ¿Alto ejecutivo de un contratista del Departamento Defensa pillado con los pantalones bajados entre un mar de fulanas? ¿Y por qué Helen Myers, que a Puller le había parecido una propietaria sensata y responsable, participaba en semejante riesgo? Aquello no era Las Vegas. La prostitución era ilegal en Virginia.

Volvió a bajar la escalera y advirtió que Myers lo observaba desde la barra. Fue a su encuentro.

—¿Qué estabas haciendo? —preguntó Myers.

Se le había corrido el rímel al llorar. Al parecer se dio cuenta de qué estaba mirando Puller, se volvió hacia el espejo de detrás de la barra, vio el estropicio y usó un trapo húmedo del bar para limpiarse el rímel.

—Estoy hecha un desastre —dijo.

—Estás viva. Da gracias al cielo.

Sin prisa, Myers dejó el trapo en su sitio.

—Tienes razón.

—¿Quién es Josh Quentin? —preguntó Puller.

—Ya te lo dije, un cliente.

—Usa la sala de arriba.

—En efecto.

—¿Por qué?

—Es un espacio privado.

—¿Por qué necesita un espacio privado?

Myers adoptó una expresión precavida.

—No sabría decirte. Supongo que por eso lo llaman privado.

—Hay un dormitorio ahí arriba. Y parece que ha habido movimiento.

La mujer se encogió de hombros.

Puller miró a los agentes y detectives que trabajaban en la zona de la barra.

—Estos chicos tarde o temprano subirán. Y te querrán hacer el mismo tipo de preguntas.

—La sala de arriba no ha tenido nada que ver con lo que ha ocurrido aquí abajo.

—No importa si estaban haciendo algo ilegal.

—No estaban haciendo nada ilegal —replicó Myers.

—¿Cómo estás tan segura? Acabas de decir que no sabes qué hacen ahí arriba.

—Quería decir que conozco a Josh, y él nunca se metería en algo ilegal.

—La prostitución es ilegal.

—Oh, por el amor de Dios. Esas mujeres no son fulanas.

—¿Estás segura de eso?

—¡Sí!

—¿Por qué? ¿Porque te lo ha dicho Josh? Sé con certeza que no son compañeras de trabajo.

Myers cruzó los brazos y lo miró sin pestañear.

—En realidad no tengo por qué contarte nada.

—No, es verdad. —Señaló a los agentes y a los detectives—. Pero a ellos sí. Y más te vale tener preparada una historia mejor que las mentiras que has intentado colarme.

Myers se levantó del taburete.

—Tengo cosas que hacer.

—Seguro. La primera de la lista debería ser llamar a un buen abogado.

Se marchó presurosa de la sala y desapareció por el pasillo que conducía a su despacho.

Dejándose llevar por una corazonada, Puller fue hasta la barra, donde había un camarero sentado con aspecto de estar agotado. Le mostró su juego de llaves y dijo:

—La señora Myers me ha pedido que le traiga una cosa del coche, pero estaba tan consternada que se le ha olvidado decirme la marca y el modelo.

—Oh, es el BMW 750 azul —lo informó el camarero—. En la matrícula pone Grunt. Aparca siempre en la parte de atrás.

—Gracias.

Salió a la calle, subió a su coche y lo situó de manera que pudiera ver el gran BMW.

Al cabo de un cuarto de hora vio a Myers salir corriendo por la puerta trasera del bar, subir a su BMW y ponerlo en marcha. Salió del estacionamiento a la calle.

Puller se puso detrás de ella pero guardando una distancia prudente. Había suficiente tráfico matutino para quedar oculto detrás de otros coches.

El trayecto no fue muy largo, aunque sí sorprendente para Puller.

Myers condujo hasta Fort Monroe y recorrió el paseo marítimo antes de tomar un giro brusco a la izquierda, alejándose del canal. Pocos minutos más tarde se detuvo en la verja del Edificio Q.

Puller aparcó, sacó su cámara y tomó unas cuantas instantáneas de Myers, que después de que los vigilantes le hicieran un par de preguntas, le franquearon la entrada. Aparcó en una plaza libre.

Antes de que bajara del coche, una de las puertas exteriores del edificio se abrió y apareció Josh Quentin. Aún llevaba el mismo traje y todavía se le veía alterado por los acontecimientos de la noche. Él y Myers se abrazaron y luego la hizo pasar.

Puller consiguió fotografiar todo aquello. Después se sentó en el coche a pensar qué hacer a continuación.

No tenía autoridad para acceder al Edificio Q. Si lo intentaba, o lo echarían a patadas o lo arrestarían. O ambas cosas.

Transcurrieron dos horas y ya había decidido regresar a su hotel e intentar seguir otra pista para resolver aquel caso cuando Myers abandonó el edificio. Quentin no iba con ella.

La mujer salió del estacionamiento y Puller la siguió. Al parecer estaba tan concentrada en la conducción que no se volvió ni una sola vez.

Puller llegó detrás de ella a la interestatal 64 en dirección oeste. Myers tomó la salida hacia el histórico Williamsburg.

Puller consultó la hora en su reloj de pulsera. Eran más de las ocho de la mañana.

Puller la siguió hasta el Williamsburg Inn, un edificio majestuoso a poca distancia a pie de la zona comercial del centro. Myers optó por prescindir del aparcacoches y dejó su BMW en el estacionamiento que quedaba a mano derecha de la entrada del hotel.

Puller hizo lo mismo y sacó una gorra de béisbol y unas gafas de sol; también cambió la chaqueta por un cortavientos que llevaba en su bolsa de lona.

Myers pasó junto al portero con sombrero de copa y entró en el vestíbulo del hotel.

Puller entró detrás de ella.

Sin duda había llamado a alguien desde el coche, pues Puller observó que cruzaba resuelta el elegante vestíbulo para luego salir por unas cristaleras del otro lado que daban a la parte posterior del hotel. Allí había dispuestos muebles de hierro forjado sobre los ladrillos envejecidos que formaban el patio.

Un hombre se levantó de una silla. Era alto y delgado, con el pelo canoso bastante largo, e iba muy elegante con un traje oscuro y una corbata roja a juego con el pañuelo de bolsillo.

Myers se puso a hablar de inmediato pero el hombre levantó la mano, presuntamente para calmarla. La tomó del brazo y enfilaron juntos un sendero de ladrillo. Antes de perderlos de vista, Puller los siguió.

Vio un letrero que decía SPA. Se mantuvo a unos quince metros de ellos.

Entonces vio que entraban en lo que parecía un jardín particular cercado por una tapia alta de ladrillo.

Dio una ojeada rápida por la abertura y vio que se acomodaban en un banco que estaba hacia la mitad del jardín. Allí no había nadie más. Puller corrió por el sendero hasta que estuvo justo al otro lado de la tapia de ladrillo, a la altura de donde se hallaban ellos.

Aguzó el oído tanto como pudo pero hablaban en susurros, de modo que no entendió lo que decían. Frustrado, desanduvo lo andado por el sendero hasta la entrada al jardín. Asomó la cabeza desde una columna de ladrillo justo a tiempo de ver que Myers sacaba algo de un bolsillo y se lo pasaba al hombre.

El hombre lo guardó; luego ambos se levantaron y se dirigieron hacia donde estaba escondido Puller. Este se ocultó detrás de un gran acebo justo antes de que la pareja apareciera en la entrada del jardín.

Pasaron por delante de él y volvieron a entrar en el vestíbulo del hotel. Puller los siguió y vio que el hombre se dirigía a la escalera mientras Myers salía por la entrada principal, sin duda de regreso a su coche.

Puller se planteó qué hacer. ¿Seguir al hombre o seguir a Myers?

Finalmente llegó a la conclusión de que sabía de dónde había venido Myers. Pensó que tenía que averiguar más cosas acerca de aquel hombre.

Puller se sentó en el vestíbulo y aguardó hasta que el hombre volvió a bajar arrastrando una maleta pequeña y llevando un maletín de cuero colgado al hombro. Se dirigió al mostrador de recepción. El agente de la CID se levantó y fue a su coche. Un momento después vio que el hombre salía y le decía algo al portero. El portero hizo una seña a un taxi que aguardaba. El vehículo acudió y el hombre subió a bordo.

Puller siguió al taxi hasta la estación de tren de la Amtrak. El hombre se apeó del taxi y el agente aparcó de inmediato. Siguió al hombre al interior de la pequeña estación y ocupó un asiento dos filas detrás de él.

El hombre abrió el maletín y extrajo un ordenador portátil. Sacó del bolsillo el dispositivo que le había dado Myers. Puller vio que se trataba de una memoria USB. El hombre la insertó en la ranura correspondiente del ordenador y pulsó unas cuantas teclas.

Puller se levantó y fue a situarse detrás del hombre, quedándose a unos cuatro metros de él. Sacó la cámara y se desplazó un poco hacia la derecha para poder ver la pantalla del ordenador. Ajustó el foco, ampliando la imagen tanto como pudo, y empezó a hacer fotos a medida que el hombre hojeaba varias pantallas.

Entonces el hombre sacó su teléfono y marcó un número. Puller regresó a su asiento para ver si podía oír la conversación.

No distinguía las palabras, no porque no las oyera sino porque eran en otro idioma que reconocía pero no hablaba.

Francés.

Echó un vistazo cuando oyó que se aproximaba el tren. Una voz dijo por megafonía que se dirigía a Washington, D.C.

Miró al hombre. No tenía autoridad para arrestarlo, ni siquiera para detenerlo. Si lo intentaba, revelaría que lo había estado siguiendo. Y a Myers.

Se abstuvo de saltar y abordar al hombre y en su lugar lo observó subir al tren. Mientras el convoy salía de la estación, Puller se dirigió a su coche. Una vez allí miró las fotografías que había hecho de la pantalla del ordenador portátil.

Eran dibujos técnicos y fórmulas demasiado avanzadas para que él las descifrara. Con todo, parecía ser que Myers estaba pasando secretos a aquel caballero. Puller también tenía claro que Josh Quentin le había pasado aquellos mismos secretos a Myers. Eso explicaba la sala de arriba del Grunt.

Resultaba irónico que Puller se hubiese valido de una posible historia de espionaje en Atalanta Group para conseguir la ayuda de Anne Shepard y luego descubrir que el espionaje era más que real.

Ahora las preguntas eran muchas.

¿Qué eran esos secretos?

¿Dónde estaba y quién era Paul, el portero?

«¿Y qué demonios de relación, si hay alguna, tiene todo esto con la desaparición de mi madre?»

48

Cuatro rostros miraban fijamente a John Puller.

Cuatro mujeres.

Eran jóvenes. Eran profesionales.

Y estaban muertas.

Había mirado aquellas fotografía antes, aunque sin mucho éxito.

Se recostó en la silla de la habitación del motel y efectuó una búsqueda más en internet del nombre Atalanta. Según la mitología, el padre de Atalanta la había abandonado en la cima de una montaña para que muriera. Solo que una osa cuidó de Atalanta y esta sobrevivió. Se convirtió en una cazadora, luchadora ejemplar y virgen comprometida, desdeñando los avances de los hombres e incluso desafiándolos a carreras, con muerte para el perdedor. Hasta que un tipo listo recabó la ayuda de Afrodita y venció a Atalanta en una carrera. Se casaron y tuvieron un hijo. Después, una diosa afrentada convirtió a Atalanta y a su marido en leones porque consideró que le habían faltado al respeto.

Puller se restregó los ojos y se preguntó hacia dónde lo estaban llevando todas aquellas chorradas. Nunca en la vida se había servido de la mitología para seguir la pista de un criminal, y la verdad era que no quería empezar a hacerlo ahora.

Se centró en su otra posible pista. Lesiones por aplastamiento. Todas aquellas mujeres habían sufrido lesiones por aplastamiento.

Cerró los ojos y rememoró la escena del crimen en el Grunt.

La médico forense había usado esa palabra varias veces.

«Aplastamiento.»

Paul, el portero, tenía pinta de ser cincuentón. Había aniquilado por completo a un grupo de hombres corpulentos y fuertes. De hecho, los había maltratado. Puller había sido asaltado por uno, y aunque lo había vencido gracias a su superior técnica de combate, no le había aplastado parte alguna del cuerpo. Y había sido una pelea reñida.

Además, había quedado claro que Paul quería largarse de allí antes de que llegase la policía. Así pues, ¿quién, o qué, era ese tipo? ¿Era el superfenómeno que él y Knox habían especulado que podría haber salido del Edificio Q? Treinta años antes era veinteañero. Pero en tal caso, ¿por qué era portero en el Grunt? ¿Había permanecido en la zona durante de todos esos años? ¿Por qué? Carecía de sentido.

El teléfono de Puller sonó. Miró la pantalla.

Era Knox.

Puller titubeó. Pero si no contestaba, suponía que seguiría llamando hasta que lo hiciera.

—Hola.

—¿Dónde estás? —preguntó Knox de inmediato.

—¿Por qué?

—Porque anoche se desató un infierno en Hampton. —Hizo una pausa—. ¿Qué sabes al respecto?

—Oí las sirenas.

—¡No me mientas, Puller! Tengo delante un informe policial en el que figuras como uno de los presentes en el escenario del crimen, disparando y matando a alguien.

—Vaya, un trabajo rápido por tu parte.

—¿Qué sabes? —insistió Knox.

Puller vaciló un instante y consultó su reloj de pulsera.

—¿Tienes tiempo para desayunar?

Knox no contestó enseguida.

—¿Así, sin más? ¿Después de dejarme tirada en la calle?

—Todos necesitamos comer.

—¿Dónde y cuándo?

Se lo dijo.

Se dio una ducha rápida, se cambió de ropa y fue en coche a la sórdida cafetería que había visto antes. No tenía ganas de hacer aquello porque no se fiaba por completo de ella. Aunque una parte de él era consciente de que necesitaba los recursos de Knox si pretendía tener alguna oportunidad de resolver aquel caso.

Knox ya estaba sentada en un reservado del fondo con un tazón de café delante de ella. Llevaba vaqueros, una americana negra, botines y una expresión capaz de derretir titanio.

Puller se sentó enfrente de ella, pidió un café y toqueteó la carta que ella le deslizó por la mesa.

—Estás guapa —dijo.

Knox bebió un sorbo de café y lo miró impasible.

—No te hagas el simpático —replicó—. Me pones los nervios de punta.

—No lo sabía.

—Pues ya lo sabes.

Puller se irguió en el asiento.

—¿No comes?

—Estoy a punto de sacar mi pistola y dispararte.

Él bajó la vista al menú.

—Deja que primero pida. Preferiría morir con la barriga llena. Voy a tomar el All-American. Montones de hidratos y proteína. A juzgar por tu expresión, voy a necesitarlos.

Knox le observó pedir y después negó con la cabeza cuando la camarera se volvió hacia ella para preguntar qué le apetecía.

La camarera se fue y Knox se inclinó hacia delante.

—¿Y bien? Tú has convocado la reunión.

Durante diez minutos Puller habló sin cesar, contándole a Knox con todo lujo de detalles casi todo lo que había averiguado desde la última vez en que se habían visto, sin olvidar el seguimiento a Helen Myers hasta el Edificio Q, donde se había reunido con Josh Quentin. Y tampoco al francés que había tomado un tren matutino hacia Washington, D.C. Sacó la cámara y le mostró las fotos que había hecho. Cuando llegó a las instantáneas más técnicas, Knox se concentró incluso más.

—Puller, esto tiene que ver con mutación celular. —Pasó a la siguiente imagen—. Y esto parece ser algún tipo de sistema de regeneración de órganos.

—Vaya, me alegra que puedas entenderlo.

—Si estaban pasando secretos, pensaba que tratarían sobre los exoesqueletos y la armadura líquida a los que aludió la mujer que está trabajando allí. Esto no es material de índole militar.

Acto seguido llegó el desayuno de Puller.

Echó un vistazo a Knox, que lo estaba observando.

—De repente pareces hambrienta —comentó Puller.

—Tomaré las tortitas —dijo Knox a la camarera.

La mujer se marchó y Puller atacó su comida. Mientras se llevaba el tenedor a la boca, Knox alargó la mano y le agarró el brazo.

—Muy bien, Quentin le está pasando este material a Myers y Myers al sujeto francés. No son secretos militares, pero salta a la vista que se trata de algo valioso.

—Exacto. Ojalá hubiera podido detenerlo, pero no tenía motivos.

—Sin embargo, tienes su fotografía y el dato de que habla francés. Algo es algo. Puedo pasar su imagen por una base de datos de reconocimiento facial. No hay solo criminales sino también personas de especial interés para nuestro gobierno. Si está en esa lista, descubriremos quién es.

—Parece un buen comienzo. También podemos presionar a Myers para que coopere si la base de datos no da resultado.

—El portero. ¿Dónde está?

—No lo sé. Se llama Paul. Tenemos su descripción. Podemos emitir una orden de búsqueda. No quería tener relación con la policía.

—¿De verdad piensas que es el tipo que asesinó a esas mujeres? Quiero decir, ¿qué probabilidades hay?

—Una entre un millón. Con todo, eso no significa que no pueda ser. Hay personas que ganan la lotería. Quizá ahora nos toca a nosotros.

—¿Dices que mató a esos tíos con las manos?

—Sí. De hecho, los aplastó.

Knox soltó una bocanada de aire.

—¿Igual que las mujeres asesinadas?

—Sí.

—¿Has preguntado por él a la gente del bar?

—Tengo intención de hacerlo. Anoche fue bastante caótico todo.

—Claro, por supuesto. Pero si podemos llegar hasta ese tal Paul...

—Quizá sea la punta del iceberg. Y no somos los únicos que vamos tras él.

—¿Qué quieres decir?

—¿El asalto en el bar? Iban a por Paul, estoy convencido de ello.

—¿Por qué iba a atacarlo una banda de asesinos?

—Tal vez les habían pagado para que lo hicieran. —Se inclinó hacia delante—. Y ahora ¿puedes explicarme por qué me has llamado de repente?

Puller esperaba recibir una réplica aguda pero no la recibió.

—Puller, tenemos un problema.

Puller bajó el tenedor.

—Me consta que tenemos un problema —convino—. Me lo dijiste la última vez que nos vimos.

Knox inhaló profundamente.

—Exacto.

No dijo más.

Puller tomó un bocado de comida y un sorbo de café, después dejó su tazón encima de la mesa.

—¿Y bien?

—Aquí no.

—Podemos regresar a mi alojamiento.

Llegaron media hora después.

Knox se apoyó contra la pared mientras Puller se sentaba en una silla y levantaba la vista hacia ella.

Al ver que no decía nada, habló él.

—Primero apareces llovida del cielo. Después desapareces. Luego vuelves a aparecer con una historia sobre ese amigo tuyo que está cagado de miedo y me hablas de un posible encubrimiento.

—Regresé para ayudarte. Y te marchaste sin más —replicó Knox con acritud.

—Intentaba protegerte.

—Puedo protegerme sola, por si no te has dado cuenta —repuso Knox, levantando la voz.

Puller asintió con la cabeza.

—Muy bien. De acuerdo. Has regresado. Necesito tu ayuda. ¿Qué puedes decirme? —soltó casi sin respirar.

Knox parecía dispuesta a gritarle otra vez pero se tragó sus palabras, se pasó una mano por el pelo y con ese movimiento todo su enojo pareció esfumarse.

—¿El problema? —apuntó Puller, que la observaba con detenimiento.

—¿Te acuerdas de Mack Taubman?

—¿Ese amigo tuyo que casi tuvo un infarto cuando le referiste lo que estábamos investigando?

—Sí.

—¿Qué le pasa?

—Ha muerto.

49

Puller se levantó y miró a Knox.

Knox siguió mirando el suelo.

—¿Cómo? —quiso saber Puller.

—No están seguros. Podría ser suicidio.

—¿Pistola?

Knox negó con la cabeza.

—No saben qué ha ocurrido exactamente. Pero por lo poco que he oído no había heridas superficiales ni signos de forcejeo. Es posible que Mack tomara veneno.

—O que se lo hicieran tomar —repuso Puller.

—No lo sé —dijo Knox con aire distraído.

—¿Lo encontraron en su casa?

—Sí.

—¿Vivía solo?

—La esposa de Mack falleció. Sus hijos son mayores.

—Si sospechan que es un suicidio, ¿dejó alguna nota?

—No lo sé, Puller.

—¿Alguna vez te pareció que tuviese impulsos suicidas?

—No, pero no le había visto desde hacía tiempo. Y ya te dije que para él este asunto fue una conmoción. Quizá nuestra conversación le llevó a quitarse la vida.

Knox se desmoronó y se sentó en el suelo.

—Si fue así, Knox, no tienes manera de saberlo. Fue cosa de él, no tuya.

—Es muy fácil decirlo.

—Sí, lo es. Pero también es la verdad.

—Mack Taubman era un tipo duro, Puller. Había visto de todo. No puedo creer que se matara por esto.

—¿Se puso en contacto con alguien antes de morir?

—Ojalá lo supiera. Pero eso no está a mi alcance.

—¿No hay manera de averiguarlo? —preguntó Puller.

—He hecho unas cuantas llamadas, pero las puertas ya están cerradas.

Puller se quedó mirando el suelo unos instantes.

—De acuerdo, Knox, voy a decirte algo aunque no debería hacerlo.

Knox levantó la vista hacia él.

—¿Por qué?

—Porque sé lo duro que esto ha sido para ti. Además, me consta que me has dicho más de cuanto me dirías normalmente. Y te lo agradezco.

Knox se limpió la cara y siguió mirándolo.

—Fue el vicepresidente quien me hizo retomar el caso.

Knox se levantó con dificultad y apoyó una mano en la pared.

—¿El vicepresidente? ¡El vicepresidente!

—Sí, el tipo que toma el mando si el presidente cae.

—Maldita sea. ¿Lo has conocido?

—Me invitó para tomar una copa, darme una entrada gratis de vuelta al trabajo y una advertencia.

—Pero ¿por qué él? ¿Por qué demonios se ha involucrado?

—Esta es fácil. Mi padre fue su mentor. Devolvía un favor. Pero no irá más lejos. Y para que lo sepas, él también está asustado. No está informado de todo. Y nunca reconocerá oficialmente su intervención.

Knox lo miró estupefacta.

—¿El vicepresidente de Estados Unidos tiene miedo?

—Todo el mundo se asusta de vez en cuando, Knox, incluso el vicepresidente. Pero tenemos que centrarnos. Se me están ocurriendo varias ideas. ¿Quieres oírlas?

—Sí —contestó Knox—. Pero antes debo decirte una cosa.

Cruzó la pequeña habitación y se sentó en el borde de la cama.

—No es del todo exacto que apareciera de repente por las razones que argüí.

—Asombroso —respondió Puller con frialdad.

—Cuando salió a la luz la acusación de que tu padre mató a tu madre, mi jefe me llamó. Obviamente sabía que habíamos trabajado juntos.

—¿Y fue idea suya que intentaras seducirme? —preguntó Puller, sin dejar de mirarla a los ojos.

Knox se sonrojó.

—No, eso... eso fue cosa mía.

Puller se quedó un poco desconcertado.

—De acuerdo. Prosigue.

—Primero pensé que querían que comprobara si las acusaciones eran ciertas, aunque no entendía por qué era asunto de mi agencia.

—¿Y llegó un momento en el que empezaste a entenderlo? —inquirió Puller.

—Por eso me marché cuando lo hice. Las cosas no encajaban. Nos estábamos metiendo en zonas que iban a dar a un agujero negro. Las investigaciones federales no se pueden mandar a la mierda sin ninguna razón, Puller. El FBI no se va a su casa con el rabo entre las piernas. Un caso de asesinatos en serie no se convierte en humo. Existe un encubrimiento por parte de las más altas esferas. De modo que ahora está claro que un proyecto del gobierno se torció y tuvo como consecuencia la muerte de esas mujeres.

—¿Te refieres al Edificio Q?

Knox asintió con la cabeza.

—Todavía están haciendo cosas ahí dentro.

—No me sorprende.

—¿Siguen con lo mismo?

—No estoy autorizada a saberlo.

—Vaya, pues yo lo sé aunque no estoy autorizado.

—Me dijiste que me lo habías contado todo —dijo Knox, a todas luces enojada.

—Mentí. ¿Cómo sienta ser el que recibe?

Knox suspiró largamente.

—Sienta fatal.

—Bien.

—¿Vas a contármelo ahora?

—Están construyendo exoesqueletos para que los soldados corran más deprisa, salten más alto y sean mucho más fuertes. Van a hacer que su cerebro funcione mejor en situaciones de estrés. Van a ponerles una armadura líquida que se endurece como el titanio cuando la alcanza una bala y que después se repara sola. Y, probablemente, esto solo es la punta del iceberg.

—¿Hablamos de un supersoldado, entonces?

—No es exactamente un secreto. Puedes buscar DARPA en Google y averiguar todo esto. Al menos en líneas generales. Lo que no explican es cómo lo están haciendo, lógicamente. Pero hay imágenes. Me habló del proyecto la mujer que trabaja en Atalanta Group.

—Pero la clave reside en cómo lo están haciendo. Y eso no lo encontrarás en Wikipedia. Al menos los pormenores, no.

—Pero el asunto que nos ocupa no es el robo de secretos de la DARPA. Es el de las mujeres que mataron hace treinta años. Y digo yo, ¿y si un conejillo de Indias enloqueció y se convirtió en un psicópata del estilo de Ted Bundy, solo que con superpoderes?

—¿Estás diciendo que trabajan en un proyecto de supersoldado desde hace tres décadas?

—Creo que sí. Y creo que el conejillo pudo haber sido el portero del bar.

—Hay que encontrar a ese hombre.

Puller tuvo una idea. Marcó el número del Grunt y se sorprendió cuando le contestaron. Era uno de los camareros a los que había conocido mientras él estaba allí. Se presentó.

—¿Qué tal va todo? —preguntó.

—Bueno, no abriremos durante una temporada. De hecho, no sé si volveremos a abrir después de lo que ha ocurrido. Estúpida violencia sin sentido. Si quiere hablar con la señora Myers, no está aquí.

—Ya lo sé. En realidad llamaba por Paul, el portero. ¿Está ahí?

—¿Paul? No. No lo he visto desde anoche. ¿Por qué?

—Solo quería saber si necesitaba algo. Estaba herido y después desapareció. Dudo que haya recibido atención médica.

—¡Maldita sea! No lo sabía. Están sucediendo tantas cosas...

—Lo sé, y no es mi intención complicarte la vida. Puedo intentar localizarlo. ¿Por casualidad sabes qué coche tiene?

—¿El coche? Sí, anoche le vi aparcar cuando salí a echar un pitillo antes de empezar mi turno. Es una furgoneta blanca.

Puller se puso tenso.

—Una furgoneta. ¿Quieres decir como las que llevan las madres de familia?

—No, como las que usan operarios y contratistas. Aunque no tenía rótulos ni nada.

—¿No sabrás el número de matrícula? Sería una buena manera de rastrearlo.

—No, qué va. Ni siquiera sé su apellido. Me parece que aquí nadie lo sabe.

Puller colgó y miró a Knox.

—¿De qué va eso de una furgoneta? —preguntó Knox.

Puller le explicó sucintamente que había visto la furgoneta en algunos de los lugares donde habían hallado los cadáveres.

—Santo cielo, Puller. ¡Tiene que ser nuestro hombre!

—Eso parece. Ahora solo falta encontrarlo.

—Sabes que esto puede costarnos la carrera —dijo Knox.

—En mi opinión, si solo perdemos eso, podremos considerarnos afortunados.

—En realidad estaba pensando lo mismo.

—Y sabiendo todo esto, ¿por qué has regresado?

—Pensaba que sería evidente.

—Para mí, no.

—Me he acostumbrado a tenerte cerca. —Antes de que respondiera, añadió—: Y nunca me pasaría al lado oscuro, Puller. Quizá infrinja las normas para terminar un trabajo, pero nunca me apuntaría a hacer algo tan infame. Ni a ver cómo encubren cosas realmente infames. Como la muerte de las cuatro mujeres. O la desaparición de tu madre.

Transcurrió un prolongado momento de silencio.

—Te lo agradezco, Knox.

—Pero aun así, ¿no confías en mí?

—No he dicho eso.

—No es necesario. Tu expresión lo dice todo.

—Arriesgaste la vida para salvar a mi hermano. Normalmente, eso me bastaría para creer que siempre eres de fiar.

—Normalmente —repitió Knox.

—Parte de tu trabajo consiste en mentir, en engañar. Nunca sé cuándo soy el que recibe uno de esos proyectiles de mortero, Knox. Así es como lo veo. Es mi manera de ser.

Knox asintió con la cabeza.

—Me figuro que puedo entenderlo. ¿Y eso dónde nos deja?

Antes de que Puller pudiera contestar sonó su teléfono. Miró la pantalla.

—No reconozco el número.

—Mejor que aun así contestes. A lo mejor es Súper-Paul.

—¿Diga?

—Agente Puller, me llamo Claire Jericho. Soy de Atalanta Group. Y creo que tenemos que conocernos.

50

«Una respiración, dos respiraciones, tres respiraciones, cuatro respiraciones.»

Rogers había abierto el grifo de la ducha hasta que el agua salió casi hirviendo. Restregaba el jabón con tanta fuerza que notaba cómo se le desgarraba la piel y empezaba a sangrar.

Intentaba borrar todas las cicatrices.

Finalmente se dio cuenta de que no lo conseguiría, soltó el jabón y apoyó la frente contra la mampara de fibra de vidrio de la ducha. Poco después bajó la mano, cerró el grifo y se quedó allí, con la cabeza contra la mampara. Los ojos cerrados con fuerza, los pulmones subiendo y bajando, los músculos con espasmos.

«Cinco respiraciones, seis respiraciones, siete respiraciones, ocho respiraciones.»

Ese era el ritual que le habían inculcado cuando lo estaban convirtiendo en lo que era ahora.

Resultaba doloroso. Todo ello era doloroso. Incluso cuando lo sometían a las cirugías se despertaba en medio del dolor más atroz.

«Respira —le decían—. Cuenta las respiraciones. Concéntrate en los números, no en el dolor.»

Le explicaron que no tenía la opción de tomar analgésicos porque necesitaban medir con la máxima precisión lo que estaba sintiendo. Y la única manera de conseguirlo era haciéndoselo experimentar de principio a fin.

Cuando preguntó le dijeron que todo era una cuestión de replicación y escala, términos con los que no estaba familiarizado.

En su imaginación, una Claire Jericho treinta años más joven lo miraba mientras estaba tendido en una cama de hospital, retorciéndose con un dolor tan intenso que habían tenido que encadenarlo al lecho como si fuese un prisionero.

Poco tiempo después había quedado más que claro que en efecto era un prisionero.

Jericho se había quitado las gafas, había limpiado una mancha y se las había vuelto a poner. Apoyó una mano en el hombro espasmódico de Rogers y le dijo, en el tono de voz más sereno del mundo, que lo que estaba haciendo era por el bien común. Esa filosofía se había convertido en una especie de segundo ritmo cardíaco o en una forma adicional de respirar.

Cuando finalmente se había levantado de la cama de hospital para regresar a su habitación, encontró una cajita. Dentro estaba el anillo. Ahora abrió los ojos y levantó la mano derecha. Agarró el anillo con la otra mano y se lo arrancó arañándose el nudillo, dejando un rastro de sangre y piel desgarrada.

Miró el grabado del interior.

«Por el bien común. C. J.»

C. J. Claire Jericho.

Le había regalado el anillo cuando se recuperó de sus operaciones quirúrgicas.

Simbolizaba su vínculo, le había asegurado.

Ella era su mentora. Él, su pupilo aventajado. Juntos podían conseguir grandes cosas. Se escribirían libros acerca de ellos. Eran, juntos, la punta de lanza en un nuevo mundo mejor.

«Y me tragué hasta la última frase del veneno que escupió.»

Había venido de la nada, atravesando un océano como polizón en un barco de carga para llegar hasta allí. No tenía amigos ni contactos ni perspectivas. No contaba con ningún apoyo.

De pronto pensó que su suerte había cambiado cuando contestó a un anuncio para un trabajo y se dio de frente con Jericho.

No sabía que iba a convertirse en el conejillo de Indias para alcanzar la visión que ella tenía de cómo debería ser el mundo en el futuro.

Se puso el anillo de nuevo, se secó y se puso la única ropa limpia que le quedaba; luego se sentó en la cama y se quedó mirando a la todavía durmiente Suzanne Davis.

En realidad todo remitía al Edificio Q. Jericho estaba allí. Tenía que estar allí. Había probado suerte en la mansión de Carolina del Norte. Había matado, o al menos creía haber matado, a Chris Ballard.

Tenía dos posibles pistas para llegar hasta Jericho.

Una era Josh Quentin.

La otra estaba tendida justo delante de él.

Quentin trabajaba para Atalanta, y eso significaba que trabajaba para Jericho.

¿Y qué ocurría exactamente en aquella habitación del bar? No solo sexo, drogas y alcohol, seguramente.

¿Y si lograse averiguarlo? Si era algo ilegal o algo que Quentin no querría que se hiciera público, quizá podría utilizarlo para llegar hasta Jericho.

Se trataba de una apuesta arriesgada, lo sabía. Pero ahora mismo lo único que tenía eran apuestas arriesgadas.

A Davis la habían adoptado, o eso le había dicho ella. ¿Acaso lo había hecho Ballard? Si fuese así, ¿podría utilizarla para llegar hasta Ballard y después hasta Jericho?

Se rascó la cabeza. «Pero yo maté a Ballard. ¿O no?»

—Parece que te vaya a explotar la cabeza.

Levantó la vista y encontró a Davis despierta y observándole.

—Solo pensaba.

Davis se acomodó contra el cabecero de la cama.

—¿Puedo ayudarte?

—No lo creo.

—De acuerdo. ¿Tienes hambre? Estoy desfallecida.

—Hay un sitio a la vuelta de la esquina.

—Dame un par de minutos.

Se lavó y vistió. Fueron a pie hasta la cafetería. Davis pidió la mitad de la carta y se lo comió todo. Rogers solo se vio capaz de tomar café.

—¿Sigues indispuesto? —preguntó Davis, con el tenedor lleno de huevos revueltos a medio camino de la boca.

Rogers asintió con la cabeza y se sumió de nuevo en sus pensamientos.

Quentin quizá sería una pista mejor que Davis. Según parecía no se molestaba en cerrar la casa de la playa. Rogers podría entrar y obligarlo a hacer lo que fuese necesario. ¿Y qué podía hacer con Davis, en realidad? ¿Ir la mansión de Ballard y tomarla como rehén hasta que apareciera Jericho? Eso no iba a suceder. Tenía que ser más sutil. El problema era que estaba diseñado para la fuerza bruta. Se puso a contar mentalmente otra vez.

«Jericho es una mujer inteligente. Juega al ajedrez, así que tú no puedes jugar a las damas. El cerebro, no los músculos, es tu aliado.»

Sí, Quentin antes que Davis era más lógico. Lo utilizaría para llegar hasta Jericho.

Rogers levantó la vista hacia Davis justo cuando esta mordía un trozo de tostada. La verdad era —no se acababa de creer que lo estuviera admitiendo ante sí mismo— que no quería hacer algo que perjudicara a Davis. Para él fue una revelación extraordinaria, pues Rogers hacía mucho, mucho tiempo que había dejado de preocuparse por alguien.

¿Y ahora?

—¿Te acompaño a casa? —preguntó.

Davis negó con la cabeza.

—Anoche no fui al bar con Josh. Fui en mi coche. ¿Puedes llevarme a recogerlo? Lo dejé en un estacionamiento, cruzada la calle, enfrente del bar.

—De acuerdo.

—De acuerdo —repitió Davis como un loro—. Así pues, ¿hemos terminado?

Rogers toqueteaba una servilleta de papel y la miró.

—¿Qué quieres decir?

—Quiero decir que si hemos terminado. Tú y yo.

—Sí, creo que sí.

Davis hurgó en su bolso y dejó unos billetes encima de la mesa. Dentro del bolso Rogers entrevió la pistola.

Ella vio que la miraba.

—Beretta —dijo—. Modelo Mini Cougar. Es la medida perfec-

ta para mi mano. Doble cargador con recámara para nueve milíme-
tros. Y soy partidaria del fabricante italiano. Llevan en el negocio
desde 1526, ¿lo sabías?

—No.

—Así que deben saber lo que hacen, ¿no crees? Quiero decir,
a ver, ¿todo ese tiempo? ¿Casi cinco siglos? O sea, venga ya.

—Cierto.

—Anoche liquidé a aquel tío con esto, ¿verdad? Cayó redondo
al suelo, ¿no?

—Cierto.

—De lo contrario serías un fiambre. ¿Cierto?

Rogers la miró y Davis le sostuvo la mirada.

—Cierto —dijo ella, contestando a su propia pregunta—. No
lo olvides. —Se levantó—. Vámonos.

Rogers la dejó en el estacionamiento y la observó mientras subía
a su Mercedes descapotable. Davis bajó la capota, se puso las gafas
de sol y se marchó sin despedirse.

Permaneció sentado en su furgoneta y al cabo alcanzó la guantera y sacó la M11-B. La empuñó con la mano derecha. Mirándose
en el retrovisor, se puso el cañón en la sien. Rememoró aquella noche, tiempo atrás, cuando Jericho le había puesto un revólver en aquella misma sien. Le dijo que iba a apretar el gatillo una y otra vez en
intervalos al azar. Le dijo que no sabía si el arma estaba cargada del
todo o no.

La prueba era para demostrar si la emoción del miedo había sido
erradicada por completo de su cerebro.

Estaba atado a una silla con cables y electrodos que medían cada
fracción de su actividad cerebral, emociones incluidas.

Había aguantado cinco minutos y cinco disparos de los seis del
arma, tres de ellos seguidos.

Ninguna bala había salido del cañón. De lo contrario no estaría
allí.

Y no se había inmutado ni una vez.

Concluida con éxito la prueba, lo habían desatado. Jericho le había pasado el revólver. Él apuntó a un muñeco de entrenamiento y
apretó el gatillo.

La bala abrió un agujero en la cabeza del muñeco.

Una parte de él creía que Jericho sabía cuántas balas había en el arma y que no tenía intención de matar a su preciada creación.

La otra parte pensaba que era una purista cuando se trataba de demostrar algo y que el sacrificio de su vida solo sería un pequeño precio a pagar para mantener el alto nivel de calidad de la validación científica.

Puso en marcha la furgoneta y fue hasta las inmediaciones de Fort Monroe. Le constaba que tenía que buscarse otro vehículo porque era posible que la furgoneta hubiese sido vista. Se dirigió a pie hasta el Edificio Q y se puso a vigilar. Con un poco de suerte vería a Quentin, o incluso a ella.

Si la veía, quizá no sería capaz de controlarse. Tal vez atacaría sin más.

Le traía sin cuidado morir, siempre y cuando ella también muriera.

La miraría, agarrándole la garganta con ambas manos. Manos que ella sabía mejor que nadie que podían quitarle la vida en un segundo.

Deseaba ver su mirada. Quería que supiera que el círculo se había cerrado. Que había regresado y hacía lo que había que hacer.

Librar de ella al mundo.

51

Jericho no podía reunirse con ellos hasta aquella noche, de modo que eran más de las nueve y ya había oscurecido del todo cuando llegaron a Fort Monroe.

Uno de los vigilantes armados que estaba de guardia en la verja acompañó a Puller y a Knox hasta el Edificio Q. El edificio estaba claramente cerrado hasta el día siguiente, ya que al parecer todos los trabajadores se habían ido a casa; en el estacionamiento no había ni un coche.

Por un largo pasillo los condujeron hasta una pequeña sala de reuniones y los dejaron solos. Oyeron los talones del guardia repiquetear en el suelo mientras regresaba a su puesto.

Se sentaron de lado en torno a la mesa. Knox miró a Puller y después dirigió la vista hacia una discreta cámara disimulada en un rincón del techo.

Puller ya se había fijado. Le dirigió un gesto afirmativo.

Aguardaron en silencio hasta que la puerta se abrió otra vez.

Enmarcada en el umbral había una mujer menuda de cincuenta y tantos con el pelo entrecano corto, gafas oscuras y un traje de chaqueta azul marino con una blusa blanca. Calzaba zapatos negros de salón. Miró a Puller como si fuese una banquera o una abogada veterana.

Inclinó la cabeza a modo de saludo y se sentó frente a ellos.

—Me llamo Claire Jericho. He sido yo quien le ha llamado, agente Puller.

Puller asintió con un gesto y señaló a Knox.

—Ella es...

—Sé quién es. Encantada de conocerla, agente Knox. Su reputación la precede, igual que a su colega.

Knox y Puller cruzaron una mirada antes de prestar atención a Jericho.

Ella los miró impasible, carraspeó y dijo:

—¿Les apetece tomar algo? ¿Té, café, agua mineral? Me parece que también tenemos refrescos.

Ambos declinaron la invitación.

Jericho se inclinó hacia delante y apoyó una mano encima de la otra.

—Me consta que ambos están sumamente ocupados, de modo que no les haré perder mucho tiempo. La cuestión es que me han informado de su interacción con una de mis empleadas, Anne Shepard. Me he entrevistado personalmente con la señorita Shepard. Como consecuencia, esta mañana ha sido despedida.

—¿Por qué? —preguntó Puller.

—Por las mismas razones que usted le dijo anoche, agente Puller. Frecuentaba un establecimiento y se comportaba de una forma que viola los términos del contrato que tenía con nosotros. No ha habido más remedio que despedirla de inmediato.

—¿Por eso me ha llamado? ¿Para decirme esto? Podría haberlo hecho por teléfono.

—Me gusta comunicar la información importante cara a cara.

—Josh Quentin trabaja aquí, ¿verdad? —preguntó Puller.

—En efecto.

—Bueno, él también estaba en el bar. Según parece es un habitual. Tiene su propia sala en la planta de arriba. Suele ir en compañía de un puñado de mujeres. Hay un dormitorio ahí arriba. ¿Eso viola su contrato?

—No sabría decirle porque no he visto su contrato. Es el director general de Atalanta. De modo que es mi superior.

—Sin embargo, está claro que usted es mayor que él —señaló Knox.

El rostro inescrutable se volvió hacia ella.

—Los cargos no se fundamentan en la edad —dijo Jericho—. Dependen de muchos factores. El señor Quentin tiene una reputación impecable en nuestro ramo. Sin duda ha subido deprisa, pero solo por sus méritos.

—¿Y qué es lo que hacen aquí? —inquirió Puller.

—Somos una subcontrata de la DARPA. Nuestra misión es únicamente de apoyo militar. No es secreta.

—En realidad es muy secreta —replicó Puller—. No he logrado encontrar nada en absoluto sobre Atalanta Group. Ni siquiera tienen página web.

—No necesitamos nada de eso. Tenemos nuestra función y tenemos a nuestro cliente y hacemos nuestro trabajo.

—Después de su llamada he buscado información acerca de usted. Tampoco he encontrado nada. Y sé dónde buscar.

Jericho le sostenía la mirada, impasible.

—Solo quería que supiera que nos hemos ocupado de la cuestión relativa a la señorita Shepard.

—Ha sido afortunada —dijo Puller—. Poco después de que se marchara hubo un tiroteo en el bar.

—¿En serio? ¿Hubo heridos?

—¿No se ha enterado? —preguntó Knox—. No ocurrió muy lejos de aquí.

—Estaba pendiente de otras cosas.

—Bueno, la verdad es que hubo varios muertos y heridos.

—Qué tragedia —dijo Jericho, sus facciones aún impasibles.

—¿Sabía que cuatro mujeres fueron asesinadas en esta zona hace treinta años? —preguntó Puller.

—¿A cuento de qué viene este cambio de tema, agente Puller? Pensaba que estábamos hablando del presente.

—Esos asesinatos nunca se resolvieron.

—Es una verdadera desgracia, pero no veo que venga al hilo de lo que estamos tratando.

—Buscamos una posible relación entre el ejército y los asesinatos —dijo Knox, cuyo comentario hizo que Puller se volviera hacia ella.

—¿Y eso por qué? —preguntó Jericho.

—Porque pensamos que el asesino podría estar relacionado con las fuerzas armadas. Tal vez con esta instalación.

—Esto no es una instalación militar.

—Pero entonces lo era. Y este edificio estaba en funcionamiento, ¿no?

—Dígame, ¿tienen alguna idea de cuál podría ser esa relación?

Knox la miró, pasmada.

—Se trata de una investigación en curso. No se me permite entrar en detalles.

Jericho soltó un breve suspiro.

—Hubiese preferido que esto no fuese necesario, pero veo que lo es. —Se centró en Puller—. No hay investigación que valga. Ninguno de ustedes dos está autorizado a realizar una investigación sobre unos asesinatos que podrían o no estar relacionados con esta instalación.

—¿Cómo es posible que lo sepa? —se asombró Knox.

Jericho siguió mirando fijamente a Puller.

—Habría esperado, agente Puller, que tuviera más respeto por la institución cuyo uniforme viste en lugar de intentar mancillar su reputación en un desacertado intento de eximir a su padre del asesinato de su madre.

Puller mantuvo la boca cerrada, mientras Knox los miraba a uno y a otra.

—Me disgusta tener que decirle estas cosas —prosiguió Jericho—. Estoy al tanto de la situación en la que se encuentra su padre. También de las acusaciones de Lynda Demirjian. Sé que su padre regresó a este país un día antes de lo que dijo a las autoridades. No voy a juzgar su culpabilidad o inocencia. Con todo, espero que sea inocente porque su heroísmo mientras estuvo en activo es indiscutible. Y un Puller en prisión es más que suficiente, ¿verdad?

—Mi hermano fue absuelto de todos los cargos —dijo Puller en tono severo—. Lo condenaron injustamente.

—Y su exculpación se debió en buena medida, según me han dicho, a su extraordinaria habilidad investigativa y a su tenacidad. Por eso me pregunto por qué no ejerce esas mismas cualidades en nombre de su país en casos autorizados.

—Mi padre...

Jericho le interrumpió.

—Le dijeron que ese asunto estaba resuelto y que la investigación había concluido. La señora Demirjian ha fallecido. La reputación de su padre no se resentirá en lo más mínimo. —Lo miró de manera inquisitiva—. Conocí a su padre. ¿Lo sabía?

—No, no lo sabía.

—Aunque no pueda decirse que estuviéramos de acuerdo en todo, era un soldado excepcional. Tengo entendido que usted también. Cosa que me lleva al meollo de esta cuestión. ¿Por qué hace lo que está haciendo? —Miró a Knox—. ¿Y por qué esta valiosa agente de nuestro país está perdiendo el tiempo ayudándole a hacerlo?

—Nunca encontraron a mi madre —respondió Puller—. Quiero saber qué le ocurrió.

—Si es así, ¿por qué ha tardado tanto tiempo en indagar el caso? Seguro que ha tenido muchas ocasiones para hacerlo.

—La carta de Lynda...

Jericho le volvió a interrumpir.

—¿O sea que su deseo de buscar la verdad necesitaba un catalizador? ¿Una acusación contra su padre provocó su deseo repentino de saber qué le sucedió a su madre? Deduzco que le importaba más su padre que su madre si su destino no ha significado nada durante tres décadas hasta que una acusación de una mujer agonizante ha amenazado la reputación del combatiente John Puller. —Hizo una pausa—. Si tuviera un hijo, espero que me tratara mejor.

La mano de Puller se desplazó unos centímetros hacia su M11.

Knox se puso de pie y levantó la voz.

—Se está pasando de la raya, señora.

Jericho dirigió una mirada impasible hacia Knox antes de volver a mirar a Puller.

—¿Cree que me paso de la raya, agente Puller? ¿O piensa que soy la única persona que realmente le dice la verdad sobre este asunto? No suelo decir a la gente lo que quiere oír. Digo a la gente lo que necesita oír. ¿Ha dicho que quería la verdad? Bien, pues aquí la tiene. Tiene que renunciar a esta insensatez, poner sus ideas en orden y seguir adelante con su vida y su carrera. Si no lo hace, las cosas no le irán demasiado bien.

—¿Ahora es cuando me toca preguntar si nos está amenazando?

—No. Una amenaza insinúa que quizá ocurra algo, no que vaya a ocurrir. Solo deseo que entre usted y yo quede todo bien claro.

Puller no hizo ningún comentario, pero a juzgar por su mirada, las palabras de Jericho le llegaron a lo más hondo.

Knox se quedó plantada, mirándola.

—Soy científica de formación. Solo me interesan los hechos. Usted es investigador. Solo deberían interesarle los hechos. En este sentido, lo que ambos hacemos se parece mucho. Los hechos son irrefutables. Las verdades que se desprenden de esos hechos pueden ser difíciles de aceptar, sobre todo cuando son de tipo personal. Pero las verdades, agente Puller, no pueden ignorarse. Igual que las mentiras. La gente se miente a sí misma constantemente. Nos engañamos para pensar que nuestros motivos son puros y nuestros actos, aún más. Pero llega un momento en el que uno tiene que enfrentarse a ellos tal como son. Y aquí solo hay un hecho, y voy a repetirle en qué consiste exactamente: si continúa con esto, las cosas no le irán bien. —La mujer se levantó repentinamente—. Gracias por venir hoy. Dudo que volvamos a vernos.

Claire Jericho dio media vuelta y se marchó.

52

—No he conocido a una zorra más grande en mi vida —exclamó Knox—. ¿La basura que salía de su boca? ¿Y esa arrogancia? Le habría dado una buena paliza. ¿Y trabaja para los nuestros?

Estaban sentados en el coche de Puller, en el estacionamiento del Edificio Q. Las luces de la instalación eran lo único que rompía la oscuridad.

—He estado a punto de pegarle un tiro —confesó Puller en voz baja.

Miró la fachada del viejo edificio y después la alta cerca y la verja con vigilantes armados.

—¿Te has fijado en que no nos han dejado ver nada de lo que hacen ahí dentro?

—Supongo que dirían que no tenemos la autorización pertinente.

—Apuesto a que pocas personas la tienen.

—O sea que el verdadero motivo por el que quería verte era decirte que dejaras de meterte donde no te llaman porque de lo contrario los dos saldremos escaldados.

—Desde luego no ha dejado ninguna posibilidad de malentendido.

—¿Y te vas a batir en retirada?

—¿Tú qué crees?

Knox sonrió.

—Muy bien, ¿cuál es el siguiente paso?

—Encontrar a Paul.

Puso el coche en marcha y salió del estacionamiento. Se dirigieron a la salida de Fort Monroe.

No había otros vehículos circulando a aquellas horas de la noche. Al otro lado del canal se veían Fort Wool y la base naval de Norfolk.

Acababan de cruzar la entrada a Fort Monroe por la carretera de la orilla cuando el coche dio una sacudida, redujo la velocidad y después aceleró de repente hasta alcanzar casi los ciento veinte kilómetros por hora. El acelerón tiró a Knox contra el respaldo del asiento.

—Puller, ¿qué demonios haces?

—No soy yo —espetó Puller—. Es el coche.

Pisó a fondo el freno y acto seguido intentó mover la palanca de cambios a la posición de parking. Ninguna de estas acciones surtió efecto. Metió el pie debajo del pedal del acelerador para intentar hacer palanca pero no logró moverlo.

El velocímetro llegó a los ciento cincuenta y el vehículo seguía acelerando.

—¡Dios mío! —gritó Knox cuando el coche viró bruscamente a la izquierda y cruzó al carril contrario, faltando poco para que volcara hasta que los neumáticos recuperaron el agarre al asfalto.

Lo que estaba a punto de ocurrir le habría hecho desear que el coche hubiese volcado.

El vehículo cogió un bache, salió despedido como un avión al despegar, pasó por encima del murete, quedó suspendido en el aire y entonces la gravedad empujó el morro hacia abajo y chocaron contra las oscuras aguas del canal.

Los airbags se hincharon y Puller quedó aturdido tanto por el impacto del agua como por el golpe de las bolsas llenas de gas. El coche comenzó a hundirse enseguida en las aguas salobres del canal.

Puller sacudió la cabeza para liberarla y miró a Knox. Tenía los ojos cerrados y un poco de sangre en un lado de la cabeza. A pesar de los airbags frontales y laterales debía de haberse golpeado con algo.

Puller estaba entrenado para no ser presa del pánico bajo ninguna circunstancia. Por eso el agua que ascendía y el coche que se hundía no le hicieron perder la calma.

Desabrochó su cinturón de seguridad e intentó hacer lo mismo con el de Knox.

Estaba atascado. Sacó su navaja Ka-Bar de la funda que llevaba al cinto, metió la hoja debajo de la correa y se puso a cortarla.

Para entonces el vehículo ya estaba bajo la superficie y el agua entraba por todas las rendijas. Puller ahora se encontraba en una oscuridad casi total. Era como si estuviera pilotando a través de una densa niebla sin instrumentos.

Levantó una mano, palpó el techo y accionó el botón de la luz interior, que milagrosamente se encendió. Siguió cortando, mientras su mente anticipaba lo que tendría que hacer a continuación.

El agua no era muy profunda allí, eso lo sabía, unos diez metros. Pero esa profundidad bastaría para matarlos si no lograban salir.

El cinturón finalmente cedió y liberó a la inconsciente Knox. El agua ya les llegaba por la cintura.

Manteniendo la cabeza colgante de Knox por encima del nivel del agua, dio media vuelta y pateó la puerta. Pero tener que empujar a través del agua debilitaba la fuerza de sus patadas, y el agua ya estaba llegando a la parte de arriba de la ventanilla.

Sostuvo a Knox con un brazo, subiéndole la cabeza hacia el techo del coche mientras agarraba la manija de la portezuela con la mano libre. La abrió y empujó con el hombro. Notó que cedía un poquito. Si pudiera empujar con toda su fuerza, estaba seguro de que lograría abrirla.

La única pega era que para hacerlo tendría que soltar a Knox.

Y se hundiría en el agua, que ya le llegaba al pecho. Pese a su entrenamiento, empezó a sentir pánico.

Se puso a Knox encima, de cara al techo, se deslizó de nuevo hasta la puerta y volvió a empujarla. Notó que cedía un poco más, pero la presión del agua era demasiado fuerte.

«Mierda.»

Momentos después el agua le llegaba al cuello y seguía ascendiendo segundo a segundo. Notó que el coche se nivelaba tras tocar el fondo.

Ahora se encontraban a diez metros de profundidad. Nadar hasta la superficie era factible, pero antes tenían que salir del coche.

—¡Knox! ¡Knox! ¡Despierta! —La agarró, la sacudió con violencia y le dio una bofetada—. ¡Knox!

La oyó escupir y después atragantarse cuando el agua le entró en la boca.

—¿Qué... qué? —comenzó a decir aturdida.

Puller tuvo que arquear la espalda para impedir que le entrara más agua en la boca.

Desenfundó su pistola aun sabiendo que de nada serviría. Tendría que haberlo hecho antes. Un error. Probablemente, un error mortal.

A diferencia de lo que se veía en las películas, las armas sumergidas en agua no disparaban. Pero no teniendo nada que perder, apuntó a la ventanilla del coche y apretó el gatillo.

No ocurrió nada.

El agua ya le llegaba a los ojos. Incluso arqueando la espalda no podía mantener la boca fuera. Empezó a escupir y atragantarse con aquella agua inmunda.

Estampó sus grandes pies contra el cristal, pero no podía conseguir impulso suficiente empujando a través del agua.

Sosteniendo en alto a Knox, apoyó la espalda contra el volante; luego giró el cuerpo, puso los pies contra la portezuela y empujó, despacio y metódicamente. Estaba usando hasta el último gramo de su considerable fuerza. Notó que la puerta cedía, pero solo un poco.

«¿Así es como va a terminar todo?»

Percibió que Knox se movía encima de él y que se sumergía en el agua a su lado.

Intentó agarrarla frenéticamente pero ella se situó a su lado e, imitando sus movimientos, puso los pies contra la portezuela y empujaron juntos, con las espaldas arqueadas para mantener la boca fuera del agua.

Empujaron con tanta fuerza como pudieron, sincronizando sus movimientos. La portezuela empezó a abrirse un poco más.

Pero no era ni por asomo suficiente, y si se movían para intentar salir, la presión del agua cerraría la puerta de golpe. Definitivamente.

Las luces del interior del coche todavía emitían una tenue luz. Se veían vagamente el uno al otro. Su destino común estaba impreso en sus resignadas facciones.

Cuando ambos quedaron debajo del agua, Knox alargó la mano y le acarició la mejilla.

El pánico que traslucían sus ojos, Puller estaba seguro de ello, era un reflejo del suyo.

Pero estaba sintiendo una emoción todavía más fuerte.

Fracaso.

Había fallado.

Y había muerto.

¿Y lo más condenatorio de todo?

Había permitido que Veronica Knox muriera con él.

Eso nunca se le hacía a un camarada. Lo salvabas aunque tú murieras. Así era el ejército. En eso consistía ser soldado.

Sacrificio.

Le constaba que ya no tenían salvación. Incluso si alguien los hubiese visto caer al agua, cosa que dudaba.

Pero Puller no iba a darse por vencido.

Se puso de espaldas a la puerta y empujó con toda su fuerza. Ese esfuerzo consumía un montón de aire, pero tampoco era que fuese a necesitarlo mucho más rato.

Miró a Knox, apretó los dientes para que no le entrara agua y movió los labios para decir «lo siento».

Knox asintió con la cabeza, entendiéndolo.

Iban a morir. Pero al menos morirían juntos.

Sin dejar de empujar la portezuela con el hombro, alargó la mano para tomar la de Knox.

Notó que le temblaba y se la estrechó con fuerza.

Casi no le quedaba aire. La miró a la cara.

Los ojos de Knox parpadeaban mientras la vencía la hipoxia.

Un instante después sus bocas se abrirían, el agua les llenaría los pulmones y ese sería el fin.

Dejó de empujar y se volvió hacia ella, le recorrió la mandíbula con el dedo.

Entonces Puller la abrazó con fuerza.

Y murieron.

53

Pensó que en cualquier momento iba a estallarle la cabeza.

Paul Rogers se restregó los ojos y volvió a enfocar.

El Edificio Q estaba al otro lado de la calle. Él permanecía escondido entre unos arbustos.

Había decidido quedarse allí hasta que viera entrar o salir a Claire Jericho. Sabía exactamente qué iba a hacer cuando la viera.

Si no aparecía, iría a Carolina del Norte y torturaría a Josh Quentin hasta conseguir lo que necesitaba para dar con Jericho.

Estaba anocheciendo, y en el curso de las dos últimas horas había observado cómo iban saliendo los empleados.

Jericho y Josh Quentin no estaban entre ellos.

Los guardias hacían sus patrullas y él seguía vigilando.

Serían las nueve cuando vio el coche bajar por la calle, pasar junto a su escondite y girar hacia la verja. Lo dirigieron a una plaza de aparcamiento vecina a la verja.

Se puso tenso cuando los dos ocupantes se apearon.

Uno era aquel tipo tan alto. Puller, el de la CID. Un policía del ejército. Iba con una mujer. Un vigilante los condujo hasta el edificio.

—Hijo de puta —murmuró Rogers.

O sea que Puller trabajaba para ellos. Seguro que ahora mismo estaba informando a Jericho de su encuentro con Rogers, de cómo habían desarticulado a un grupo de asesinos en el bar. Jericho deduciría que Rogers había regresado.

Puller y aquella mujer espiaban para ella.

Rogers se rascó el punto de la cabeza tan fuerte que notó cómo se le pelaba el cuero cabelludo. Comenzó a sangrar. No lo tuvo en cuenta. No importaba.

Volvió a instalarse en su escondite y aguardó.

Menos de media hora después, Puller y la mujer salieron y subieron al coche. No se marcharon enseguida sino que se quedaron allí.

Rogers no podía ver su expresión desde tan lejos, pero se figuró que debían estar sintiéndose muy bien en ese momento. Imaginó a Jericho recompensándolos de alguna manera por haberla puesto sobre aviso a propósito de él.

Corrió hasta su furgoneta cuando vio que se ponían en marcha.

Se puso detrás de ellos con los faros apagados en cuanto pasaron por delante del lugar donde había aparcado antes, oculto por la esquina de un edificio.

Enfilaron la calle principal que conducía a la salida del fuerte.

Rogers se planteó qué hacer. Podía pisar gas a fondo y embestirlos, reducirlos y obligarlos a decirle qué le habían contado a Jericho. Pensó que lo mejor sería hacerlo antes de que llegaran al pequeño centro urbano que se encontraba antes del paso elevado.

Estaba a punto de pisar el acelerador pero se quedó mirando al frente, pasmado con lo que estaba haciendo Puller.

El coche salió disparado.

«¿Me ha visto? ¿Intenta escapar? ¿La mujer está llamando a Jericho? ¿Los helicópteros aparecerán dentro de nada en el cielo?»

Empezó a acelerar cuando el sedán viró bruscamente a la izquierda, casi volcando; luego acometió una pequeña elevación del terreno, voló por encima del murete y cayó en el canal.

Rogers dio un frenazo que le hizo derrapar, y vio desde la furgoneta que el vehículo empezaba a hundirse de inmediato.

«¿Qué demonios está ocurriendo?»

El coche se perdió de vista; una ligera mancha de espuma era lo único que indicaba que momentos antes había estado en la superficie.

Mientras observaba, los pensamientos se arremolinaban en su mente.

«Muy bien, están muertos. Así me ahorro la molestia.»

Pero entonces se le ocurrió otra cosa.

«Puller me salvó la vida. Aunque no le pedí ayuda. No estoy en deuda con él.

»Mierda.»

Rogers contó mentalmente hasta tres y luego abrió de golpe la puerta de la furgoneta, saltó a tierra, corrió derecho hacia el canal y se tiró al agua tras inhalar una gran bocanada de aire.

Estaba muy oscuro allí abajo, pero fue siguiendo la corriente vertical provocada por el bulto del coche en su descenso.

Avanzaba tan deprisa que faltó poco para que chocara con el techo del sedán.

Fue palpando los bordes y después los laterales hasta que sus dedos se cerraron en torno a la manija. La portezuela estaba parcialmente abierta pero la presión del agua impedía moverla un centímetro más.

A través de la ventanilla distinguió dos figuras en el interior. No podía decirlo con certeza, pero parecían estar cara a cara.

Rogers apoyó los pies en la puerta trasera del coche, agarró la manija de la delantera con ambas manos y dio un tirón titánico.

La puerta se abrió por completo.

Se metió dentro del vehículo, agarró a Puller por el brazo y después a la mujer por la cintura. No sabía si estaban inconscientes o si siquiera vivían. Pero si aún estaban vivos, no lo estarían por mucho más tiempo a no ser que los sacara del agua.

Nadó deprisa hacia la superficie. Momentos después emergió y tiró de ellos hacia arriba, uno a su derecha y la otra a su izquierda.

Se sirvió de las piernas para alcanzar la orilla, poniendo cuidado en mantenerles la cabeza fuera del agua.

Ambos jadeaban y escupían agua, pero sus ojos permanecían cerrados y no hacían movimiento alguno para soltarse o nadar por su cuenta.

Los sacó a tierra firme. Después se levantó, empapado, y los examinó con más detenimiento.

Puller respiraba con dificultad. Se puso de lado y vomitó agua. Cuando los ojos le parpadearon y dio la impresión de que podía intentar incorporarse, Rogers se agachó, le agarró el cuello y lo estrujó con fuerza suficiente para casi cortarle la respiración. El debilitado Puller se estremeció y se desmayó.

Rogers se volvió hacia la mujer. Tenía los ojos cerrados y no parecía que estuviese consciente. Se aseguró de que estuviera respirando y después, sin el menor esfuerzo, se la echó al hombro y con la mano libre agarró a Puller por el cuello de su chaqueta. Cargando con la mujer y arrastrando al corpulento Puller como si no pesara más que un niño, pasó por encima del murete y corrió hasta la furgoneta.

Los metió a los dos en la parte trasera, subió y miró en todas direcciones. No vio a nadie.

Pasó a la parte de atrás y comprobó el pulso de ambos, solo para asegurarse de que seguían con vida. Le daba miedo haber apretado con demasiada fuerza la garganta de Puller. Pero resultó que ambos estaban vivos y respiraban, aunque la mujer se puso de lado y vomitó, tal como había hecho Puller, antes de volver a desplomarse inconsciente.

Rogers usó una cuerda que había en la furgoneta para atarlos. Después cerró la puerta del conductor, puso el motor en marcha y se largó de allí.

54

Estaba muerto.

Y sabía que ella también estaba muerta porque la había visto morir.

Pero los muertos no eran capaces de pensar, ¿verdad?

Puller levantó despacio la cabeza y miró a su alrededor.

Herramientas, estantes, cuerdas y un olor a pintura, aceite y comida rancia que le dio de lleno.

A su izquierda estaba Knox, con los ojos todavía cerrados pero respirando.

Puller sacudió la cabeza con dificultad.

¿Cómo era posible?

El coche. El agua. El último aliento.

Se había preparado para morir.

Pensaba que había muerto.

Entonces se dio cuenta de que estaba atado.

Notó una mano en el hombro. Notó que los dedos le agarraban y se clavaban ligeramente en la piel.

Puller sintió la fuerza sobrenatural de aquellos dedos.

Sacudió la cabeza otra vez y percibió el mismo agarre en el brazo, tirando de él para sacarlo del coche sumergido en el agua.

Las manos lo levantaron y le dieron la vuelta, de modo que los dos hombres quedaron cara a cara.

Levantó la vista hacia el semblante de Paul Rogers, aunque él solo lo conocía como Paul.

Las facciones de Rogers estaban tensas, aunque Puller podía ver fugaces instantes de dolor, representados por muecas, que alteraban la expresión de su rostro.

—Nos has sacado del agua —dijo Puller.

Rogers se rascó la nuca pero no respondió.

—Perdí el control de mi coche. Funcionaba por su cuenta. Nos llevó derechos al canal.

Rogers siguió rascándose la nuca mientras Knox se despertaba, parpadeando antes de abrir los ojos del todo. Vio a Puller, después a Rogers y por último miró las cuerdas que la ataban.

—Paul nos ha salvado —dijo Puller.

Knox asimiló la información y asintió con la cabeza. Se fijó en la expresión de Rogers y entendió que Puller estaba intentando mantener la calma, mantener calmado a Rogers.

—Gracias —dijo Knox.

Rogers dejó de tocarse la cabeza y se sentó en cuclillas.

—Trabajáis para ella, ¿verdad?

—¿Para quién? —inquirió Puller.

Rogers dio un tremendo puñetazo a la carrocería de la furgoneta y el impacto dejó una abolladura de cinco centímetros de profundidad en el metal. Retiró la mano ensangrentada del agujero que había hecho y miró de nuevo a Puller.

Knox miró desesperada a Puller, que seguía mirando a Rogers fijamente.

—Nos hemos reunido con una mujer que se llama Claire Jericho porque nos había llamado para decirnos que quería vernos.

Rogers se acercó lentamente a Puller hasta que sus respectivas narices estuvieron a pocos centímetros.

—¿Por qué querría reunirse con vosotros si no trabajáis para ella?

—Para decirnos que abandonáramos nuestra investigación. Y que si no lo hacíamos nos ocurriría algo malo.

Puller tuvo una idea y se volvió hacia Knox.

—Pusieron micrófonos en el coche. Me oyeron decirte que iba a seguir adelante con la investigación.

—Y han controlado el vehículo a distancia y nos han tirado al canal —añadió Knox.

—¿Han intentado mataros? —preguntó Rogers.

—Bueno, yo no me tiré al agua con intención de morir —dijo Puller.

Rogers se apoyó contra una estantería sujeta a la pared interior de la furgoneta.

—¿Conoces a Claire Jericho? —quiso saber Puller.

Sin decir palabra, Rogers asintió con la cabeza.

—¿Desde hace mucho tiempo? —preguntó Puller.

Rogers levantó la mirada hacia él.

—Creo que también intentó matarte —afirmó el agente de la CID—. Quiero decir, muy recientemente. En el Grunt.

Rogers mantenía la vista fija en Puller.

—Esos tíos que asaltaron el bar... No los veo haciendo lo que hicieron de no ser que cobraran por ello. Y el único que merecía la pena matar allí eras tú.

Rogers lo miró con recelo.

—¿Y a ti qué te importa?

—Sabemos lo de las cuatro mujeres que murieron asesinadas —dijo Knox—. Y cuyos cuerpos fueron enterrados en esta zona.

—Cinco —dijo Rogers—. Fueron cinco mujeres, no cuatro.

Puller se puso tenso y Knox le lanzó una mirada llena de inquietud.

—¿Cinco? —dijo Knox—. Pero solo se descubrieron cuatro cadáveres.

—Se la llevaron. Se llevaron a la quinta.

—¿Dónde fue eso? —preguntó Puller.

—En Fort Monroe.

—¿Quién se la llevó? —inquirió Knox.

—¡Ellos! Se la llevaron ellos.

—¿Mataste a esas mujeres? —Knox fue directa.

Rogers guardó silencio. Se limitó a quedarse sentado, respirando acompasadamente, con la cabeza gacha y las manos entrelazadas con fuerza delante de él.

—¿Sabes si se llamaba Jackie Puller? —preguntó Knox—. La quinta mujer asesinada.

Rogers la miró sin levantar la cabeza.

—No, no se llamaba así.

Puller se puso más tenso y acto seguido se relajó.

—¿Pues quién era? —preguntó—. ¿Cómo se llamaba?

—Audrey Moore.

—¿Por qué la mataste? —quiso saber Puller.

—¿Quién dice que lo hiciera? —replicó Rogers bruscamente.

—Suponiendo que lo hicieras, ¿habría sido al azar?

Rogers empezó a rascarse la nuca de nuevo.

Puller se humedeció los labios.

—¿Sabes qué le ocurrió a Jackie Puller? —dijo al fin.

—Lleva tu apellido. ¿Erais parientes?

—Era mi madre.

—Ninguna de esas mujeres era madre.

—En mi cartera hay una foto de ella que me llevé del expediente de la investigación. ¿Puedes mirarla y decirme si alguna vez la viste por aquí?

—¿Por qué crees que me importa?

—¿Puedes hacerlo? Por favor...

Rogers le miró sin pestañear durante un momento y después sacó la cartera mojada y encontró la fotografía.

—¿La recuerdas? —preguntó Puller.

Rogers puso de nuevo la foto en la cartera y volvió a meterla en la chaqueta de Puller.

—No la he visto nunca. Y la recordaría.

Puller soltó un imperceptible suspiro de alivio.

—¿Y las demás mujeres trabajaban contigo?

Rogers no contestó.

—Eso fue hace tres décadas —observó Puller—. ¿Por qué has regresado?

—Tengo un asunto pendiente.

—¿Claire Jericho?

—Un asunto pendiente.

—No trabajamos para ella. En todo caso, trabajamos contra ella.

—Pero también investigáis los asesinatos de esas mujeres.

—¿Las mataste tú? —inquirió Puller.

Rogers se levantó.

—Tengo que decidir qué hago con vosotros dos. Pero ninguna decisión va a ser buena para vosotros.

—¿O sea que nos has salvado para matarnos? —planteó Knox—. No tiene sentido.

—¿Crees que algo de esto lo tiene? —Rogers hizo una pausa—. ¿De verdad que Jericho estaba en el Edificio Q esta noche?

—Sí —contestó Puller.

—¿Y ha intentado mataros?

—Sí. Pero dudo que podamos demostrar que ha hackeado el ordenador de mi coche.

—¿Qué te hicieron, Paul? —intervino Knox.

—¿A ti qué carajo te importa? —gruñó Rogers.

—Nuestro trabajo es que nos importe un carajo —espetó Puller.

Rogers volvió a frotarse la nuca.

—Yo... yo fui el prototipo de prueba.

—¿Prototipo? ¿Para la creación de un supersoldado, hace treinta años?

Rogers asintió aturdido.

—¿Jericho dirigía el proyecto? —preguntó Knox.

Rogers negó con la cabeza.

—Técnicamente, no. Era la empresa de Chris Ballard.

—Conozco ese nombre, Ballard. Ahora está jubilado.

—En los Outer Banks de Carolina del Norte. Una gran mansión en la playa. —Rogers hizo una pausa y después añadió—: Está muerto. O debería estarlo.

Ambos lo miraron perplejos.

—¿Por qué lo dices? —preguntó Puller.

—Porque lo tiré por una ventana de una cuarta planta. Pero luego resucitó.

Puller echó un vistazo a Knox, que estaba mirando fijamente a Rogers con cara de preocupación.

Rogers reparó en su mirada.

—No estoy mal de la cabeza, señora. Por descontado, no podía ser el mismo tío. Pero otro tío que se parecía al que maté estaba en la playa al día siguiente. No entiendo qué demonios está pasando.

—¿Por qué fuiste allí? ¿Y por qué tiraste por una ventana a quien creías que era Ballard? —quiso saber Puller.

—Para conseguir información sobre Jericho. Y cuando me mandó a la mierda lo tiré por la ventana. Se lo merecía, después de lo que me hicieron.

—¿Por qué no te retiraste del proyecto? —preguntó Knox.

—¿Crees que tenía esa opción? Era su prisionero.

—Pero finalmente lograste escapar —señaló Puller.

Rogers asintió con la cabeza.

—Lo estuve planeando durante meses. No lo vieron venir. Verás, me hicieron demasiado bueno. No tuvieron en cuenta mi astucia ni mi capacidad para mentir. Me dieron eso y lo usé contra ellos.

—¿También te alteraron la mente? —se horrorizó Knox.

—Me lo alteraron todo. Ya sabéis lo fuerte que soy. Pero eso no fue nada comparado con lo que me hicieron aquí arriba.

Se dio unos toquecitos en la cabeza.

—¿En qué sentido?

A modo de respuesta, Rogers cogió un destornillador de un bote que había en un estante, apoyó la punta en la palma de su mano y apretó. La sangre brotó a borbotones mientras la punta se le hundía en la mano. No manifestó reacción alguna.

Puller lo miró a los ojos.

—Te quitaron la capacidad de sentir dolor.

—Me quitaron todo lo que me hacía humano.

—Te convirtieron... en una perfecta máquina de matar —dijo Puller despacio.

—Solo que olvidaron que tu objetivo quizá no siempre sea el enemigo —repuso Knox ansiosamente.

—Mi enemigo pasó a ser cualquiera que tuviera delante —aseveró Rogers en tono sombrío—. No lo podía controlar.

—Josh Quentin trabaja para Atalanta Group. Esa es la nueva empresa de Jericho. Está en el Edificio Q.

—La otra noche entré en el Edificio Q. Escalé una pared hasta arriba.

—¿Cómo demonios lo hiciste?

—Soy muy fuerte. Además, tengo piel artificial en las palmas y en los dedos y en las plantas de los pies, por eso puedo aferrarme a cualquier sitio que escale.

—¿Por qué nadie sabe nada de esto? —exclamó Knox.

—Porque murieron cuatro o, mejor dicho, cinco mujeres —dijo Puller—. Así que le echaron tierra encima.

Un instante después, a Rogers le sobrevino un dolor tan fuerte que se inclinó y vomitó. Retrocedió a trompicones, arañándose el torso.

—Paul, ¿qué te ocurre? —gritó Puller—. ¿Puedes soltarnos? Intentaremos ayudarte.

Rogers se rasgaba la ropa, arrancándosela del cuerpo hasta que se quedó delante de ellos solo en calzoncillos. Puller y Knox vieron las espantosas cicatrices que le recorrían el cuerpo entero.

—Dios mío —exclamó Knox.

El sufrimiento hizo que Rogers se doblara en dos. Se arañó la cabeza, arrancándose un trozo de cuero cabelludo.

Levantó la vista hacia ellos.

—¿Ellos te hicieron esto? —preguntó Puller, mirando las cicatrices.

Rogers rompió a llorar, saltó por encima de ellos y abrió las puertas traseras de la furgoneta. Primero agarró a Knox y la arrojó por la abertura. Después hizo lo mismo con Puller. Ambos rodaron por el suelo hasta que se quedaron quietos, todavía atados y gimiendo de dolor.

Cuando Puller consiguió volver la vista atrás, la furgoneta se puso en marcha. Un instante después oyó el chirrido de los neumáticos. La furgoneta partió velozmente, dobló una esquina y desapareció.

55

Knox estaba cayendo en el vacío tan deprisa que sabía que moriría en cuanto chocara contra algo sólido. Imposible sobrevivir. Aquello era el final.

Abrió los ojos y vio a Puller observándola.

—¿Qué demonios? —consiguió decir con una voz un tanto confusa.

Puller le mostró la navaja Ka-Bar.

—Por suerte fui capaz de alcanzarla.

La ayudó a levantarse.

—¿Dónde estamos? —preguntó Knox.

—No estoy seguro. —Sacó su *smartphone*—. Vamos a verlo.

—¿Todavía funciona?

—Es sumergible —dijo Puller, pulsando unas teclas—. Williamsburg está a kilómetro y medio hacia allá —añadió, señalando a su izquierda.

Se echaron a caminar en esa dirección.

—¿No deberíamos llamar a alguien, informar de lo que ha sucedido? —preguntó Knox, aún aturdida.

—¿A quién exactamente?

Knox lo miró.

—Ya... Supongo que tienes razón. —Volvió la vista atrás—. Paul estaba... Ha sido terrible, Puller.

—Le jodieron el cerebro para que pudiera matar sin sentirse culpable.

—¿Me estás diciendo que lo convirtieron en un monstruo?

—Pero el monstruo no nos ha matado. Nos ha salvado.

—Para conseguir información.

—Ha conseguido información, y aun así nos ha dejado vivir.

Knox asintió con la cabeza lentamente.

—¿Significa que el dispositivo de control mental que le incorporaron se está desgastando?

—Más bien pienso que quienquiera que fuese Paul antes se está reafirmando.

—¿Y ahora qué podemos hacer?

—Esta noche Claire Jericho ha intentado matarnos. Tiene miedo de lo que podamos descubrir. Propongo que sigamos trabajando para justificar ese miedo.

—A lo mejor no sabe que estamos vivos.

—En efecto.

Un zumbido del teléfono de Puller. Un mensaje de texto. De su hermano.

En letras mayúsculas decía:

LLAMA A ESTE NÚMERO AHORA. NO HAY ESCUCHAS. POR CIERTO RICKY STACK NO TUVO OPORTUNIDAD.

Knox estaba mirando la pantalla.

—¿Quién es Ricky Stack?

—El chaval más grandullón de tercer grado que siempre intentaba quitarme el almuerzo.

—¿Qué ocurrió?

—Aprendió de sus errores. Es la manera en que Bobby confirma que es él quien envía el mensaje.

Llamó a aquel número mientras seguían caminando. Su hermano contestó en el acto.

—¿Estás bien, júnior? —preguntó de inmediato.

—¿Por qué no iba a estarlo?

—Porque hace tres horas se ha utilizado un satélite del Departamento de Defensa sin autorización en Hampton, cerca de Fort

Monroe. De hecho, en los terrenos de Fort Monroe. Me ha parecido demasiada coincidencia.

—O sea que así ha sido como han controlado el coche.

—¿Cómo dices?

Puller explicó de manera resumida lo que había sucedido.

—Claire Jericho —dijo Robert en voz baja.

—¿La conoces?

—Sé de ella, está en las más altas esferas, John. O sea, se reúne con jefes del Estado Mayor Conjunto. Va al Despacho Oval. La he oído dictar conferencias. Es brillante. Más que brillante. Un intelecto único en su generación.

—También es un monstruo, Bobby.

—¿Y eso?

—¿Seguro que no nos están escuchando?

—He rebotado esta señal en tantos satélites y repetidores y lo he encriptado a unos niveles de locura tales que incluso me sorprende que entendamos lo que decimos.

—Muy bien.

Puller dedicó cinco minutos a hablarle de Paul. Cuando hubo terminado, su hermano permaneció callado tanto rato que Puller tuvo miedo de que hubieran interceptado la llamada y raptado a su hermano.

—John, esto no pinta bien.

—Cuéntame algo que no sepa. ¿El asunto de las mujeres asesinadas? Creo que todas ellas contribuyeron en el experimento de Paul. La última víctima, Audrey Moore, seguro que tendrá el mismo tipo de relación.

—¿O sea que las mató en represalia?

—Seguro que le habría encantado matar a Jericho, pero seguramente no pudo llegar hasta ella. Las cinco mujeres eran la segunda mejor opción.

—Jesús —dijo Robert—. Culpabilidad por asociación.

—Bobby, si la tal Jericho es semejante celebridad, ¿por qué Knox y yo nunca hemos oído hablar de ella?

—Por voluntad expresa. Incluso cuando sale a dar charlas, solo lo hace para un grupo selecto. Ninguna publicidad. Siempre está en segundo plano. Tiene personas que dirigen las empresas para las que es obvio que trabaja.

—¿Como Chris Ballard hace treinta años y Josh Quentin con Atalanta Group ahora?

—Lo sé todo sobre Ballard y sé muy poco sobre Atalanta Group. No sé nada sobre Quentin.

—Bueno, Quentin está pasando secretos gubernamentales a la propietaria de un bar de Hampton. Y ella a su vez se los pasa en Williamsburg a un sujeto que habla francés.

—¿Qué? —exclamó Robert—. ¿Tienes pruebas?

—Tengo fotos. Te las puedo enviar. Quizá puedas identificar a ese francés. Knox iba a intentarlo, pero a lo mejor tú tienes más oportunidad.

—¿Qué tipo de secretos gubernamentales?

—Te enviaré los pantallazos que tomé. A Knox le parece que tienen que ver con mutación celular y regeneración de órganos.

—De acuerdo.

—Y la mujer es Helen Myers. Es dueña de un bar en Hampton que se llama Grunt.

—Envíame el material y veré qué consigo encontrar.

Robert le dio un sitio web seguro al que enviar las fotografías.

—¿Dices que el tal Paul no recordaba haber visto a mamá?

—Exactamente.

—¿Crees que dice la verdad? —preguntó Robert.

—Sí. Al fin y al cabo confesó haber matado a cinco mujeres. No le viene de una más.

—Si tú lo dices...

—Antes has comentado que han utilizado un satélite sin autorización. ¿Puedes rastrearlo? ¿Puedes saber si han sido capaces de controlar mi coche a distancia? Me consta que es posible.

—Si alguien ha sido lo bastante listo para secuestrar a uno de nuestros pájaros, es lo bastante sofisticado para borrar su rastro. Quizá consigamos montar un rastreo inverso desde el ordenador de tu coche.

—Lo dudo. Está bajo diez metros de agua. Voy a tener que dar un montón de explicaciones a la compañía de alquiler de coches.

—¿Realmente piensas que ha sido Jericho?

—Cinco minutos después de dejarla y de comentar en nuestro coche que no íbamos a abandonar el caso, alguien conduce mi vehículo hasta el canal. No hagamos esto más complicado de lo que ya es.

—Hay una cosa que me desconcierta de verdad —dijo Robert.

—¿Solo una? Estás muy por delante de mí, entonces.

—Paul ha dicho que mató a Chris Ballard. O a alguien que creía que era Chris Ballard.

—Sí, eso ha dicho.

—¿No es posible que se equivocara? —inquirió Robert.

—Ha asegurado que tiró al viejo de cabeza por una ventana de una cuarta planta.

—Entonces era un doble.

—Ya veo por dónde vas. Quizá por motivos de seguridad.

—Ballard podía permitirse contratar suficiente seguridad para mantener alejados de su casa de la playa a posibles asesinos —planteó Robert—. Si estaba tan inseguro de su protección que pensó que necesitaba tener un doble a mano que se enfrentara a un hipotético agresor, podría haberse gastado el dinero en un nuevo equipo de seguridad.

—¿Y qué puedes hacer para confirmar tu teoría?

—Puedo indagar, eso lo que puedo hacer —respondió su hermano.

—Has mencionado una casa en la playa. Yo no te he dicho nada al respecto.

—Tengo acceso a satélites, hermanito. Y Ballard, aun jubilado, es propietario a título personal de un montón de patentes que son muy importantes para nuestro sistema de defensa.

—¿Hay algún tipo de relación entre su antigua empresa y Atalanta?

—Lo comprobaré.

—¿Cuándo crees que podrás decirme algo?

—Cuando lo sepa, te informaré. Una cosa más, John.

—Dime.

—Todos tus flancos están al descubierto y nadie te va a enviar refuerzos. En esto estás solo, hermano.

Puller echó un vistazo a Knox, que estaba claro que había oído esto último.

—Recibido —dijo Puller.

Era prácticamente lo mismo que su comandante, Don White, le había dicho días antes.

Cortó la comunicación y miró a Knox, que esbozó una sonrisa.

—En fin, la buena noticia es que aún estamos vivos.

—Y la mala es que esa es la única buena que tenemos —contestó Puller.

56

Seis horas.

Durante seis horas había contado sus respiraciones como un poseso, aguardando a que cesara el dolor.

Estaba tendido en la cama de un motel al que no recordaba cómo había llegado.

Había robado otro coche y cambiado las placas de matrícula por las de un segundo vehículo que encontró en un lugar discreto.

Se restregó la cara. Se había lavado en una gasolinera. Pero se había abierto una brecha en la cabeza; ahora la llevaba tapada con una gorra de béisbol.

Se incorporó pero de inmediato se inclinó al sobrevenirle otra punzada de dolor. De todos modos, la frecuencia había disminuido.

Al cabo de una hora se le pasó el dolor. Se duchó, se volvió a vestir y salió a la calle.

Se le agotaba el tiempo.

Puller y la mujer no habían comentado que le hubiesen dicho nada acerca de él a Jericho, pero quizá lo habían hecho.

Golpeteaba el volante del coche con el anillo.

«Por el bien común.»

«Sí, claro. Si te encuentro, te mostraré el bien común, o al menos mi versión.»

Era oscuro cuando Rogers enfiló hacia el sur. Cruzó a Carolina del Norte y se dirigió a los Outer Banks.

Llegó a la casa de la playa de Quentin, pasó de largo, dejó el coche en un pequeño estacionamiento público y regresó a hurtadillas a la vivienda.

No había coches aparcados fuera pero a lo mejor había alguno en el garaje.

Lo comprobó.

El Maserati no estaba dentro.

Rogers retrocedió y levantó la vista hacia la casa a oscuras. Sabía que Quentin no podía estar en el Grunt porque el bar no estaba abierto. ¿Estaría en el Edificio Q? ¿Había hecho el viaje en balde? ¿Justo cuando menos tiempo tenía que perder? Quizá también dispusiera de una casa en Hampton. Tendría sentido, solo que Rogers no tenía manera de saber dónde. Debía haber revisado los papeles del Maserati la última vez que estuvo allí. A lo mejor habría conseguido una dirección aparte de aquella, pues recordaba que el coche llevaba placas de Virginia.

El destello de los faros de un coche le hizo saltar detrás de un macizo de arbustos justo a tiempo. El coche tomó el camino de entrada y la puerta del garaje empezó a levantarse. Mientras el estilizado vehículo pasaba por delante de él para entrar en el garaje, vio quién lo conducía.

Helen Myers.

Parecía que estuviera angustiada. Bajó del coche y se dirigió a la casa por una puerta interior. Marcó un código en un teclado que había en la pared antes de cruzar el umbral. La puerta del garaje bajó, pero no antes de que Rogers entrara con sigilo. Correteó hasta la puerta por la que acababa de entrar Myers y pegó el oído a la madera.

Un taconeo sobre baldosas. Un golpe sordo.

¿El bolso al dejarlo sobre una encimera de la cocina?

Después los pasos se dirigieron arriba.

Aguardó unos segundos, abrió la puerta y entró subrepticiamente.

La casa estaba en silencio, la planta baja casi por completo a oscuras. La única luz procedía del vestíbulo que conducía a la primera planta.

Vio el bolso de Myers encima de una encimera de la cocina. Lo registró pero no encontró nada interesante.

Rogers subió la escalera. Cuando llegó arriba oyó que el agua empezaba a correr.

Contó los dormitorios, pasando ante la puerta de donde había visto a Davis y Quentin practicando sexo enloquecidos. Como se había acostado con Davis, ese recuerdo lo enojó. No quería compartir nada con Josh Quentin.

La luz se colaba por debajo de la puerta entornada de la última habitación del pasillo.

Rogers avanzó con sigilo, se arrodilló y miró con un ojo por la rendija.

Myers estaba acabando de desnudarse.

Se soltó el pasador que le recogía el pelo y la melena le cayó hasta los hombros pecosos. Se estiró y Rogers vio los músculos bien marcados de sus brazos y su espalda. Después desapareció en el cuarto de baño anejo.

Aguardó hasta que la oyó meterse en la ducha y cerrar la mampara. Entonces entró sin hacer ruido y echó un vistazo general. El dormitorio era amplio, con objetos decorativos hechos de conchas de mar, esparcidos por todas partes, y un par de cuadros de marinas en la pared.

Cuando Rogers oyó que el agua dejaba de correr, se sentó en la cama y aguardó. Al poco se puso en marcha un secador de pelo.

Cuando el secador dejó de funcionar, sacó su M11-B de coleccionista.

La puerta se abrió y Myers apareció envuelta en una toalla. Al verle, dio un salto para atrás y gritó.

Él no dijo nada, no hizo nada.

Cuando vio quién era, dejó de gritar y lo miró incrédula.

—¿Paul? ¿Qué... qué haces aquí?

Su mirada reparó en el arma y dio otro paso atrás.

Rogers se levantó y empuñó la pistola.

—¿Qué haces aquí? —insistió la mujer—. ¿Cómo es posible que sepas de esta casa?

—Una vez seguí a alguien hasta aquí.

—¿Por qué?

—Porque necesitaba información.

—¿Información? ¿Sobre qué?

—Sobre mí.

—No... no lo entiendo.

—¿Dónde está Josh Quentin? Esta es su casa, ¿no?

—No. Es mi casa. Solo que a veces se queda aquí.

—Y a veces Suzanne Davis se queda aquí con él.

El semblante de Myers se ensombreció.

—¿Qué quieres decir?

—¿Conoces a Davis?

Myers asintió sin decir palabra.

—Vienen aquí a follar. Lo hacen con mucha energía.

Myers no movió ni un solo músculo. Se quedó mirándolo fijamente.

—Necesito encontrar a Quentin. ¿Dónde está?

—No lo sé. Pero ¿por qué necesitas encontrarle?

—Conoce a alguien a quien necesito encontrar.

—¿A quién?

—Trabaja para Atalanta Group. ¿Lo sabías?

—Es... es posible que se lo haya oído mencionar.

Rogers dio un paso hacia ella. Myers retrocedió. Se rascó la nuca, intentando aplacar el dolor que volvía a acometerle. Aquello se estaba convirtiendo en un verdadero inconveniente.

—No sé qué esperas que diga —repuso Myers—. Has allanado mi casa, Paul. Podría llamar a la policía. Pero si te vas ahora no lo haré. Quizá aún estás alterado por lo que ocurrió en el bar. Yo, desde luego, lo estoy. Todavía no entiendo por qué atacaron el bar aquellos hombres.

—Fueron allí para matarme.

Myers dio un grito ahogado y lo miró a los ojos.

—¿Cómo lo sabes?

—Lo sé y punto.

—¿Por qué querría matarte alguien?

—Porque soy como soy y ella es como es.

—¿Quién es esa persona?

—Claire Jericho.

Rogers la miró con atención para ver si reaccionaba el oír el nombre. Y así fue.

—O sea que la conoces...

—Trabaja con Josh. ¿Es a ella a quien quieres encontrar?

Rogers asintió con la cabeza.

—¿Por qué?

—Porque ella me hizo.

—¿Perdona?

A modo de respuesta, Rogers se quitó la camisa. Cuando Myers vio las cicatrices, se dejó caer contra la pared.

—Dios mío. ¿Qué...? Dios mío.

—Ella me hizo —repitió Rogers.

Myers rompió a llorar.

—Lo siento mucho, Paul. Yo...

La interrumpió.

—Puedes ayudarme.

—¿Cómo?

—Ayúdame a llegar hasta ella.

—¡Cómo! —gimió Myers.

—A través de Quentin.

—No sé cómo hacerlo.

—Solo tienes que localizar el objetivo. A partir de ahí es cosa mía.

—Oye —suplicó Myers—, la verdad es que no quiero involucrarme en esto.

Rogers le agarró el hombro.

—Ya estás involucrada. Ahora tranquilízate y ponte en contacto con él. Dile que quieres verle. Aquí.

—¿Qué motivo puedo darle?

—Eso te lo dejo a ti. Busca una buena excusa. Estaré vigilando mientras lo haces.

—¿Y si no viene?

Le apretó el hombro solo lo justo para que la mujer hiciera una mueca de dolor.

—Más vale que reces a Dios para que venga. Porque se me están agotando el tiempo y la paciencia.

57

Clic. Clic. Clic.

Mientras Robert Puller indagaba por su cuenta, su hermano hacía lo mismo.

En la habitación del motel, tecleaba sin parar en su ordenador portátil.

No sabía qué hora era.

Knox se había quedado dormida encima de la cama.

Pero Puller no estaba cansado.

Estaba cabreado.

Y cuando se cabreaba, aún trabajaba con más ahínco.

En aquel momento estaba haciendo algo que tendría que haber hecho mucho antes. Ver si había ocurrido algo inusual en Fort Monroe en la época en que su madre desapareció. Cualquier cosa fuera de lo normal que pudiera vincularse con su desaparición. Claro que tal vez no habría nada, pero ahora se conformaría con cualquier cosa.

Había revisado prácticamente todos los sucesos de entonces, que no eran muchos, cuando su mirada se quedó fija en el nombre.

Comprobó la fecha.

Comprobó el lugar.

Volvió a comprobar el nombre. Y el otro nombre incluido junto al primero.

«Hija de puta.»

¿Por eso había sido tan remilgada?

Cerró los ojos y rememoró la noche en que su madre desapareció. Arrugó la frente mientras se esforzaba en recordar algo.

Les había preparado la cena. Iba arreglada para salir. La siguió hasta su habitación cuando fue a recoger algo.

Ella no sabía que Puller estaba allí. Se detuvo ante el tocador.

Una gota de sudor le perló la frente, tan intensa era su concentración.

Había cogido un objeto del tocador.

A Puller se le desencajó el rostro.

Los dedos de su madre acariciaron el marco. Era una foto.

La cogió, la miró.

Después la devolvió a su sitio.

Pero Puller ya había visto suficiente.

Abrió los ojos y blasfemó en voz baja.

No había hecho la pregunta complementaria obvia porque no pensó que fuese relevante y además estaba procurando ser discreto.

Bueno, pues al diablo con la discreción.

—¿Knox? ¡Knox!

Se levantó, le agarró un hombro y la zarandeó suavemente.

—Eh, despierta. Es posible que tenga algo.

Knox se desperezó, masculló algo y se irguió en la cama, mirando a Puller airadamente.

—¿Qué pasa?

—¿Por qué una mujer conocería la historia de otra mujer? —planteó Puller.

Knox se frotó la cara y después lo miró todavía más contrariada.

—Ni siquiera entiendo la pregunta.

Puller cogió el portátil y se sentó a su lado.

—Estas son las notas que tomé durante una conversación que mantuve con alguien. Léelas.

Knox bostezó, se estiró y se concentró. Leyó la primera página y pasó a la siguiente.

—Muy bien —dijo—. Esto es un poco inusual. Veamos, te dijo que hablaban de sus cosas, pero algunos de esos temas, al menos en mi opinión, no son el tipo de cuestiones que surgen en una conversación normal, y mucho menos entre dos mujeres.

—Dijo que mis padres y ella y su marido tenían trato social bastante a menudo. Y que mi madre los ayudó a superar sus problemas. Hablaba de ella con reverencia.

—Pero también dijo que tu madre daba la impresión de flotar por encima de todos los demás. Eso cabe interpretarlo de dos maneras. Y los celos son una de ellas.

—Hay algo más —dijo Puller. Le mostró la nota de prensa.

—¿Su marido se suicidó? —se asombró Knox.

—Encontraron su cuerpo la mañana siguiente a la desaparición de mi madre. Pero es posible que muriera esa misma noche.

—¿Piensas que ambos sucesos están relacionados?

—No lo sé. Pero tampoco sé si no lo están.

—Entonces ¿esto podría explicar qué le ocurrió a tu madre aquella noche?

—Esperemos que sí, porque me estoy quedando sin pistas ni ideas.

Esta vez Puller no llamó con antelación.

Llegaron a las ocho de la mañana.

Lucy Bristow abrió la puerta en bata. No estaba contenta, pero Puller tampoco.

—¿Qué quieres? —espetó bruscamente.

—Respuestas —dijo Puller sin tapujos.

—¿Sobre qué? Ya te conté todo lo que sé sobre tu madre.

—¿Podemos entrar? —preguntó Knox.

Por un instante Bristow dio la impresión de estar a punto de cerrarles la puerta en las narices, pero luego dio un paso atrás y con un gesto les indicó que pasaran. Los condujo a la cocina y dijo:

—Estoy preparando té. ¿Les apetece?

Puller declinó la invitación, Knox la aceptó.

Bristow sirvió dos tazas y se sentaron a la mesa de la cocina.

—Bien, ¿de qué va esto, exactamente?

—No me dijo que su marido se había suicidado —dijo Puller.

—No sabía que tuviera el deber de hacerlo —repuso Bristow.

—Es sumamente probable que falleciera la misma noche en que desapareció mi madre.

—¿Y qué?

—¿Quién lo encontró?

—Yo.

—Pero estaban separados —dijo Puller—. No vivían juntos.

—Habíamos previsto vernos para hablar de ciertos detalles del divorcio. No se presentó. Llamé pero no contestó. Nadie sabía dónde estaba. Vine aquí... y lo encontré.

—¿Cómo murió? El artículo que he leído no lo menciona.

—¿Crees que es de tu incumbencia?

—Si guarda relación con la desaparición de mi madre, es de mi incumbencia.

—¿Cómo es posible?

—Por favor, señora Bristow, limítese a responder a la pregunta —dijo Knox.

Bristow suspiró y bebió un sorbo de té.

—Sobredosis. Calmantes —dijo al fin—. Había sufrido una herida y tenía un buen aprovisionamiento en casa. Al parecer ingirió un bote entero para suicidarse.

—Ha dicho que mi madre les ayudó a superar problemas.

—Así fue.

—También ha dicho que ayudó a su marido.

—Earl y Jackie eran amigos —dijo Bristow fríamente.

—No estoy insinuando que hubiera algo inapropiado entre ellos —puntualizó Puller.

—Y yo no sé dónde nos está llevando esto —replicó Bristow con aspereza.

—Mi madre recibió una llamada telefónica la noche que desapareció. Yo estaba presente. Recuerdo que la vi alterada, nerviosa. Después se vistió y se fue a alguna parte. ¿Es posible que la llamada fuese de su marido? ¿Habría llamado a mi madre si estaba en apuros? ¿Si necesitaba hablar con alguien?

—Particularmente si estaba planteándose suicidarse —apostilló Knox.

—Y si lo hizo, ¿no le parece probable que mi madre hubiese ido a verle para hablar con él?

Cuando Puller mencionó la llamada telefónica, el rostro de Bristow palideció y dejó la taza en el plato porque la mano le había empezado a temblar.

—¿Qué ocurre? —preguntó Knox.

Bristow se tapó la boca con las manos y le brotaron lágrimas en los rabillos de los ojos.

—Señora Bristow, por favor, cuéntenoslo —imploró Puller.

Bristow se serenó.

—Aquella noche Earl me llamó a mí.

—¿A usted?

Asintió con la cabeza, secándose los ojos.

—Estaba angustiado. Parecía borracho. Me...

Se le quebró la voz y se calló.

—¿Le pidió que fuera a verle? —preguntó Puller.

Bristow hizo un gesto de asentimiento.

—¿Y qué sucedió? —insistió Knox.

—Nada. Porque no fui. Salí con unos amigos.

Soltó una larga bocanada de aire y se inclinó hacia delante, apoyó la frente en la mesa y empezó a sollozar.

Knox y Puller se quedaron mirándola. Finalmente, Knox le puso una mano en el hombro con un gesto comprensivo.

—No pasa nada, señora Bristow —la consoló—. Usted no tenía manera de saberlo.

Los sollozos se prolongaron un minuto más antes de que Bristow se irguiera, cogiera una servilleta de papel del servilletero que había en medio de la mesa, se secara los ojos y se sonara la nariz.

Se apoyó en el respaldo y suspiró profundamente.

—En fin, será mejor que lo saque todo —dijo.

Se sonó otra vez y estrujó la servilleta con la mano.

—Le dije a Earl que no iba a ir y...

Se calló y miró a Puller.

—¿Y qué más? —preguntó Puller.

—Que llamara a Jackie.

—¿Por qué a mi madre?

—Porque estaba colado por ella. Obsesionado, perdidamente enamorado, por eso. Fue una perrería, lo sé, pero ya estaba harta.

Puller se apoyó en el respaldo, sorprendido.

Knox lo miró nerviosa y dijo a Bristow:

—¿Ese era el problema de su matrimonio? ¿Por eso se separaron?

Bristow asintió.

—Por eso y porque Earl bebía más de la cuenta.

—¿Está diciendo que tenían una aventura? —inquirió Puller.

Bristow negó con la cabeza.

—Estaba claro que Earl lo deseaba. De haber podido, se habría casado con ella.

—Ya estaba casada —exclamó Puller—. ¡Con su oficial al mando! Que además era mi padre.

Bristow lo miró con los ojos enrojecidos.

—¿Crees que a alguien que está enamorado le importa eso?

—¿Y mi madre?

—Tu madre no tenía ningún interés en algo semejante. Era una católica devota. Cuando la otra vez te dije que flotaba por encima de los demás, me refería a un plano divinamente espiritual.

—Parece que sabe muchas cosas acerca de la señora Puller —dijo Knox—. Más de las que conseguiría enterarse en una conversación con ella.

—Cuando quedó claro que mi marido estaba enamorado de ella, investigué un poco. No sé por qué. Pero lo hice. Quería odiarla, supongo. Encontrar algún defecto que me hiciera sentir mejor. Pero cuando me di cuenta de que Jackie no tenía intención de romper sus votos matrimoniales, lo cierto es que nos unimos más. Ella sabía lo que estaba ocurriendo. Sabía lo que sentía Earl. Y con tacto pero con firmeza le dejó muy claro que nunca tendría una relación con él.

—Así pues, cuando rehusó ir a verle aquella noche, ¿le dijo que la llamara a ella?

—Sí. Y si aquella noche recibió una llamada, estoy convencida de que fue de Earl. Pero yo no sabía que hubiese recibido una llamada aquella noche, de modo que nunca pensé que Earl se hubiese puesto en contacto con ella.

—No fue enseguida. Antes nos preparó la cena, a mi hermano y a mí, así que dudo que le dijera que estuviera pensando en suicidarse. Mi madre habría llamado a la policía de inmediato.

—¿Recuerdas a qué hora fue la llamada?

—En torno a las seis, me parece.

—Entonces fue después de que me llamara a mí. —Miró a Puller—. ¿Cómo se te ha ocurrido pensar en esta conexión?

—Por la hora del suicidio de su marido. Por lo que usted sabe acerca de mi madre. Además, recordé que antes de salir de casa aquella noche miró una fotografía que tenía en su tocador. En esa fotografía aparecían mis padres, usted y su marido.

Bristow suspiró y cerró los ojos.

—O sea que mi madre va a verle —dice Puller—. Desaparece. ¿Y después él se suicida?

Bristow abrió los ojos de golpe. Dio la impresión de percatarse de dónde quería ir a parar Puller.

—¿Estás... estás acusando a Earl de asesinar a tu madre? Él la amaba.

—Y el amor puede convertirse en odio cuando lo rechazan —replicó Puller con gravedad—. Soy investigador del ejército y lo he visto más veces de las que puedo contar.

—¡Dios mío! —exclamó Bristow—. Pero ¿qué habría hecho con...?

—¿Con el cuerpo? No lo sé. ¿Volvió a llamarla aquella noche?

—No.

—¿Por qué no fue a verle? —preguntó Knox.

—Porque no tenía nada que decirle. Estaba mental y emocionalmente agotada. Así que le dije que hablara con la mujer que realmente amaba, ¡que no era yo!

—¿Mi padre estaba enterado de todo esto?

Bristow lo miró con desdén.

—¿Piensas que de haberlo sabido habría dejado las cosas tal como estaban? Tu padre habría ido a casa de Earl y le habría dado un paliza. Y Earl lo sabía. Temía a tu padre, como la mayoría de los suboficiales.

—Pero esos suboficiales no estaban locos por mi madre —repuso Puller—. Y si no se podía controlar y no podía hacer suya a mi madre, quizá decidió que nadie más podía —añadió.

—No puedo creer que Earl le hiciera daño.

—Y yo no puedo asumir que no lo hiciera sin comprobarlo concienzudamente.

—¿Qué quieres decir?

—Quiero decir que voy a pedir una orden de registro de su antiguo domicilio.

—No pensarás que...

—Investigo crímenes. Lo que usted piensa y lo que yo sé sobre lo que son capaces de hacer las personas están separados años luz.

58

Puller había llamado a su comandante, Don White, le explicó la situación y su superior había conseguido una orden de registro. Fue bastante sencillo porque la casa donde entonces vivían los Bristow ahora no estaba habitada.

Un equipo de agentes pasó el día entero poniéndolo todo patas arriba. Habían llevado perros rastreadores de cadáveres para que buscaran dentro y fuera de la casa.

Había costado tiempo y dinero. Y el resultado fue nulo.

Puller se había percatado del resentimiento de los agentes que llevaron a cabo la labor. Andaban sobrados de trabajo para perder el tiempo con hipótesis peregrinas. Se lo vio en la mirada.

Puller había estado convencido, pero los perros habrían encontrado algo si lo hubiese habido.

Se apoyó contra su nuevo coche de alquiler, contemplando la propiedad, con Knox a su lado.

—En fin, merecía la pena intentarlo —dijo Knox.

—Quizá seamos los únicos que piensan así. Ahora estamos de vuelta en la casilla de salida —respondió Puller.

—Necesitamos más información —afirmó Knox.

—La cuestión es que si Earl Bristow no estuvo implicado en la desaparición de mi madre, ¿quién lo estuvo?

—No pensarás que fue su esposa, ¿verdad? Quizá nos ha endilgado un montón de mentiras. Quizá quería volver con su marido y estaba celosa de tu madre.

—Lo he comprobado. Tiene coartada para las horas en cuestión. Y las personas con quienes he hablado fueron unánimes en su recuerdo de que Bristow quería el divorcio.

—Pues quizá estamos yendo por un camino equivocado.

Puller miró hacia ambos lados de la calle donde estaban.

—Mierda —murmuró.

—¿Qué pasa?

—Ven conmigo.

Echó a caminar y Knox se puso a su lado.

—¿Adónde vamos?

—Si mi madre vino a visitar a Bristow aquella noche, tuvo que venir por aquí. En realidad es el único camino para venir desde nuestra casa.

—Muy bien.

Puller siguió avanzando, sus grandes y decididas zancadas devoraban el suelo. Knox, aun siendo alta, tenía que apresurarse para no quedarse rezagada.

Se detuvo cuando llegó a una espesa arboleda y le hizo una foto con la cámara.

—¿Para qué la tomas? —preguntó Knox.

—Ya lo verás.

Doblaron una curva del camino y Puller se paró.

—¡Caray! —exclamó Knox.

El Edificio Q estaba justo enfrente.

Knox volvió la vista atrás y luego la dirigió de nuevo al Edificio Q. Después miró a Puller.

—¿O sea que piensas que pasó por delante del Edificio Q camino de casa de los Bristow?

—Tuvo que hacerlo. E incluso a aquellas horas de la noche el Edificio Q tendría vigilantes apostados fuera.

—Espera un momento, entonces alguno de ellos tuvo que ver pasar a tu madre.

—Estoy convencido de ello.

—¿Y la arboleda? ¿Por qué la has fotografiado?

—Porque habría proporcionado resguardo a quien estuviera aguardando para asaltarla. De modo que, si le ocurrió algo, apuesto a que fue aquí. Y si nadie del Edificio Q informó de haber visto pasar a mi madre, pese a que tuvo que pasar a plena vista del perímetro de los vigilantes, lo que le sucedió tuvo que estar relacionado con el Edificio Q.

—¿Y a los vigilantes les dijeron que cerraran el pico?

—Exactamente.

—Pero ¿qué crees que ocurrió?

—Paul nos habló de su última víctima, Audrey Moore.

—Cierto. Pero no hallaron su cuerpo.

—Investigué acerca de ella. Era química. Y desapareció la misma noche que mi madre. Nadie las relacionó porque nadie sabía dónde había desaparecido Moore.

—¿Dónde quieres ir a parar, Puller?

Tardó un rato en contestar.

—A mi madre la raptaron porque vio a Paul matar a Audrey Moore.

Ahora fue Knox la que pareció quedarse sin habla.

—Pero nunca encontraron el cuerpo de Moore —dijo al cabo—. Y todos los demás, en cambio, sí.

—Porque no tuvo tiempo de deshacerse del cadáver.

—¿Piensas que tu madre lo ahuyentó?

—No. Dudo que algo pueda ahuyentar a ese hombre. Pienso que Paul tuvo que huir porque lo interrumpieron personas que podían matarlo o volverlo a encarcelar. Otra vez.

—El Edificio Q. ¡Claire Jericho!

Puller asintió con la cabeza.

—Paul nunca vio a mi madre. Jamás le puso la mano encima. Fue la gente del Edificio Q. Vio cosas que no podían permitir que contara.

Knox dio un grito ahogado.

—¿Estás diciendo que simplemente estaba en el lugar equivocado, en el momento equivocado?

Puller hizo un gesto de asentimiento.

—Sí.

Knox arrugó la frente.

—¿Y Bristow? Si tu madre no se presentó en casa de los Bristow es probable que supusiera que no quería saber nada más de él.

—Y se suicidó —concluyó Puller.

—El problema es cómo demostrar todo esto. Necesitamos un milagro.

—A lo mejor tengo una manera de conseguir uno.

Sacó su teléfono y marcó un número.

Anne Shepard, la científica recién despedida de Atalanta Group, contestó tras el segundo tono. No pareció complacerle oír a Puller.

—Me prometió que si le ayudaba... —comenzó.

—No tuve nada que ver con su despido —interrumpió Puller—. Fue cosa de Claire Jericho. Ni siquiera hablé con alguien de Atalanta Group. De pronto me llamó y me dijo que la había despedido. Tuvo que enterarse por algún otro cauce.

—Bueno, sea como fuere, estoy sin trabajo.

—Tal vez podamos ayudarnos mutuamente.

—¿Cómo?

Puller quedó en reunirse con Shepard en un café de Hampton. Los estaba aguardando en una mesa del fondo.

Se sentó delante de ella, con Knox a su lado. Pidieron cafés y Puller fue directo al grano.

—¿Conoce a la propietaria del Grunt, Helen Myers?

—No.

—Pero ¿sabía que Quentin tenía a su disposición la sala de arriba del local?

—Bueno, sí. No era la única que lo sabía. A veces llevaba a gente de la empresa. Además de las señoritas.

—¿Alguna vez le contaron lo que ocurría allí arriba? —intervino Knox.

Shepard se la quedó mirando.

—¿Quién es usted?

Knox le mostró sus credenciales.

Shepard se quedó boquiabierta y adoptó una expresión más contrita.

—Perdón, no lo sabía.

—¿Alguien de Atalanta Group le contó alguna vez lo que ocurría allí arriba? —preguntó Knox de nuevo.

—Algunas mujeres. Al parecer solo las verdaderamente guapas tenían ocasión de salir con Josh. Yo nunca di la talla.

—¿Y qué le dijeron?

—Que se desmadraban un poco. Demasiado alcohol.

—¿Drogas?

—No, nunca lo mencionaron, pero por otra parte seguramente es normal. Sus contratos prohíben esas cosas.

—También prohíben los excesos con el alcohol —comentó Puller.

—Sí, ya me lo señaló la otra vez —dijo Shepard con sarcasmo.

—¿Sexo? —preguntó Knox.

—Un poco, sí.

—¿Las mujeres y Quentin?

—Ninguna me dijo que se hubiese acostado con Quentin. Pero había un dormitorio y parejas que lo usaban. Todo consentido —agregó apuradamente—. Y nadie pagaba por tener relaciones sexuales.

—¿Alguna de sus amigas mencionó alguna vez que Myers entrara en la sala?

Shepard lo meditó.

—Una vez —dijo—. Fue un poco raro.

—¿Y eso?

—Bueno, mi amiga me dijo que Quentin había pasado mucho rato con ella.

—Bien, ¿y qué? Tal vez son amigos.

—Sí, pero a Quentin le gustan las jovencitas.

Puller sacó el teléfono y mostró a Shepard los pantallazos que había hecho del portátil del hombre con el que se había reunido Myers en el Williamsburg Inn.

—¿Le suenan?

Shepard dio un grito ahogado.

—¿De dónde ha sacado esto?

—No importa. Solo dígame qué es.

—Cosas en las que está trabajando Atalanta Group.

—¿Mutación celular? ¿Regeneración de órganos? Pensaba que se dedicaba a los exoesqueletos y a las armaduras líquidas, para las fuerzas armadas.

—Y así es, pero tenemos un montón de proyectos afines. Y tiempo atrás también trabajé en estos dos.

—¿Mutación celular? —dijo Knox—. ¿De qué les sirve a los militares?

—Verá, la mutación celular no siempre es mala, como en el caso del cáncer. Tiene muchos atributos positivos para la tecnología. Por ejemplo, puede usarse para ayudar a los soldados a curarse más deprisa, aumentando los niveles de glóbulos blancos de la sangre.

Puller se quedó meditabundo y de pronto tuvo una idea.

—¿Algo de esto podría tener una aplicación comercial, fuera del ámbito militar?

—Por supuesto. Tomemos por caso la mutación celular. Se puede diseñar para que consumas tu propia grasa más eficientemente. Lo haces, y desaparece la industria del adelgazamiento, que factura cuarenta mil millones de dólares. Con la regeneración puedes curar más deprisa, tener un sistema inmune mejor. Podemos enfrentarnos al alzhéimer y a las enfermedades cardíacas. Las personas mayores podrían tener la energía física y los niveles cognitivos de las jóvenes. Analgésicos que duren casi un mes. La industria de la salud es una fiera de tres billones de dólares. Algunas de estas cosas podrían hacer rica a una persona. Me refiero a rica como Bill Gates.

—¿Pero no a Atalanta Group? —preguntó Puller.

—Bueno, somos un contratista de apoyo militar. Y ya sabe que a los militares en realidad no les está permitido comercializar productos.

—Y sin embargo, ¿emprenden este tipo de investigaciones?

—Pues sí, tenemos que hacerlo para realizar el trabajo que nos han encomendado. Pero no vamos más allá de las aplicaciones militares.

—Pero ¿alguien podría comercializarlas? —insistió Puller.

—Dependería de quién controlase las patentes. La propiedad intelectual rige mi mundo. Si controlas eso, lo controlas todo.

—¿Y no sabe quién es el propietario?

—Tendría que hablar con el departamento jurídico para eso.

—Entiendo —dijo Puller, golpeando su taza con la cucharilla.

—¿Alguien está robando tecnología? ¿Eso es lo que está pasando?

Puller la miró fijamente.

—No lo sé. ¿Uno puede robarse a sí mismo?

Shepard no tuvo ocasión de contestar.

Puller le había agarrado el brazo y la había tirado debajo de la mesa.

La bala dio justo donde Anne Shepard había estado un segundo antes.

59

Josh Quentin conducía deprisa.

Y no parecía contento porque no lo estaba.

Podrían haberle matado en el Grunt. La mera idea le hacía tener ganas de parar el Maserati en el arcén de la carretera y vomitar.

Temía la muerte porque, simplemente, tenía mucho que perder.

«Demonios, lo tengo todo que perder.»

Era joven, guapo, encantador y las mujeres lo adoraban. Por si eso fuera poco, era rico. Además, estaba en la antesala de ser mucho más rico. Y solo tenía treinta y dos años.

Nadie iba a arrebatarle aquello. Había salido de la nada y de ninguna de las maneras iba a regresar allí.

Entró en el garaje de la casa de la playa y vio el coche de ella aparcado en la plaza contigua.

Bien, más valía que aquello fuese importante. Era un hombre ocupado.

Abrió la puerta que comunicaba con la casa.

Un instante después todo quedó a oscuras.

Quentin abrió despacio los ojos y vio sus rodillas y el suelo.

Levantó la cabeza lentamente. El dolor le recorrió el cráneo entero con aquel simple movimiento. Estaba mareado.

Entonces algo le agarró el cogote y lo enderezó de un tirón. Gritó de dolor antes de que su mirada se posara en Rogers.

—¿Qué demonios estás haciendo? —gritó.

—Te has tomado tu tiempo para venir. Myers te llamó anoche.

—¿Y a ti qué te importa?

—Tengo que hacerte unas preguntas.

—¿Preguntas? ¿A mí? Eres un puto portero de bar.

Rogers le apretó el cuello lo justo para ver que los ojos le empezaban a salir de las órbitas.

Quentin dio un puñetazo a Rogers, que lo esquivó fácilmente.

—Preguntas —insistió Rogers—. Y si me das otro puñetazo, te romperé todos los huesos del cuerpo.

La mirada de Quentin taladró a Myers, que estaba delante de él, atada a una silla.

—¡Zorra! Me has tendido una trampa.

—Iba a matarme, Josh —dijo Myers en tono lastimero.

—¡Fantástico! —exclamó Quentin con ironía—. ¡Ahora este psicópata nos matará a los dos!

Rogers le dio un bofetón.

—Cállate.

Quentin aulló de dolor hasta que Rogers le agarró el mentón y le giró la cabeza para que lo mirase a los ojos.

—Preguntas. Tú las contestas, yo no te mato.

—Y una mierda. ¿Crees que soy idiota?

—No te busco a ti. La busco a ella.

—¿A quién? —dijo un desconcertado Quentin.

—A Claire —aclaró Myers—. Busca a Claire Jericho.

Quentin tardó un momento en procesar aquel dato y después una mirada precavida asomó a sus ojos.

—¿Quieres matar a Claire? ¿Por qué?

—Tengo mis razones.

—Josh, no seas loco —suplicó Myers.

—Cállate, Helen —le espetó Quentin—. No voy a dar mi vida por la suya.

Rogers miró a Myers.

—Es vuestra única salida.

—¿Y no nos matarás si te entregamos a Jericho? —inquirió Quentin.

—Os lo acabo de decir.

—Pero podemos identificarte —señaló Myers.

—No voy a estar por aquí mucho tiempo.

Myers miró su semblante pálido.

—Esas cicatrices. ¿Te estás... te estás muriendo?

Rogers no le contestó. Se volvió de nuevo hacia Quentin.

—¿Dónde está?

—No tan deprisa —dijo Quentin—. Si estamos hablando de mi vida, necesito ciertas garantías.

Rogers agarró el cuello de Quentin con más fuerza.

Quentin jadeó.

—Escucha, si me matas, no tendrás ninguna oportunidad con ella.

Rogers aflojó un poco.

—¿Dónde está?

—En uno de dos sitios. La casa de Chris Ballard cerca de aquí. ¿Sabes dónde está?

Rogers asintió con la cabeza.

—O en el Edificio Q de Fort Monroe. ¿Lo conoces?

—Íntimamente —respondió Rogers—. Pero ¿en cuál de ellos está ahora?

—Puedo averiguarlo. Haré una llamada.

Rogers fue a decir algo pero Quentin agregó:

—Puedes escuchar. No voy a jugar con mi vida, ¿de acuerdo?

—Josh, por favor, no lo hagas —dijo Myers.

Quentin no le hizo caso.

—Pero tiene seguridad. Y yo no puedo hacer nada al respecto.

—Eso no es problema tuyo sino mío. —Rogers levantó el teléfono móvil de Quentin, que había sacado de su parka—. Envíale un mensaje de texto. Dile que necesitas verla aquí.

—No sé si ella...

Rogers agarró una vez más el cuello de Quentin.

—Sé persuasivo.

Rogers observó mientras Quentin cogía el teléfono, pensaba un momento el mensaje y después se ponía a teclear.

Cuando hubo terminado, miró a Rogers para que le diera su aprobación.

—Envíalo.

Quentin pulsó el botón de envío y Rogers le quitó el teléfono.

—Ahora aguardamos —dijo. Miró a Myers, que lloraba en silencio—. Oye, si Jericho se presenta no voy a hacerte daño.

—Lo sé.

—Entonces ¿por qué lloras?

—Porque vas a matarla.

Rogers se quedó perplejo.

—¿Y a ti qué más te da?

Myers no contestó.

60

Puller, Knox y Shepard estaban debajo de la mesa del café. Puller y Knox habían desenfundado sus armas. Shepard gritaba histérica.

El local, donde momentos antes reinaba la tranquilidad, se sumió en el caos mientras los clientes chillaban, corrían, saltaban y se empujaban intentando escapar.

Puller alargó una mano y agarró el hombro de Shepard.

—Estás bien —dijo en un tono tranquilizador—. El tirador se ha marchado. Estás bien. ¿Me entiendes?

Le estrechó el hombro para reconfortarla.

Finalmente la mujer se calmó y asintió bruscamente.

—Sí.

—Quiero que te quedes aquí. La policía ya está en camino. Estás a salvo. ¿De acuerdo, Anne? Estás a salvo.

Shepard asintió de nuevo y se obligó a sonreír.

—Me... me has salvado la vida.

—Me alegra haber estado aquí.

—A mí también.

—Volveremos.

Puller y Knox alcanzaron la puerta del café. Puller echó un vistazo a través de la abertura, vio el terreno despejado y salieron corriendo a la calle.

—¿Cómo te las has arreglado? —preguntó Knox.

—He visto al tirador reflejado en el espejo del fondo del café.

Una mujer estaba en cuclillas en la acera, llorando. Vio a Puller y a Knox con sus armas desenfundadas. Levantó las manos.

—Por favor, no me disparen —suplicó.

Puller le mostró su placa.

—Soy policía. ¿Está herida?

La mujer negó con la cabeza.

—¿Ha visto al tirador? —preguntó Knox.

Apuntó hacia su izquierda.

—Por ese callejón. Un tipo alto con una sudadera negra y un rifle.

Puller y Knox echaron a correr, doblaron la esquina y enfilaron el callejón. Se oían las sirenas de la policía a lo lejos. Había anochecido, y Puller escuchaba los pasos que resonaban delante de ellos.

Llegaron a otra calle, giraron a la izquierda y siguieron corriendo. Vieron una sombra de movimiento lanzarse por otro callejón.

Llegaron a la bocacalle, se pararon un momento y después entraron. Continuaron avanzando, guiados por los pasos que oían delante. Pero cuando estos se detuvieron, Puller también se detuvo. Levantó una mano hacia Knox para que hiciera lo mismo.

Ahora Puller estaba por completo en modo de combate. No le gustaba lo que estaba viendo.

Volvió la vista hacia el otro extremo del callejón. En la oscuridad había poco que ver. Pero tenía los sentidos aguzados a tal nivel que era capaz de ver lo que los demás no veían.

—¿Qué pasa? —preguntó Knox en un susurro, agachada a su lado.

Puller meneó ligeramente la cabeza. Ya no se oían las sirenas. La policía ya debía de haber llegado al café.

Había sido arriesgado. Hecho en un lugar público. ¿Y el tirador había dejado que lo vieran en el espejo? ¿Un error de novato o una maniobra calculada?

«Porque aquí estamos, a varias manzanas de la escena del crimen, en medio de un callejón a oscuras con ambos flancos descubiertos.»

Puller sacó su segunda M11 de la pistolera que llevaba en la parte de atrás del cinturón. Se inclinó hacia Knox.

—Es una trampa —musitó—. Ten los ojos y los oídos bien abiertos y la pistola a punto.

Knox miró atrás y delante.

—¿Esa mujer en la calle?

—Está en el ajo —dijo Puller en un tono tan bajo que solo ella podía oírlo—. La mayor parte de la gente no es tan observadora cuando hay un tiroteo. Tendría que haberme dado cuenta. Nos ha enviado aquí de cabeza.

—¿Qué hacemos ahora?

—Movernos.

Siempre agachado, la condujo otros seis metros callejón adentro, mientras ambos oían pasos a sus espaldas.

Estaban en una trampa de pinza que Puller conocía bien porque la había usado un sinfín de veces en combate. Quienquiera que estuviera allí detrás tenía un poco de instrucción militar o, al menos, paramilitar.

Si quien los estaba siguiendo disponía de gafas de visión nocturna o miras láser, aquel enfrentamiento no iba a durar mucho.

Por eso Puller no tenía intención de quedarse en el campo de batalla.

Miró el edificio adyacente al que estaban e hizo unos cálculos mentales. Después él y Knox corrieron otros diez metros por el callejón.

Cuando Puller vio la puerta se abalanzó sin más hacia un lado y golpeó la madera con su recio hombro. Cedió bajo sus ciento cinco kilos, el cerrojo se rompió y la puerta se abrió hacia dentro. Él y Knox saltaron de cabeza al interior una fracción de segundo antes de que una docena de balazos impactara en las paredes de fuera y a través de la puerta abierta.

Puller cerró la puerta dándole una patada y miró a su alrededor. Estaban en lo que parecía ser un edificio comercial abandonado. El espacio se hallaba vacío salvo por algunas cajas, unos pocos muebles y un montón de suciedad y mugre. Las paredes eran de ladrillo y las ventanas estaban en lo alto, cubiertas por fuera con rejas metálicas oxidadas.

Al lado de la puerta había un interruptor. Puller lo probó. El edificio no tenía corriente eléctrica.

Sacó una linterna pequeña pero potente y barrió el lugar con su haz de luz. Había una puerta en la otra punta de la amplia nave.

Puller echó un vistazo en derredor, encontró un tablón y lo usó para atrancar la puerta por la que habían entrado.

—Esto no los detendrá mucho tiempo —señaló Knox.

—Pero nos avisará cuando entren en el edificio —rebatió Puller.

Cruzaron la nave a la carrera y llegaron a la otra puerta. Pero Puller agarró a Knox del brazo para detenerla antes de que la abriera.

Apuntó sus dos M11 a la puerta por la que habían entrado y vació medio cargador de cada una.

Knox le miró inquisitivamente.

—Acabamos de conseguir otros treinta segundos. La revancha empezará dentro de unos cinco.

Se apresuraron a subir por la escalera y momentos después oyeron las balas rompiendo la puerta a la que Puller había disparado.

—Buen instinto de combate —dijo Knox mientras subían los escalones de dos en dos.

—O les sacas ventaja o no sobrevives —sentenció Puller.

—Alguien tiene que estar oyendo los disparos —dijo Knox.

—Están usando silenciadores —explicó Puller—. La tecnología ha mejorado mucho. Esta zona de la ciudad está desierta por la noche. Para cuando alguien los oiga, seguramente estaremos muertos.

—¿Pues qué hacemos?

—Seguir moviéndonos. Los objetivos estáticos son blancos fáciles. Por eso los usan en los campos de tiro, para que los novatos se sientan satisfechos.

Abrió la puerta de una patada y se encontraron con un tramo de escalera. Subieron los peldaños de dos en dos y llegaron a un pasillo que se extendía en ambas direcciones.

—Por este llegaremos a la fachada del edificio y por este a la parte de atrás —calculó Puller.

—¿Y por cuál vamos?

—Por ninguno. Tendrán cubiertas las salidas.

—Esto es una locura. Voy a llamar a la policía.

Sacó su teléfono y lo miró sin dar crédito a lo que veía: no tenía cobertura.

Puller la miró.

—Están bloqueando la señal.

—Fantástico. ¿Y dices que no vamos adelante ni atrás? ¿Pues a dónde vamos?

—Arriba.

—¿Qué, para que nos atrapen en el tejado?

—Vamos.

Puller la condujo por el pasillo hasta que llegaron a una puerta con un rótulo que decía ESCALERA. La abrió y enfilaron hacia arriba.

Habían oído cómo se abría la puerta por la que habían entrado al edificio al romperse el tablón con el que Puller la había atrancado. El ruido de pisadas había recorrido la planta baja.

Ahora los pasos resonaban en todo el edificio. Según parecía, a los hombres que les estaban dando caza les traía sin cuidado que Puller y Knox supieran que estaban acercándose. Esa era la confianza que se sentía cuando tenías superioridad numérica y de armamento.

Puller condujo a Knox un tramo de escalera tras otro hasta que llegaron al tejado, ocho plantas más arriba. Puller forzó la puerta y después metió su navaja Ka-Bar a modo de cuña en la bisagra de la puerta para trabarla.

—¿Y ahora qué? —preguntó Knox, perpleja.

—Me dijiste que hacías atletismo en la universidad.

—¿Estás borracho?

—¿Lo hacías?

—Sí.

—¿Alguna vez practicaste salto de longitud?

—Sí. Era bastante buena.

—Me alegra oírlo.

—Puller, ¿qué diablos...?

Oyeron pasos que subían raudos por la escalera que conducía al tejado.

Puller le agarró la mano.

—Vamos.

—¿Qué?

Corrieron a toda velocidad hacia el borde del tejado.

Knox abrió los ojos como platos cuando finalmente entendió

cuál era el plan de Puller. Empezó a chillar pero el grito murió en su garganta.

Con la mano de Puller todavía agarrando firmemente la suya, llegaron a la cornisa, saltaron y salieron volando por encima del callejón.

Durante un momento eterno pareció que estuvieran suspendidos en el aire, sin avanzar ni retroceder.

Su impulso evitó una caída desde una altura de varias plantas.

Aterrizaron en el tejado del edificio adyacente, se agacharon y rodaron por el suelo.

Antes de que Knox pudiera siquiera recobrar el aliento, Puller la puso de pie de un tirón y la arrastró hacia la puerta de acceso a la azotea del edificio. Cruzó la puerta, metió dentro a Knox y la volvió a cerrar justo cuando sus perseguidores rompían la puerta del tejado donde ellos estaban momentos antes. Los hombres armados recorrieron toda la extensión del tejado buscándolos.

Entretanto, en el otro edificio Puller y Knox bajaban corriendo la escalera. Llegaron a la planta baja y Puller encontró una puerta exterior que daba al lado opuesto del edificio del que acababan de saltar. Echaron a correr.

El infalible sentido de la orientación de Puller los condujo de vuelta a su coche unos veinte minutos después. Subieron y Knox por fin dio un profundo suspiro.

Puller la miró. Estaba pálida y temblorosa, los ojos miraban fijamente al frente, como si estuviera en trance o al borde de la histeria y procurase mantener la compostura a toda costa. Tenía el rostro magullado, arañazos en un brazo, y los vaqueros y la blusa desgarrados.

—¿Estás bien? —le preguntó con inquietud.

Knox asintió lentamente.

—Gracias por salvarme la vida. —Hizo una pausa—. Pero como me hagas algo parecido otra vez, juro por Dios que te mataré.

61

Puller parpadeó al despertar a la mañana siguiente. Había dormido vestido. Al incorporarse miró por la ventana del motel de las afueras de Williamsburg, Virginia.

El sol empezaba a salir. El ángulo de la luz le dio en los ojos y apartó la vista.

Oía el agua correr. Se levantó y miró en derredor.

Knox estaba en el cuarto de baño. Habían decidido tomar una sola habitación. La seguridad ante todo.

Knox salió de puntillas del aseo. Se había quitado los vaqueros, y la camiseta era demasiado corta para ocultar su pálidos muslos.

—¿Qué tal ese brazo? —se interesó Puller.

—Bien —respondió Knox a secas.

—¿Estás dolorida? Nos dimos un buen golpe.

No contestó.

La noche anterior no habían hablado. Era obvio que Knox estaba demasiado enfadada y Puller no dio con las palabras adecuadas para iniciar una conversación productiva. Decidió intentarlo otra vez, con la fórmula de cortesía universal.

—Perdóname —dijo Puller. Hizo una pausa y agregó—: Pensé que si te decía lo que estaba planeando te asustarías y no querrías hacerlo. Y ahora estaríamos muertos.

Knox se sentó en una esquina de la cama y lo fulminó con la mirada.

—La próxima vez ten más fe en mí —dijo, aunque en un tono más conciliador.

—Lo haré.

Knox se deslizó a su lado y apoyó la cabeza en la almohada. Cerró los ojos y arrugó la frente mientras se acariciaba el brazo herido.

—De modo que primero intentaron matar a Shepard y después a nosotros. Nos tendieron una trampa.

—Cosa que me hace pensar que están preocupados porque nos estamos acercando a la verdad.

—¿Quiénes crees que eran esos tipos?

—Diría que mercenarios. Ahora los hay a patadas. Seguramente traídos desde otro país. Aunque consiguiéramos localizarlos no podrían decirnos nada. Dinero transferido a una cuenta en un paraíso fiscal desde un lugar imposible de rastrear. Lo he visto un montón de veces.

—Lo entiendo si operan en Oriente Próximo, pero ¿aquí? ¿Contratar asesinos para que vengan a este país a matar a un contratista del Departamento de Defensa?

Puller la miró de reojo.

—Bueno, unos capullos vinieron a este país y derribaron edificios utilizando aviones, ¿no? En mi opinión, todo es posible.

Knox suspiró.

—Cierto.

—Tenemos que encontrar a Paul. Y tenemos que dar con Jericho.

—Ni sabemos dónde está, ni tenemos nada contra ella.

Antes de que Puller tuviera ocasión de contestar, sonó su móvil. Era su hermano. Activó el altavoz y puso el teléfono entre ambos para que Knox pudiera oír la conversación.

Puller tardó un minuto en ponerlo al corriente de lo que acababa de ocurrir. Robert escuchó en un silencio que dejó que se prolongara unos instantes cuando Puller terminó de hablar.

—Estamos llegando a un punto crítico, John.

—Sí, ya me doy cuenta. Van a rodar muchas cabezas y no sé quién va a quedar indemne.

—El sujeto que viste con Helen Myers es Anton Charpentier.

—¿Es un espía?

—No, un hombre de negocios. Dudo que sea quien maneja los hilos de todo esto en la sombra. En cualquier caso, solo es mi opinión. Pero está conectado con intereses económicos bastante sustanciosos en todo el mundo, y no todos ellos son aliados de este país.

—Shepard nos dijo que algunas cosas en las que está trabajando Atalanta Group tienen aplicaciones comerciales con un enorme potencial. Millones, quizá billones.

—Es verdad. Y Atalanta Group tiene vedada su explotación. No poseen los derechos para hacerlo.

—Dice que todo depende del titular de las patentes.

—Shepard tiene toda la razón. Y la persona que posee todas esas patentes en concreto es Chris Ballard.

—¡Ballard! —exclamó Puller—. Pero si está jubilado.

—Pero guardó bajo llave todas las patentes durante años. De hecho, se emitieron a título personal por ser el inventor. Sin embargo, dudo que lo fuese, pero los abogados seguramente lo hicieron constar así en el papeleo. Y cualquier empleado suyo estaría obligado por contrato a ceder los derechos de propiedad intelectual. Así es como funciona esto.

—¿Cómo sabes que Ballard tiene los derechos? —preguntó Knox.

—Después de descifrar lo que había en los pantallazos que me enviasteis, indagué en la Oficina de Patentes.

—¿Cómo se te ocurrió hacerlo? —quiso saber Knox.

—Porque tiene que haber un motivo detrás de todo esto. Y nueve de cada diez veces el motivo es el beneficio económico. Como ya habéis señalado, las patentes a nombre de Ballard gozan de un valor potencial enorme en el campo comercial.

—¿Podría explotarlas comercialmente? —preguntó Puller.

—Sí. Atalanta Group, como contratista del Departamento de Defensa, se dedica exclusivamente a desarrollar la tecnología en la que está trabajando para apoyar al ejército. Tienen licencia de Ballard para usar su tecnología a fin de hacer ese trabajo.

—De acuerdo, ¿pero él la explota comercialmente? —insistió Puller.

—No que nosotros sepamos. Como bien has dicho, oficialmente está jubilado.

Knox intervino.

—Pero tiene una corporación. Que esté jubilado no significa que no pueda construir este material, ¿verdad? Y si es tan valioso, ¿por qué no iba a hacerlo?

—No lo sé. Pero no encontré nada que demuestre que la organización de Ballard esté trabajando en algo de esto. Quizá haya una subcontrata que estoy pasando por alto, aunque lo dudo.

—Helen Myers está pasando tecnología a ese tal Charpentier —recapituló Puller—. Y a Myers se la proporciona Quentin, que trabaja en Atalanta Group. La misma empresa en la que trabaja Jericho. Ella nos dijo que esencialmente es su jefe.

—No te lo creas ni por un instante —dijo Robert—. Me parece que el único jefe que ha tenido alguna vez es ella misma.

—Entonces ¿cómo consigue Quentin esa información y por qué se la pasa a Charpentier? —preguntó Knox.

—No lo sé —admitió Robert—. Pero tenemos que averiguarlo. Esto se ha convertido en un asunto de seguridad nacional, John.

—¿Puedes hacer que tu gente lo investigue?

—Lo dudo. Aun con lo que me has mostrado, todavía no basta para llamar a la caballería. Hay un montón de aspectos que considerar, de los cuales no es el menor que los franceses sean un aliado nuestro bastante importante.

—Pero seguramente no es el gobierno francés el que está detrás de todo esto, Bobby. Son las corporaciones. Además, que Charpentier sea francés no significa que no esté vendiendo este material a los rusos o a los chinos. Como has dicho, es un problema de seguridad nacional. Y ese tipo tiene trato con personas que no son aliados nuestros.

—No importa. Aun así, tenemos que andar con pies de plomo.

—No veo por qué —dijo Puller.

—Porque desconocemos el alcance que tiene esto. O hasta qué niveles llega la corrupción. Esas cosas no suelen existir en un vacío.

Hubo un caso de corrupción que involucraba a un hombre de negocios malayo y a la Séptima Flota. Si no recuerdo mal, unas dos docenas de oficiales, entre ellos unos diez almirantes, estaban implicados. La gente hacía tiempo que sospechaba, pero con tanta potencia de fuego detrás de la corrupción, todos los intentos de intervención se vieron frustrados hasta que las cosas se pusieron tan feas que se descontrolaron e hicieron caer a todo el mundo. Es posible que ahora nos enfrentemos a una situación semejante. Si es así, no podemos ir por ahí gritándolo a los cuatro vientos porque entonces todos borrarán su rastro.

—¿Y qué pasa con Shepard y nosotros casi liquidados? ¿Eso no es suficiente descontrol?

—Demuestra que existe una conexión, John. ¿Tienes alguna?

Puller suspiró desesperado.

—¿Y ahora qué?

—¿Alguna pista sobre ese tal Paul?

—No, pero le tiene muchas ganas a Jericho. Así que quizá podríamos hacerlo al revés. La buscamos a ella y a lo mejor aparece él.

—Me consta que pasa mucho tiempo en la finca que posee Ballard en Carolina del Norte. Según parece, todavía están muy unidos.

—Puedo rastrear las propiedades que tenga Quentin —propuso Knox.

—Haz lo mismo con Helen Myers —dijo Puller—. También está metida en esto hasta el cuello. Y veamos si podemos averiguar dónde están ahora mismo.

—Parece un buen plan —dijo su hermano.

La línea se cortó. Puller miró a Knox. Estaba concentrada en su *smartphone*.

—¿Alguna base de datos que nos sea útil?

—Hago lo que puedo —dijo Knox.

—Bien, probemos primero en un sitio evidente.

Le lanzó los vaqueros. Knox se incorporó y comenzó a ponérselos. Puller la observó mientras los pantalones le enfundaban las piernas. Ella se detuvo con los muslos a medio cubrir y lo miró.

—¿Qué pasa?

—Nada.

Enseguida dio media vuelta y fingió que buscaba algo en su mochila.

Fueron al Grunt.

—No habrá nadie tan temprano —señaló Knox mientras caminaban por el callejón hacia el bar.

—Me da igual. Forzaré la entrada y echaré un vistazo.

Sin embargo, cuando se acercaron a la entrada del bar vieron que dentro había luz. Puller llamó y un joven abrió la puerta momentos después.

—¿Qué se le ofrece?

Puller mostró sus credenciales.

—Estuve aquí la noche del tiroteo. Creo que estabas detrás de la barra.

—Pues sí. Me acuerdo de usted.

—¿Qué haces aquí tan temprano?

—La señora Myers me pidió que viniera cuando la policía levantara el precinto del bar. Solo estoy comprobando existencias y limpiando un poco.

—¿De cara a reabrir? —preguntó Knox.

—Eso lo decidirá la señora Myers.

—A propósito, ¿sabes dónde podemos encontrarla?

El camarero negó con la cabeza.

—Tiene casa en la ciudad, pero me consta que no está allí. Me coge de camino. Cuando he pasado por delante, he visto la casa a oscuras y el coche no estaba.

—¿Tiene otro domicilio? —preguntó Puller.

—Sí, una casa en la playa, en Carolina del Norte. Quizá esté allí. Queda a menos de dos horas.

—¿Sabes la dirección?

—Sí, pero no creo que deba dársela.

Puller le volvió a enseñar las credenciales.

—Aquí dice ejército de Estados Unidos. Somos los buenos de la película. Y puede que esté en peligro. Pensamos que podría ser el objetivo de los pistoleros.

—Dios mío. ¿En serio?

—En serio. ¿La dirección?

Salieron del Grunt poco después con un trozo de papel con la dirección de la casa de la playa. Subieron al coche y Puller arrancó.

Knox estaba mirando su teléfono. Pulsó varias teclas, introduciendo la dirección.

—El muchacho tenía razón, solo está a unas dos horas de aquí. Y hay algo más.

—¿El qué?

—Esta dirección está solo a una media hora de la finca de Ballard.

—Interesante y, probablemente, no es pura coincidencia.

—¿Piensas que Myers está trabajando con Ballard? —dijo Knox.

—¿Por qué iba Ballard a robar sus propios secretos para pasárselos a ese tal Charpentier?

—Mierda. Este caso es un auténtico embrollo.

—Y cada vez se va embrollando más.

62

«Una respiración, dos respiraciones, tres respiraciones.»

Myers estaba dormida, todavía atada a la silla. La cabeza le colgaba sobre el pecho, el pelo le caía lacio. De vez en cuando murmuraba pero Rogers no entendía lo que decía.

Josh Quentin también dormía y, al igual que Myers, seguía atado a la otra silla.

La noche anterior habían recibido respuesta de Jericho a su mensaje, diciendo que estaba muy ocupada pero que se reuniría con ellos por la mañana. Lo importante era que iría allí. Rogers sabía exactamente cómo iba a matarla.

Lo vio venir, de manera que se levantó y salió corriendo de la habitación. Llegó al cuarto de baño justo a tiempo y vomitó en el retrete. Se quitó la ropa porque sentía que tenía el cuerpo literalmente en llamas. Entró en la ducha y abrió el grifo del agua fría. Seguía teniendo la sensación de estar en un baño turco. O en un horno. Era como si el agua que le golpeaba la piel se evaporase con el calor.

Agarró el caño de la ducha y lo estrujó. Notó que el metal cedía y lo soltó antes de romperlo.

Se desplomó contra las baldosas, contando sus respiraciones pero sin recobrar todavía el control, sintiendo que le caía encima el enorme peso de la desesperanza.

Era un Atlas sin la fuerza correspondiente.

Por primera vez en su atormentada vida, Paul Rogers no estaba seguro de poder llevar aquello a cabo. No sabía si sobreviviría el tiempo suficiente. Sería una cruel ironía que cayera muerto a los pies de aquella mujer, a centímetros de su objetivo de décadas de acabar con su vida.

Salió de la ducha, se secó con una toalla y se sentó en el retrete. El dolor finalmente remitió, los fuegos interiores disminuyeron de intensidad. Volvió a vestirse y regresó a la habitación donde Myers y Quentin aún estaban dormidos.

Se sentó y se sorprendió cuando Myers levantó la cabeza, abrió los ojos y lo miró.

—Sé que tienes un motivo de peso para odiarla —dijo.

Rogers se volvió hacia ella, le sostuvo la mirada durante un prolongado momento y luego apartó la vista, fijándola entre sus pies.

Myers echó un vistazo a Quentin.

—Yo no me fiaría de él.

—Yo no me fío de nadie —aseveró Rogers, mirándola de tal manera que su semblante cambió de color y bajó la cabeza.

—¿Qué vas a hacer conmigo?

—Ya te lo he dicho. Jericho viene y tú quedas libre.

—Vi lo que les hiciste a aquellos hombres en el bar. No creo que fuese la primera vez que has matado a alguien.

Rogers levantó la vista hacia ella.

—Me crearon para matar. En realidad es la única razón de mi existencia.

—Creo que nunca había oído algo tan espantoso.

Rogers no respondió porque no tenía nada que añadir.

—¿Y esas cicatrices? ¿Qué te hicieron?

—Las cicatrices me hicieron fuerte. —Se dio unos golpecitos en la cabeza—. Pero esto me convirtió en un asesino.

Myers fue a decir algo pero Rogers levantó una mano.

—Basta de charla.

El tiempo iba transcurriendo.

La noche daba paso a la mañana.

Myers se quedó dormida de nuevo.

Quentin no se había despertado ni una sola vez, quizá sintiéndose a salvo al creer que su traición le permitiría sobrevivir.

Rogers tan solo miraba el suelo.

Hasta que dieron las ocho de la mañana.

El ruido del coche acercándose hizo que fuera hasta la ventana.

Era un monovolumen negro. Aparcó en el camino de entrada y una mujer se apeó.

Claire Jericho, en carne y hueso. Iba vestida con un traje sastre negro.

Rogers dio un grito ahogado y luego respiró hondo. Apenas podía creer que ella estuviera allí, que él estuviera, después de tanto tiempo, a solo pocos metros de la mujer que lo había destruido. Sintió que se le calentaba el cuerpo como si alguien hubiese encendido una hoguera debajo de él. Estuvo a punto de saltar por la ventana, agarrarla y terminar con ella.

Rogers fue corriendo hacia Quentin, lo despertó, lo desató y le dijo lo que tenía que hacer. Después corrió al cuarto de baño, cogió una toallita de tocador y se la metió a Myers en la boca para que no pudiera gritar.

Lo miró presa del pánico.

—Todo acabará muy pronto —le dijo Rogers.

Se volvió y agarró a Quentin del brazo.

—Como te pases un milímetro de la raya te aplastaré el cráneo.

Quentin asintió con la cabeza, se alisó la camisa, se pasó una mano por el pelo y se dirigió a la planta baja, con Rogers pisándole los talones.

Llegaron a la puerta principal justo cuando se oyó la llamada. Rogers se asomó a una ventana. Jericho estaba sola. Si había alguien más en el monovolumen, no había bajado.

Quentin abrió la puerta e indicó a Jericho que entrara. Jericho cruzó el umbral.

Rogers cerró los ojos y todo lo que le había hecho aquella mujer regresó rugiendo como un tsunami dentro de su cabeza. Abrió los ojos. Había terminado de contar respiraciones.

Sacó la M11-B de coleccionista que llevaba en el cinturón.

Apuntaría a la cabeza.

Vería cuánto le gustaba. Después bajaría el arma y le haría tragar el anillo.

Finalmente la estrangularía con las manos que ella había hecho más fuertes que las de un gorila.

«Por el bien común. Puedes llevártelo a la eternidad.»

Rogers estaba a punto de atacar cuando el gas le dio de pleno en la cara.

Recordó aquellos ojos que lo miraban tal como lo habían hecho tres décadas antes.

Eran inquisitivos, penetrantes y no perdían detalle. Eran ojos de rayos X, si tal cosa existía.

Ella no sonrió. No se rio. No se mostró presuntuosa ni triunfante.

Simplemente un poco curiosa.

El cuerpo de Rogers se puso tenso y acto seguido se relajó al asentarse el vapor un instante en sus pulmones antes de que su flujo sanguíneo lo mandara a toda velocidad a su cerebro.

Un momento después todo se oscureció. Inconsciente, se desplomó en el suelo a sus pies.

Jericho bajó la mirada hacia él y después empujó con el pie uno de sus hombros duros como la piedra.

—Me alegra volver a verte por fin, Dimitri.

63

—Tiene que ser esta —dijo Knox.

Hacía una hora y media que habían cruzado a Carolina del Norte. Eran más de las nueve de la mañana cuando Puller enfiló el camino de entrada a la gran casa de la playa.

—El Grunt debe ser una máquina de hacer dinero —comentó Knox mientras se apeaban del coche.

—Me parece que vender secretos gubernamentales robados es más lucrativo —respondió Puller secamente.

Fueron hasta la puerta principal.

—Puller, la puerta está abierta —dijo Knox.

Puller ya había desenfundado su pistola; Knox hizo lo mismo. Bajó la vista hacia el camino de asfalto.

—Esa mancha de aceite parece reciente —advirtió Puller, señalando un pegote de líquido.

Se situaron a un lado de la puerta y Puller la empujó con el pie. La puerta se abrió y se asomó al interior.

Miró a Knox y le hizo una seña con la cabeza.

Knox entró agachada en la casa, apuntando con el arma al medio y a la izquierda. Puller la siguió y con la suya trazó un arco del medio a la derecha. Comprobaron que no hubiese nadie en la planta baja y pasaron al garaje.

—Este es el BMW de Myers —dijo Puller—. El Maserati no sé de quién es.

Knox abrió la guantera del Maserati y sacó los papeles del coche.

—Josh Quentin.

—Bien, esto empieza a tener sentido.

—¿Crees que están aquí? —preguntó Knox.

—Aún nos queda casa por registrar, pero no he oído nada.

—¿Piensas que han muerto?

—Pienso que más vale que lo comprobemos.

Subieron la escalera y fueron habitación por habitación de la primera planta. En un dormitorio, Puller se agachó y recogió un trozo de cuerda y una toallita de tocador hecha un ovillo.

—Se diría que han atado y amordazado a alguien —dijo Knox—. ¿Quién crees que sería? ¿Myers?

—No lo sé.

Se separaron. Knox se encargó de media planta y Puller de la otra media. Knox despejó su zona y después encontró a Puller en uno de los cuartos de baño.

—¿Has encontrado algo?

Puller señaló el retrete.

—Se diría que alguien tenía descompuesto el estómago.

Knox arrugó la nariz.

—Desde luego, huele a vómito.

—Y después está esto. —Le indicó la ducha—. Mira ese caño.

—Está casi roto. ¿Has buscado marcas de herramientas?

—No parece que se haya usado una herramienta. A juzgar por lo que veo, esto lo hicieron unas manos.

—Esta tubería es metálica y tiene que ser lo bastante gruesa para soportar la presión del agua.

—Solo se me ocurre un hombre capaz de hacer que el metal parezca masilla.

—Paul. O sea que ha estado aquí. ¿Crees que ha sido a él a quien han atado?

Puller negó con la cabeza.

—Esa cuerda no lo habría retenido.

—Pues entonces ató él a alguien. ¿A Myers?

—Esta es su casa. Pero podría tratarse de Quentin.

—Me pregunto cómo descubrió Paul este lugar.

—Ni idea. Pero todo indica que ha estado aquí.

—Pero ¿por qué iba a pensar que Myers tenía algo que ver con Jericho?

—¡No lo sé, Knox! A no ser que averiguase lo que hacían en esa sala de arriba del bar.

—Supongo que es posible. Trabajaba allí.

Puller examinó el sofá y se fijó en algo.

—Hay restos de cabello. —Los recogió—. No parecen de Myers. ¿Quizá sean de Josh Quentin? Su coche también está en el garaje.

—¿Y si Paul le buscaba a él? Tal vez siguió a Quentin hasta aquí, sin saber que se encontraría con Myers.

—Es posible.

—Además, sabemos que él y Myers trabajan juntos para pasar secretos. Tendría sentido que se reunieran aquí —observó Knox.

—Entonces han estado aquí los tres: Paul, Myers y Quentin. Y había personas atadas y amordazadas para que no pudieran gritar y advertir a un tercero.

—¿Así que Paul los estaba reteniendo a los dos? ¿Y dónde están ahora? ¿Se los ha llevado a otra parte?

Puller asintió.

—Sin duda es posible. ¿Quizá para entrar en el Edificio Q? ¿Para llegar hasta Jericho?

—De acuerdo, pero, si es así, ¿cómo entramos allí sin invitación?

—Tal vez tengamos que invitarnos nosotros mismos.

—¿Cómo?

—Tenemos dos horas de coche para que se nos ocurra la manera.

64

Rogers abrió los ojos despacio. Se sentía como si alguien hubiese disparado un cañonazo al lado de su cabeza. Aturdido, confuso, desorientado. Como si él y Johnnie Walker etiqueta negra hubiesen estado un mes entero de borrachera.

No podía mover los brazos ni las piernas.

Una bofetada.

La mano le golpeó ligeramente la mejilla.

Parpadeó y enfocó a la persona que estaba a su lado.

Claire Jericho le devolvió la mirada.

Se hallaba tendido en una camilla. No estaba atado pero no podía moverse. Se humedeció los labios secos.

—¿Qué me has hecho? —preguntó en voz baja.

—Nada del otro mundo. Gas anestésico. ¿Cómo te encuentras?

—No puedo moverme.

—Betabloqueantes. Del plexo braquial y el nervio femoral, entre otros. Ya los habíamos usado contigo.

—¿Por qué lo has hecho? —dijo Rogers, haciendo rechinar los dientes.

—Bueno, no hay muchas maneras de retenerte. He pensado que esta era la mejor. No es dolorosa. Y el efecto se pasa.

Rogers miró en derredor.

—¿Dónde estamos?

—En un lugar seguro, Dimitri.

—Me llamo Paul.

—Exactamente. Paul Rogers.

Jericho acercó una silla y se sentó a su lado.

—¿Cómo te alertó Quentin? —preguntó Rogers.

—No lo hizo. Siguió tus instrucciones al pie de la letra.

—¿Pues cómo sabías que estaría allí?

—Josh Quentin nunca me convoca a una reunión —contestó simplemente—. Y yo ya estaba en guardia.

—¿Por qué?

Jericho sacó una libreta pequeña del bolsillo interior de su chaqueta y la abrió por la primera página.

—Fuiste condenado por asesinato en segundo grado. Cumpliste diez años de una condena de quince y luego te concedieron la libertad condicional. Desafortunadamente, saliste con un día de antelación por un error administrativo.

—¿Cómo lo supiste? No pudieron tomarme las huellas dactilares.

—Por el ADN —contestó Jericho—. Tomaron muestras de tu ADN. Y cuando recogimos esa muestra de ADN hace cuatro años, supimos dónde estabas.

—Si lo sabíais hace cuatro años, ¿por qué no fuisteis a por mí entonces?

—No era fácil hacerlo. Habías matado a una persona. Pero mantuvimos la vigilancia y estamos muy contentos de tenerte de vuelta.

—¿Por qué?

—Para hacer pruebas, por supuesto. Cuando diseñamos el sistema no sabíamos cuál iba a ser su longevidad. Pero ahora que estás aquí, podemos efectuar pruebas precisas que nos dirán con toda exactitud la durabilidad de lo que te metimos dentro.

—He vuelto a ir al Edificio Q —dijo Rogers—. Nada ha cambiado.

—Ojalá fuese verdad, Paul. Lo que hacemos ahora es trivial, poco imaginativo y de lo más aburrido. ¿Exoesqueletos? ¿Nanofibra muscular para un irrisorio incremento de fuerza del treinta por ciento? Nosotros cuadruplicamos con creces tus parámetros de fuerza. Y los exos son engorrosos, pesados, muy muy limitados. ¿Mejores gafas de visión nocturna? ¿A quién le importan realmente? Ahora bien, el concepto de armadura líquida es algo diferente, pero tampoco tan innovador. Con las botas biónicas superamos los factores limitadores de las tiras estrechas que constituían nuestro talón de Aquiles, pero, de nuevo, eso no cambia las cosas. —Acarició el brazo inmóvil de Rogers—. Nada de eso se acerca ni de lejos a lo que llevamos a cabo contigo, Paul. Hiciste realidad nuestra misión de crear un soldado metabiológicamente dominante. —Retiró la mano—. Pero el Pentágono canceló el programa. Lo cierto es que fue una decisión terriblemente equivocada que nos ha retrasado décadas. Las guerras en Oriente Próximo habrían sido muy distintas si hubiésemos tenido una división de soldados como tú. Muy distintas. —Alargó la mano y le tocó la mancha de la cabeza—. Y esto, esto fue el logro culminante. Volvió secundario todo lo demás que hicimos para mejorarte. —Hizo una pausa y, en un tono reverencial, agregó—: Una máquina de combate que no tiene miedo. Fue el mejor atributo que se podía otorgar a un soldado.

—El miedo es necesario en la guerra, si eres quien está combatiendo —dijo Rogers entre dientes.

—Tonterías. El miedo te vuelve débil. Un soldado que siente no es un verdadero soldado.

—No sabía que supieras cómo es estar en combate.

Jericho negó con la cabeza otra vez, ahora con una expresión de decepción.

—Esa no es la cuestión, ¿no te parece?

Ojeó de nuevo su libretita.

—Encontraron a dos personas asesinadas cerca de la terminal donde te bajaste del autobús que tomaste al salir de la cárcel. Además, encontramos los documentos de tu condicional en la papelera. Después no cabe duda de que cruzaste el país. Coches robados, seguramente. Y al final llegamos a Virginia Occidental.

Pasó la página.

—Un vendedor de armas, Mike Donohue, murió asesinado en Virginia Occidental. El atestado de la policía decía que le habían clavado un cuchillo a través del pecho con tanta fuerza que había quedado ensartado en la carrocería de su remolque. Una demostración de fuerza asombrosa. Donohue era un hombre corpulento con un torso abultado.

Alargó la mano a la mesa y cogió la M11-B.

—Y esto fue lo único que la policía echó en falta en el remolque de Donohue. Supongo que querías apuntármela a la cabeza tal como yo te lo hice una vez. Revólver contra semiautomática. Obviamente no querías dejar mi muerte a los caprichos del azar.

Rogers no respondió. Miraba fijamente el techo.

Jericho dejó el arma.

—Lo único que me inquietó de verdad, Paul, guardaba relación con el niño. El hijo de Donohue, Will.

—No lo maté.

—Eso es lo que me inquieta.

Con un rugido de rabia Rogers consiguió darse la vuelta y caer de la camilla. Aterrizó a los pies de Jericho pero después no pudo moverse ni un centímetro.

Jericho bajó la mirada hacia él.

—Dime, ¿qué conseguiste con eso en realidad?

Sacó un teléfono de un bolsillo, hizo una llamada y acudieron cuatro hombres. Pusieron de nuevo a Rogers en la camilla y esta vez lo ataron con correas. Con un gesto de la mano, Jericho los despachó y volvieron a quedarse a solas.

—¿Serás capaz de mantener una conversación civilizada ahora?

—¿Qué cojones quieres de mí?

—Ya te lo he dicho. Hacerte pruebas. No puedo insistir lo suficiente en lo importante que es esto.

—¿Por qué? Ya no estáis construyendo monstruos como yo.

—Cierto, ahora no construimos soldados como tú, pero creo firmemente que deberíamos hacerlo.

—Perdí el control. Asesiné a varias personas.

—Fue lamentable, pero toda gran visión exige sacrificios.

—¿Esas mujeres? Te estaba asesinando a ti una y otra vez. Porque no podía llegar hasta ti.

—Soy bien consciente de que los asesinatos eran simbólicos.

Pero esas mujeres estaban haciendo su trabajo, Paul. Perdimos un montón de talento. Me disgustó mucho que lo hicieras.

—¡Te disgustó! —gritó Rogers—. ¡Me convertiste en una jodida máquina de matar!

Jericho le puso una mano en el hombro para tranquilizarlo.

—Tienes razón. No fue culpa tuya. Fue un error por nuestra parte. Pero estábamos explorando territorio ignoto. Eso siempre conlleva riesgos. Piensa en la aeronáutica. ¿Sabes cuántos pilotos murieron para que ahora podamos viajar sin peligro de una punta del mundo a la otra en cuestión de horas? —Hizo una pausa—. Pero ahora que has vuelto al redil, podemos averiguar en qué nos equivocamos. Si damos con las soluciones correctas y efectuamos los ajustes necesarios, podremos retomar el programa y hacerlo de manera adecuada. ¿Sabes qué? Durante mucho tiempo pensé que habías muerto. Y después, descubrir que estabas en prisión, en fin, suponía un potencial increíble. Solo teníamos que sacarte de allí.

—Me dieron la condicional. Salí yo solito.

—Bueno, así no es como ocurrió exactamente. Tus dos primeras audiencias para la condicional no fueron bien, según tengo entendido. Pero tiramos de algunos hilos para asegurarnos de que a la de tres fuese la vencida.

Rogers la miró.

—Realmente queríamos que volvieras, Paul. Pero después te perdimos el rastro. Escapaste y pasaste a la clandestinidad. Entonces no teníamos los recursos que tenemos hoy en día para encontrarte. Y tampoco podíamos avisar a la policía para que te considerase persona desaparecida.

—Me fui tan lejos de ti como pude.

—No supe que trabajabas de portero en el bar hasta hace muy poco.

—Enviaste a esos hombres a matarme.

—No. Los envié para que te trajeran aquí.

—¡Intentaron matarme!

—No, al menos de entrada, no. Uno de ellos consiguió escapar. Después me contó que las cosas se les habían ido de las manos. Alguien intentó detenerlos antes de que llegaran al bar, un hombre mayor y muy corpulento.

—Se llamaba Karl.

—Sí, Karl. Después, cuando dieron contigo, te pusiste a matarlos. Y entonces fue matar o morir. Creía que había enviado a suficientes hombres, pero al parecer me equivoqué. La descripción que hizo de tus proezas durante la pelea fue bastante detallada. Si hubiese sido una prueba, la habrías pasado con buena nota. Fue de lo más emocionante.

—Murió gente inocente —le espetó Rogers—. Por culpa de lo que hiciste.

—Sí, bueno... como he dicho, sacrificio.

—¡Vete al infierno!

Jericho le dio unas palmaditas en el hombro.

—Quiero entender cómo llegaste a dominar el impulso de matar, Paul.

Rogers apartó la vista.

—Por favor, esto es muy importante.

Aguardó pero Rogers permaneció callado.

—¿Por qué no mataste al niño Will Donohue? Si me puedes explicar tu proceso mental para actuar así, podremos hacer los ajustes necesarios para asegurarnos de que nunca volvamos a tener ese problema.

Rogers la miró.

—¿Un supersoldado que no quiere matar? ¿Eso cómo se come?

—Me has malinterpretado. Me refería a programarlo para matar solo al enemigo.

—¿Y exactamente quién decide quién es el enemigo?

—Eso no forma parte de mi misión. Lo deciden otros. Los dirigentes políticos.

—Ah, ahora me siento mucho mejor.

—No debería ser complicado, Paul. Solo explícame cómo lo hiciste.

Rogers de repente gimió, y si no hubiese tenido las extremidades paralizadas se habría agarrado la cicatriz de la cabeza.

Una Jericho entusiasmada se levantó de la silla, cruzó rauda la habitación y llevó un aparato de monitorizar hasta la camilla. A toda prisa pegó electrodos en las sienes de Rogers, y después le abrió la camisa y le puso sensores en el pecho y uno en el cuello.

Se volvió hacia la máquina y estudió la pantalla. Pulsó unos cuantos botones en el teclado y observó los resultados. Entretanto Rogers gemía y gritaba. Después giró la cabeza y vomitó.

Jericho no dio muestras de percatarse.

—Fascinante —dijo—, pero realmente necesitamos conectarte escáneres 3D y ese tipo de cosas. El equipo con el que contamos ahora está a años luz del que usábamos hace treinta años. Nos dará una imagen mucho más clara de lo que está sucediendo. Y un análisis completo de sangre, por supuesto. Llevará mucho tiempo, pero voy a hacerlo bien. Te lo prometo.

Hizo una llamada y al cabo de veinte minutos Rogers estaba siendo trasladado a otra habitación, sufriendo todavía intensos dolores. Lo metieron en un tubo y le hicieron un escáner.

Jericho estaba atenta a la pantalla que mostraba el funcionamiento interior del cuerpo de Rogers.

—¿Qué nivel de dolor estás sintiendo, Paul? Por favor, sé tan preciso como puedas. Ah, ¿y con qué frecuencia tienes los ataques?

—¡Que te jodan! —gritó Rogers.

—Estamos perdiendo un tiempo muy valioso. No sé cuándo vas a sufrir otro episodio como este.

Rogers no contestó. Obviamente frustrada con él, Jericho siguió estudiando la pantalla.

—Esto es verdaderamente fascinante —dijo—. Ya veo dónde pueden introducirse las mejoras. —Empezó a garabatear notas en una tableta electrónica—. Voy a sacar tu historial y a compararlo con lo que estoy viendo ahora. Esto me permitirá profundizar en la evolución. ¿Te duelen las articulaciones? Usamos resinas compuestas antes de que alguien supiera lo que realmente podían hacer. Más duras que el acero, más maleables que el plástico. Pero el escáner evidencia algunas roturas en la estructura de las extremidades. Aunque el implante cerebral es lo más fascinante de todo.

—¡Cállate! —aulló Rogers.

Jericho ni se inmutó.

—¿Sabes que tu cerebro ha tejido un circuito nervioso alrededor del implante? Y también lo ha penetrado. —Hizo una pausa y después añadió, entusiasmada—: Tu cerebro está dentro del implante. Quizá esto sea el motivo de...

—¡Que te calles!

Jericho se calló, pero siguió moviendo los labios como si hablara para sí misma. Sus ojos brillaban maravillados ante lo que estaba viendo mientras Rogers yacía en la camilla sumido en un terrible sufrimiento.

Cuando el dolor empezó a remitir, la miró y vio que estaba absorta en la pantalla.

Solo quería acabar con aquella locura.

Acabar con ella.

Y después con él.

—Aquel hombre no era Ballard —dijo Rogers.

Esto llamó la atención de Jericho. Se volvió hacia él.

—De modo que fuiste tú quien lo tiró por la ventana.

—Y creo que el otro tipo tampoco es él. Así que, ¿dónde está?

—No te preocupes, Paul, todo terminará pronto.

—Muchas cosas terminarán pronto —repuso Rogers.

«Incluida tú.»

—Ahora vuelvo —dijo Jericho—. Tengo que verificar unas cosas.

Salió de la habitación y Rogers se quedó mirando el techo. Intentó mover los brazos y las piernas pero no lo logró.

«¡Mierda!»

Se le estaban agotando el tiempo y las opciones.

Cuando la puerta se abrió de nuevo ni siquiera se volvió para mirarla.

—¿Paul?

Entonces sí que se volvió.

Ahí estaba Suzanne Davis.

Se acercó y bajó la vista hacia él.

—Lo siento —dijo—. Ojalá pudiera hacer algo para ayudarte.

Rogers se encogió de hombros.

—¿Ella es «la gente rica» que te adoptó?

—Sí.

Rogers apartó la vista y negó con la cabeza. Si pudiera mover los brazos, se arrancaría aquella cosa de la cabeza sin más dilación.

—¿Alguna vez te dio un motivo? —preguntó Rogers.

Davis apartó la mirada.

—Quizá se sentía sola.

Rogers volvió a mirar el techo.

—Tienes que pensar bien en esto. En un momento dado, se cansará de ti. ¿Y entonces...?

—¿Puedes moverte?

—Me han inyectado no sé qué mierda. ¿Dónde estamos, por cierto?

—En el mismo lugar.

—¿Dónde está Ballard? ¿El auténtico Ballard?

Davis negó con la cabeza.

—¿No lo sabes o no quieres decírmelo?

Davis se limitó a negar con la cabeza otra vez.

—No importa, de todas formas estoy muerto.

Le recorrió el brazo con un dedo.

—¿Por qué regresaste? Podrías estar en cualquier otro sitio.

—¿Sabes lo que me hizo?

—En parte.

—Entonces deberías entender que tenía que regresar.

—Supongo que sí.

Oyeron un ruido en algún lugar cercano.

Davis se inclinó y dio un beso a Rogers en la mejilla.

—Lo siento de veras.

Después dio media vuelta y se marchó.

Rogers se volvió poco a poco hacia el techo.

Y empezó a contar.

65

—¿Crees que está ahí dentro?

Knox observaba a Puller, que miraba con prismáticos el Edificio Q desde un escondite situado al otro lado de la calle.

—Tal vez. —Puller bajó los prismáticos—. Si él está dentro, Jericho también tiene que estar. Pero debemos asegurarnos.

—De acuerdo. ¿Cómo propones que lo hagamos?

—Bueno, quizá lo mejor será hacerlo sin rodeos. —Le pasó los prismáticos—. Si no regreso dentro de veinte minutos, llama a la policía.

Knox se quedó perpleja pero asintió.

Puller se apresuró a cruzar la calle y llegar a la verja principal. Cuando los vigilantes se dirigieron a enfrentarse a él, les mostró sus credenciales y su placa.

—Usted ya ha estado aquí antes —comentó uno de los vigilantes.

—En efecto. Para reunirme con Claire Jericho. Me ha llamado para pedirme que me reuniera con ella aquí ahora mismo.

Los vigilantes se quedaron desconcertados. El que había reconocido a Puller dijo:

—Pero ella no está aquí.

—¿Está seguro?

—Llevo de servicio desde las seis. Anoche fichó al salir y todavía no ha fichado su entrada.

Puller se mostró confuso.

—No lo entiendo. Hará una media hora que me ha llamado,

diciéndome que me reuniera con ella en Fort Monroe. —Miró detrás de ellos, hacia el Edificio Q—. Esa es la única instalación de aquí donde trabaja, ¿verdad?

—Que yo sepa, sí.

—¿Y Josh Quentin? A él también lo conozco.

—No. Todavía no ha venido.

—Gracias.

Puller cruzó la calle a paso ligero hasta donde estaba Knox. Le explicó rápidamente lo que le había dicho el vigilante.

—¿Dónde, pues? —preguntó Knox.

—Necesita un lugar privado y seguro.

—La casa de Ballard —espetó Knox.

—Justo lo que estaba pensando.

Dos horas después estaban de vuelta en Carolina del Norte. Puller había llamado a su hermano y le había puesto al día sobre lo que habían descubierto y lo que se disponían a hacer.

—Por favor, dime que no vas a entrar en la mansión de Ballard —dijo Robert.

—De acuerdo, no te lo digo —respondió Puller.

—Maldita sea, John, ¿por qué no te tomas un respiro y reflexionas? Ahora, en lugar de tirar por la borda tu carrera podrías terminar en la cárcel. O incluso asesinado.

—Gracias, Bobby. Bien sabe Dios que no estoy acostumbrado a arriesgar mi vida —añadió con aspereza.

Puller guardó el teléfono y consultó la hora.

—Aguardaremos hasta que oscurezca y entonces haremos un reconocimiento de la finca. Seguro que está bien vigilada, pero toda instalación tiene sus puntos flacos.

El día dio paso a la noche. Estaban sentados dentro del coche, en un estacionamiento público junto a la playa.

Puller volvió a consultar la hora. Eran las once.

—Vamos.

Abrió el maletero y sacó de su bolsa de lona unas gafas de visión nocturna.

—Menos mal que la bolsa no estaba en el coche cuando caímos al agua.

—Sí, menos mal que solo estábamos nosotros —replicó Knox.

Se acercaron a la casa de Ballard tanto como pudieron sin arriesgarse a que los vieran. Escondidos detrás de una duna, Puller conectó sus gafas y barrió el lugar.

—¿Conclusiones iniciales? —preguntó Knox al cabo de un momento.

—Mi hermano llevaba bastante razón cuando dijo que era una fortaleza.

—Fantástico.

—Tapias altas de piedra. Verja grande, seguridad exterior, y apuesto a que hacen rondas en el interior. Sin duda también tienen vigilancia electrónica.

—Un día más de paz y tranquilidad en la playa.

—Paul entró ahí.

—Sí, bueno, él es Superman y el Hombre Araña a la vez, ¿recuerdas?

—Cronometremos las rondas durante la próxima hora y a partir de ahí decidimos.

Puller trepó a un árbol e inspeccionó el interior del complejo.

Pocos minutos después un monovolumen llegó por la carretera y la verja se abrió para franquearle la entrada. Puller lo observó mientras giraba en el patio y retrocedía hasta unas cristaleras. Unos hombres se apearon del vehículo y abrieron las puertas traseras.

Las cristaleras se abrieron y un momento más tarde Puller vio que sacaban una camilla. La cargaron enseguida en la parte de atrás del monovolumen.

Puller bajó del árbol. Cuando sus botas tocaron la arena, agarró el brazo de Knox.

—¿Qué está pasando? —preguntó Knox.

—Están trasladando a un paciente.

—¿Qué paciente? ¿Ballard?

—No es Ballard. Es Paul.

—¿Seguro?

—Lo he visto.

Llegaron a su coche cuando el monovolumen pasaba junto al estacionamiento. Puller siguió al otro vehículo.

—¿Dónde crees que lo llevan? —inquirió Knox.

—No vamos a averiguarlo.

—¡Qué!

—Agárrate.

Puller aceleró, giró a la izquierda, pisó gas a fondo, se puso al lado del monovolumen y lo embistió con su coche.

—¡Mierda, Puller! —exclamó Knox, agarrada a un asidero del techo del coche.

El monovolumen viró y embistió el vehículo de Puller por detrás.

Los parachoques se engancharon, tal como Puller esperaba. Pisó el freno y obligó al otro vehículo a reducir la velocidad y después a salir de la carretera. Puso el freno de mano y saltó a tierra, con el arma en una mano y la placa en la otra.

—Agentes federales, salgan del vehículo. ¡Ya!

Knox se había apeado por el lado del pasajero y también empuñaba su arma.

—¡He dicho que ya! —vociferó Puller—. O abriré fuego. Están rodeados por completo y tenemos un helicóptero en camino.

Las dos puertas de delante del monovolumen se abrieron y bajaron dos hombres con las manos en alto.

—Al suelo, boca abajo, las manos en la nuca, los dedos entrelazados —exigió Puller—. ¡Háganlo ya!

Los hombres se tumbaron en el suelo e hicieron lo que les había ordenado.

Knox registró el vehículo. Estaba vacío salvo por Rogers en la parte de atrás.

Puller esposó a los dos hombres y luego corrió a la trasera del monovolumen y abrió las puertas. Rogers lo miró aturdido.

—¿Qué haces aquí?

—Salvarte el pellejo. ¿Puedes caminar?

Rogers negó con la cabeza.

—Betabloqueantes.

Puller se echó a Rogers al hombro, lo llevó a su coche, lo acomodó en el asiento trasero y le puso el cinturón de seguridad.

—¡Eh! —gritó uno de los hombres esposados en el suelo—. ¿Y nosotros qué?

—Contratad a un buen abogado —respondió Knox.

Puller consiguió desenganchar los parachoques y después se pusieron en marcha de regreso a Virginia.

Desde el asiento trasero, Rogers dijo:

—Se llevaron a Josh Quentin y a Helen Myers. Estaban conmigo cuando llegó Jericho y me gaseó.

—¿Por que estaban contigo? —preguntó Puller.

—Quería utilizarlos para llegar hasta Jericho. Pero me engañó. Me llevó no sé dónde y me hizo un montón de pruebas. Quiere entender qué salió mal y después reanudar el programa. Está loca de remate.

—¿Dónde estabas cuando te capturó? —preguntó Knox.

—En casa de Quentin, aunque ahora sé que es la casa que tiene Myers en la playa. ¿Sabéis dónde está?

Puller asintió con la cabeza.

—Sí, pero ¿qué hora era?

—Calculo que las ocho de la mañana.

—Llegamos allí a las nueve y registramos la casa. No había nadie. Pero vimos los coches de Quentin y de Myers en el garaje.

Sonó su teléfono. Era su hermano.

Puller tardó un par de minutos en ponerle al día pero, al parecer, su hermano solo esperaba a que terminara antes de darle su propia información.

—Acabamos de descubrir algo —dijo Robert.

—¿El qué?

—El cuerpo de Josh Quentin arrastrado hasta la orilla en los Outer Banks esta tarde.

Puller inhaló bruscamente.

—¿Homicidio?

—Obviamente.

—¿Causa de la muerte?

—Según parece le aplastaron el cráneo. —Hizo una pausa—. Quizá como a algunas de las mujeres asesinadas.

Puller miró a Rogers por el retrovisor.

—Gracias por el dato, Bobby.

—¿Qué vas a hacer con él?

—Ahora mismo, no lo sé.

66

Puller corrió las cortinas de la habitación del motel de Hampton y se volvió hacia Rogers, que permanecía tendido en la cama, todavía con los miembros paralizados.

Knox estaba sentada en una silla al lado de la cama, arma en mano. Puller le había referido lo que le había contado su hermano.

Rogers los miró.

—¿Qué pasa?

Puller le contó lo de Josh Quentin.

—No he sido yo.

—¿Y deberíamos creerte a pies juntillas? —replicó Knox, empuñando la pistola.

Rogers deslizó su mirada hasta el arma.

—Apunta a la cabeza o al corazón. De lo contrario no me detendrá.

—Hijo de puta —dijo Knox, y negó con la cabeza—. Esto parece ciencia ficción.

Puller se sentó en otra silla, de cara a Rogers.

—Muy bien, ha llegado la hora de la verdad. ¿Dónde has estado todos estos años?

—Vagando por ahí. Hice algunas cosas muy malas pero no me pillaron. Después he pasado diez años en prisión por homicidio. No hace mucho me dieron la condicional.

—Así que estás violando esa libertad condicional.

—Estoy violando un montón de cosas.

—¿Has matado a alguien desde que saliste de prisión, aparte de esos tíos que te atacaron en el bar?

—¿Qué más te da?

—Intento entenderte, Paul. Para poder decidir si ayudarte o encerrarte en una jaula para siempre.

Rogers apartó la vista.

—A dos personas en un callejón, que intentaron robarme cuando acababa de salir de la cárcel. Después a un vendedor de armas en Virginia Occidental a quien robé una pistola M11. No lo habría matado, pero iba a dispararme.

Knox y Puller cruzaron una mirada.

—¿Por qué necesitabas un arma? —preguntó Puller.

—Quería devolver el favor que me hizo Jericho una vez.

—¿Un vendedor de armas? —inquirió Puller—. ¿En Virginia Occidental? Lo vi en las noticias.

—Exactamente.

Knox intervino.

—Pero su hijo estaba con él y salió ileso.

Rogers guardó silencio.

—¿Por qué no mataste también al niño? —quiso saber Puller—. Era un testigo.

—No... no lo hice y ya está.

—¿O sea que pudiste controlar tus... impulsos?

—Entonces lo hice.

—¿Sabes a dónde te llevaban ahora?

—Seguramente a arrojarme al océano como a Josh Quentin. Jericho había acabado sus pruebas y le conté lo que sabía sobre Ballard.

Puller se puso tenso.

—Nos dijiste que tiraste a un impostor por la ventana pero que horas más tarde había otro hombre en la playa. Ese debía de ser el auténtico Ballard.

—Me parece que el auténtico Ballard está muerto.

—¿Por qué iban a fingir que sigue vivo? —preguntó Knox.

Puller permaneció callado un momento antes de decir:

—Mi hermano nos dijo que Ballard controlaba personalmente todas las patentes de la tecnología que Jericho estaba vendiendo en el sector privado. —Miró a un Rogers perplejo—. Eso es lo que ocurría en la sala de arriba del bar. Quentin pasaba secretos a Myers y ella se los entregaba a un hombre de negocios francés. El material valía una fortuna.

—Supongamos que Ballard realmente está muerto —planteó—. Me pregunto a quién pasa la propiedad de esas patentes.

—Eso nos lo dirá su testamento —dijo Puller—, pero dudo que pase a manos de Jericho. De manera que si está muerto quizá utilicen a los ancianos como señuelo para mantener la impresión de que Ballard está vivo. Tal vez los sometieron a cirugía plástica para que se parecieran a Ballard. Me figuro que cuando tienes tanto en juego, eres capaz de hacer casi cualquier cosa.

—Pero ¿las visitas no notarían que no era Ballard en cuanto empezara a hablar?

—No si decían que padecía alzhéimer o demencia o algo por el estilo. Entonces nadie esperaría que fuese... el que era antes.

Knox lo miró y pareció entender que Puller bien podría haber estado hablando de su propio padre.

Echó un vistazo a Rogers.

—Este tipo admite haber matado a uno de los señuelos, así como a otras personas. No nos consta que no matara a Quentin. Creo que deberíamos ir a la po...

Knox no terminó la frase porque Rogers se levantó de un salto, le arrebató el arma, le hizo dar media vuelta y le puso el cañón contra la cabeza.

Puller desenfundó su pistola pero Rogers dijo:

—Bájala o la mato.

—No tienes por qué hacer esto, Paul.

—Llámame Rogers. Aunque ninguno de los dos es mi nombre, total, ¿qué más da?

—No puedes hacerlo solo —dijo Puller.

—Baja el arma, Puller. No te lo volveré a pedir. Y no me importa morir. Pero creo que a tu compañera sí.

Puller bajó lentamente su pistola. Rogers soltó de inmediato a Knox y le devolvió su pistola. Se sentó en la cama y se frotó la nuca mientras los otros dos lo miraban fijamente.

Levantó la vista hacia ellos.

—El efecto de los betabloqueantes se me ha pasado antes de que llegáramos aquí.

—¿Y por qué no nos has matado cuando has tenido ocasión? —preguntó Puller.

—¿Y por qué me has devuelto el arma? —agregó Knox.

—No he matado a Quentin.

Se levantó y fue al cuarto de baño, donde le oyeron vomitar.

Puller miró a Knox.

—Le creo.

—Yo también.

—Me parece que se está desmoronando.

Rogers salió trastabillando del cuarto de baño pocos minutos después y se dejó caer en la cama.

—¿Estás mejor? —preguntó Puller.

—No, qué va, pero aun así voy a pillar a Jericho.

—Quentin ha muerto. Tal vez Myers también. Es posible que Jericho esté atando cabos sueltos.

—Eso no significa que no se pueda dar por muerta. También hay otra chica, Suzanne Davis.

—¿La que te salvó la vida en el bar? —dijo Puller.

—Según parece, Jericho la adoptó. Estaba en casa de Ballard. Sabe lo que está pasando. Es la encargada de cuidar a los viejos.

Puller miró a Knox.

—Si damos con alguna de ellas, Myers o Davis, podemos utilizarlas para atrapar a Jericho.

—Es una posibilidad remota, puesto que ni sabemos dónde están ni si van a cooperar.

—Es la única posibilidad que tenemos. —Puller miró a Rogers—. ¿Cómo has controlado el impuso de matar con el paso de los años, Rogers?

Rogers se llenó los pulmones de aire y lo soltó.

—Al principio pensé que lo había superado mientras estuve en la cárcel en régimen de aislamiento. Pero Jericho me hizo un escáner del cerebro durante sus pruebas. Dijo que mi cerebro se había reconectado por su cuenta, tanto dentro como alrededor del implante. Quizá sea por eso. No lo sé. No soy científico. Solo el conejillo de Indias.

—¿O sea que a lo mejor estás volviendo a ser quien eras antes? —sugirió Puller.

Rogers se quedó boquiabierto. Estaba claro que nunca se había planteado esa posibilidad.

—Ni siquiera estoy seguro de saber cómo era —dijo en voz baja.

—¿A qué se deben estos ataques de dolor? —preguntó Knox.

Rogers se frotó las piernas.

—Instalaron un endoesqueleto hecho de resinas compuestas. Me convirtió en el hombre más fuerte del planeta.

—¿Y qué le está ocurriendo? —preguntó Knox.

—Después de treinta años, parece ser que se está disolviendo. O quizá mi cuerpo finalmente lo está rechazando. No lo sé.

—¿Hay alguna manera de revertir el proceso? —quiso saber Puller.

—Nadie me lo ha dicho.

Puller y Knox cruzaron una mirada. Puller negó con la cabeza.

—Muy bien, tenemos que dar con Davis y Myers —concluyó Knox—. Algo me dice que si siguen con vida están en casa de Ballard.

—Ya entré una vez —dijo Rogers—. Puedo volver a hacerlo.

—Pero esta vez estaremos contigo —dijo Puller.

67

—¿Escalaste eso sin una cuerda?

Puller, Knox y Rogers estaban tumbados boca abajo en la playa, mirando hacia la propiedad de Ballard. Llevaban pasamontañas.

Detrás de ellos el oleaje del océano batía implacablemente la playa, cubriendo cualquier ruido que pudieran haber hecho.

Rogers levantó la mano y flexionó los dedos.

—Esto es todo lo que necesito.

Puller llevaba un rollo de cuerda en un hombro.

Su plan era bastante sencillo. Rogers escalaría la tapia y después se serviría de la cuerda para ayudar a subir a Puller y a Knox.

Habían observado las rondas de los vigilantes. Las habían cambiado desde la última vez que Rogers estuvo allí, pero seguía habiendo brechas en el dispositivo de seguridad.

—Estarán en alerta máxima —dijo Knox—. Saben que te escapaste y que estás con nosotros.

—Y no vamos a matar a ninguno excepto si es necesario —le dijo Puller a Rogers, que se encogió de hombros.

—Si intentan matarme, los mataré. Si para ti es un problema, quédate en la playa.

Puller lo miró sin pestañear un prolongado momento.

—En realidad, es la misma norma que tengo yo.

Habían elegido la esquina izquierda del muro para el ascenso. Rogers le había dado los zapatos y los calcetines a Puller, que los guardó en una pequeña mochila.

Puller y Knox miraron atentos mientras Rogers, con el rollo de cuerda al hombro, escalaba la pared como si estuviese caminando por la calle. Llegó arriba, escrutó los alrededores y después se aupó a lo alto del muro y se quedó tendido.

Knox miró a Puller.

—Vale, ahora ya lo he visto todo.

—Quizá veas más cosas dentro de unos minutos.

Rogers soltó la cuerda, se ató el otro extremo a la cintura y se agarró al borde del remate de la tapia para servir de punto de anclaje para los otros dos.

Knox se encaramó la primera, y en cuestión de minutos estuvo tendida al lado de Rogers.

Puller se reunió con ellos en más o menos el mismo tiempo.

Se asomaron al patio, vieron que el camino estaba despejado y emplearon el mismo sistema para bajar. Corrieron a un rincón alejado del edificio principal e hicieron balance de su situación.

Retrocedieron un poco más cuando vieron aparecer a un vigilante armado que se encontró con otro que hacía la ronda. Hablaron brevemente antes de seguir cada uno su camino.

Rogers señaló una ventana de arriba de la casa principal.

—Esa es la habitación de Davis.

—¿Cómo lo sabes? —preguntó Knox.

—La traje aquí después de una juerga en el Grunt. La habitación de Ballard está arriba del todo. Ocupa casi toda la planta. O quien sea que está allí. No sé dónde puede estar Myers.

—¿Y saben que mataste al falso Ballard? —susurró Puller.

Rogers asintió con la cabeza.

—Se lo dije a Jericho.

Puller asintió a su vez y sacó de la mochila dos objetos metálicos más o menos del tamaño de su mano.

—¿Listos?

Ambos asintieron.

—En marcha.

Knox y Rogers se arrastraron en torno al interior del patio, siguiendo la ruta que hacían los guardias en sus rondas. Cuando llegaron cerca de la entrada principal, se detuvieron.

Knox consultó su reloj, aguardó el final de la cuenta atrás y entonces hizo una seña a Rogers levantando el pulgar.

Un instante después rompió el silencio un cristal al hacerse añicos, seguido por dos explosiones simultáneas. Comenzó a salir humo por las ventanas de la primera planta de la casa.

Se oyeron gritos, se disparó una alarma, y Knox y Rogers se escondieron entre las sombras mientras los vigilantes corrían atropelladamente hacia la casa principal.

Un monovolumen negro se detuvo en la verja y el conductor bajó y corrió hacia la casa, dejando el motor en marcha.

Poco después los guardias volvieron a salir a la carrera. Suzanne Davis, en albornoz, Helen Myers, completamente vestida, y un anciano en silla de ruedas iban con ellos.

Fueron derechos hacia el monovolumen.

Se toparon con Rogers y Knox.

Y con Puller detrás.

Rogers agarró a un vigilante y lo lanzó con tanta fuerza contra otro que ambos golpearon la pared y se desplomaron inconscientes.

Knox apuntaba con su pistola a la cabeza de un tercer vigilante.

—Suelta el arma —le dijo.

La dejó caer al suelo y Rogers le dio un golpetazo en la cabeza, dejándolo inconsciente sobre el adoquinado.

Puller dejó fuera de combate al cuarto vigilante.

Knox metió a Myers y a Davis en el asiento de atrás. Rogers levantó al anciano, ahora inquieto, y lo acomodó en el asiento delantero.

Puller se puso al volante del monovolumen y salió sin más dilación por la verja, que se abrió automáticamente gracias a un sensor.

Myers los miró a uno y a otro.

—¿Qué demonios está ocurriendo?

Rogers se quitó el pasamontañas.

—¡Tú! —exclamó Myers, a todas luces pasmada.

—Yo —respondió Rogers sin más.

—¿Y tus amigos?

—Aquí, al rescate —dijo Rogers.

Puller y Knox también se quitaron el pasamontañas.

Myers sonrió.

—Gracias a Dios por los rescatadores.

Rogers se volvió hacia Davis.

—No sabía que necesitaba que me rescataran —dijo Davis sin tapujos.

Puller condujo hasta donde había aparcado su coche y el grupo cambió de vehículo.

Una vez que estuvieron de nuevo en la carretera, Rogers preguntó a Myers:

—¿Qué pasó después de que perdiera el conocimiento?

—Entraron unos hombres y se me llevaron. No sé qué ha sido de Josh.

—Nosotros sí —dijo Puller—. Ha muerto.

—¿Qué? —exclamó Myers.

—Lo han encontrado en la playa con la cabeza aplastada.

Rogers se volvió otra vez hacia Davis.

—¿Qué sientes ante esto?

—Seguramente lo mismo que tú. Nada.

Knox miró al anciano, que estaba muy aturdido, con la cabeza ladeada.

—Cirugía plástica facial y otros retoques para que se pareciera a Ballard.

Puller miró por el retrovisor a Myers y después a Davis.

—Trabajad con nosotros y a lo mejor llegamos a un acuerdo.

—¿Un acuerdo para qué? —dijo Myers con aspereza—. No sé que haya hecho algo malo.

—Anton Charpentier —intervino Knox—. Y tenemos fotografías para demostrarlo. Los federales ya están trabajando en sus imputaciones.

Myers palideció y miró por la ventanilla.

—Quieren a Jericho —dijo Rogers—. No a los peces pequeños. Si hablas, igual quedas libre.

—No... no sé —farfulló Myers.

—¿No sabes? —dijo Knox, incrédula. Miró a Davis—. Muy bien, pues la trincamos por espionaje y la encierran de por vida. ¿Qué hay de ti? ¿Quieres que hagamos un trato?

Rogers la miró.

—No seas estúpida.

Davis se encogió de hombros.

—Si cooperas ahora te favorecerá en lo que te espera —dijo Puller.

—Solo me contrataron para que cuidara de este tipo —dijo, señalando al anciano—. Aparte de eso. No sé nada de nada.

—Tipos, querrás decir.

—No lo sé, ¿entiendes?

—Si sigues con tus jueguecitos vas a pasar una buena temporada entre rejas.

—Bueno, supongo que para eso tienen abogados.

Knox miró a Rogers.

—¿Es tonta o más dura de lo que parece?

—Mató a un tío, así que me inclino por lo segundo. —Miró a Davis—. ¿Te contrataron? Pensaba que habías dicho que Jericho te había adoptado.

Myers se quedó boquiabierta.

—¿Qué? —espetó.

Davis le sostenía la mirada a Rogers.

—No me ha adoptado nadie. Conseguí el curro a través de Josh. Ya te dije que lo conocía de antes.

—¿Cómo os conocisteis? —preguntó Knox.

—Pasamos buenas épocas. Y épocas malas.

—¿Y no lamentas que haya muerto? —dijo Knox.

—Como ya he dicho, ni me va ni me viene. Os aseguro que a Josh no le habría importado si yo fuese la muerta. Es el tipo de relación que teníamos.

—Teníais suficiente relación para acostarte con él —dijo Rogers—. En la casa de la playa.

Davis lo miró con sorna.

—Bueno, también me acosté contigo. ¿Significa eso que tenemos una relación?

Puller y Knox cruzaron una mirada.
Rogers negó con la cabeza.
—Creo que solo fue sexo.
Davis y Rogers dejaron de mirarse.
Puller siguió conduciendo.

68

Llegaron al motel de Hampton a las tres de la madrugada. Metieron al anciano en la cama, recostándolo contra el cabecero porque tenía ciertas dificultades para respirar. No había dicho palabra en todo el trayecto y se quedó dormido en el acto.

Knox miró a Myers y a Davis y les indicó dos sillas.

—Sentaos.

—No podéis retenernos aquí contra nuestra voluntad —dijo Davis—. Eso se llama secuestro.

—Soy policía —respondió Puller.

—Sí, ya te vi en el bar con tu credencial del ejército. ¿Sabes qué? No soy militar, así que no tienes jurisdicción sobre mí.

Puller miró a Rogers.

—No me habías dicho que es abogada.

—No soy abogada, pero quiero llamar a uno. O sea que aunque creas que puedes retenerme, no puedes impedirme que hable con un abogado.

—¿Por qué no te callas y escuchas lo que tengan que decirnos? —intervino Myers.

Davis la fulminó con la mirada.

—No soy yo quien pasa secretos del gobierno, ¿verdad? ¿Por qué no cierras tú el pico de una vez, señorita Espía?

Una Myers desesperada dijo a Puller:

—¿Qué clase de acuerdo puedo conseguir?

—Depende de cuánta información tengas.

—¿Si os entrego a Jericho y a Charpentier?

—Entonces quizá estemos hablando de un tiempo breve de prisión en un club de campo federal. Saldrás y estarás montando otro bar dentro de nada.

—De acuerdo.

—¿Eso es un sí?

Myers asintió mientras Davis ponía cara de indignada.

—¿Cómo acabaste involucrándote en todo esto? —preguntó Knox.

—A través de Josh. Vino a proponérmelo. Jericho le había contratado para que dirigiera Atalanta Group, pero en realidad era para pasarle la información a Charpentier. Había tenido una relación anterior con él.

—¿Eso significa que Jericho los seleccionó a los dos?

—Sí.

—Tiene sentido usar el bar como punto de encuentro para pasar la información. Siempre había un montón de militares, de modo que nadie sospecharía.

Puller asintió con la cabeza y miró a Myers.

—¿Y los secretos? ¿Eran aplicaciones comerciales de las patentes propiedad de Ballard?

—Sí. Valían una suma increíble. Pero como has dicho, Ballard las controlaba.

—¿Cuál es el trato con Ballard?

—Tiene alzhéimer.

—¿Y este es Ballard? —preguntó Puller, señalando al anciano con la cabeza. Myers fue a decir algo pero se calló. Miró a Davis. Puller también la miró.

—¿Quieres entrar en el acuerdo también, o vas a dejar que tu amiga se lleve todos los regalos?

—Ballard está muerto —dijo Davis—. Estaba muerto antes de yo subiera a bordo.

—¿Cómo murió? —preguntó Knox—. ¿Causas naturales?

—Si llamas causas naturales a un balazo en la cabeza...

—¿Quién lo mató?

—Jericho, al menos eso creo. Yo no estaba. Josh pensaba que había sido ella.

—¿Y tú cómo te involucraste?

—Ya os lo he contado. A través de Josh. —Miró a Rogers—. Te dije que hacía tiempo que nos conocíamos, ¿verdad?

Rogers asintió con la cabeza, sin quitarle en ningún momento los ojos de encima.

—Josh era un capullo y un ladrón. Por eso Jericho lo contrató. Después él me trajo para que cuidara de los ancianos.

—Josh era un buen hombre —replicó Myers.

—Mentira.

—¿Cómo consigue autorización un delincuente para trabajar para un contratista del Departamento de Defensa en proyectos clasificados? —preguntó Knox.

—Gracias a Jericho —dijo Davis—. Apuesto a que movió unos cuantos hilos. Además, ¿sabes cuántas maneras existen para engañar a un polígrafo? ¿Y qué, acaso nunca hemos tenido espías en nuestras filas?

—Das la impresión de conocer bien el tema —dijo Puller—. ¿Qué estudiaste?

—No soy más que una juerguista que aprende enseguida y piensa rápido.

—Muy bien —dijo Puller, escéptico—. Pero ¿qué motivo había para matar a Ballard?

Davis cruzaba y descruzaba las piernas.

—Puedes ir a orinar si es preciso —dijo Knox.

Davis se levantó de un salto.

—Gracias.

Se fue corriendo al cuarto de baño.

Cuando hubo cerrado la puerta, Myers dijo en voz baja:

—Está mintiendo.

—¿Sobre qué? —preguntó Puller.

—Sobre Ballard. No lo asesinaron. No está muerto.

—¿Pues donde está?

Myers señaló la cama.

—Justo aquí. Ese es Chris Ballard.

—¿Por qué deberíamos creerte? —dijo Rogers.

—Ya ha mentido a propósito de su adopción. —Myers miró nerviosa a su alrededor—. Y hay algo más.

—¿El qué? —preguntó Knox.

—Davis tiene un arma.

—He visto cómo la usa —dijo Rogers—. Me salvó la vida.

Myers bajó la voz hasta un susurro.

—No es eso lo que quiero decir. La lleva consigo ahora. He visto cómo la metía en un bolsillo del albornoz antes de salir de la casa.

Puller y Knox se levantaron al instante y empuñaron sus armas mientras Rogers los miraba.

Se situaron cada uno a un lado de la puerta del cuarto de baño.

La bala pasó a pocos centímetros de la cabeza de Puller. Se tiró al suelo y rodó mientras otro disparo destrozaba la lámpara de la mesilla de noche. Knox gritó cuando un trozo de cristal le hizo un corte en la cara.

Myers se volvió y disparó otra vez. Este tiro dio en su objetivo puesto que la bala impactó en la frente del anciano, que se desplomó muerto. Otro disparo rebotó contra el pie metálico de una lámpara y penetró en el antebrazo de Puller.

Rogers le tiró una silla a Myers pero falló. Ella le apuntó a la cabeza.

Un instante después se abrió de golpe la puerta del cuarto de baño. Davis salió pegando tiros. Su primer disparo dio a Myers en el hombro y le cayó la pistola al suelo. El segundo disparo dio a Myers en el cuello.

Ese fue el tiro de gracia.

Myers gritaba y se tapaba la herida del cuello, que sangraba a borbotones de tal manera que solo sobreviviría unos pocos segundos más.

Miró a Davis, que todavía la apuntaba con la pistola, y después se derrumbó, todo su cuerpo se contrajo y se quedó quieta.

Puller, Knox y Rogers miraban fijamente a Davis, apuntándole a la cabeza. Davis bajó lentamente su pistola.

—¿Qué diantre acaba de ocurrir? —exclamó Knox—. ¿Por qué se ha puesto a disparar Myers?

—Porque quería mataros a todos —dijo Davis.

—Pero ¿por qué? —inquirió Puller—. Le habíamos ofrecido un acuerdo.

—No le interesaba un acuerdo.

—¿Por qué no? —quiso saber Knox.

—Porque es la hija de Claire Jericho —contestó Davis.

69

Knox y Puller se habían curado mutuamente las heridas sirviéndose del botiquín que el agente de la CID llevaba en su bolsa de lona. La herida en el antebrazo de Puller no era profunda pero había sangrado mucho. Finalmente habían conseguido detener la hemorragia. Knox llevaba un apósito en la mejilla, donde el cristal la había cortado.

Rogers estaba de pie junto al cuerpo de Myers.

Davis se sentó en una silla.

—¿Os ha dicho que mentía?

Puller asintió.

—Y que llevabas un arma. Pensábamos que habías entrado en el baño para sacarla y pillarnos por sorpresa.

—No, realmente necesitaba hacer pis. No sabía que Myers fuese armada. Aunque cuando he oído el tiroteo he tenido bastante claro lo que estaba ocurriendo.

Knox miró al anciano muerto en la cama.

—Ha dicho que era el auténtico Ballard. ¿Por qué lo ha matado?

—Porque no es el auténtico Ballard. Como os he dicho, está muerto.

—¿Cómo estás tan segura? —preguntó Puller—. ¿Alguien te lo dijo?

—Josh me metió en esto para que hiciera de acompañante de Ballard. Del auténtico Ballard. Sabía que yo... Bueno, sabía que estaba tan acostumbrada como él a eludir las reglas.

—Espera un momento, ¿estuviste cuidando al verdadero Christopher Ballard? —preguntó Knox.

Davis asintió con la cabeza.

—Hasta que murió. Nadie le disparó. En eso sí que mentí.

Se volvió hacia Rogers, que la estaba mirando fijamente.

—De entrada soy propensa a mentir.

Sonrió y Rogers correspondió a su sonrisa.

—Esto fue más o menos hace un año y medio. Una mañana le llevé el café a la habitación y lo encontré muerto. Llamé a Josh. Él llamó a Jericho y se reunieron para decidir qué hacer.

—¿Y decidieron usar un sustituto? —planteó Puller.

—Dos, en realidad. Uno de repuesto, por si acaso. Veréis, Ballard padecía alzhéimer. Antes de morir no sabía ni cómo se llamaba. Por tanto los sustitutos tampoco es que fuesen a tener que mantener una conversación. Además, nadie visitaba a Ballard. Que yo sepa, no tenía familia.

—¿Por qué era necesario dar la impresión de que seguía con vida? —preguntó Knox.

—No lo sé —contestó Davis—. Lo único que sé es que el personal cobró bien por su silencio. Si la verdad saliera a la luz, perderían sus empleos, de manera que no tenían alicientes para hablar. Y los tipos que cogieron como sustitutos no estaban bien de la cabeza, así que tampoco hablarían con nadie.

—Tiré por la ventana a quien creía que era Ballard —dijo Rogers.

—Al principio pensaron que se había vuelto loco y se había arrojado por la ventana —reveló Davis.

—¿Y entonces recurrieron al de repuesto? —dijo Knox.

—Sí.

Knox se sentó al lado de Davis.

—¿Puedes vincular a Jericho con algo de todo esto?

—Sería mi palabra contra la suya. Cuando comprueben mis antecedentes no sé si tendré mucha credibilidad.

Miró a Rogers, que no le quitaba los ojos de encima.

—Te creo —dijo Rogers, granjeándose una sonrisa de Davis.

Sonó el teléfono de Puller. Cuando contestó, Robert Puller no perdió ni un segundo. —¡Estéis donde estéis, largaos ya! —exclamó.

Puller sacó a todos de la habitación y los metió en su coche. Salieron zumbando hacia la oscuridad.

—Puller —dijo Knox, nerviosa.

Puller levantó una mano y acto seguido pulsó una tecla de su móvil.

Su hermano contestó de inmediato.

—¿Habéis salido?

—Sí. ¿Qué está pasando?

—¿Has secuestrado a tres personas en la finca de Ballard?

—¿Cómo demonios te has enterado?

—O sea que es cierto.

—Yo no diría que los he secuestrado.

—¿Qué dirías?

—Rescatado.

—¿Estaban retenidos contra su voluntad?

—Eso creemos.

—¿Eso creéis? ¿Y ahora esas tres personas están a salvo?

Puller echó un vistazo a Knox antes de respirar profundamente y decirle a Robert:

—Una sí. Las otras dos han muerto.

—Cuéntamelo todo —exigió su hermano.

Puller así lo hizo y después aguardó la respuesta de Robert. Oía la respiración de su hermano, cosa que no interpretó como una buena señal.

—Estás de mierda hasta el cuello, John.

—¿En serio?

—Van a encontrar a Helen Myers y a un anciano que podría ser o no ser Chris Ballard, y a quienes te acusan de secuestrar, muertos a tiros en una habitación de motel alquilada a tu nombre. ¿Me olvido de algo?

—Más bien no.

—¿Y a eso cómo lo llamas tú?

—Bueno, visto así, decir que estoy de mierda hasta el cuello parece apropiado. Pero ¿cómo han descubierto tan deprisa a dónde habíamos ido?

—¿Has comprobado si alguien llevaba un localizador electrónico? O puede que hayan rastreado el chip de uno de sus móviles.

Puller suspiró.

—Maldita sea. Oye, Bobby, dímelo sin rodeos, ¿nuestro bando quiere que Jericho caiga? Si no, solo estamos perdiendo el tiempo.

—Excepto si puedes demostrar que ha estado vendiendo secretos, no.

—¿Y los asesinatos en serie?

—Tres décadas y demasiadas lagunas.

—Fantástico. Entonces no tenemos nada contra ella. Y según parece me van a arrestar por secuestro y asesinato.

—Creo que he descubierto el motivo para el engaño con Ballard.

—¿De qué se trata?

—Como te dije, Ballard controla las patentes.

—¿Y si le ocurre algo?

—He hecho que un abogado del Departamento de Defensa lo averiguase por canales discretos.

—Caray, no me tengas en vilo, Bobby. Ahora mismo estoy un poco tenso.

—Ballard creó una fundación benéfica. Hasta el último centavo y activo va a parar a sus arcas cuando muera.

—¿Una institución benéfica obtiene patentes que se están usando en trabajos para el Departamento de Defensa? ¿Cómo encaja eso exactamente con el proyecto que están desarrollando en Atalanta Group?

—Atalanta Group seguiría trabajando para el gobierno. El contrato de licencia subyacente que tienen lo garantiza.

—Pues si es así, no entiendo el motivo.

—Los contratos con el gobierno solo abarcan aplicaciones militares. Atalanta Group no tiene control sobre los derechos de las aplicaciones comerciales. Estos revierten al beneficiario que designe el testamento, en este caso la fundación. Si Ballard muere, reclamarán y se apoderarán de todo ese pedazo del pastel.

—¿Y los tratos que Jericho haya hecho con Charpentier se van al garete? Porque lo que Jericho le está vendiendo son precisamente las aplicaciones comerciales. Quizá se descubra que lo ha venido haciendo de un tiempo a esta parte.

—Exactamente. Por eso tenían que aparentar que Ballard estaba vivo.

—Pero no podemos atrapar a Jericho con lo que tenemos.

—Sin Quentin ni Myers, no sé cómo pillarla. Además, John, tienes que centrarte, de verdad. Van a ir a por ti después de lo que ha pasado esta noche. Y no me refiero a Jericho. Me refiero a la policía. —Hizo una pausa—. Podrían encarcelarte.

—Me trae sin cuidado —gritó Puller—. Pero esto significa que no vamos a descubrir qué le ocurrió a mamá.

—Sí que vamos a descubrirlo.

—¿Cómo? No tenemos por dónde empezar.

—Te equivocas, tenemos algo. Algo que ella quiere.

—¿El qué?

—A Rogers —aclaró su hermano.

Puller echó un vistazo a Rogers, que le sostuvo la mirada impávido.

—Eso no podemos hacerlo —protestó Puller—. ¿Sabes lo que este tío ha...?

Su hermano le interrumpió.

—John, ¿quieres confiar en mí? Sé lo que estoy haciendo. Solo te pido que confíes en mí.

Puller se quedó sosteniendo el teléfono, sintiéndose más perdido que nunca en su vida.

—Vale, Bobby, de acuerdo.

70

Robert Puller llevaba su uniforme de gala. No por deferencia hacia la persona que tenía enfrente. No sentía el menor respeto por ella. El uniforme de gala era cosa suya. Claire Jericho le miraba desde el otro lado de su escritorio.

—Me parece que la última vez que nos vimos fue en la conferencia en el Pentágono —comentó la mujer—. Ha transcurrido bastante tiempo.

—He estado ocupado, igual que usted.

—Y por supuesto hay que contar su breve estancia en Leavenworth.

—Fue una buena ocasión para pensar y leer. Sin interrupciones.

—Su carrera ha retomado su fulgurante camino, según me han dicho.

—Y usted sigue haciendo lo que ha hecho siempre.

—Veo que es bastante más sutil que su padre.

—Mi hermano me dijo que usted y nuestro padre se habían conocido. ¿No se entendieron?

—Intentaba evitar herir los sentimientos de su hermano. En realidad fue más bien un combate de tanques.

—Mi padre guiaba a los hombres en el campo de batalla. No veía la necesidad de esconderse en un blindado. Daba la cara.

—Una mera metáfora.

—No he venido a hablar de él. He venido a hablar de mi madre.

—Eso tengo entendido.

—¿Recibió mi correo electrónico?

—Críptico —dijo Jericho—. Valoro el esfuerzo.

—Por eso he venido en persona. Para concluir el acuerdo.

—Es delicado.

—Y también sencillo.

—¿Con garantías de que ha sido aprobado al más alto nivel? ¿No habrá represalias?

—Creo que lo dejé claro en mi críptico e-mail.

Jericho cogió una pluma y se puso a darle vueltas con los dedos.

—¿Tan importante es para usted, realmente?

—Usted es madre, ¿correcto?

—Fui madre, hasta que asesinaron a mi hija.

—¿Y sigue sin entender la razón por la que he venido?

—Entiendo el sentimiento. Tan solo me pregunto si merece la pena armar tanto alboroto.

Robert Puller agarró el borde de su silla para no abalanzarse sobre el escritorio y echarse a su cuello.

—Bien, pues yo sí creo que merece la pena.

—Entonces, ¿Rogers a cambio?

Robert asintió con la cabeza.

—Y mi hermano y sus amigos saldrán indemnes en todos los sentidos.

—Eso decía su críptico e-mail. Pero no estoy muy segura en cuanto a ese respecto. Hicieron un daño considerable. Ya estoy renunciando a mucho.

—Tengo que insistir en ese punto.

—Lo voy a pensar —dijo Jericho frívolamente, a todas luces regocijándose de su ventaja sobre él en esa parte de la negociación—. ¿Y quiere los detalles? ¿O solo la ubicación? Debe entender que no participé personalmente. Fue responsabilidad de otros. Y no tengo manera de traer de vuelta a los muertos.

Robert Puller volvió a agarrarse a la silla.

—Quiero los detalles y la ubicación.

Jericho se apoyó en el respaldo.

—Muéstreme las autorizaciones.

Puller abrió el maletín que llevaba consigo, sacó una tableta electrónica, abrió los documentos pertinentes y se la pasó a Jericho, que dedicó varios minutos a revisarlos. Finalmente asintió y le devolvió el dispositivo.

—Bastante impresionante —dijo—. Nunca hubiese dicho que pudiera importarle a gente de ese nivel.

—La gente de ese nivel siente un gran respeto por mi padre.

Jericho entrelazó las manos y se inclinó ligeramente hacia él.

—Tiene que ser muy difícil pasar toda tu vida bajo la sombra de tu padre.

—Siempre lo he considerado un honor.

Lo miró divertida.

—No es saludable engañarse a uno mismo.

—¿Los detalles y la ubicación?

Jericho pasó cinco minutos contándoselos. Robert lo tecleó todo en su tableta.

—Así pues —dijo Jericho—, como puede ver, lugar equivocado, hora equivocada. Dimitri, o mejor dicho Rogers, acababa de matar a Audrey Moore. Obviamente la había asaltado cuando salió de trabajar en el Edificio Q. Sin duda andaba merodeando por allí. Un vigilante oyó algo, fue a investigar y vio lo que estaba ocurriendo. Pidió refuerzos. Mientras los vigilantes intentaban atrapar a Rogers, apareció su madre y vio a este, a la mujer muerta, todo. Según parece su madre gritó, dio media vuelta y echó a correr. Uno de los vigilantes reaccionó mal, aunque instintivamente. Le dio con su arma. Y ella murió. Una vez más, no pude hacer nada. Ni siquiera estaba allí.

—Eso ya me lo ha dicho.

—Por descontado, habría preferido que las cosas se hubiesen manejado de otra manera, pero en aquella época requeríamos discreción absoluta. Parecía el único modo de proceder. Tuvo un entierro apropiado —agregó con displicencia.

Puller cerró su maletín y se levantó, metiéndose la gorra debajo del brazo.

—¿Dice que conoció a mi padre?

—Sí.

—¿Conoció a mi madre?

Jericho parpadeó.

—Tal vez la vi por la base de vez en cuando.

—Era guapa. Y más bondadosa que guapa. Todo el mundo la quería.

—Estoy segura de que todo hijo ve a su madre así.

—No, en absoluto. Así pues, ¿sabía que se trataba de ella?

—Como ya he dicho, yo no estaba presente.

—Rogers dice que no vio a mi madre pero que usted estaba allí.

Jericho se rio entre dientes.

—Ah, claro, por supuesto, llévelo al estrado de los testigos. ¿A cuántas personas ha asesinado hasta ahora?

Puller prosiguió como si no la hubiese oído.

—Su preciada creación escapa y se pone a matar metódicamente a mujeres de su personal porque no puede llegar hasta usted.

—¿Eso le ha dicho? —interrumpió Jericho.

Puller pasó por alto el comentario.

—Porque no puede llegar hasta usted —repitió Robert—. Entonces lo localizan justo al lado del Edificio Q, asesinando a otra muer, ¿y usted no está allí?

Jericho abrió las palmas de las manos.

—Estaba ocupada.

—Pero como mínimo se enteró después de los hechos.

—Me parece que ya he contestado a esa pregunta. Ahora bien, ¿qué más da?

—Me pregunto si le complació.

Jericho lo miró con curiosidad.

—¿Y eso?

—Desquitarse de mi padre de esa manera.

—¿Por qué iba a querer desquitarme de su padre?

—Ha descrito su relación con él como un combate de tanques. Se diría que no era un trato muy amistoso.

—¿Y qué? Muchas personas no están de acuerdo en ciertas cosas, pero eso no significa que salgan corriendo a intentar lastimarse mutuamente.

—Concedido, pero me da que usted es lo bastante mezquina para convertir cualquier crítica, por pequeña que sea, en motivo de venganza.

—Me está empezando a aburrir —respondió Jericho, que se puso a revolver papeles sobre su escritorio.

Puller prosiguió como si ella no hubiese dicho palabra.

—Cuando mi padre no se entendía con alguien nunca era por una causa menor. Seguramente le dijo a la cara cosas que a usted le parecieron imperdonables. Por eso, habida cuenta de su carácter vengativo, seguramente estuvo encantada de haberle causado un gran dolor personal, aunque él no supiera de dónde provenía.

Jericho dejó los papeles a un lado y lo miró fijamente.

—Permítame recordarle que el monstruo era Rogers, no yo. El asesino era él, no yo.

Robert respondió imperturbable.

—Usted lo creó, aunque podemos estar de acuerdo o no en este punto. Ahora bien, ¿ningún comunicado? ¿Ni siquiera un mensaje anónimo, a fin de sacar a su familia, a mi familia, de la incertidumbre?

—No se me ocurrió —dijo Jericho sin el menor tacto.

—No, ya me lo imagino.

—Simplemente hacía mi trabajo.

—¿O sea que su trabajo era robar secretos del gobierno y venderlos a un agente extranjero para su propio beneficio personal?

Jericho meneó la cabeza, aparentando cansancio.

—Otra vez se pone aburrido, Robert. ¿Tiene alguna prueba?

—La teníamos. Pero ambas han muerto. Josh Quentin, estoy seguro, por su mano.

—Atribuiré sus desafortunados comentarios a su inestabilidad emocional. Pero si sigue hablando así no me avendré a dejar que su hermano salga incólume de esta. Espero haber sido clara a ese respecto.

—En realidad, ya he dicho todo lo que he venido a decirle.

—Bien. ¿Y Rogers? ¿Cuándo me lo van a entregar?

—Pronto. Muy pronto.

71

Puller miraba el trozo de tierra. Su hermano estaba a su lado. Knox aguadaba unos pasos más atrás. Y detrás de ella estaba Paul Rogers.

Se encontraban a cuarenta y cinco kilómetros de Williamsburg, en un tramo solitario cercano a la interestatal 64, camino de Richmond. Enfrente de ellos se erguía un árbol. Treinta años antes quizá solo era un arbolito. En el lado norte del árbol había un trozo de suelo hundido.

No habían ido solos. Un equipo forense los acompañaba.

Un hombre que llevaba un cortavientos de la CID se acercó a Puller.

—¿Están listos para que procedamos, jefe Puller?

—Adelante —dijo Puller secamente.

El equipo avanzó, precintó el recinto y se puso a cavar.

Un par de metros después hubieron terminado.

Se lanzaron cuerdas al hoyo. Hombres con trajes de protección bajaron a la abertura en la tierra. Las cuerdas se aseguraron al objeto. Se dio la orden para que los hombres que estaban arriba tiraran.

Lo hicieron, y el objeto pronto quedó a la vista.

Una caja metálica.

Estaba muy sucia y tenía un lado parcialmente hundido, pero aun así seguía estando intacta. Lo que hubiese en el interior no era visible.

Puller murmuró una silenciosa oración de agradecimiento.

Cargaron la caja en la trasera de una furgoneta que se marchó mientras el resto del equipo continuaba analizando la escena.

Puller los observó un rato y después se volvió y miró a su hermano.

—¿Listo para marcharte?

—Dentro de nada.

Robert caminó por la zona durante unos minutos, aparentemente asimilando todo lo relacionado con el pedazo de tierra que podría haber constituido el lugar de descanso de su madre durante las últimas tres décadas. Puller siguió con la mirada cada uno de sus movimientos.

Finalmente Rogers se acercó a él, rascándose la nuca.

—Lo... lo siento, Puller.

—Tú no tuviste nada que ver con esto.

—Pero si ella no hubiese visto lo que yo estaba haciendo...

—No te culpo. En lo que a mí concierne, junto con mi madre eres la persona más inocente en todo este asunto.

Rogers dio media vuelta y se fue al lado de Knox, que se puso a hablarle en voz baja.

Robert se acuclilló junto al hoyo. Su hermano hizo lo mismo.

—¿Qué estás pensando, Bobby? —preguntó Puller.

—Que es un sitio tranquilo. Que ha estado descansando en paz.

—Todavía tenemos que confirmar que sea ella.

Sin embargo, Puller sabía que lo era. El único motivo por el que los habían dirigido allí era que aquello era su recompensa. La información sobre la ubicación, sin condiciones ni procesos judiciales. Jericho estaba en libertad.

A Puller aún se le revolvía el estómago solo de pensarlo. Nunca en la vida se había sentido tan impotente. Ninguna habilidad que poseyera, ningún arma que blandiera le serviría de nada en aquel momento.

—Cierto, es tranquilo —dijo Puller—. Hay un montón de flores. Siempre le encantaron las flores.

Miró una vez más a Knox. Su rostro era granítico. Finalmente se marchó acompañada de Rogers. Subieron a un monovolumen que los aguardaba.

Se dirigieron todos al depósito de cadáveres. Cuando llegaron, ya habían abierto la caja y colocado los restos sobre una mesa metálica de autopsias.

Para entonces no eran más que huesos y jirones de tela, además de unos pocos mechones de cabello.

Knox y los hermanos Puller los miraban a través de una ventana. Puller temió que fueran a saltársele las lágrimas.

Robert observó de arriba abajo los restos, posando la mirada en los retazos de tela.

—¿Crees que es ella? —dijo Puller en voz baja y temblorosa.

Robert asintió.

—Es el estampado del vestido que llevaba. —Señaló un trozo de tela en torno a los huesudos pies. Señaló otro resto—. Y los zapatos. Lo que queda de ellos. Y ese es el color del cabello de mamá.

—¿Recuerdas el vestido y los zapatos que llevaba?

—Lo recuerdo todo sobre aquella noche, John.

Puso una mano en la pared para estabilizarse. De repente se inclinó y aspiró profundamente varias veces mientras Puller ponía un brazo alrededor de los hombros de su hermano, dándole su apoyo. Finalmente Robert se enderezó.

Asintió con la cabeza.

—Es mamá. Por fin la hemos encontrado, John.

Ambos hermanos siguieron contemplando los restos hasta que el médico forense se acercó a la mesa. La persiana de la ventana bajó mientras empezaba su trabajo.

Knox fue al encuentro de Puller y Robert.

—Ya están aquí —dijo lacónicamente.

Aguardándolos en el vestíbulo había una docena de policías militares con chaleco antibalas y fusiles de asalto AR-15, junto con un alto oficial con tres estrellas que se presentó como general Randall Blair.

Aquello era la otra recompensa. Rogers a cambio de que no hubiera acusaciones contra Puller y los demás por sus diversos «crímenes».

Knox se deslizó hacia Rogers y le susurró algo al oído. Rogers asintió con la cabeza y luego miró impasible al grupo de soldados.

Blair señaló a Rogers.

—Pongan a este hombre bajo custodia. —Acto seguido le dijo a Rogers—: No tendremos reparos en dispararle si se le ocurre atacar.

Rogers miró a Knox y puso lentamente las manos en la espalda. Dos PM lo esposaron con cadenas extragruesas.

—He recibido instrucciones de exhortarlos a todos ustedes a dejar de indagar en este asunto —advirtió el general—. Si no obedecen, tendrán que atenerse a las consecuencias. Esto es un asunto interno del Departamento de Defensa y se manejará como tal.

—Quiere decir que lo encubrirán —replicó Puller.

Blair daba la impresión de estar haciendo un esfuerzo para no perder los estribos.

—Lo único que sé, jefe Puller, es que este asunto termina aquí y ahora. Ustedes tienen los restos de su madre. Y por tanto un final.

—A la mierda el final —rugió Puller, que dio un paso al frente antes de que su hermano le agarrase el brazo al tiempo que tres policías militares levantaban sus AR-15 hacia él.

—¿Y vosotros qué vais a hacer, tíos? —vociferó Puller— ¿Echar tierra a esto? ¿Otra vez? ¿Permitir que ella siga adelante? ¿Eso es lo que significa para vosotros llevar el uniforme? —Miró sin pestañear a los PM—. ¿Encubrir la verdad?

Los hombres le sostuvieron la mirada, completamente impasibles ante sus palabras.

Blair estalló.

—Un arrebato más y le armo un consejo de guerra, soldado. —Clavó un dedo gordo en el rostro de Puller—. ¡Me importa un bledo quién sea su padre!

—Déjalo correr, John —dijo su hermano en voz baja sin soltarle el brazo.

—No voy a dejar correr esto.

Knox fue hasta él y le agarró el otro brazo.

—Sí que lo harás.

Asintió a Blair. Él y los policías militares se marcharon con Rogers esposado.

Un momento después sonó el teléfono de Puller.
Era un mensaje de texto.
De Claire Jericho.

Siento mucho lo de su madre.

Puller tiró el teléfono a la otra punta de la habitación.

72

Se confirmó que los restos eran los de Jackie Puller. El médico forense concluyó que había muerto por una contusión en la cabeza, lo que corroboraba lo que Jericho había dicho a Robert de que un vigilante la había golpeado con su arma.

Entregaron el cadáver de su madre a los hermanos Puller, que se encargaron de organizar su entierro. La cuestión era si se lo dirían a su padre para que asistiera al funeral, suponiendo que fuese posible. Decidieron visitarlo y ver cómo iban las cosas.

El pasillo estaba silencioso mientras lo recorrían. Los arranques de ira de Puller sénior se habían vuelto menos pronunciados con el paso del tiempo.

Entraron en la habitación y vieron que estaba acostado, su corona de cabello blanco apenas visible sobre las sábanas. Los hermanos cruzaron una mirada antes de acercarse y ponerse uno a cada lado de la cama.

—¿Papá? —dijo Robert.

El anciano no se inmutó.

—Papá, es a propósito de mamá —agregó Puller.

Entonces su padre abrió los ojos y poco a poco giró la cabeza para mirar primero a Robert y después a John.

Robert se sentó en una silla, tomó la mano grande y curtida de su padre y se la estrechó con firmeza.

—La hemos encontrado. Hemos encontrado a mamá.

Puller sénior empezó a parpadear rápidamente.

—No nos abandonó, papá —dijo Puller—. La... la asesinaron. Hace treinta años.

Puller sénior seguía pestañeando mientras los miraba a uno y a otro. Entonces ambos hermanos vieron las lágrimas que le resbalaban por las mejillas.

—La vamos a enterrar, papá —explicó Robert—. Su funeral se celebrará en Fort Monroe. Queríamos... —lanzó una mirada a su hermano— queríamos saber si te gustaría asistir, si crees que podrás manejarte.

Las lágrimas seguían derramándose por el rostro del anciano.

Robert Puller sacó algo de un bolsillo. Era un vieja grabadora de casetes.

—¿Qué es eso? —susurró Puller.

Robert lo dejó en la mesilla de noche y lo conectó. Un instante después se oyó cantar a una voz de mujer.

—¡Es mamá! —exclamó Puller—. ¿De dónde lo has sacado?

—Me lo dio Lucy Bristow. Lo grabó hace años, cuando mamá cantaba en el coro de la iglesia.

Se volvieron y vieron a su padre alargar la mano y tocar el reproductor, los ojos arrasados en lágrimas, una sonrisa pintada en su rostro.

Pronunció una palabra:

—Jackie.

El funeral fue dos días después. Hacía un hermoso día soleado en Fort Monroe. La brisa marina era refrescante. El cielo estaba surcado de estelas de los aviones militares que despegaban de la base aérea del otro lado del canal.

Los tres hombres Puller lucían uniforme de gala. El trío de estrellas de Puller sénior reflejaba el brillo del sol. El funeral se celebraba en la iglesia católica a la que Jackie iba a misa y hacía trabajo voluntario. El padre Rooney había salido de su retiro para oficiar la ceremonia.

El ejército se había ofrecido a enviar personal de rango menor al funeral. Los Puller habían declinado el ofrecimiento.

En realidad Puller había usado un lenguaje más selecto que ese, pero en esencia fue eso.

Dentro de la iglesia, el ataúd estaba situado de modo que Jackie Puller estuviese de cara al altar, con arreglo a la tradición católica. En el funeral de un sacerdote, el difunto hubiese estado de cara a la congregación, tal como habría estado en vida.

Rooney habló abierta, profunda y personalmente sobre Jackie Puller y todo lo que había hecho y significado para tantos, ante todo para sus hijos y su marido.

Puller echó un vistazo a la iglesia donde había asistido a misa de niño.

Se fijó en una señora anciana que se aferraba a su rosario.

Entonces cayó en la cuenta.

«Su mejor traje.»

—Su mejor traje —dijo en voz baja.

Su hermano, que obviamente lo oyó, se volvió hacia él.

—¿Qué? —inquirió Robert.

—Mamá estaba viniendo hacia aquí aquella noche. Vino para rezar antes de visitar a Bristow después de que él la llamara. Vino a pedir ayuda a Dios para saber qué tenía que hacer. —Agregó en un tono apagado—: Y quizá no solo con Bristow sino también con papá.

Una vez acabado el oficio, Rooney bajó lentamente del presbiterio hasta los tres hombres y dio a cada uno su pésame.

Puller sénior agarró la mano del cura con tanta fuerza que Puller creyó ver que Rooney hacía una mueca de dolor, pero el viejo sacerdote aguantó estoicamente hasta que el viejo soldado lo soltó.

Los hermanos Puller fueron los portadores del féretro, alzando con facilidad el ataúd con los restos de su madre. Las lágrimas les surcaban el rostro mientras realizaban esta tarea, tanto en la iglesia como en el cementerio.

Ahora no eran recios soldados curtidos.

Eran simplemente hijos afligidos.

Estaban presentes muchas personas que habían conocido a los Puller, incuso Stan Demirjian, que se había acercado y saludado al teniente general John Puller y que pasó el resto del tiempo ayudando al viejo guerrero a desplazarse, con una mano siempre a punto para sostenerlo en caso necesario. También estaban Carol Powers y su familia, el agente de la CID jubilado Vincent DiRenzo y la abogada Shireen Kirk. Lucy Bristow, a cuyo marido había ido a ver Jackie aquella noche, se acercó a los Puller y les dio el pésame. Puller sénior pareció reconocerla y respondió con un gesto de asentimiento.

Para Puller fue revelador que ningún pez gordo de las fuerzas armadas hubiese acudido. Obviamente consideraban que su asistencia sería perjudicial para sus carreras.

Y todos habían obedecido esa orden.

Mientras Puller escuchaba al padre Rooney oficiando en el cementerio, Knox, que estaba sentada a su lado y llevaba un sencillo vestido negro, le cogió la mano. Cuando se la apretó, él correspondió.

Una vez concluida la ceremonia, los hermanos Puller llevaron a su padre a la furgoneta con la que habían venido.

Stan Demirjian fue a su encuentro.

—Siempre he sabido que vuestro padre era inocente —les dijo—. Siempre.

—Gracias, señor Demirjian —dijo Robert—. Significa mucho para nosotros.

—Aunque sé por qué escribió la carta, estuvo mal que Lynda la enviara al ajército. No puedes hacer esto a una persona basándote tan solo en tus sentimientos y sin ningún hecho real que lo respalde.

Se estrecharon las manos y Demirjian les hizo el saludo militar a los dos antes de marcharse.

Cuando se hubo ido, Puller sacó un objeto del bolsillo interior de su chaqueta.

—Hablando de cartas.

—¿Qué es? —preguntó Robert.

—La carta original de la señora Demirjian. Me la ha enviado Ted Hull.

—¿Qué vas a hacer con ella? —quiso saber Robert.

Puller sacó otra cosa de su bolsillo y se la mostró.

—He traído esto. —Era un mechero—. ¿Quieres hacer los honores?

Puller cogió la carta por un borde mientras Robert le prendía fuego al otro con la llama del mechero.

Puller sostuvo la carta tanto rato como pudo. Cuando las llamas estaban a punto de alcanzarle los dedos, la soltó. El papel se elevó en el aire, siguió ardiendo y finalmente desapareció convertido en rizos negruzcos de cenizas que la brisa se llevó.

—¿Realmente no hay manera, Bobby? —dijo Puller.

—Charpentier ha desaparecido sin dejar rastro. Myers y Quentin están muertos. La versión oficial es que el cuerpo del anciano es el de Ballard. Seguro que tienen informes forenses que lo corroboran aunque sea mentira.

—¿Y los secretos que estaban vendiendo? ¿Y si alguien se pone a indagar?

—Nadie va a indagar nada, John. Míralo desde el punto de vista del Departamento de Defensa. Si la verdad sale a la luz todos quedarán mal. Podría retrasarse la investigación en defensa durante décadas. Reputaciones y estrellas de plata cayendo como gotas de lluvia. No digo que los poderes fácticos estén satisfechos con esto. Solo digo que según parece nadie quiere ir por ese camino. Y aunque alguien lo hiciera, Jericho ha tenido tiempo más que suficiente para destruir todas las pruebas.

—Así pues, ¿eso es todo?

—Eso es todo, sí.

Puller vio que Knox se acercaba.

—¿Regresas con nosotros? —le preguntó.

Knox negó con la cabeza.

—Tengo asuntos que atender.

—¿Hay noticias de Rogers?

—No. Quizá termine en Guantánamo, enterrado en vida.

—Nada de esto está bien —se lamentó Puller—. Nada de esto es justo.

Knox miró a Robert antes de decir:

—Así es la vida.

Le dio un beso en la mejilla, abrazó a Robert y después dio media vuelta y se marchó.

—¿Van bien las cosas entre vosotros? —preguntó Robert.

Puller observó a Knox hasta que la perdió de vista.

—No lo sé.

73

Paul Rogers echó un vistazo a la celda en la que estaba encerrado. Se parecía a la que había ocupado durante los últimos diez años. La única diferencia era que no había más reclusos en aquella particular instalación. Habían llegado entrada la noche, pero eso no le impidió ver que se trataba de un edificio militar cuya función no era la de albergar a prisioneros.

Había barrotes en los cuatro lados, permitiendo una visión directa de él a los guardias que montaban guardia veinticuatro horas al día.

Había un inodoro y una manguera a modo de ducha. Le pasaban las comidas por la puerta mientras media docena de guardias lo apuntaban con armas semiautomáticas.

Había una litera cómoda.

Nada más.

Allí pasaba un día tras otro. Cuando el dolor lo asaltaba, obligándolo a arrodillarse en un estado de agonía, los guardias se limitaban a observar. Tenían órdenes de no intervenir en ningún caso. Y ellos obedecían órdenes.

Cuando vomitaba, cosa que sucedía a menudo, le pasaban toallas a través de los barrotes para que limpiara el estropicio.

Así un día tras otro.

Los iba contando mentalmente, tal como lo había hecho en la prisión.

Ocho días. Nueve. Diez. Dos semanas.

Se preguntaba qué planeaban hacer con él. ¿Matarlo? ¿Hacerle la autopsia y después incinerarlo?

Esas eran sus mejores conjeturas.

Estaba convencido de que habían advertido a los centinelas de que era un asesino y además culpable de traición. No sentirían la menor compasión por él.

De todos modos no la quería.

En una ocasión, apareció un hombre con un maletín de médico.

Un centinela lo roció con lo que supuso que era el mismo gas que Jericho había empleado contra él. Se desplomó inconsciente en el suelo.

Después, al despertar, vio los vendajes que tenía en los brazos y las piernas. Levantó las vendas y vio las incisiones. Le habían arrancado trozos de tejido. Quizá para analizarlos.

«Están revisando al monstruo.»

No hacía más que aguardar. Esperaba su momento. Engullía su comida, bebía su agua, usaba el inodoro, se duchaba con la manguera. Se dormía y se despertaba. Se dormía y se despertaba.

Sí, tan solo esperaba su momento. Su paciencia, como bien había demostrado, era infinita.

Entonces un día recibió una visita, un hombre de mediana edad que llegó con un maletín y una actitud cortés y profesional. Habló con Rogers a través de los barrotes después de que los centinelas se hubiesen retirado para concederles cierta privacidad.

Rogers lo había escuchado todo atentamente.

El visitante terminó la reunión diciendo:

—Buena suerte.

—En realidad nunca es cuestión de suerte, ¿verdad? —le había respondido Rogers.

Y finalmente, al cabo de otros cinco días, llegó el momento esperado.

—Te trasladamos —dijo el jefe de los centinelas.

—¿Por qué?

El centinela no se molestó en contestar.

Vio el bote y le rociaron la cara con el gas. Cayó pesadamente al suelo.

Lo levantaron y lo llevaron a un camión de transporte del ejército, donde lo metieron en la parte trasera y lo ataron al suelo con correas. Seis guardias subieron con él, con las armas descansando sobre los muslos.

Emprendieron la marcha. El trayecto los llevó por unas cuantas carreteras secundarias y después tomaron una autopista y el camión cobró velocidad. Llegaron a un puente y lo cruzaron.

Un guardia echó un vistazo levantando la lona.

—Caray, qué vista tan bonita. No hay nada como un puente sobre el agua en una noche despejada.

Un segundo después, Rogers arrancó las correas.

—¡La hostia! —exclamó el guardia que tenía más cerca.

Quiso alcanzar su arma pero antes de que la empuñase Rogers lo empujó contra el hombre que tenía al lado. Ambos cayeron en una maraña de brazos y piernas.

Un guardia pegó un tiro pero falló. No tuvo una segunda oportunidad. Rogers lo agarró del hombro y, usándolo como arma arrojadiza, lo estampó contra los otros guardias, que perdieron el equilibrio y chocaron contra los costados de madera del camión.

Rogers abrió por completo la lona y se asomó al exterior.

Era de noche. Detrás de ellos se veían faros de coche. Miró a su derecha y vio el borde del puente. Escrutó la orilla del agua y reconoció la base naval de Norfolk, lo cual significaba que Fort Monroe estaba al otro lado del canal.

Flexionó las piernas y saltó hacia la derecha.

Cruzó el murete lateral del puente y se zambulló.

No sabía cuán larga sería la caída, pero lo fue bastante.

Se estiró, echando las manos hacia delante, y rompió limpiamente la superficie del agua. Se sumergió, dirigió su descenso y después subió de nuevo hacia la superficie.

Solo permaneció unos pocos segundos con la cabeza fuera del agua antes de sumergirse otra vez.

Los guardias se habían recobrado y le disparaban desde el puente. Las balas acribillaban el agua, pero a aquella distancia y a oscuras tendrían suerte de dar en el blanco.

No tuvieron suerte. Aquella noche la suerte parecía estar del lado de Rogers. Sin embargo, tal como le había dicho al visitante, nunca era cuestión de suerte. El aerosol con el que le habían rociado no contenía más que oxígeno. El comentario del guardia acerca del puente había sido su señal para actuar. El resto había dependido de Rogers.

Aunque un poco de suerte nunca estaba de más.

Nadó hacia la orilla con poderosas brazadas y patadas. El canal no era muy ancho. Desplegarían soldados para cubrirlo en la medida de lo posible.

Pero Rogers había pasado mucho tiempo entrenando, y buena parte de ese tiempo había tenido el cuerpo sumergido en el canal. Había descubierto puntos de desembarco que sospechaba que pocos conocían.

Se dirigió hacia uno de ellos y llegó enseguida. Era un lugar boscoso y aislado, y cuando salió a tierra firme sus únicos compañeros fueron criaturas del bosque que huyeron ante su aparición.

Tenía una tarea pendiente.

Después habría acabado.

74

Ocho plantas de altura.

Y ella estaba encaramada en lo alto.

Por supuesto.

Veronica Knox consultó su reloj y después fue a pie hasta el edificio. Llevaba una larga gabardina negra con el cuello levantado. Sus facciones estaban tensas, su barriga más tensa aún.

En el vestíbulo la registraron y le quitaron el arma y el teléfono. La acompañó en el ascensor un vigilante armado. El ascensor se abrió directamente en el recibidor del apartamento de Claire Jericho.

La estaba esperando. Iba vestida con un traje pantalón oscuro. Se quitó las gafas y las limpió.

El vigilante volvió a bajar en ascensor, dejando a las dos mujeres cara a cara.

—Me sorprendió que quisiera verme —dijo Jericho.

Su actitud indicaba que no iba a invitar a Knox a pasar a su apartamento.

—Hay un asunto pendiente —respondió Knox.

—¿En serio? No estoy al tanto de ninguno.

—Rogers se ha escapado.

—De eso sí estoy enterada.

—Podría estar en peligro.

Jericho sonrió.

—Y qué, ¿ha venido a advertirme porque le preocupa mi seguridad?

—He investigado. Tiene muchos amigos en las altas esferas.

Jericho se encogió de hombros.

—Llevo mucho tiempo dedicándome a esto. Forjas relaciones.

—Está saliendo indemne de un asesinato, ¿sabe?

Jericho se decepcionó.

—Si este es el propósito de su visita, me temo que está perdiendo el tiempo. Y tengo otras cosas que hacer.

—¿Le dolió perder a su hija?

—Oh, ¿se refiere a Helen?

—Sí, a Helen Myers —dijo Knox con firmeza.

—Sé lo que quiere que diga. Que me dolió. Que la echo de menos. Que estoy desconsolada. Pero la verdad es que en realidad apenas nos conocíamos. Pasó casi toda su vida con su padre, hasta que él murió; entonces acudió a mí en busca de ayuda. Y la ayudé. Le monté un negocio. Me sentí como una buena mentora. Pero esa fue toda nuestra relación. Así pues, ¿lamento que haya muerto? Por supuesto que sí. ¿Siento la misma aflicción que, pongamos por caso, su amigo John Puller por la pérdida de su madre? —Negó con la cabeza—. La respuesta, obviamente, es que no. —Hizo una pausa—. ¿Cómo les va a John y a su hermano? ¿Lo llevan bien?

—No tiene derecho a preguntarlo —replicó Knox con aspereza.

—Solo intentaba ser cortés.

—El asunto pendiente —dijo Knox.

Jericho suspiró con resignación.

—Usted no me va a disparar. Me consta que le han quitado el arma. Si está pensando en atacarme con las manos, le ruego que se lo piense dos veces.

Sacó una pistola pequeña de un bolsillo y apuntó a Knox.

—No es mi estilo —dijo Knox—. Sería poco profesional, la verdad.

Jericho volvió a sonreír.

—Sí, por supuesto. Usted y su grupo han sido muy profesionales en todo lo que han hecho. ¿Qué han conseguido, exactamente?

—Yo también tengo amigos en las altas esferas.

—Sí, claro, faltaría más —dijo Jericho con condescendencia—.

Y estoy segura de que de vez en cuando levantan la vista e intentan ver a los amigos que tengo en esferas todavía más altas.

—¿Se acuerda de Mack Taubman?

Jericho frunció los labios.

—¿Y bien?

—Fue mi mentor en mis primeros tiempos. En realidad fue como un padre para mí. Cuando me impliqué en este caso fui a verle y le interrogué al respecto. Estaba claro que sabía en parte lo que había pasado en aquel entonces, pero se negó a hablar de ello. Estaba asustado. Asustado, cuando era el hombre más valiente que conocía.

—¿Dónde quiere llegar? —preguntó Jericho, ya claramente harta.

—Lo encontraron muerto poco después de que me reuniera con él. Dijeron que era suicidio, pero yo sé que no fue así. Pienso que se puso en contacto con usted. Tal vez quería que por fin la verdad saliera a la luz. Solo que usted no podía permitirlo.

—Oh, ¿de modo que ahora me involucra en su muerte también? —Se rio un poco—. ¿No hay horrores que no se me puedan achacar? ¿Y habla de falta de profesionalidad? Mírese en el espejo, agente Knox. —Consultó la hora—. Y ahora, si no tiene más que decirme, tengo un país que mantener a salvo.

Knox la miró un momento sin pestañear y después negó con la cabeza.

—No, ya he terminado. Gracias por recibirme.

Jericho hizo una reverencia burlona y pulsó el botón del ascensor. La cabina llegó y Knox entró con el vigilante. Volvió la vista hacia Jericho, que la miraba fijamente.

—Confío en que esta haya sido la última vez que la vea, agente Knox.

—Se lo garantizo —respondió Knox mientras las puertas se cerraban.

Jericho volvió a guardar la pistola en el bolsillo, dio media vuelta y regresó al apartamento.

Por eso no vio el par de manos que aparecían por la rendija de las puertas exteriores del ascensor. Los dedos las agarraron, hicieron fuerza y las abrieron.

Paul Rogers trepó al recibidor. Cuando Knox había subido al apartamento, Rogers iba montado encima de la cabina del ascensor tras haberse colado en el hueco por un conducto de ventilación. Cuando la cabina bajó, Rogers ya había trepado a una de las vigas del armazón del hueco y aguardó allí.

Cruzó con sigilo el recibidor y vio a Jericho sentada a su escritorio, dándole la espalda. Trabajaba con su portátil en algún complicado tema científico que la tenía absorta.

No levantó la vista hasta que las manos se cerraron en torno a su cuello.

Abajo, en la calle, Knox estaba plantada en la acera mirando el último piso del edificio. El viento arreciaba. Mientras le agitaba el cabello levantó un poco más el cuello del abrigo y metió las manos en los bolsillos. Aunque era imposible, Knox creyó oír el chasquido de una espina dorsal ocho plantas más arriba.

«Te dije que tenía amigos en lugares altos.

»Como tu apartamento.»

Sonó su teléfono. Lo sacó y leyó el mensaje de texto.

Después Knox pulsó los números y efectuó la llamada.

—Hecho —dijo en voz baja.

—John nunca debe enterarse de esto —dijo la voz—. No va con su manera de ser.

—Nunca lo sabrá —aseguró Knox—. Sé guardar un secreto.

Knox guardó el teléfono, dio media vuelta y se perdió en la oscuridad.

En el otro extremo de la llamada finalizada, Robert Puller dejó el teléfono encima de su escritorio.

Pensó en la muerte de Claire Jericho, aunque solo un momento.

Después la apartó de su mente y retomó un trabajo más importante.

75

Los hermanos Puller caminaban por un pasillo de uno de los mayores laberintos del mundo. Los hermanos conocían bien el Pentágono. Ambos iban de uniforme y marchaban confiados, sabiendo adónde se dirigían.

Los había convocado ni más ni menos que un general con cuatro estrellas.

Johnny Coleman, vicepresidente de la Junta de Jefes de Estado Mayor. Aunque en su cargo no ostentaba un mando operacional, solo lo superaba en rango el presidente de la Junta de Jefes. Y como el presidente de la Junta de Jefes pertenecía a las Fuerzas Aéreas, Coleman superaba en rango a todos los demás cuatro estrellas. Coleman había sido suboficial del combatiente John Puller antes de forjarse una carrera legendaria por su cuenta.

—¿Qué crees que quiere? —preguntó Puller mientras caminaban por el amplio pasillo.

—Darnos noticias realmente buenas o realmente malas —contestó su hermano mayor.

—¿Te has enterado de lo que le ocurrió a Jericho?—preguntó Puller.

—Pues sí —dijo su hermano.

—No han encontrado a Rogers.

—De eso también estoy al tanto.

—Si fue él, ¿cómo averiguó dónde vivía? Era información clasificada.

—Ni idea —dijo Robert.

Llegaron a la oficina de Coleman. La bandera del vicepresidente era el águila de cabeza blanca americana con las alas extendidas. Sus garras aferraban tres flechas y trece franjas rojas y blancas que representaban las colonias originales en un escudo. Era una imagen majestuosa e intimidante, y Coleman causaba la misma impresión.

Era un hombre corpulento, metro noventa y cinco y más de ciento diez kilos, con un pecho ancho y grueso y un puño de hierro. Llevaba el pelo cano cortado muy corto y su voz era un megáfono que se había usado para dirigir hombres durante casi cuatro décadas.

Vestía uniforme de gala, con hileras de medallas y condecoraciones. Según dijo a los hermanos Puller mientras los hacía pasar a su despacho particular, tenía que asistir a un acto oficial después de su reunión.

Tomaron asiento en el despacho de Coleman, el vicepresidente detrás de un escritorio del tamaño de un buque de guerra y los hermanos en el otro lado.

Coleman se dejó de rodeos.

—Ha llegado la hora de la verdad para ustedes dos y el general Puller. Su madre era una de las mejores personas que he tenido el honor de conocer. Es una tragedia, se mire por donde se mire. —Hizo una pausa y se puso a toquetear un lápiz—. Me han informado acerca de todo. De hecho, me metí en este asunto principalmente porque se trataba de la familia Puller. Como bien saben, serví a las órdenes de su padre. Aprendí más en los dos años que estuve bajo su mando que en el resto del tiempo que llevo en el ejército. En mi opinión no ha habido mejor oficial de combate puro que su padre. Al menos según mi experiencia.

—Gracias, señor —dijo Robert.

—Y ahora permítanme ir al grano. —Miró a Puller—. Su ejército le ha fallado, jefe Puller. Usted le ha servido lealmente y nosotros no le hemos devuelto el favor. Me han puesto al corriente de lo que ocurrió hace tres décadas. Me refiero a lo que sucedió realmente. Estoy consternado. Y no hablo solo por mí mismo. Al presidente Halverson también le han comunicado el caso y apoya completamente mi postura. —Hizo otra pausa—. En un mundo perfecto, el proyecto de investigación que emprendieron Chris Ballard y Claire Jericho hace tres décadas nunca hubiera tenido posibilidades de prosperar. Los asesinatos de aquellas mujeres no tendrían que haberse encubierto. En cuanto a lo que le sucedió a su madre... —Rompió el lápiz por la mitad—. Sé que han encontrado muerta a Jericho. Oficialmente, se suicidó. Ahora bien, toda la verdad sobre el asunto todavía puede salir a la luz. El ejército asumirá sus responsabilidades como es debido. La muerte de esas mujeres, su madre, Jericho, todo. Basta una palabra suya y todo se hará público. No le estoy presionando en un sentido ni en el otro. Lo digo en serio. El ejército la cagó de verdad.

Se recostó en su sillón y miró a la pareja de hermanos.

Robert y Puller cruzaron una sola mirada, pero se comunicaron muchas cosas en esos breves instantes.

—Creo que las partes implicadas han sido adecuadamente castigadas, señor —dijo Puller—. Y pienso que el ejército ha aprendido una valiosa lección. Así pues, no, no es preciso hacerlo público.

Coleman asintió con la cabeza, sin que su rostro revelara si estaba de acuerdo o no con aquella decisión. Abrió un cajón del escritorio y sacó un expediente. Se puso unas gafas con montura metálica y miró las páginas.

—Según tengo entendido, su padre no fue considerado sospechoso de la desaparición de su madre porque estaba fuera del país. Recientemente, no obstante, se descubrió que esta información era incorrecta. De modo que pasó a ser sospechoso treinta años después.

—Regresó un día antes —señaló Puller.

—Y este es el motivo para que lo hiciera.

Coleman deslizó el expediente por la mesa.

Ambos hermanos se quedaron anonadados. Puller dio la vuelta a la carpeta y los dos se pusieron a leer las páginas. Cuando terminaron, ambos levantaron la vista.

—¿Regresó para enfrentarse a Ballard y Jericho? —se asombró Puller.

Coleman asintió con la cabeza.

—El proyecto del supersoldado era confidencial, pero no un secreto absoluto. Su padre era un general con una estrella destinado en Fort Monroe, donde se desarrollaba el programa de investigación. Él no era el comandante del fuerte, pero eso poco le importaba a un hombre como el combatiente John Puller. Cualquier lugar en el que estuviera destinado se convertía en su territorio y lo defendía con su vida si era preciso.

—¿O sea que descubrió la existencia del proyecto? —intervino Puller—. Jericho me dijo que había conocido a mi padre. Y que no coincidían en ciertas cosas.

—Oh, se conocían muy bien —confirmó Coleman—. ¿Y coincidir? Permítame decirlo sin tapujos. Su padre pensaba que el trabajo de Jericho era una porquería, según sus palabras. Me dijo que en la guerra era necesario que combatieran hombres de verdad. Los hombres de verdad tenían que sangrar y morir. Solo así no querríamos entrar en guerra. Si creábamos robots que combatieran por nosotros, pensaba, estaríamos en guerra constantemente.

—Una filosofía muy sabia —comentó Robert.

—Su padre había pasado más tiempo en combate que cualquiera que yo conociese. Sabía lo espantoso que era. Pensaba que Jericho era un cáncer para el ejército y que había que cortar por lo sano.

—Pero no ganó esa batalla —dijo Puller lentamente.

Coleman negó con la cabeza.

—Es la única batalla que me consta que perdiera. Ballard y Jericho estaban demasiado bien atrincherados. Tenían demasiados contactos de alto nivel. Manejaron enormes presupuestos que conllevaron que muchos oficiales ascendieran de rango. Estuvo mal. Era un clientelismo del peor. Aun así, sucedió.

—¿Y nuestro padre?

—Nunca lo dejó correr. Luchó años contra ellos. —Los miró con más detenimiento—. Finalmente pagó por ello. Le costó un precio muy alto.

Robert lo captó antes que Puller.

—Le costó su cuarta estrella.

Coleman asintió.

—No podían negarle el derecho a la segunda y tercera estrella.

Esas las ganó de calle. Pero cuando llegas a la cuarta, cuenta más la política que los méritos. La postura que su padre había adoptado tuvo sus consecuencias porque molestó a muchas personas que determinarían si se le concedía o no la cuarta estrella. No la consiguió. Y, en resumidas cuentas, le obligaron a jubilarse.

Coleman se calló y dio unos golpecitos a la cuarta estrella que llevaba en el hombro.

—Cuando me colgaron esto, ¿saben en quién estuve pensando? En su padre. Desde que la tengo, una parte de mí ha estado avergonzada de andar por ahí con ella mientras que él nunca tuvo ese honor.

Coleman suspiró y se recostó.

—Estoy al corriente de su situación actual. Pero quiero proponerles una cosa a los dos. —Hizo una pausa, aparentemente para poner en orden sus ideas—. Nunca antes hemos hecho esto y no conlleva peso oficial alguno. Pero lo he planteado a diestro y siniestro y ha sido bien recibido, tanto por los militares como por los civiles. —Hizo otra pausa—. Queremos conceder una cuarta estrella honoraria a su padre. Ojalá pudiera ser la de verdad, pero ahora no es factible. Aun así, queremos hacerlo. Por respeto a su padre. Queremos intentar resolver esto, si no correctamente, al menos hacerlo lo mejor posible. —Se inclinó hacia delante—. ¿Qué me dicen?

—Digo que ya iba siendo hora —dijeron los dos Puller a la vez.

76

La ceremonia se celebró en la habitación de Puller sénior en el hospital de veteranos. Asistieron dignatarios tanto civiles como militares, incluidos el secretario de Defensa y el presidente de la Junta de Jefes del Estado Mayor. El general Coleman presidió la entrega de la cuarta estrella honoraria.

Al principio Puller sénior daba la impresión de no entender lo que estaba ocurriendo, pero a medida que la ceremonia fue prosiguiendo y Coleman le susurró unas palabras y él vio la estrella, finalmente captó la magnitud de lo que estaba sucediendo.

Cuando concluyó y todos se marcharon, no obstante, Puller indicó a sus hijos que le quitaran la chaqueta del uniforme. Le ayudaron y después dio unos golpecitos al reproductor de casetes, que estaba encima de la mesilla de noche.

Robert lo encendió y Puller sénior se sentó en la cama, volvió el rostro hacia el aparato, cerró los ojos y sonrió al oír cantar a su esposa.

Lo dejaron allí y salieron a la calle.

—Dudo que para él la cuarta estrella signifique tanto como oír la voz de mamá —dijo Robert.

—Ni de lejos —respondió Puller. Titubeó.

Robert se dio cuenta.

—¿Qué pasa? —inquirió.

—Coleman dijo que papá se enfrentó a Jericho. ¿Crees que alguna vez se le ocurrió pensar que Jericho era responsable de la desaparición de mamá?

—Creo que si papá hubiese pensado, aunque remotamente, que eso fue lo que ocurrió habría ido él mismo a descerrajarle un tiro a Jericho.

—Tienes razón.

—¿Qué va a pasar con lo que estaban haciendo en el Edificio Q?

—Seguirán adelante. La empresa tiene un contrato con el gobierno.

—Anne Shepard me explicó algunas cosas que están desarrollando. La armadura líquida, un dispositivo eléctrico para hacer que los soldados piensen más deprisa en el campo de batalla. Algunas cosas pintaban muy bien.

—Ya, pero imagina que gastásemos ese dinero en educación y nutrición para la infancia.

—No estaría mal.

—Te garantizo que en algún lugar del complejo industrial militar están trabajando en cosas que harán que un día un millón de Paul Rogers anden por ahí combatiendo. Entonces se acabó la raza humana.

—Esto es lo que más me gusta de pasar el rato contigo, Bobby. Siempre me levantas el ánimo.

Cuando Puller regresó a su apartamento, alguien le estaba esperando.

Veronica Knox dijo:

—Me he enterado de lo de la cuarta estrella. Me ha parecido fantástico.

—Bueno, la verdad es que le gusta más escuchar la voz de mi madre que haber obtenido la cuarta estrella.

Al verla desconcertada, Puller enseguida se lo explicó.

—Creo que es lo más romántico que he oído en mi vida.

La miró sorprendido.

—¿Romántico? No sabía que te afectaran estas cosas, Knox.

—Es obvio que todavía hay muchas cosas de mí que no sabes.

La hizo pasar al apartamento y tardó un momento en dejar

salir a su gata, AWOL. Se sentaron a la pequeña mesa de la cocina.

—Han dicho que Jericho se suicidó —dijo Puller—. Pero Robert echó un vistazo al informe de la autopsia. Tenía la columna aplastada. Y había algo más.

—¿El qué?

—Encontraron un anillo en su estómago.

—¿En serio? ¿Un anillo?

—Tenía una inscripción: «Por el bien común». Y las iniciales C. J. Claire Jericho. —Miró a Knox—. Rogers llevaba un anillo.

—Es verdad —dijo Knox—. Recuerdo habérselo visto.

—Lo que no me explico es cómo averiguó Rogers dónde vivía Jericho. Era confidencial. Bobby tampoco lo entiende.

—Bueno, era un hombre con recursos. Supongo que encontró una manera. Pero ¿qué importa eso ahora? —Sin que Puller tuviera ocasión de responder, Knox añadió—: Bien, pasemos a otra cosa.

Sacó un sobre del bolsillo de la chaqueta.

Puller miró primero el sobre y luego a ella.

—No me digas que son dos billetes de avión a Roma.

—De acuerdo. No lo haré porque no lo son. Son dos entradas para un partido de la liga nacional de béisbol. También invito a los perritos calientes y las cervezas.

Puller sonrió.

—¿La teoría de empezar poco a poco?

—Teniendo en cuenta quiénes somos, creo que es lo mejor.

Se inclinó sobre la mesa y lo besó.

—¿Esto significa que se acabaron los secretos?

Knox lo miró a los ojos.

—¿Acaso alguien puede prometer algo semejante, Puller?

Puller lo meditó.

—Me figuro que no.

Dieron un paseo por el barrio cogidos de la mano. Cuando Knox lo miró, parecía estar sumido en sus pensamientos.

—¿Qué te tiene tan absorto? —inquirió.

—Solo me pregunto dónde está Rogers.

Knox asintió con la cabeza.

—Esté donde esté, le deseo una vida mejor de la que ha tenido hasta ahora.

El coche se detuvo junto a la cabaña que había al final de la pista de tierra.

La mujer bajó y se dirigió a la puerta. Se abrió antes de que llegara.

Suzanne Davis levantó la vista hacia Paul Rogers. Estaba pálido y delgado y se rascaba la nuca.

—¿Estás listo? —le preguntó.

—¿Estás segura? —dijo Rogers.

—Si me lo vuelves a preguntar, te pegaré un tiro en los huevos. No me importa que no puedas sentir dolor, porque aun así te dolerá mentalmente.

Fueron hasta el coche de Davis y subieron.

—¿A dónde? —preguntó Rogers.

—Tengo ganas de conducir hasta que deje de tener ganas de conducir.

—Me parece un buen plan.

—Me sorprende que te soltaran —dijo Davis.

Rogers se tocó la nuca.

—Me quitaron el implante. Eso me cambió. Estoy... mejor.

Sacó un bote del bolsillo, echó unas pastillas en la palma de la mano y se las tragó con saliva.

Davis lo miró con curiosidad.

—¿De dónde las has sacado?

—Amigos. En las altas esferas.

—¿Te ayudan?

—Sí. Además de quitarme el implante, encontraron las pruebas que me había hecho Jericho y han entendido en parte lo que me estaba pasando. Piensan que a lo mejor se puede revertir. De momento, impiden que me ponga peor.

Davis rebuscó en su bolso y sacó una bolsa de plástico.

—¿Qué es eso?

—Hierba de primera.

—¿De dónde la has sacado?

—Tengo amigos en las bajas esferas.

Davis los llevó hasta una autopista, donde aceleró y conectó el control de crucero. Se arrellanó en el asiento y lo miró.

—¿Cómo te sentiste?

—¿Cómo me sentí cuándo?

—Jericho.

Rogers miró el cielo nocturno por el parabrisas.

—La verdad es que no me sentí bien —dijo por fin, con la voz tensa—. Me pregunto qué dice eso de mí.

Davis le cogió la mano.

—Creo que es algo realmente positivo, Paul.

Rogers la miró.

—Este va a ser un camino difícil, Davis. Quiero que te sientas libre de abandonarme en cualquier momento.

—¿Te acuerdas de cuando te dije que mi padre drogadicto murió en prisión y mi madre de tanto fumar *crack*?

—Sí, pero me estabas tomando el pelo.

—No, para nada. Estuve con ellos hasta el final. Creo que sabré arreglármelas contigo.

Rogers se volvió hacia la ventanilla.

—Quizá podré conseguir un trabajo... en alguna parte.

—A lo mejor yo también. Igual conseguimos un apartamento. Tener, ya sabes, una vida o algo así.

—¿Eso es lo que quieres? —preguntó Rogers, lanzándole una mirada.

—¿Por qué no, demonios? —Le apretó la mano—. ¿No merece una vida todo el mundo?

—No será como vivir en casa de Ballard —dijo Rogers.

—Aquello era todo humo y espejos. Prefiero la realidad, la verdad.

—No te di las gracias por salvarme la vida. El disparo de Myers habría sido mortal.

—Ya te fallé una vez, no lo volveré a hacer más.

—¿Qué estás diciendo? —preguntó Rogers.

—Cuando estabas medio anestesiado en la camilla. Me marché y te dejé allí.

—¿Qué podías hacer?

Davis lo miró.

—Perdona.

Rogers se encogió de hombros.

—Al final viniste. Eso es lo que cuenta.

Davis le sostuvo la mirada.

—A partir de ahora siempre te cubriré la espalda, Paul. Siempre.

—¿Y eso por qué?

—Porque nos parecemos mucho.

—¿Cómo es eso?

—Somos dos tarados. Pero tenemos potencial.

—Yo también te cubriré la espalda.

—Nunca lo he dudado. Así es como estás programado.

Intercambiaron una sonrisa rápida y luego ambos miraron al frente.

Siguieron avanzando.

Hacia cualquier otro lugar.

Agradecimientos

A Michelle, por estar siempre a mi lado.

A Michael Pietsch, por ser siempre tan comprensivo.

A Jamie Raab, por estar siempre de mi parte.

A Lindsey Rose, Andy Dodds, Karen Torres, Anthony Goff, Bob Castillo, Michele McGonigle, Andrew Duncan, Christopher Murphy, Dave Epstein, Tracy Dowd, Brian McLendon, Matthew Ballast, Lukas Fauset, Deb Futter, Beth deGuzman, Jessica Krueger, Oscar Stern, Michele Karas, Stephanie Sirabian, Brigid Pearson, Flamur Tonuzi, Blanca Aulet, Joseph Benincase, Tiffany Sanchez, Ali Cutrone y a todos los demás de Grand Central Publishing, por apoyarme.

A Aaron y Arleen Priest, Lucy Childs Baker, Lisa Erbach Vance, Mitch Hoffman (y gracias por otro buen trabajo de edición), Frances Jalet-Miller y John Richmond, por ser tan buenos compañeros.

A Melissa Edwards, gracias por todo tu duro trabajo. Te deseo lo mejor en tu nueva andadura.

A Anthony Forbes Watson, Jeremy Trevathan, Trisha Jackson, Katie James, Alex Saunders, Sara Lloyd, Amy Lines, Stuart Dwyer, Geoff Duffield, Jonathan Atkins, Anna Bond, Sarah Willcox, Leanne Williams, Sarah McLean, Charlotte Williams y Neil Lang de Pan Macmillan, por hacerme sentir tan especial.

A Praveen Naidoo y su equipo de Pan Macmillan en Australia, por todo lo que hacéis.

A Caspian Dennis y Sandy Violette, por ser grandes agentes y especialmente divertidos en las fiestas.

A Kyf Brewer y Orlagh Cassidy, por sus increíbles actuaciones de audio.

A Steven Maat y a todo el equipo Bruna, por todo lo que hacen por mí en Holanda.

A Bob Schule y Chuck Betack, por su atenta lectura de un manuscrito más.

A Jeff Pasquino, encargado de la web del ejército de Estados Unidos, Fort Monroe, y a Glenn Oder y John Hutcheson de la Autoridad de Fort Monroe, por su tiempo, sabiduría y un viaje fantástico a un pintoresco y memorable tesoro de Virginia. Animo a todos los interesados en la historia de Estados Unidos a que visiten Fort Monroe.

Al teniente general David Halverson, de Estados Unidos (retirado), y Karen Halverson, espero que os haya gustado el «ascenso», ¡aunque os haya incluido en las Fuerzas Aéreas! Gracias por vuestro servicio y la mejor de las suertes en el futuro.

A Roland Ottewell, por un gran trabajo de corrección.

A los ganadores de la subasta Chris Ballard, Lynda Demirjian, Vincent DiRenzo, Ted Hull y David Shorr, espero que hayáis disfrutado con vuestros personajes. Gracias por apoyar a tan maravillosas organizaciones.

A Kristen White y Michelle Butler, por mantener Columbus Rose en marcha.

Y a Natasha Collin, gracias por todos los magníficos años en la institución Wish You Well Foundation. Te deseo todo lo mejor en tu próxima carrera.